MANFRED BÖCKL

DAS REGENBOGENSCHÜSSELCHEN

Geschichten
aus der Bayerischen Geschichte

MANFRED BÖCKL

Das Regenbogen-schüsselchen

Geschichten aus der Bayerischen Geschichte

Von der Steinzeit bis zur Gegenwart

Neue Presse Verlags-GmbH, 8390 Passau

ISBN 3-924484-24-4
1. Auflage

Gesamtherstellung: Neue Presse Verlags-GmbH, Passau

Inhaltsverzeichnis

Erstes Buch

DIE VORGESCHICHTE

Die neolithische Stadt

(Ca. 4 800 v. d. Z. — Früheste Jungsteinzeit)

Der gletschergrüne, schotterschiebende Fluß trug noch keinen Namen. Die Menschen späterer Jahrtausende sollten ihn, der aus dem Gebirge heraus nach Norden rauschte, um zuletzt in den zweitgrößten Strom Europas zu münden, Isar nennen. Doch der Jäger und Fischer Mani, der rund 6 800 Jahre vor der Zeit pirschte, in der Isar und Donau zu vergifteten, lebensfeindlichen Kloaken zu verkommen drohten, bezeichnete den Schotterschiebenden stets nur als den Grünen. Die Donau war für Mani und die anderen Mitglieder der Muttersippe der Blaue Fluß; mit ihm vermischten sich weiter im Osten, an einer Stelle, die als heilig galt, gleichzeitig der Milchige und der Moorbraune.

Nach einem langen Winter war die Sonne allmählich wieder kräftiger geworden. Mani trieb seinen Einbaum mit Hilfe des Stechpaddels über den Hauptarm des Grünen hinweg, bis er die Marschen erreichte, in denen der Fluß sich verzweigte, Altwasser bildete, Kiesbänke aufgeworfen hatte oder in gluckernden Sumpflöchern vorübergehend zur Ruhe gekommen war. An der Südseite seines Tales rieb sich der Grüne schnalzend an den Steilhängen, doch hier, im Norden, uferte er bis zum Horizont aus und beleckte das Land flach und eher träge. Hier lagen auch die erfolgversprechenden Jagdgründe, die der Fluß den Menschen gewährte.

Mani steuerte seinen Einbaum in den Schlund eines dunklen Altwassers. Vorjährige Binsen zischelten an der Bordwand des feuergehöhlten Baumstammes vorüber und verbreiteten einen strengen, kratzigen Geruch. Einen Schwarm Vögel rauschte weiter hinten aus dem Auengehölz am Rand des toten Flußarmes hoch. Mani zog das Stechpaddel aus dem Wasser, ließ den Einbaum austreiben und bereitete dann seine Angel für die Jagd auf den Wels vor. Die Schnur war aus zähen Pflanzenfasern geflochten und gedrillt, der Haken an ihrem Ende bestand aus dem sorgfältig geschnitzten und nadelscharf zugespitzten Stück eines

Rinderknochens. Widerhaken stachen wie beinerne Borsten heraus. Mani spießte einen Fetzen As auf diesen Haken, dann warf er die Fischleine in weitem Schwung über Bord. Die Pflanzenschnur züngelte über das Altwasser, mit leisem Klatschen traf der Köder auf der Oberfläche auf und versank. Mani wartete ab, bis der Aasbrocken den Grund des toten Flußarmes erreicht hatte, dann holte er die Schnur langsam und vorsichtig wieder ein. Der Köder tanzte jetzt über den Grund des Altwassers, und Mani hoffte, daß ein gründelnder Wels ihn erblicken und schnappen würde.

Viele Male ließ der junge Jäger und Fischer das Aas tanzen, während sein Einbaum leise schwankend über der dunklen Tiefe trieb. Nach dem zwanzigsten oder dreißigsten Wurf spannte sich die Pflanzenleine plötzlich und wurde Mani um ein Haar aus den Händen gerissen. Gleichzeitig schien das dunkle Wasser seitlich des Einbaumes aufzuwallen. Der Grundwels hatte zu kämpfen begonnen. Wasserperlen sprangen von der straff gespannten Schnur ab, als der große Bartfisch die Flucht aus dem Altwasser hinaus versuchte.

Der Einbaum begann hinter dem Fisch herzutreiben. Mani unterstützte die Bewegung mit vorsichtigen Paddelschlägen. Dadurch war die Last, die der Wels zu schleppen hatte, gerade groß genug, um ihn allmählich zu ermüden — doch nicht so groß, daß die Leine aus Pflanzenfasern plötzlich reißen konnte.

Als er einen Nebenarm des grünen Flusses erreicht hatte, schwamm der Bartfisch in weit ausholenden Bögen, die ihn einmal nach links, dann wieder nach rechts führten, mit der Strömung. Mani in seinem Einbaum folgte ihm nach wie vor, und jedesmal, wenn der Wels wieder die Richtung wechselte, gewann der Fischer eine oder zwei Ellen Leine. Allmählich ermüdete dadurch der Wels, und als voraus eine langgezogene Sandbank auftauchte, trieb er nach oben. Zuletzt durchbrach sein schillernder, glatter Rücken die Wasseroberfläche, der gezackte Schwanz peitschte in Panik. Wieder gewann Mani ein paar Ellen Leine. Und dann, angesichts der von Sand und Schotter gebildeten Bank, begann er zu drillen. Es gelang ihm, den Bartfisch in flaches Wasser zu ziehen, wo er so gut wie wehrlos war. Als Mani den Einbaum auflaufen ließ und in den hier nur knietiefen Flußarm sprang, erkannte er erzückt, daß seine Beute gut armlang war.

Verzweifelt wehrte sich der Wels, als Mani ihn packte. Der gezackte Schwanz schleuderte ihm grünes, eiskaltes Wasser ins Gesicht, die Barten zuckten links und rechts des weit aufgerissenen Fischmauls. Mani warf den Wels auf die Sandbank, grub die Finger einer Hand hinter die glitschigen Kiemen, tastete mit der anderen nach einem geeigneten Stein, um den Fisch zu erschlagen. Doch noch einmal peitschte der armlange Körper hoch, bog sich, klatschte ein paar Schritte weiter wieder auf den Schotter. Mani sprang, dann krachte seine Faust mit dem Stein darin auf den Schädel des Welses und tötete ihn. Der glitschige Körper verzuckte, auf Manis Gesicht malte sich Triumpf. Sein Schrei, der von erfolgreicher Jagd zeugte, gellte über den rauschenden Flußarm hin.

Danach löste Mani vorsichtig den Knochenhaken aus dem Schlund des Bartfisches. Als er es geschafft hatte, legte der Fischer die Pflanzenschnur doppelt und zog sie durch die Kiemen seiner Beute, um den großen Wels später auf diese Weise bequem zum Hochufer hinauftragen zu können. Als Mani jedoch den toten Körper anhob, bemerkte er, daß darunter im Kies und groben Sand etwas schimmerte und glitzerte.

"Götterdreck!" murmelte er ehrfurchtsvoll und ließ den Wels wieder fallen. Mit bebenden Lippen klaubte er den beerengroßen Goldklumpen auf. Das Flußwasser, das ihn irgendwann in ferner Vergangenheit aus seinem Quarzbett in den Bergen herausgelöst und ihn dann immer weiter nach Norden gerollt hatte, hatte den Goldklumpen in eine weiche runde Form geschliffen. Es hatte das Gold rein und leuchtend herausgebildet, hatte es von allen anhaftenden Schlacken geläutert und es zuletzt hier auf die Kiesbank geworfen, wo der Bartfisch es durch seine verzweifelten Zuckungen an die Oberfläche gebracht hatte. Und nun lag das Goldkorn auf der flachen Hand Manis.

Der Fischer betrachtete es lange und entzückt, dann steckte er es in den Mund, preßte die Zunge darüber und verwahrte es auf diese Weise sicher. Innerlich frohlockte er, denn Goldklumpen waren bei den Mächtigen oben in der Stadt sehr geschätzt. Manis Fund konnte ihm also großes Glück bringen. Außerdem hatte er noch den Wels — und auch der würde ihm Lob eintragen. Mani brachte den großen Fisch nun endgültig zum Einbaum, stieß von der Schotterbank ab, erreichte wieder den Hauptarm des Grünen

und paddelte hinüber. Zuletzt glitt die Nase des Einbaumes in die Mündung eines kleinen Baches, der in einer tief eingeschnittenen Klamm von der Hochebene herabrieselte. Ein Stück weiter flußabwärts mündete ein zweiter Bach. Mani vertäute den Einbaum, schulterte den Wels und machte sich an den Aufstieg zur Stadt der Göttin, die hoch oben auf der flachen Kuppe der Isarleite lag.
Er folgte der Klamm, bis er die Stelle erreichte, an der das kleine Tal flacher wurde. Hier ragte der erste Erdwall wulstig und mächtig auf; ein Palisadenzaun stach aus seiner Krone. Mani schritt durch die schmale Torkerbe, lief durch den Graben dahinter und passierte gleich darauf den zweiten Wall. Die Wächter an den Durchgängen begrüßten ihn mit aufgeregten Zurufen und deuteten auf den großen Wels, der von Manis Schulter pendelte. Mani grinste zurück und achtete dabei darauf, das Goldstück in seinem Mund nicht versehentlich zu schlucken.
Nun befand er sich in der eigentlichen Stadt. Der doppelte Wallgraben erstreckte sich in seinem Rücken in südöstlicher Richtung bis hinüber zu der zweiten Bachklamm, welche die Siedlung wie die erste abschloß und schützte. Dazwischen lagen die Mutterhäuser, hölzerne, langgestreckte Gebäude, in denen jeweils eine Dicke, von ihren Töchtern unterstützt, über die Brüder und Söhne herrschte. Mehrere Dutzend dieser matriarchalisch geführten Großfamilien bildeten die Sippe und damit die Bevölkerung der Stadt, die mehr als tausend Menschen zählte. Zwischen den Mutterhäusern gab es jedoch auch Klanhäuser für die Männer, die Fischer, die Jäger und die Ackerbauern. Das größte und eindrucksvollste Gebäude erhob sich nahe des westlichen Wallgrabens, dort, wo die Klamm auf die doppelten Erdwälle stieß. Der Tempel war kreisrund und ebenfalls von zwei tiefen Gräben und Wällen umgeben. Im Zentrum stand die Säulenhalle, die der dicken Muttergöttin geweiht war. Vier Durchbrüche lagen in der Umwallung des Tempels; sie wiesen haargenau nach Norden und Süden, Westen und Osten.[1)]
Mani suchte sich seinen Weg an den Hauswänden entlang. Er passierte Gärten, die entlang der südlichen Gebäudefronten angelegt waren, in denen so früh im Jahr jedoch noch keine Früchte wuchsen. Doch auf den verstreut liegenden Weideplätzen inmit-

1) Anmerkungen im Anhang Seite 252

ten der Wallgräben waren bereits wieder Schafe, Ziegen und Kleinrinder zu sehen, die nach den ersten dürftigen Futterhalmen suchten. Da und dort grunzten Schweine in ihren Verschlägen. Männer und Burschen, die genau wie Mani in eine Tracht aus leinenen Unterkleidern und Überwürfen aus Wolle oder Pelz gekleidet waren, kümmerten sich um die Tiere, bosselten an Akkergeräten herum oder trugen stolz ihre Jagdwaffen zur Schau. Kinder wieselten zwischen ihnen herum, die Mädchen waren ein wenig aufwendiger gekleidet als die Jungen, gaben auch beim Spiel den Ton an. Aus den offenen Dachluken der Häuser wölkte Herdrauch in den wolkenverschatteten Himmel.

Mani wanderte weiter, bis er in die Nähe der zweiten Bachklamm kam. Hier lag das Langhaus seiner eigenen Dicken Mutter, die eigentlich seine Großmutter war und mit starker Hand über ihre Großfamilie herrschte. Der Fischer schob den Fellvorhang an der Türöffnung beiseite und trat ein.

Der Dunst von zahlreichen Frauenleibern umfing ihn augenblicklich wie eine warme, beschützende Wolke. Die Töchter und Enkeltöchter der Dicken Mutter hockten im Halbkreis vor ihrem erhöhten Erdthron. Eben fütterte eine der jüngeren Frauen sie mit Emmerbrei aus einer bauchigen Tonschüssel. Die Dicke Mutter verschlang den Brei, rülpste und brütete auf ihrem Thron. Ihre mächtigen Beinsäulen wurzelten breit auf der Erde, ihre Arme waren mit dicken Fettschichten gepolstert. Ihre Brüste hingen unter weichem Wolltuch schwer über ihrer tonnenförmigen Wamme, ihre Hinterbacken quollen nach links und rechts über den Thron. Die Dicke Mutter trug mehr Fleisch und Fett an ihrem voluminösen Körper als alle anderen Frauen im Langhaus. Dies war ihre Pflicht und gereichte ihr und der ganzen Großfamilie zur Ehre. Denn ihre Fülle symbolisierte die Fruchbarkeit der Erde; wenn die Dicke Mutter strotzte, dann würden auch die Äcker reiche Frucht bringen und würden die Tiere reichlich Nachwuchs bekommen. Dies war der Glaube der Menschen in der Stadt, und deswegen wurde in jedem Langhaus die Dicke Mutter nach Kräften gemästet. Denn man konnte dadurch die Große Mutter, die Erde selbst, freundlich und gnädig stimmen.

Mani, der gegenüber der Familienältesten wie ein Kümmerling wirkte, wartete unterwürfig neben der Tür, bis die Dicke ihre Schüssel geleert hatte. Endlich rülpste sie wiederum grollend,

dann winkte sie Mani zu sich heran. Der Fischer schob sich durch den Dunst der Frauenkörper bis zum Erdthron vor. Den Wels trug er auf beiden Armen vor sich her. Als die Schenkelsäulen der Dicken Mutter unmittelbar vor ihm aufragten, kauerte er sich demütig nieder. Zwei jüngere Frauen waren ihm gefolgt und nahmen ihm jetzt den großen Wels ab. Sie boten ihn der Alten dar; mit einer gnädigen Handbewegung wies die Dicke auf die Feuergrube. Sie hatte Manis Gabe angenommen.
Mani folgte den beiden jungen Frauen zur Feuerstelle. Gierig blickte er auf ihre Hinterbacken unter dem groben Wollstoff. Er hatte großes Jagdglück gehabt, vielleicht würde eine von ihnen ihn deswegen heute als Mann annehmen und mit ihm spielen. "Ein großer Fisch ist das!" sagte er, als die beiden Enkeltöchter seine Beute neben der Feuergrube ablegten. "Der größte, den ich dieses Jahr bisher gefangen habe. Viel Fleisch!" Er strich mit beiden Händen über den glitschigen Kadaver und lächelte dabei diejenige der jungen Frauen, die er ins Auge gefaßt hatte, verschwörerisch an. In seinem Rücken begannen die übrigen Weiber zu kichern, in die Hände zu klatschen und Zoten zu reißen. "Mani spürt das nahende Frühjahr in seinen Lenden", kam es von der Dicken Mutter. "Vielleicht wird die Göttin ihm gnädig sein, wenn er den Wels gut ausweidet".
Das Lachen der Frauen schwoll an und ging in ein Kreischen über. Mani nahm es hin, zog sein Feuersteinmesser und schlitzte den Leib des Welses vom After her auf. Die beiden jungen Frauen beobachteten ihn dabei aufmerksam. In den Augen der einen glaubte Mani Zuneigung zu erkennen. Er arbeitete schneller. Der Fischkörper klaffte auf. Mani schöpfte die Eingeweide heraus, spießte das Muskelfleisch dann auf den hölzernen, im Feuer gehärteten Bratenstock. Vorsichtig schob er den Wels über die Feuergrube, schürte die Holzkohlen durch, legte frisches Holz nach.

"Gut!" sagte die junge Frau, in deren Augen Mani Zuneigung gelesen hatte. "Geh' jetzt wieder nach hinten, auf deinen Platz. Vielleicht werde ich dir später ein Stuck Fleisch bringen..."

Unter dem Gekicher der Frauen verschwand Mani in jenen Teil des Langhauses, der am weitesten von der Feuergrube entfernt und den Männern der Großfamilie vorbehalten war. Mit knurrendem Magen streckt er sich auf sein Lager aus Reisig und Stroh, während der Wels zu brutzeln begann und die Dicke Mutter sich einer weiteren Schüssel mit Emmerbrei zuwandte. In seinem Mund hatte Mani immer noch das Goldkorn. Heimlich nahm er es heraus und versteckte es zwischen den Stämmen der Hauswand. Dann wartete er ab, ob die Junge gnädig zu ihm sein würde.

Sie kam später tatsächlich zu ihm und brachte ihm etwas Fischfleisch. Lächeld schaute sie zu, wie Mani es gierig verschlang. Danach legte sie sich zu ihm und begann, ohne ihr Tun vor den anderen Frauen zu verbergen, an ihm zu spielen. "Die Große Mutter will es so!" murmelte sie, nahe an seinem Mund, und machte Mani damit sehr glücklich, denn nun wußte er, daß er für seinen erfolgreichen Fischzug belohnt werden würde.

Nachdem sie ihre Begierde an ihm gestillt hatte, zog sich die junge Frau wieder in den Kreis ihrer eigenen Geschlechtsgenossinnen zurück. Die Nacht war längst hereingebrochen. Zwischen den Brüdern, Söhnen und Enkeln der Dicken Mutter schlief Mani den Schlaf des Gerechten.

Wenige Tage später, noch vor dem Morgengrauen, erklangen vom Tempel her die Trommeln der Mannpriester. Diese bildeten eine besondere Kaste innerhalb der Sippe. Sie setzten sich aus den ältesten Brüdern der Dicken Mütter jedes Langhauses zusammen, besaßen ein eigenes Klanhaus und waren überdies Meister der Sonne. Manchmal wagten sie es sogar, den Dicken Müttern zu widersprechen. Die Tatsache, daß sie die Sonne bezwingen konnten, gab ihnen den Mut dazu. An diesem Tag, noch vor Morgengrauen, luden sie die Bevölkerung der Stadt zum Mysterium ein.

Mit Feuerbränden bewehrt, strömten zunächst die Brüder, Söhne und Enkel auf dem Tempelhügel zusammen. Die Urtöchter und dann die Töchter folgten. Zuletzt wurden die Dicken Mütter von Knechten aus den Langhäusern getragen. Man schleppte sie in den innersten Rundkreis des Tempels, wo für jede von ihnen ein Erdthron errichtet war. Die übrigen Bewohner der Stadt umringten sie, streng nach Geschlecht und Rang geordnet. Mani, als Enkel der Dicken Mutter, stand im äußersten Kreis, dort, wo das hölzerne Dach des Tempels endete. Hier lehnte er an einer Säule und blickte über den Kreis der Dicken Mütter hinweg nach Osten, wo in der Erdumwallung des Tempels eines der schmalen, schluchtartigen Tore ausgespart war.

Mit angehaltenem Atem warteten die mehr als tausend Menschen ab. Durch die sich fahl färbende Nacht dröhnten die Trommeln der Mannpriester. Die Meister der Sonne umschritten feierlich den innersten Säulenkreis des Tempels, gescheckte Stierfelle hingen von ihren Schultern. Dann lösten sich die Mannpriester vom Ring der Dicken Mütter und näherten sich in einem seltsamen Ritualtanz der Schlucht des westlichen Tempeltores. Der Älteste unter ihnen stellte sich, mit dem Gesicht nach Osten, in den Einschnitt zwischen den Erdwällen. Die anderen kauerten sich in einem ebenfalls nach Osten offenen Halbkreis zu seinen Füßen nieder, bildeten auf diese Weise die heilige Form der ausladenden Stierhörner, welche die Sonne zwischen sich fangen und festhalten sollten. Das Dröhnen und Pochen der Trommeln brach ab.

Die Dicken Mütter schienen jetzt an Bedeutung verloren zu haben. Noch immer thronten sie wie Drohnen im Zentrum des Tempels, doch in diesem Augenblick achtete niemand auf sie. Alle Augen, auch die Manis, waren auf den Ältesten der Mannpriester gerichtet, der seinerseits auf die schmale östliche Torschlucht blickte. Die Morgendämmerung wurde rosig, dann schoß im Osten ein einzelnes Lichtbündel über den Rand der Hochebene, fingerte über das brachliegende Land heran, stand plötzlich strahlend genau auf der Linie zwischen der östlichen und der westlichen Torschlucht — und brachte das Gesicht des Ältesten der Mannpriester auf scheinbar überirdische Weise jäh zum Leuchten. Das Antlitz war in das Licht der neuen Fruchtbarkeit gebadet und von ihm rötlich übergossen und war erschütternde Verheißung für das ganze Volk.

"Die Muttergöttin zeigt sich uns gnädig!" gellte der Priester über das Tempelrund hin. "Ihr Strahl wandert auf dem heiligen Weg! Durch das Tor tritt er ein, befruchtet uns alle und wird uns reiche Ernte bringen!" Der Priester trat beiseite, der erste Sonnenstrahl dieses heiligen Tages fingerte weiter durch die westliche Torschlucht und badete dahinter das Land in gleißendes Licht. "Durch das andere Tor wandert er weiter, damit sich der Kreis des Lebens schließen kann", sang der Mannpriester. "Damit die Fruchtbarkeit niemals endet!" fielen seine Gefährten ein.

"Damit ihr in seinem gnädigen Licht säen sollt!" ließen sich, kreischend, nun auch die Dicken Mütter vernehmen. "Denn heute ist der richtige Tag dazu gekommen. Die Große Mutter will von der Sonne befruchtet werden. Ihr Schoß will quellen unter der wachsenden Sonne, die nun von Tag zu Tag kräftiger werden wird."

"Die Sonne lebt, die Sonne wächst, die Sonne siegt!" riefen im Chor die Mannpriester.

"Die Sonne lebt, die Sonne wächst, die Sonne siegt!" fiel überschwenglich das Volk ein und begann zu tanzen, während nun immer kräftiger das Morgenlicht auf seiner Bahn vom östlichen zum westlichen Toreinschnitt flirrte und leuchtete.[2)]

Das Volk der neolithischen Stadt tanzte und feierte bis in die Mitte des Tages. Gnädig thronten inmitten des Trubels die Dicken Mütter, lobten die Fruchtbarkeit der Göttin und ließen sich füttern. Etwas abseits von ihnen standen die Mannpriester, deren Zeit zwar angebrochen aber noch nicht gekommen war, und sammelten die Gaben derer ein, denen sie die neue Sonne geschenkt hatten.

Auch die Dicken Mütter heimsten zahlreiche Geschenke ein, denn wenn auch die Sonne zur Fruchtbarkeit der Erde notwendig war, so ruhte doch die eigentliche Kraft nach dem Glauben der meisten in der Erde selbst, im unerschöpflichen Schoß der Großen Mutter.

Auch Mani bedachte seine eigene Dicke Mutter mit einer Opfergabe. Er legte ein Idol, das er aus Lehm geformt und in der Feuergrube des Langhauses gebrannt hatte, zu ihren ausladenden Beinen nieder. Das Idol stellte die Große Göttin dar, und ihre Brüste und ihr Schoß quollen vor Fruchbarkeit über, ganz so, wie die Mutterreligion es verlangte.

Manis Geschenk wurde mit beifälligem Grunzen angenommen. Danach zog der junge Jäger sich erleichtert zurück und stahl sich zu der Gruppe der Mannpriester. Insgeheim erschien ihm deren Macht größer als die der Dicken Mütter. Unter seiner Zunge spürte Mani das Goldkorn, das er auf der Flußbank gefunden hatte. Jetzt kniete er vor dem Ältesten der Sonnenpriester nieder und spuckte es auf seine flache Hand. Mit einem Leuchten in den Augen reichte er es dem Priester, dessen Antlitz am Morgen von der Sonne geküßt worden war. Der Priester nahm das Goldkorn an, betrachtete es und legte es dann sorgfältig zu seinen anderen Schätzen in einen Tonkrug. "Du hast der Sonne Götterdreck dargebracht", sagte er gnädig zu Mani. "Die Sonne wird dich segnen, wenn du säst!"

Überglücklich zog Mani sich zurück. Später ging er mit den anderen hinüber zu den Feldern, um dort mit dem Grabstock Furchen zu ziehen und die neue Saat in den Schoß der Erde zu bringen. Während die Männer der neolithischen Stadt arbeiteten, tanzten die Frauen weiter im Tempelrund. Die Dicken Mütter und die Mannpriester sichteten ihre Schätze. Beide Gruppen waren zufrieden. Sowohl die Dicken als auch die Meister der Sonne hatten reichlich eingeheimst. Trotzdem — doch daran dachten weder die Frauen noch die Männer — gehörte der Sieg den Meistern der Sonne. Denn noch vor wenigen Generationen hatte es ihresgleichen überhaupt nicht gegeben, es hatte auch den Tempel nicht gegeben, und die Dicken Mütter hatten damals noch ganz allein die Fruchbarkeit der Erdgöttin beschworen und dafür Opfergaben bekommen. Doch nun hatte sich, beinahe unbemerkt, etwas zu verändern begonnen, weil irgendwann einer, der beileibe noch kein Priester gewesen war, über den Lauf der Gestirne nachzudenken begonnen und mühsam seine Schlüsse daraus gezogen hatte.
So waren die Tempel entstanden und die gedachten Achsen zwischen den Toren. So war die Erde scheinbar fruchtbarer geworden und waren die Ernten reichlicher ausgefallen, und neben der Hierarchie der Dicken Mütter hatte sich die neue Kaste der Astronomen und nunmehrigen Mannpriester und Meister der Sonne herauszubilden begonnen.
Noch ergänzten die Große Mutter und das glühende Gestirn sich gegenseitig und lebten miteinander in Frieden. Doch schon hatte das Volk den Mannpriestern ebensoviel geopfert wie den Dicken — und Mani, der unwissentlich bereits eine unausweichliche Entwicklung vorausgeahnt hatte, war mit seiner wertvollsten Gabe zu dem gekommen, dessen Antlitz die Sonne gesegnet hatte, und nicht zur Dicken Mutter.
Noch hielten sich also alte und neue Religion die Waage, doch schon bald, bereits wenige Generationen nach dem Tod Manis, sollte sich die Waagschale zugunsten der Sonnenpriester senken und eine neue Zeit anbrechen. Davon ahnten jedoch weder die Mannpriester noch die Dicken Mütter noch Mani etwas, als sie nun — jeder auf seine Art — das neue Frühjahr feierten.
Das Goldkorn wurde, zusammen mit anderen Schätzen, vom ältesten Meister der Sonne im Tempel verwahrt. Es lag in einer

Erdgrube im innersten Ring der Anlage und war damit vorerst wieder dorthin zurückgekehrt, von wo es auch gekommen war: In die Geborgenheit der Großen Mutter, die zu dieser Zeit immer noch mächtig war.

Im Verlauf der folgenden Generationen häuften sich die Schätze der Mannpriester im Tempel, während die Dicken Mütter zu darben begannen und von Menschenalter zu Menschenalter an Macht verloren. Als das Schwinden ihres Einflusses für sie bedrohlich wurde, begannen sie — wie es Vertreter sterbender Religionen stets tun — fanatisch zu kämpfen. Auf die nunmehrigen Sonnenpriester riefen sie den Fluch der Muttergöttin herab. Um dem Fluch Wirkung zu verleihen, schlichen sie nächtens durch die tragenden Felder, die sich nun weit um die Stadt ausbreiteten, und knickten heimlich die Schwaden. Die Muttergöttin zürne, beteuerten sie am nächsten Morgen den Menschen. Die Sonnenpriester hielten dagegen und behaupteten, der Fluch sei deswegen über die Stadt und das Land gekommen, weil ihre eigene Göttin zugunsten der alten, verderblichen vernachlässigt worden sei. Zuletzt brach der Religionskampf offen aus, und die Anhänger derer, die einst so fett und mächtig auf ihren Erdthronen gesessen hatten, unterlagen.

Doch die Kämpfe angesichts des Rundtempels hatten auch die Sieger geschädigt, so daß die Stadt auf dem Hochufer der Isar schwach wurde und ihre Verteidigungsanlagen verfielen. Als dann fremde Horden in das Gebiet eindrangen, Nomaden aus den flachen Ebenen weit im Osten, konnte die einstmals blühende Stadt keinen nennenswerten Widerstand mehr leisten. Die Ankömmlinge, die sehniger und abgehärteter als die Städter und unter sich einig waren, brachen über die Erdwälle herein, unterwarfen die Sonnenpriester und ihre Untertanen, erschlugen, was sich verzweifelt wehrte, und versklavten den Rest.

Dann betrat der Nomadenhäuptling den Tempel, hielt einem der letzten Sonnenpriester das Flintsteinmesser an die Kehle und zwang ihn auf diese Weise, das Schatzversteck zu verraten. Vor den Füßen des Eroberers häufte sich die Beute. Darunter nunmehr auch eine ganze Handvoll Goldkörner. Der Häuptling nahm den Götterdreck und die meisten anderen Stücke für sich und verteilte den Rest an seine Krieger. Die Frauen der Horde, kaum mehr als Sklavinnen, gingen leer aus.

Doch eine von ihnen, eine aus dem Harem des Häuptlings, saß von diesem Tag an lange im eroberten Tempel und durchbohrte mit Hilfe ihres Feuersteinwerkzeuges sorgsam ein Goldkorn nach dem anderen. Sie durchbohrte auch das Goldstück, das einst Mani auf der Flußbank entdeckt und später den Sonnenpriestern geopfert hatte. Zuletzt fädelte sie eine Sehne durch die feinen Löcher in den Goldkörnern und brachte die so entstandene Halskette ihrem Gatten.

Der Häuptling trug den Schmuck, während er den Bau einer neuen und größeren Siedlung innerhalb der alten Grenzen zwischen dem Fluß, den beiden Bachtälern und dem doppelten Wallgraben überwachte. Barbarischer und lebenskräftiger als zuvor blühte die Ansiedlung auf der Hochebene wieder auf, und als der Häuptling starb, beherrschte sie bereits das Land im Umkreis eines ganzen Tagesrittes.

Am Rand der Stadt, dort, wo das Gelände steil hinunter zum Fluß abbrach, wurde der Häuptling zusammen mit seinen Waffen und seinem Schmuck beigesetzt. Um den Hals trug er die Kette aus Goldkörnern.

Jahrhunderte vergingen. Dann Jahrtausende. Irgendwann wurde das Klima rauher, die einstmals blühenden Siedlungen im Land schrumpften, die Menschen begannen abzuwandern. Zuletzt lag der Platz auf dem Hochufer der Isar wieder einsam und verlassen da. Die Erdwälle verflachten, die Natur ebnete die uralte Siedlungsstätte allmählich und unendlich sanft ein. In der Erde am Rand des Hochufers verkieselten allmählich die Gebeine des Häuptlings. Die Sehne, welche die Goldkörner zusammengehalten hatte, war längst verrottet. Unzerstörbar waren allein die Goldklumpen. Dann, viereinhalb Jahrtausende nachdem Mani gelebt hatte, schwemmte ein Wolkenbruch die Erdkante, einen Teil der Gebeine und die Goldkörner hinunter ins Flußtal. Sie landeten auf einer Kiesbank, die sich im Lauf der letzten Jahrzehnte dort neu gebildet hatte — und diese Kiesbank lag inmitten eines Landes, das nunmehr schon seit zwei- oder dreihundert Jahren den Kelten gehörte.

Zweites Buch

DIE ANTIKE

Die Goldmünze von Artobriga

(Ca. 100 v. d. Z. — Spätes Latène)

Der Reiter näherte sich dem Hochufer des Iser[3] von Osten her. Sein Tier war braun, starkknochig und ein wenig struppig. Doch Sattel und Zaumzeug waren mit Silberplättchen beschlagen, und auch das Aussehen des Mannes selbst zeugte davon, daß er keineswegs zu den Unfreien gehörte, sondern in der Hierarchie seines Volkes einen hohen Rang einnahm. Um den Hals trug der etwa 25jährige den Torques, einen daumendicken goldenen Reif, der in dieser Form nur den Edlen gestattet war, an seiner Hüfte hing in lederner, wiederum silberbeschlagener Scheide ein breites eisernes Schwert, dessen Griff von einem großen Karneol verziert war. Die Hosen des Reiters waren aus gefärbter Wolle gewebt; die Fäden bildeten ein buntes Karomuster. Den Oberkörper bedeckte ein ebenfalls wollenes Hemd, darüber hing ein schwerer Fellmantel. Das rotblonde Haar des jungen Mannes war straff nach oben gekämmt. Die Frisur wirkte wie ein Helm, denn der Reiter hatte sie mit Hilfe von Gips zu einer starren Masse verfestigt.[4] Seine Augen waren blau und blickten furchtlos und keck in die Welt.

Hinter dem Braunen des Anführers her trabte eine Reihe von Packpferden, deren Tragkörbe jetzt allerdings teilweise bereits leer waren. In anderen jedoch klirrte Eisen, denn der Reiter handelte unter anderem mit keltischen Schwertern und Dolchen. Ein halbes Dutzend Knechte beschloß den Trupp. Diese Männer waren weniger aufwendig gekleidet als ihr Anführer, ihre Wollgewänder waren naturfarben, und ihre Halsringe bestanden lediglich aus Kupfer. Doch auch sie trugen schwere eiserne Schwerter an den Leibgurten.

Jetzt erregte etwas am Abbruch des Hochufers die Aufmerksamkeit des Händlers. Er trieb seinen Braunen näher, dann zügelte er ihn und rief über die Schulter zurück: "Testic, komm mal her!"

Der älteste Knecht löste sich von seinen Gefährten und brachte sein Tier neben dem des Anführers zum Stehen. "Was gibt es, Getoric?" fragte er.
Getoric wies auf einen Knochen, der ein Stück aus der Abbruchkante des Hochufers herausragte. "Von einem Menschen, oder?" murmelte er.
Testic saß ab. Die übrigen Knechte drängten jetzt ebenfalls neugierig herbei. Testic untersuchte das fahle Skelettstück. "Ja, es stammt von einem Menschen", sagte er, als er sich wieder aufrichtete. "Doch nicht von einem Kelten. Es ist älter. Es liegt sicher schon seit vielen hundert Jahren hier in der Erde..."
"Und die ist genau an dieser Stelle abgerutscht", unterbrach ihn der Händler. "Ein Knochen hängt hier oben noch fest, doch der Rest liegt wahrscheinlich unten am Flußufer." Neugier funkelte in seinen blauen Augen. "Ich will mir das einmal genauer ansehen", setzte er hinzu. "Du kommst mit mir, Testic! Ihr anderen wartet hier oben. Haltet eure Waffen griffbereit und achtet auf herumstreifende Räuber!"
"Teutates[5)] beschütze euch!" murmelte einer der Knechte.
Getoric und Testic achteten nicht weiter darauf. Der Anführer hatte bereis eine schmale Klamm erspäht, die steil hinunter zum Fluß führte. Früher schien hier ein Bach geflossen zu sein, jetzt lag die Schlucht trocken. Getoric und Testic liefen und rutschten hinunter. Von der Kiesbank am rechten Ufer des Iser strich ein Reiher ab, der dort gefischt hatte. Sein Gefieder schimmerte in der Herbstsonne. Wie ein schlanker Pfeil verschwand der große Vogel drüben über den Altwässern und Sümpfen zuletzt hinter einem Weidengestrüpp.
Wo der Reiher auf der Kiesbank gegründelt hatte, standen nunmehr die beiden Kelten. Sie entdeckten die Stelle, wo der Erdrutsch niedergegangen war, schnell. "Hier!" sagte Getoric und trat mit dem Absatz seines Lederstiefels ins Geröll. Testic kauerte bereits, wühlte mit beiden Händen — und brachte nach einer Weile einen menschlichen Schädel zum Vorschein. "Bei Samhain[6)]", murmelte er. "Das Ding ist wirklich uralt!"
"Der Tote war bestimmt keiner von unserem Volk", bekräftigte Getoric, der jetzt ebenfalls im Kies kniete. "Wahrscheinlich war er einer von den Barbaren, die das Land beherrschten, ehe wir selbst von Norden her einwanderten[7)]. — Der Schädel ist groß. Er kann

einem Häuptling oder einem berühmten Krieger gehört haben. Laß uns weitersuchen, Testic! Oft gab man diesen Helden Schätze mit ins Grab..."

Die beiden Kelten knieten nun nebeneinander und durchwühlten mit bloßen Händen den Kies und die vom Steilufer heruntergewaschene Erde. Weitere menschliche Gebeine kamen ans Tageslicht, dann hielt Getoric plötzlich einen etwa beerengroßen, schimmernden Gegenstand in der Hand. "Gold!" rief er triumphierend. "Gold, das einmal zu einer Kette gehörte." Er zeigte Testic das winzige Loch, welches durch den Goldklumpen gebohrt worden war.

Testic lachte. "Zu einer Kette gehört nicht nur ein Goldkorn", sagte er. "Wenn wir Glück haben, können wir hier eine ganze Handvoll finden!"

Wieder begannen er und sein Herr zu wühlen. Zuletzt hatten sie zwar keine Handvoll Goldkörner gefunden, doch immerhin so viele, daß sich ihre Mühe mehr als gelohnt hatte. Etwa zwanzig Goldstücke schimmerten jetzt auf einem flachen Stein in der Herbstsonne. Was sonst noch an Gold auf der Kiesbank gelegen haben mochte, hatte der Iser wohl längst weggespült. Doch Getoric war auch so zufrieden. Eins nach dem anderen legte er die Goldkörner, die alle eine feine Bohrung aufwiesen, in einen kleinen Lederbeutel, der an seinem Schwertgurt hing. Einige der Goldstücke waren kleiner als das beerengroße, andere etwas voluminöser, doch die goldene Beere selbst war am schönsten von allen geformt. Getoric gab sie als letzte in seinen Beutel, dann sagte er zufrieden: "Die Meister in Artobriga[8)] werden aus unserem Fund etwa zwei Dutzend Münzen schlagen können. Nicht gerade ein Vermögen, aber dennoch eine gute Ausbeute für ein paar Stunden Wühlen im Kies des Iser. Der Verkauf eines Schwertes, dessen Herstellung Tage dauert, hätte uns nicht mehr Gewinn einbringen können! Doch nun laß uns wieder zum Hochufer hinaufsteigen, Testic, denn die Sonne sinkt bereits."

"Ja, wir werden wohl hier lagern müssen", erwiderte der Knecht, rückte seinen Schwertgurt zurecht und lief auf die Trockenklamm zu. Getoric schloß sorgfältig den Beutel mit den Goldstücken und folgte ihm. Wenig später hatten sie das Gelände der uralten Stadt oben auf der Iserleite wieder erreicht. Getoric gab seinen Leuten den Befehl, die Tragtiere zu entladen, die Reitpferde abzusatteln,

Windfänge aus Flechtwerk zu errichten, eine Feuerstelle zu graben und den gemeinsamen eisernen Kochkessel darüber zu hängen. Während die Arbeiten erledigt wurden, berichtete Testic seinen Kameraden von dem Goldfund, den er und Getoric auf der Kiesbank gemacht hatten.

"Fürchtet ihr nicht, daß euch für diesen Leichenfrevel die Strafe der Götter treffen wird?" fragte ängstlich einer der Knechte, ein Kriegsgefangener aus dem Süden, dem man nach einer fünfzehn Jahre zurückliegenden Schlacht das Leben geschenkt hatte.

"Auch wenn du noch ein Dutzend Handelszüge mit Getoric machst, wirst du nie ein echter Kelte werden!" tadelte ihn Testic. "Denn sonst wüßtest du, daß unsere Götter nicht mächtig genug sind, um uns ernsthaft zu schaden. Die einzige Gefahr, die uns wirklich drohen könnte, wäre die, daß unvermittelt der Himmel einstürzt[9)]! Doch ich glaube nicht, daß dies wegen ein paar Goldkörnern geschehen könnte. — Was aber jenen angeht, dessen Knochen dort unten auf der Kiesbank modern, kannst du vollkommen beruhigt sein, denn dieser Mensch ist schon vor langer Zeit in die Anderwelt[10)] eingegangen, wo er bessere Schätze als die vorgefunden hat, die nun Getoric in seinem Beutel trägt. — Doch nun spute dich und kümmere dich um die Pferde, du Hasenfuß!"

Lachend wandte Testic sich ab, um sich seinerseits um den Kochkessel zu kümmern, und als die Sonne im Westen hinter den Hügeln verschwand, war auch der Eintopf aus gemahlenem Korn und Trockenfleisch fertig, so daß Getorics Männer sich die Bäuche vollschlagen und sich danach hinter ihren Windschirmen aus Flechtwerk zur Ruhe legen konnten.

Die uralten Wälle schienen die Schlafenden zu beschützen, die Wachtposten, die mehrmals während der Nacht wechselten, brauchten nicht Alarm zu schlagen. Keine Räuberhorde zeigte sich, lediglich Wolfsgeheul war kurz vor Morgengrauen einmal weit im Süden zu hören.

Nachdem im gemeinsamen Eisenkessel wiederum ein Mahl zubereitet worden war, zog Getoric mit seinen Knechten weiter. Die Händler wanderten den Iser entlang aufwärts, wobei sie ab und zu auf kleinere keltische Gehöfte stießen, dort Gastfreundschaft fanden und gelegentlich ein Schwert, einen Dolch oder ein anderes Eisengerät losschlagen konnten. Als der Iser schmaler und

flacher wurde und die Schotterbänke an seinen Ufern sich allmählich nach beiden Seiten hin auszubreiten begannen, durchquerte Getoric mit seinen Leuten und Pferden den Fluß; die Furt, die sie dabei benutzten, war dem Händler seit Jahren bekannt. Von nun an ritten sie beinahe genau nach Norden, und nach weiteren drei Tagesmärschen sahen sie endlich wieder die mächtige Stadt Artobriga vor sich. Sie lag am rechten Ufer des Don[11)] und kündigte sich schon von weitem durch ihr dicht besiedeltes Umland an. Getoric und seine Knechte ritten an hölzernen Gehöften vorüber, hinter den Flechtzäunen brüllten Rinder, Schweineherden wurden von Hirten zur Eichelsuche in die nunmehr bereits herbstlich bunten Waldflecken getrieben, auf Koppeln tummelten sich kräftige Pferde.
Dann lag die zyklopische Mauer von Artobriga selbst vor ihnen. Kilometerweit umringte sie die Stadt, ein gigantisches Bauwerk aus großen Gesteinsblöcken, die zusätzlich von hölzernen Rahmen aus gewaltigen Eichenstämmen zusammengehalten wurden. Als der Trupp Getorics das südliche Tor erreichte, war ein Schmied gerade damit beschäftigt, einen der Wallbalken zu erneuern. Die Händler sahen, wie der muskulöse Mann einen eisernen Nagel von der Länge eines menschlichen Unterarms in das ächzende Holz trieb. Dann ritten sie durch den Torschlund, der an dieser Stelle etwa vier Meter breit war. Dahinter passierten sie einen weiteren Wall, nunmehr aus Erde aufgeschüttet, der wie eine Rampe schräg zur äußeren Mauer anstieg. Oben führte eine Wehrplattform um die ganze riesige Stadt Artobriga. Posten standen dort, auf ihre Lanzen gestützt, und spähten in das weite Land hinaus.

Im Inneren von Artobriga wechselten sich hölzerne Wohngebäude und Werkstätten mit brachliegenden Weideflächen ab. Der Lärm in den dichter besiedelten Stadtvierteln war ohrenbetäubend. In den zahlreichen Schmieden rauschten die Blasebälge, sang und wimmerte das Eisen auf den Ambossen, zischte der Dampf in Schwaden auf, wenn die fertigen Werkstücke in hölzernen Wasserbütten abgeschreckt wurden. Anderswo klatschte der Ton auf Töpferscheiben, wurde gesägt, gefeilt und gehämmert, spalteten Steinmetzen riesige Kalksteinblöcke, die man auf Ochsenkarren von weither geholt hatte. Wein- und Bierschenken gab es an jeder Straßenecke, durch die Türöffnungen dröhnten Heldengesänge ins Freie, ab und zu torkelte lallend auch ein Betrunkener heraus. Ihr Bier brauten die Kelten selbst in kupfernen oder eisernen Maischkesseln, der Wein wurde von Händlern wie Getoric regelmäßig aus Italien oder sogar Griechenland nach Artobriga gebracht; andere, weniger vollmundige Sorten kamen aus den keltischen Ländern weit im Westen.

Getoric und seine Leute näherten sich allmählich dem Zentrum der Stadt. Vor einer Taverne warf der Händler Testic ein paar Münzen zu. Testic bedankte sich grinsend, dann verschwand er mit seinen Kameraden in der Weinschenke. Getoric gönnte ihnen den Rausch, den sie mit Sicherheit gegen Abend haben würden. Seine Leute hatten sich auf dem langen Handelszug brav und tapfer gehalten. Während sie tranken, würde sich der Wirt um ihre Tiere mit den leeren Tragkörben kümmern, und am nächsten Morgen würden die Knechte sich dann verkatert wieder auf dem Stadthof Getorics mit der angegliederten Schmiede einfinden, um dort den Herbst und Winter über neue Waren herzustellen, die dann auf der Reise im nächsten Frühjahr und Sommer hoffentlich Gewinn einbringen würden.

Getoric selbst hatte jedoch noch eine Pflicht zu erfüllen, ehe er zuhause endlich wieder seine junge Frau in die Arme schließen und zusammen mit ihr ebenfalls Wein trinken konnte. Er ritt also weiter, bis er das Zentrum von Artobriga erreicht hatte. Die Gebäude, die hier standen, waren zum Teil aus Steinen errichtet und lagen auf einer flachen Erhöhung. Getoric passierte den Hain und den Tempel des obersten Druiden[12)] von Artobriga, dann zügelte er seinen Braunen vor der Stadtburg des Fürsten. Ein Ring von Schichtmauerwerk schützte das Gebäude, vor dem einzigen Durchlaß standen zwei Wächter, wahre Hünen an Gestalt, mit schweren Schwertern an den Gürteln. Sie erkannten Getoric und ließen ihn anstandslos passieren.

Der Händler ritt weiter in den Innenhof der Burg, sprang schließlich aus dem Sattel und band sein Tier an einer hölzernen Fenz fest. Dann betrat er den eigentlichen Palast, eine große Halle, deren Fundamente aus Stein und deren Überbau aus Balken und Schindeln bestanden. In der Mitte thronte der Fürst auf einem hölzernen Sessel, sein Torques reichte ihm bis in die Mitte der Schultern, goldene Spangen und Reifbänder umzirkelten seine muskulösen Arme. Ein Mundschenk hielt ihm einen Weinbecher aus getriebenem Gold griffgerecht, im Halbkreis um den Fürsten standen einige Edle der Stadt, andere hockten im Hintergrund auf langen Bänken, becherten oder verschlangen gewaltige Bratenstücke. Neben dem fürstlichen Thron loderte ein Feuer, der Rauch zog durch eine viereckige Öffnung im Dach ab.

"Sieh da, Getoric!" rief der Herrscher von Artobriga, als er den Herannahenden erkannte. "Teutates hat dich glücklich heimkehren lassen! Ich hoffe, deine Handelsfahrt ist erfolgreich verlaufen, und du kannst mir nun kräftig zinsen!" Er lachte dröhnend, die umstehenden Adligen fielen ein. Ein Barde[13)] blieb, vom Lärm aus dem Takt gebracht, mitten in einem uralten Heldenlied stecken.

"Ich konnte alle meine Waren an den Mann bringen, Fürst!" bestätigte Getoric, wobei er den Kopf leicht neigte. Der Händler brauchte nicht wie ein Knecht vor dem Herrscher in die Knie zu gehen, denn er war ein freier Mann und hatte von seiner Mutter her selbst adliges Blut in seinen Adern.

"Ja, die Schwerter, die wir in Artobriga herstellen, sind weit und breit begehrt", dröhnte der Fürst. "Wieviele waren es, die du verkaufen konntest, Getoric?"

"Dreieinhalb Dutzend", erwiderte der Händler. "Dazu Dolche, Kessel und verschiedene Werkzeuge. Ich habe dafür einen ganzen Gürtel voll Münzen erlöst."

"Dann zähle mir hier vor meinen Augen den Zehnten davon ab!" befahl der Fürst, nahm seinem Mundschenk den Pokal aus den Händen und trank gierig.

Während die Umstehenden neugierig zusahen, griff Getoric unter seinen Umhang und das Hemd und brachte eine prallen Lederschlauch zum Vorschein, den er bis jetzt auf dem bloßen Leib getragen hatte. Der Händler schnürte die Geldkatze auf und ließ ihren Inhalt auf den flachen Deckel einer Truhe rieseln, die neben dem Thron des Fürsten stand. Die Münzen waren aus Gold und Silber, etwa von der Größe eines Fingernagels. Ihre Ränder waren unregelmäßig ausgetrieben, auf den Vorder- und Rückseiten zeigten sie seltsame Symbole wie Spiralen, winzige Ringe, Halbmonde oder Kreuze. Manche waren auch mit Tierköpfen verziert; diejenigen, die in Artobriga selbst geschlagen worden waren, zeigten einen sehr natürlich ausgebildeten Adlerkopf.

Getoric hatte diese Münzen während der vergangenen Frühjahrs- und Sommermonate in Dutzenden von keltischen Gehöften und

Kleinsiedlungen entlang des Don, des Iser oder weiter im Landesinneren im endlosen Waldgebirge nördlich des Don eingesammelt, hatte sie Stück um Stück gegen seine Eisenwaren eingetauscht. Die Adlerkopf-Münzen, die jetzt auf dem Truhendeckel lagen, waren teilweise schon vor Jahrzehnten in Artobriga geschlagen worden, waren dann — ebenso wie der Händler — zu den abgelegensten Orten gewandert und wieder in die Stadt ihres Ursprungs zurückgekehrt. Sie zeugten davon, daß der Machtbereich von Artobriga sehr weit reichte.

Jetzt häufelte Getoric unter den wachsamen Augen des Fürsten sorgsam die Münzen. Er legte neun auf einen Stapel und schob die zehnte an den Truhenrand. Viele Male wiederholte sich dieser Vorgang, bis der Zehnte, den der Herrscher von Artobriga für sich beanspruchen durfte, genau abgezählt war. Zuletzt nahm der Schatzmeister des Fürsten den Tribut an sich, verwahrte die Münzen in einem Tongefäß und stellte es, nachdem auch Getoric das restliche Geld wieder im Gürtel verstaut hatte, in die Truhe.

"Du hast mir gut gezinst dieses Jahr", sagte der Herr der Stadt zufrieden. "Deine Abgaben werden dazu beitragen, daß die Mauern von Artobriga wiederum ein Stück erhöht werden können." Er ließ Getoric einen gefüllten Weinbecher reichen und setzte hinzu: "Denn wir müssen auf der Hut sein vor denen, die jetzt im Süden des Großen Gebirges immer mächtiger werden. — Als unser Volk an Don, Iser und Aenus[14)] zu siedeln begann, war dieses Rom nichts weiter als ein großes Dorf von Rinderhirten. Niemand mußte die Römer fürchten, ja, man pflegte diese Barbaren zu verachten, so arm und unbedeutend waren sie. Während wir Kelten bereits Wein und Gefäße aus Griechenland sowie wertvollen Bernstein von den Küsten der Nordmeere einhandelten und damit unsere Kehlen erfreuten und unsere Weiber schmückten, stritten sich die Römer mit den Wölfen von Latium noch um ihr Vieh. Doch heute beherrschen sie einen großen Teil des Südlandes, und viele einstmals freie Städte der Etrusker und anderer Völker sind ihnen untertan geworden. Eines Tages werden sie sich auch mit uns anlegen wollen — und dann müssen wir darauf vorbereitet sein!"

"Sie werden sich an den Wällen unserer Städte und Burgen die Schädel einrennen!" rief verächtlich einer der umstehenden Adligen.

"Wir Kelten haben nichts weiter zu fürchten, als daß uns eines Tages der Himmel auf den Kopf falllen könnte", skandierte der Barde.
Getoric sagte: "Andere Händler, die ich unterwegs traf, berichteten mir, daß es kürzlich bereis eine große Schlacht zwischen Kelten und Römern gab. Das Volk der Kimbern soll vollständig aufgerieben worden sein; nur klägliche Reste konnten sich angeblich in das Große Gebirge flüchten[15)]"
"Auch ich hörte davon", bestätigte der Fürst. "Doch weiß man nie genau, ob solche Gerüchte wahr oder erfunden sind. Auf jeden Fall müssen wir auf der Hut sein! — Jetzt aber kann ich mich nicht länger mit diesen Dingen belasten, denn eine Gesandtschaft aus Alkimoenis[16)] hat sich angesagt und wird jeden Augenblick in meiner Burg eintreffen. — Bis zum nächsten Jahr also, Getoric, wenn du mir den neuen Tribut bringst..."
Damit war der Händler entlassen. Nachdenklich schritt er aus der Halle, bestieg draußen wiederum seinen Braunen und ritt den kurzen Weg bis zu seinem eigenen Haus. Alix, sein junges Weib, empfing ihn überglücklich. Sie versorgte ihn mit Braten und Wein, danach feierten sie ihr Wiedersehen. Später in der Nacht erinnerte Getoric sich an die Goldkörner in seiner Gürteltasche, die er — halb bewußt, halb unbewußt — dem Fürsten unterschlagen hatte. Jetzt öffnete er die Tasche und ließ die Goldstücke, die im Licht der Öllampe geheimnisvoll blinkten, in die nackte Nabelkuhle seines Weibes Alix rieseln. Die junge Frau kicherte, dann sammelten sie gemeinsam die Goldkörner wieder ein. "Woher hast du sie?" wollte Alix wissen, wobei sie ein beerengroßes Korn zwischen ihren Fingern rollte.
Getoric berichtet ihr von seinem Fund auf der Kiesbank unterhalb des Hochufers des Iser, dann sagte er: "Es ist ein kleiner zusätzlicher Verdienst, den meine Handelsreise erbracht hat. Morgen werde ich einem Münzschläger ein Ferkel schenken, damit er diese Goldkörner für uns zu neuen Adlerköpfen prägt. Du kannst sie dann für dich verwenden, Alix — als kleine Entschädigung dafür, daß du monatelang ohne deinen Gatten auskommen mußtest."
Die junge Frau ließ lächelnd das letzte, beerengroße Goldkorn wieder in den Lederbeutel fallen, dann umschlang sie ihren heimgekehrten Gatten erneut. Als die beiden endlich einschliefen,

fingerte über die gewaltigen Mauern von Artobriga bereits der erste Sonnenstrahl des neuen Tages.

Nach dem Mittagsmahl ging Getoric zu dem Münzschläger. Der nahm das Ferkel grinsend an und machte sich ans Werk, obwohl er eigentlich nur im Auftrag des Fürsten arbeiten durfte. Er sortierte die Goldstücke und legte das beerengroße beiseite. "Das hat genau die richtige Größe", sagte er dabei. "Ich werde es am Schluß einzeln schmelzen und schlagen. Doch zuerst die anderen."

Er schmolz die Goldklumpen, ließ das flüssige Gold dann in die gefetteten Eisenformen rinnen und die Scheibchen darin wieder erkalten. Zuletzt knallte der Prägestempel auf sie nieder.

Mir dem beerengroßen Goldkorn gab sich der Handwerker besondere Mühe. Sorgfältig schlug er den Adlerkopf ein. "Es ist schöner geworden als die anderen", sagte er: "Sieh selbst, Getoric!"

Der Händler prüfte die frisch geschlagene Münze. "Ja, sie ist dir besonders gut gelungen", bestätigte er. Danach sammelte er die kleine Barschaft in seinen Lederbeutel, um sie Alix zu bringen.

Die Goldmünze mit dem Adlerkopf, fingernagelgroß nur, doch von ungewöhnlicher Schönheit, begann zu wandern. Sie wanderte aus der Hand der schönen Alix in die Lade eines Kleiderhändlers, der sie wiederum einem der Gesandten aus Alkimoenis einwechselte. Als die Gesandtschaft nach wochenlangen Palavern wieder abreiste, wanderte die goldene Adlermünze mit ihr donauabwärts. Später gelangte sie nach Radasbona[17)], der Keltenstadt am Zusammenfluß von Radas und Don. Wieder ging sie dort durch zahlreiche Hände, bis ein alter Mann, den eine harte Jugend geizig gemacht hatte, sie zusammen mit anderen in einem Kupfertopf hortete und diesen in der Nähe des Brunnens auf seinem Anwesen vergrub.

Nach dem Tod des Alten suchten seine Söhne und danach seine Enkel jahrzehntelang nach dem verschollenen Schatz. Doch erst ein Urenkel hatte Glück, als er seinen eigenen Besitz im Schutz des Brunnens vergraben wollte, weil die Römer nunmehr bis zum Don vorgedrungen waren und nichts mehr im Land vor ihnen sicher war. Nachdem der Urenkel die alten Münzen lange betrachtet hatte und sich besonders von einer, die einen Adlerkopf zeigte, lange nicht hatte losreißen können, fügte er seinen eigenen

kleinen Schatz hinzu und verschloß, schweren Herzens, die Grube erneut.
Wenige Jahre später errichteten die Römer südlich des Don, den sie selbst nunmehr Danubius nannten, ein erstes Kohortenkastell[18]. Ihr Druck auf die keltische Urbevölkerung wurde immer stärker. Viele des einst so stolzen Volkes unterwarfen sich den gepanzerten Legionären, andere wichen dem Druck der Eroberer nach Norden aus, dorthin, wo die tiefen Wälder entlang des Radas ihnen noch Schutz boten.
Unter den Flüchtlingen befand sich auch der Sohn jenes Bewohners von Radasbona, der einst die Adlermünze wiederentdeckt hatte, nur um sie dann sofort wieder zu vergraben. Jetzt trug der Sohn auf seiner Flucht den Schatz bei sich, denn sein Vater hatte ihm kurz vor seinem Tod den Ort anvertraut, wo das alte Gold lag. So wanderte die Adlermünze, zusammen mit ein paar Dutzend anderen, flußaufwärts und verlor sich vorübergehend in den undurchdringlichen Bergwäldern. In den Schluchten des Waldgebirges galten, wiederum generationenlang, die Goldmünzen wenig. Wichtig war allein der Kampf um Nahrung und gegen die Raubtiere. Das Gold wurde höchstens als seltsames Kuriosum und als Erinnerung an eine bessere Zeit bestaunt und von den Vätern auf die Söhne weitergegeben. Doch dann, neun Generationen, nachdem sie in Artobriga geschlagen worden war, gewann die Adlermünze wieder an Bedeutung.

Eine Geburtsurkunde aus Stein

(179 n. d. Z. — Regierungszeit des römischen Kaisers Marc Aurel)

Aar, der Anführer der Waldkrieger, spähte von den nördlichen Uferhöhen des großen Stromes aus hinunter auf den Bauplatz. In seinen Fellmantel gehüllt, kauerte er im Astgestrüpp einer riesigen gestürzten Eiche. Auf der anderen Seite des Stromes, doch ein Stück weiter südlich, lag das römische Kohortenlager mit seinen Erdwällen und Palisaden. Doch nicht diese alte, bereits vom Zahn der Zeit angenagte Festung interessierte Aar, sondern die neue, die jetzt direkt am Südufer des Don entstand. Die römischen Handwerker wieselten dort wie Ameisen durcheinander. Zwischen ihnen hatten Legionäre Posten bezogen. Ihre Kettenpanzer schimmerten in der Sonne, Speerspitzen glänzten über ihren Helmen, an ihren Gürteln hingen kurze Schwerter, die, wie Aar wußte, im Kampf natternschnell zustechen konnten.

Die Legionäre schützten den Bauplatz, an dem das neue römische Kastell entstehen sollte. Offenbar ihrer selbst sehr sicher, standen sie da, während die Handwerker und Pioniere Schwerarbeit leisteten. Schon zog sich ein breiter Graben beinahe eine viertel Wegstunde lang am Ufer des Stromes hin. Dieser Graben bildete eine riesige V-förmige Narbe im Land, denn seine Innenwände liefen nach unten spitz zusammen. Die Pioniere hatten ihn so tief ausgeschachtet, daß das Grundwasser des Stromes seine Sohle bedeckte. Dahinter ragten riesige Hebekräne und aus Balken zusammengezimmerte Flaschenzüge in den Himmel. An den armdicken Tauen pendelten gigantische Steinblöcke, die von den Römern auf Flußschiffen herangebracht worden waren. Nachschub wurde laufend an der Stromlände entladen und mit Hilfe von Ochsengespannen zu den Baumaschinen geschleift.

Schon waren die Fundamente der zyklopischen Mauern, die später das Legionslager unbezwingbar machen sollten, gelegt. In der Mitte des Nordwalles begann sich bereits ein gigantisches Tor herauszuformen, die spätere Porta Praetoria, das Hauptportal aller dieser römischen Festungen, wie sie in den vergangenen Jahrzehnten überall an der Nordgrenze des Weltreiches entstanden waren und immer noch weiter ausgebaut wurden. Wo nicht Flüsse natürliche Hindernisse zwischen diesen Kohorten- und Legionslagern bildeten und das Eindringen der längst miteinan-

der verschmolzenen germanischen und frei gebliebenen keltischen Reststämme erschwerten, hatten die Römer schier endlose Mauern errichtet, an denen die Angriffe der Barbaren aus dem Norden bislang immer wieder kläglich zerschellt waren. Aar hatte diesen Limes weiter im Westen, hinter der uralten und verfallenen Keltenstadt Alkimoenis, gesehen. Doch noch bedrohlicher als diese lange Mauer aus Steinquadern und Erde mit den daran aufgereihten Wachtürmen erschien ihm das, was hier am Ufer des großen Stromes entstand. Der Kelte, der seit etwas mehr als einem Jahr mit einer jungen Germanin aus dem Stamm der Semnonen verheiratet war, hatte längst begriffen, daß dort unten eine fürchterliche Zwingburg der Römer entstehen sollte.
Wieder wurde am gegenüberliegenden Ufer ein zwei Ellen hoher Steinquader in die Tormauer eingefügt. Das Knirschen des einrastendes Blocks drang bis zu Aar herüber. "Nichts wird diese Mauern mehr sprengen können, sobald sie erst einmal vollendet sind!" murmelte er ohnmächtig in seinem verstrüppten Versteck. "Man muß die Römer beizeiten angreifen — noch heute nacht!"

Vorsichtig zog Aar sich zurück. Seine Waffe klirrte gegen den gestürzten Stamm der Eiche, dann war der Krieger im Wald verschwunden. Als er zurück zu seinen Gefährten lief, die in einer Schlucht weiter im Norden auf ihn warteten, machte ihm das Schwert, das gegen seinen linken Schenkel schlug, Mut. Wenigstens waren er und seine Männer gut ausgerüstet. Sie brauchten die Römer nicht mit Speeren oder Keulen anzugreifen, mit denen sie sonst die wilden Tiere in ihren Wäldern gejagt hatten. Denn Aar hatte mit Hilfe des Goldschatzes, der von seinen Ahnen auf ihn gekommen und generationenlang in der armseligen Waldhütte angestaunt worden war, gute römische Schwerter erwerben können. Ein germanischer Legionär, der in einem Feldlager weit im Westen diente und dem Wein außerordentlich zugetan war, hatte das Geschäft mit Aar abgewickelt. Nun konnte der Semnone in der römischen Rüstung monatelang trinken — und Aars Männer besaßen ein volles Dutzend der unübertrefflich harten und spitzen Klingen, die den keltischen oder germanischen Schwertern so überlegen waren. Die Kurzschwerter der Römer waren viel leichter zu führen; man konnte mit ihnen die Deckung des Gegners blitzschnell unterlaufen und sparte auf diese Weise im Kampf Kraft. Während Aar zur Schlucht lief, sagte er sich immer wieder vor, daß er und seine Krieger mit diesen Waffen eine Möglichkeit des Sieges gegen die Römer haben würden — besonders, wenn sie in der Nacht und überraschend angriffen.

Außerdem besaß Aar auch noch seinen Talisman: Die letzte Goldmünze, die ihm nach dem Waffenhandel von seinem Schatz geblieben war. Die Adlermünze war vollkommen in ihrer Form und vor neun Generationen in Artobriga geschlagen worden. Zwar wußte Aar nichts mehr davon, doch er hütete dieses Kleinod wie seinen Augapfel und trug es Tag und Nacht in einem kleinen Lederbeutel um den Hals. Denn immerhin ahnte er, daß die Münze aus einer Zeit stammte, in der sein Volk mächtig gewesen war, und deswegen — so hoffte er — würden der Adlerkopf mit dem scharfen Schnabel ihm Glück bringen.

Aar erreichte das Lager in der Schlucht. Seine Männer umringten ihn neugierig. Die meisten von ihnen waren keltisch-germanische Mischlinge; keiner trug mehr die mit Gips verstärkte Haarkrone wie die Männer aus Artobriga oder Alkimoenis in früheren Zeiten, sondern diese Krieger bevorzugten bereits die Haartracht, die aus dem Norden gekommen war: Sie hatten eine starke Strähne ihrer schulterlangen Mähne über dem Hinterkopf zu einem Knoten gewunden. "Wann greifen wir an?" wandte sich jetzt einer unternehmungslustig an Aar.

"Noch diese Nacht", gab der Besitzer der Adlerkopfmünze zurück. "Wir können nicht mehr warten, sonst werden die furchtbaren Mauern nicht mehr zu zerstören sein. Die Römer wuchten einen Block nach dem anderen hoch. Wir werden heute nacht von Westen her, wo noch kein Graben ausgeworfen ist, die Anlage stürmen, möglichst viele Römer im Schlaf erschlagen und gleichzeitig ihre großen Maschinen in Brand stecken. Ohne sie können die Verfluchten keinen einzigen Steinblock bewegen. Wenn die Balken erst einmal zum Himmel lodern, werden die Römer aufgeben müssen und abziehen!" Aar, der in den Wäldern aufgewachsen war und immer nur das ungezwungene Leben seines eigenen kleinen Stammes gekannt hatte, glaubte an seine Wunschträume. Er war ein Wilder und naiv wie ein solcher.

Seine Männer, die ebenso wie er nichts von der wahren Ausdehnung und Macht des römischen Weltreiches wußten, dachten wie er. Sie jubelten ihm zu, schlugen ihre Schwerter gegeneinander,

berauschten sich an dem singenden Klirren und konnten die Nacht, die ihnen Ruhm einbringen sollte, kaum mehr erwarten.
In der Dämmerung schlichen sie hinunter zum Strom. Die Baumstämme für das Floß hatten sie bereits während der vergangenen Tage gefällt und von der Schlucht ins Ufergestrüpp geschleppt. Jetzt brachten sie die Balken ins Wasser, banden sie mit Pflanzenseilen zusammen und lauerten dann am Ufer, bis die Mitternacht ein wenig überschritten war. Um sich Kraft zu holen, berührte Aar den Talismann auf seiner Brust. Dann gab er das Zeichen zum Abstoßen. Etwas oberhalb des im Bau befindlichen Legionslagers Castra Regina glitt das Floß in den Strom und schnitt durch die ziehenden Nebelschwaden schräg hinüber.
Die Legionäre Rufus und Quintilius hielten neben einem der riesigen Hebekräne Wache. Sie trugen Kettenpanzer und Helme und hatten ihre mannshohen quadratischen Schilde vor sich in den Boden gestemmt. Die Erde war feucht von Nebel und da und dort morastig. Als Rufus sein Standbein wechselte und den einen Fuß ein wenig vorstellte, schnalzte der Schlick unter seiner groben Sandale mit der nägelbeschlagenen Sohle. "Ein ungastliches Land ist das!" murmelte Quintilius. "Nichts als Schlamm, Nebel und Kälte. Warum sind wir bloß so blöde gewesen, unser sonniges Römisches Reich zu verlassen und mit der Dritten Legion[19)] nach Norden zu marschieren?"
"Weil wir nach zwanzig Jahren Dienst Gutsbesitzer im Hinterland von Castra Regina werden können", erwiderte Rufus. "Wir werden dann eine Villa und eigenes Land besitzen, während wir in Rom doch immer nur Pöbel gewesen wären. — Noch sind wir bloß einfache Legionäre, doch in zwanzig Jahren wird jeder von uns als Hundertschaftführer aus dem Dienst scheiden. Und dann haben wir Anspruch auf einen fetten Happen dieses Landes hier am Danubius, das gar nicht so übel ist, wenn man nicht gerade nachts im Schlamm stehen muß."
"Du glaubst, daß wir es schaffen, he?" Quintilius stieß seinem Freund den Ellenbogen in die Seite. "Daß wir dann auch ein paar süße Sklavinnen haben werden, die uns in den kalten Nächten die Füße wärmen?"
"Und ob wir das schaffen!" bekräftigte Rufus. "Wenn wir Rom treu dienen, wird uns Rom auch anständig belohnen. Wir werden dann als geachtete Veteranen..."

Das Wort blieb dem Legionär im Hals stecken. Denn die Nacht war urplötzlich lebendig geworden. Schatten wischten heran, Waffen klirrten, ein Speer sang durch den ziehenden Nebel. Entsetzt sah Rufus, wie die Spitze des Wurfgeschosses sich in die Kehle seines Kameraden bohrte, genau dort, wo der Kettenpanzer unter der Halsgrube endete. Quintilius' Schrei kam gurgelnd und brach dann mit einem häßlichen Pfeifen ab. Schwer stürzte der Legionär in den Schlamm. Ein Wachfeuer, das ein Stück im Hintergrund brannte, schien blutige Schlieren über seinen auszuckenden Körper zu malen. Aus der Nacht heraus sprang ein großer Barbar Rufus an. Der Legionär vermutete, daß es derselbe war, der den Speer geschleudert hatte. Jetzt stach der nach Wildbret und altem Schweiß stinkende Krieger mit dem Schwert nach ihm.

Rufus konnte gerade noch mit dem hastig emporgerissenen Schild parieren. Gleichzeitig scholl sein Alarmruf über das schlafende Legionslager. Während es in seinem Rücken lebendig wurde, focht Rufus mit dem Wilden um sein Leben. Erstaunt bemerkte er, daß sein Gegner eine römische Waffe führte. Die hartgeschmiedeten Klingen klirrten infernalisch gegeneinander. Andere Barbaren hatten das Feuer erreicht, metzelten dort zwei, drei Legionäre im Halbschlaf, rissen Brände aus dem Scheiterhaufen und rannten weiter zum Hebekran. Reisigbündel prasselten unter das Balkenwerk, sprühende Fackeln wurden hineingestoßen. Doch schon ein paar Lidschläge später zischten römische Speere heran und fegten wie ein eiserner Rechen die Brandstifter von den Beinen. Eine ganze Manipel[20)] altgedienter und erfahrener Soldaten hatte entschlossen in das Scharmützel eingegriffen.

Der Spuk war beinahe ebensoschnell vorbei, wie er begonnen hatte. Todesschreie gellten auf, brachen ab. Nur der Barbar, der Quintilius getroffen und dann Rufus angegriffen hatte, hielt sich immer noch. Kameraden von Rufus umgingen ihn, um ihm in den Rücken zu kommen und ihn abzutun. Rufus parierte wiederum einen wütenden Stich, schrie gleichzeitig: "Nein! Laßt ihn mir!" Sein Gehirn kochte vor Grimm. "Ich will Rache für Quintilius!"

Der Barbar führte einen wuchtigen Schlag gegen Rufus' Schädel. Der Legionär riß den Schild hoch; der Unterarm seines Feindes krachte gegen den eisernen Rand. Ein Knochen brach mit trockenem Knall. Das Kurzschwert des Barbaren flirrte zur Erde. Der Mann selbst brach in die Knie und winselte plötzlich vor Schmerz.

Rufus ließ den Schild fallen und setzte dem Barbaren die Spitze seines Schwerts an die Kehle — genau an die gleiche Stelle, an der sein Freund Quintilius von dem heimtückisch geschleuderten Speer getroffen worden war. "Nein!" schrie der Barbar in kaum verständlichem Latein. "Gnade! Ich gebe dir Gold..."
Sein unverletzter Arm kam hoch, zerrte ein kleines Ledersäckchen unter der Kleidung hervor. Gleich darauf hielt der Besiegte mit schmerzverzerrtem Gesicht seinem Überwinder eine kleine Münze entgegen. Im Licht der nun überall brennenden Fackeln leuchtete ein Adlerkopf auf. "Nimm!" bat Aar. Seine Augen flehten.
Einen Moment lang war Rufus versucht, Gnade walten zu lassen. Doch dann sah er wieder das unglaublich bestürzte Gesicht des sterbenden Quintilius vor sich. Seine Schwertspitze zuckte vor und grub sich in die Kehle Aars. Gurgelnd wie Quintilius starb der Kelte, auf den in den Wäldern weit im Norden eine junge semnonische Frau wartete. Rufus riß ihm die Adlerkopfmünze aus der erschlaffenden Hand, wandte sich brüsk ab und versuchte der wühlenden Trauer in seinem Inneren Herr zu werden. Andere Legionäre schleppten die Leichen der getöteten Barbaren, auch die von Aar, zum Strom und schleuderten sie ins Wasser. Der Danubius trug sie fort und begrub sie sang- und klanglos auf seinem Grund.
Quintilius fand am nächsten Tag ein ehrenvolleres Grab. Als sein Freund, der nunmehr für alle Zeiten auf einen Gutshof und junge Sklavinnen verzichten mußte, ausgestreckt in der flachen Grube lag, kletterte Rufus vorsichtig zu ihm hinunter, öffnete ihm den Mund und legte ihm die keltische Goldmünze unter die Zunge. Auf diese Weise, so glaubte Rufus, konnte Quintilius wenigstens mit Anstand den Totenfluß überqueren und den Fährmann dort bezahlen.
Dann wurde das Grab geschlossen, und die Arbeiten in Castra Regina gingen weiter. Der tollkühne und aussichtslose Angriff Aars und seiner Männer hatte sie lediglich um eine knappe Stunde verzögern können — um jene kleine Zeitspanne, welche die Römer benötigten, um ihre gefallenen Kameraden unter die Erde zu bringen.
Die Quadermauern, die Castra Regina im Viereck umgaben, wuchsen höher und höher. Vier Tore durchbrachen sie, genau nach den vier Himmelsrichtungen ausgerichtet. Rundtürme flan-

kierten die Durchgänge, mehrstöckig, von halbrunden romanischen Fensteröffnungen durchbrochen. Der Spitzgraben vollendete sich und schützte die gewaltige Festungsanlage zusätzlich. Hinter den Mauern entstanden ein Forum, Offiziersquartiere, Legionärsunterkünfte, Pferdeställe, Lagerhäuser, Tavernen und Tempel. Noch ehe das Jahr 179 sich vollendet hatte, zeigte Castra Regina bereits jene imposante Größe, die — zumindest in Stückwerken — beinahe zwei Jahrtausende überdauern und Stadtgeschichte schreiben sollte[21)].
Spät in diesem Jahr 179 besichtigte der Kaiser selbst die nun fertiggestellte Festung. Marc Aurel umritt die Mauern, gab dabei auch einige philosophische Sentenzen von sich, die von einem seiner Begleiter sofort auf einer Wachstafel notiert wurden.
Als er seinen Umritt beendet hatte, gab der Kaiser des Römischen Weltreiches einen Befehl. Steinmetzen enthüllten eine Tafel von mehr als acht Metern Länge. Sie hatten in den Kalkstein sozusagen die Geburtsurkunde des späteren Regensburg eingegraben. Die Inschrift besagte, daß Kaiser Marc Aurel die Stadt mit Toren und Türmen durch seine Dritte Italische Legion unter ihrem Kommandanten und Provinzstatthalter M. Helvius Clemens Dextrianus im Jahr 179 erreichtet hatte.
Nun wurde die gigantische Steinplatte neben dem Osttor des Kastells hochgehievt und in die Quadermauer eingelassen. Der Kaiser betrachtete sie lange und gestattete der Legion danach ein mehrtägiges Fest. Marc Aurel selbst ritt jedoch schon am nächsten Tag wieder ab, donauabwärts, wo in einer der östlichen Provinzen des Reiches Unruhen ausgebrochen waren.
In Castra Regina regierte nun der Statthalter Dextrianus, während der Legionär Rufus weiter seinen Wachdienst versah und in einem flachen Grab im noch weitgehend unbebauten Westen der Militärstadt der unglückliche Quintilius lag, eine keltische Goldmünze im immer mehr verrottenden Gaumen.

Der Leichenzug nach Süden
(488 n. d. Z. — Ende der Römerherrschaft in Bayern)

Das Reich, das für ein halbes Jahrtausend den Mittelmeerraum, dazu Gallien und große Teile Germaniens beherrscht hatte, zerbrach. An seiner Nordgrenze bröckelte der Limes und barst zuletzt unter dem unaufhörlichen Ansturm der Markomannen und Alamannen. Im Westen, im späteren Frankreich, drangen Wisigoten[22)] und Franken in die einstmals römischen Provinzen ein. Auch der Riotamus Artwr[23)], die letzte Hoffnung Roms, vermochte mit seinen britischen Reitern Gallien nicht mehr zu retten. In den östlichen Provinzen, an der unteren Donau und auf der Krim, saßen längst schon die Austrogoten[24)]. Im böhmischen Kessel begannen die bislang unbedeutenden Bajuwaren Morgenluft zu wittern. Als sich das fünfte Jahrhundert seinem Ende näherte, herrschte am Tiber schon seit sechs Generationen kein Kaiser mehr. Als weströmischer Statthalter thronte nunmehr der Germane Odoakar inmitten der Sümpfe von Ravenna, während der nominelle Herr der beiden römischen Teilreiche längst in Byzanz residierte, sich um den untergehenden Westen sorgte und im Osten die Perser zu fürchten hatte.

Doch noch immer hielten sich die Festungen entlang der Donau in der bedrohten Provinz Raetien[25)]. Noch immer harrten die Kastelle Castra Regina, Quintana[26)], Batavis[27)] und Boiotro[28)] aus, auch wenn der Druck von Norden her beinahe täglich bedrohlicher wurde. Die Alamannen hatten sich an der uralten Grenzlinie festgebissen und wollten den fetten Brocken jetzt nicht mehr aus dem Maul lassen. Verstärkt durch andere germanische Stämme, überschritten sie immer wieder den Fluß, drangen — meist unangefochten — ins Hinterland vor, töteten, plünderten, vergewaltigten und opferten ihren Göttern Gefangene, denen sie zuvor in einem rituellen Akt die Hirnschale eingeschlagen hatten[29)].

Den germanischen Göttern stand ein anderer gegenüber, ein noch junger Gott, der gegen die kriegerischen Barbaren wenig taugte, denn seine Anhänger glaubten an Feindesliebe und Demut. Das Christentum hatte seit einigen hundert Jahren immer mehr Einfluß auf das römische Leben gewonnen; seit dem Jahr 313 duldete es keine anderen Götter mehr neben sich. Es hatte sich jedoch diese Religion, die in ihren Schriften nicht auf das Schwert setzte, zu einem zweischneidigen Schwert für das untergehende Römische Reich entwickelt. Denn die Bischöfe im noch sicheren Rom zerstörten durch ihren seit dem Jahr 313 immer rigoroseren Machthunger und die Verfolgung Andersdenkender zunehmend das innere Gefüge des Reiches — während ihre Untertanen, sofern sie mehr den Begründer ihres Glaubens als seine angeblichen bischöflichen Nachfolger achteten, eben wegen der Forderungen dieses Jeschu[30)] zur Verteidigung ihres Lebensraumes nicht mehr fähig waren.

So zerbrach ein Weltreich gleichzeitig an seinen äußeren Feinden und einer in seinem Inneren aufgekommenen zweischneidigen Philosophie und konnte vor den unerbittlichen Gesetzen der Geschichte deswegen nicht länger bestehen.

Im Kastell Boiotro, direkt am rechten Innufer gelegen, stand in diesem Jahr 488 eine Gruppe von Christen neben den bereits arg demoralisierten römischen Legionären auf dem nordwestlichen Wehrgang. Die Männer — Soldaten wie Zivilisten — blickten angstvoll über den milchig-grünen Fluß. Denn das Kastell Boiotro, das durch seine dreieckige Form an einen Wellenbrecher erinnerte, vermochte den Wellen der immer wieder anrennenden Alamannen kaum noch Widerstand entgegenzusetzen. Noch waren die Mauern des mit einer seiner stumpfen Seiten nach Nordwesten gerichteten Dreiecks unversehrt, doch jeder auf den Wällen konnte sich ausrechnen, daß der Strom der in Unruhe geratenen Germanen sie bald überfluten würde.

Im benachbarten Batavis, dem zweiten Kastell, das nur eine kleine Strecke entfernt zwischen Inn und Donau lag, schätzten die Militärs und die Flüchtlinge, die seit Monaten aus dem Umland herbeigeströmt waren, die Lage nicht optimistischer ein. Das Heerlager der Alamannen auf den Höhen des nördlichen Stromufers, die Reiter, die am Strand ihre derben Gäule tummelten, die Flöße, die da und dort bereits gezimmert wurden, sprachen für sich.

Die Rauchsäulen, die von den Feuerplätzen der Alamannen nach Süden zogen, schienen böse, unheilverkündende Omina zu sein — und mehr als einmal hatte man in den Kastellen während der letzten Wochen auch die gellenden Schreie von Menschen ertragen müssen, die drüben zuerst gefoltert und dann den blutsaufenden Göttern der Barbaren geopfert worden waren.

Während im Kastell Boiotro die wenigen übriggebliebenen Legionäre ihre Waffen griffbereit hielten und sich schworen, bei dem Angriff, der unzweifelhaft kommen würde, ihr Leben wenigstens so teuer wie möglich zu verkaufen, begannen die Christen auf dem Wehrgang plötzlich zu beten. Einfache, naive Sentenzen stiegen zum vermeintlichen Thron Gottes auf. Die Stimmen der zumeist alten Männer hingen dünn zwischen den Balken und Quadern des Wehrganges. Die Christen umringten ihren Vorbeter, einen Presbyter, der in seiner Ehe acht Kinder gezeugt hatte[31)], wie eine Herde Schafe ihren Hirten. Die Legionäre blickten zumeist verächtlich. Zuletzt beschloß der Priester die improvisierte Andacht mit einem Psalm, dann blickte er seine kleine Herde verzagt an und murmelte: "Vielleicht sollte man doch noch einmal mit den Barbaren verhandeln."

"Willst du ihnen vielleicht zwei oder drei deiner Bälger als Tribut anbieten?" spottete ein Unteroffizier der Wachtruppe, der mit einem Krug Wein im Arm im Schutz einer Zinne lehnte. "Ich glaube nicht, daß sich die Alamannen mit deiner Brut zufrieden geben würden! Nein, die wollen mehr! Die wollen unser Kastell, unser Leben — und dazu alles Land von hier bis zu den Alpen." Er grinste. "Außerdem die Opfergaben, die ihr Christen seit beinahe zweihundert Jahren in euren Bethäusern gehortet habt[32)]." Der Unteroffizier nahm einen großen Schluck Wein, rülpste verächtlich und setzte hinzu: "Glaubt bloß nicht, daß ihr die Horden dort drüben mit eurem Gewinsel aufzuhalten vermögt. Das könnte allein der Kaiser — sofern wir in Rom noch einen hätten. Doch Rom ist verwaist, und in Ravenna hockt der versoffene Odoakar auf dem Statthalterthron, ein Germane wie diejenigen, die dort drüben Menschen braten. Was also können wir von ihm schon erwarten?! Nein, Priesterlein, ich sage dir, daß wir verloren sind!"

"Wenn Severin, der heilige Mann, noch lebte, würdest du nicht so sprechen!" wandte der Presbyter ein. Großer Gott! Warum mußte er bloß vor sechs Jahren in Favinis[33)] so plötzlich vom Leibe abscheiden?"

"Vermutlich deswegen, weil er schon ein uralter Daddel war", sagte der Unteroffizier respektlos. Doch als er die entsetzten Blicke des Presbyters und seiner Schäfchen sah, lenkte er ein: "Nun, ich gebe zu, der Alte hat mit den Barbaren schon umzugehen gewußt. Hat ihnen erfolgreich vorgespielt, daß euer Gott mächtiger sei als Odin oder das Mannweib Frigg, die sie selbst anbeten. Das hat die abergläubischen Alamannen schon beeindruckt. — Ein Überläufer erzählte mir vor Jahren einmal, daß ihr Gott Odin zwar auch an einem Baum gehangen habe, sogar volle neun Tage lang, doch er sei dabei noch nicht ganz tot gewesen. So sei auch nichts Übernatürliches daran, daß er sich zuletzt habe befreien können[34]. Severin jedoch habe geschworen, sein Christengott sei bereits unwiderruflich hinüber gewesen, als man ihn vom Kreuz abgenommen habe. Das habe den Germanen gewaltige Furcht eingejagt. Deswegen hätten sie damals, nachdem Severin ihnen gepredigt hatte, auch von einem Angriff abgesehen. Sie hätten nämlich befürchtet, sie könnten euch Christen gar nicht wirklich erschlagen, denn mit der Hilfe eures Gottes würdet ihr sofort wieder lebendig werden, nachdem euch ein Schwert tödlich getroffen habe." Wieder trank der Unteroffizier. "Nun, inzwischen wissen es die Alamannen besser", schloß er. "Sie haben jetzt schon genügend Christen umgebracht, um auf die alten Geschichten Severins nicht länger hereinzufallen!"

"Du bist ein entsetzlicher Heide!" tadelte ihn der Presbyter. "Wie kannst du nur den auferstandenen Christus und den Heidengott Odin in einem Atemzug nennen?! Und außerdem von einem heiligen Mann wie dem Abt Severin so verächtlich sprechen?!"

"Du hast doch gehört, daß ich's kann!" erwiderte der Legionär geringschätzig, drehte sich brüsk um und spähte über den Fluß, wo im Lager der Alamannen gerade wieder frische Truppen anzukommen schienen.

"Gott wird dich für deine Lästerungen strafen!" belferte der Presbyter.

"Wenn, dann trifft es dich und mich — und es wird nicht das Schwert eines Gottes sein, sondern das der Alamannen", gab der Unteroffizier über die Schulter zurück. "Und jetzt wäre es gut, wenn du samt deiner Schafherde vom Wall verschwinden würdest, Priesterlein! Ihr stört hier oben nur den Dienstbetrieb!"

Mit bösen Blicken auf den heidnischen Legionär zogen sich die Christen zurück. Seufzend kletterten sie in den Innenhof des Kastells Boiotro hinunter und hockten sich dann neben die Zisterne, die inmitten des Areals lag. "Die Soldaten begreifen nicht, was Severin für uns alle getan hat", murmelte der Priester. "Der Heilige hat damals die Alamannen nicht nur eingeschüchtert, wie der

Unteroffizier behauptete, sondern ein göttliches Wunder an ihnen gewirkt. Ich muß es wissen, denn ich habe es von mehreren unserer Mitbrüder gehört, von weisen Gemeindeältesten, die schon sehr viele Jahre haben kommen und gehen sehen."

"Erzähle uns von den Taten des Heiligen", bat ein Korbmacher. "Wie er die Alamannen allein durch die Kraft seines Glaubens in ihre Schranken wies..."

"Es geschah vor vielen Jahren in der Nähe von Quintana", begann der Presbyter. "Auch damals bedrohten die Barbaren das südliche Donauufer und hatten bereits damit begonnen, den Strom auf Flößen und Kähnen zu überschreiten. Doch am Strand trat ihnen der Wundertätige entgegen und forderte sie im Namen Gottes zur Umkehr auf. Er sprach zu ihnen von Christus, der am Kreuz gestorben und dennoch wieder auferstanden ist, und sofort befielen Blindheit und Verwirrung die Alamannen, so daß sie ihren Angriff nicht weiter fortsetzten, sondern umkehrten und Quintana in Frieden ließen. Dieses Wunder konnte jedoch nur geschehen, weil Christus auf die Fürbitten des heiligen Severin hin persönlich über den Wassern erschien und leibhaftig auf der Donau wandelte. — Dies ist die Wahrheit, und ich habe sie aus dem Mund vieler Zeugen vernommen!"

"Dies ist die Wahrheit!" bestätigte die Gemeinde fromm. Dann jedoch sagte der Korbmacher betrübt: "In früheren Jahren konnte man noch auf solche Wunder hoffen, doch nunmehr ist der Heilige tot, und seine Gebeine liegen im Kloster von Favinis. Wer wird uns jetzt in unserer Not beistehen, da die Alamannen jeden Tag erneut die Grenze überschreiten können und es keinen Wundertäter mehr gibt, der sie aufhalten könnte?"

"Vielleicht kann eine Prophezeiung Severins uns helfen", murmelte ein anderer. "Ich habe gehört, er habe schon vor vielen Jahren angekündigt, daß alle Römer und alle Römerfreunde eines Tages das Land hier im Norden aufgeben und nach Süden wandern würden, wo sie dann eine neue Heimat und Frieden finden könnten. Vielleicht ist die Zeit dazu jetzt gekommen..."

"Vielleicht", sagte der Presbyter, "doch niemand läßt leichtfertig seine Heimat im Stich, und wir haben in diesem Land seit vielen Menschenaltern gelebt." Er seufzte und setzte hinzu: "Ich weiß nicht, was wir tun sollen..."

Seine Gemeinde verfiel wieder in bedrücktes Schweigen, während oben auf den Wällen die Legionärswachen wechselten.

In der folgenden Nacht versuchten die Alamannen einen Angriff über den Inn. Kein Heilger trat ihnen entgegen, doch immerhin war die Kraft der römischen Soldaten noch groß genug, um die Barbaren noch einmal zurückzuschlagen. In ihrer Kirche beteten die Christen zu ihrem Gott, während das Schicksal von Boiotro und der anderen Kastelle sich nun jeden Tag erfüllen konnte.

Eine knappe Woche später, als die Stimmung in Boiotro auf dem Tiefpunkt angelangt war, ereignete sich jedoch etwas ganz Erstaunliches. Donauaufwärts näherte sich ein langer Treck von Zivilisten und Soldaten und kam zuletzt vor dem östlichen Tor des Kastells zum Stehen. Es stellte sich heraus, daß diese Menschen aus römischen Siedlungen weiter donauabwärts kamen; auch Flüchtlinge aus Favinis und Krems waren darunter. An ihrer Spitze ritt ein grobschlächtiger Germane in prächtiger Rüstung, der von einer starken Schar Leibwächter umgeben war, und nun rief er mit befehlsgewohnter Stimme die Bewohner von Boiotro zusammen und eröffnete ihnen das Folgende: "Ich bin Hunwulf, der Bruder des römischen Königs Odoakar, und in seinem Namen befehle ich euch, diese Grenzfestung aufzugeben und in meinem Gefolge ins Römische Reich zurückzukehren."

"Die Weissagung des Heiligen ist eingetroffen!" stammelte der Korbmacher. "Severin hat gewußt, daß wir eines Tages dieses Land verlassen würden!"

"Er hat es in der Tat dank göttlicher Erleuchtung gewußt!" bestätigte der Presbyter und blickte gerührt auf sein Weib und die Schar seiner Kinder.

Hunwulf, der wie sein Bruder in Ravenna ein Heide war, grinste spöttisch. "Odoakar hat es befohlen!" rief er. "Nicht der, den Unbewaffnete wie ihr dort hinten in einer Holztruhe mitschleppen! Am besten wäre es sowieso, den Kadaver in den Fluß zu werfen, denn er belastet uns nur und hat mir von Favinis herauf schon genug Ärger gemacht! Doch ich habe anderes zu tun, als mich um tote Narren zu kümmern! Boiotro muß so schnell wie möglich geräumt werden, ebenso Batavis, Quintana, Serviodurum[35] und Castra Regina weiter im Norden. Boten sind bereits dorthin abgegangen. Ihr habt keine Zeit mehr zu verlieren, wenn ihr das Römische Reich noch ungeschoren erreichen wollt! Jeden

Tag können die Alamannen — Odin vernichte sie! — jetzt zum entscheidenden Sturm ansetzen!"

Die letzten Worte Hunwulfs gingen im allgemeinen Getümmel unter. Die meisten der Bewohner von Boiotro hasteten zurück in das Kastell, um ihr Hab und Gut zusammenzupacken. Unter ihnen befanden sich auch das Weib und die acht Kinder des Presbyters. Der Priester selbst jedoch eilte mit den männlichen Mitgliedern seiner Gemeinde zu jener Stelle, wo auf einem Ochsenkarren ein plumper, hölzerner Sarg lag: Die letzte irdische Hülle des Mönches Severin, den die Christen für heilig hielten.

"Er hat es gewußt!" murmelte der Presbyter verzückt, als er sich seitlich des Ochsenkarrens zum Gebet auf die Knie warf. Um ihn herum knieten andere Christen im Staub und flehten inbrünstig den Segen Severins auf ihren nunmehr unausweichlichen Exodus aus Raetien herab. Der Leichnam in seiner Holzkiste blieb stumm. Lediglich ein leicher Modergeruch wurde vom Flußwind über die Köpfe der Christen hinweggetragen.

Schon am nächsten Tag setzte sich der Treck wieder in Bewegung, vereinigte sich mit einem zweiten aus Batavis und wenige Tage später mit einem dritten, der von Quintana und Serviodurum heranzog. Ein Stück weiter südlich stießen die Flüchtlinge aus Castra Regina dazu, während noch weiter westlich andere Heersäulen aus demoralisierten Legionären und entwurzelten Handwerkern und Bauern in Richtung auf die Alpen marschierten.

Inmitten des Trecks, der von Inn und Donau kam, rumpelte der Ochsenkarren mit der Leiche Severins. Er rumpelte zuerst durch das Hügelland, später über die Schotterebene nördlich des Gebirges, um sich sodann die ersten Vorberge hinaufzuquälen und zuletzt den Brennerpaß zu erreichen, der den Weg ins Römische Reich freigab.

Im Rücken der Flüchtlinge drangen die Alamannen über die Donau. Jubelnd besetzten sie die verlassenen Städte und Gehöfte, versklavten die wenigen zurückgebliebenen Römer und vergewaltigten deren Weiber, verzichteten jedoch darauf, den so gut wie wehrlosen Trecks selbst zu folgen, auch wenn die Offiziere und christlichen Presbyter wertvolle Schätze aus ihren nunmehr gefallenen Garnisonen und Kirchen mitführten. Doch die Germanen hatten bereits bekommen, woran ihnen am meisten lag: Land, das sie bebauen und auf dem sie jagen konnten, denn allein um

dieses Landes willen hatten sie Krieg geführt. Einst waren sie selbst aus ihrer Heimat im Norden vertrieben worden, doch nun hatten sie sich eine neue Heimat im Süden schaffen können, so daß ihnen jetzt an weiterem Kampf nichts mehr lag.
Zusammen mit den Alamannen drangen auch vereinzelte bajuwarische Horden in die ehemalige römische Provinz Raetien ein. Sie waren an Zahl den alamannischen Scharen weit unterlegen und konnten deswegen keineswegs die besten Ackerbreiten für sich beanspruchen. So setzten sie sich in den verlassenen Kastellen fest, in Boiotro, Batavis, Quintana, Serviodurum und auch in Castra Regina, wo ein seit mehr als drei Jahrhunderten vergessenes Grab lag.

Drittes Buch

DAS MITTELALTER

Die Hauptstadt Garibalds
(Mitte des 6. Jahrhunderts)

Sinzo blickte nachdenklich auf den großen Bauernhof mit seinen geduckten Bohlenhäusern und den strohgedeckten Dächern hinunter. Rauch fluderte aus dem Abzugsloch im Giebel des Wohnhauses, zog dämpfig hinüber zum Waldrand, wo sich verkrustete Schneewehen häuften. Noch vor wenigen Tagen hatte ein später Wintersturm arg durch den Talkessel inmitten der böhmischen Berge gepfiffen. Die alten Weiber auf dem Hof hatten entsetzt von der Wilden Jagd Odins geflüstert und auf die Bannzeichen über dem Türsturz des Haupthauses geschielt. Der betagte Bauer auf dem Hausvatersitz neben der Feuergrube hatte sich den ausladenden Schnauzer gezwirbelt und, nicht ohne heimliche Freude, zu Sinzo gesagt: "Jetzt wirst du deinen Aufbruch wohl noch ein Weilchen verschieben müssen!"

Sinzo hatte die durch das Schneewetter bedingte Verzögerung beinahe erleichtert hingenommen. Hatte, obwohl er eigentlich nicht mehr wirklich dazugehörte, noch einmal im Kreis der Sippe gesessen, an der Seite seines älteren Bruders, dem später der Hof zugedacht war. Doch dann war Tauwetter eingetreten; wo der Schnee nicht gerade zu Wehen aufgetürmt lag, war er jetzt größtenteils wieder abgeschmolzen. Nunmehr hatte Sinzo keine Zeit mehr verloren. Er, dem als dem Nachgeborenen nach bajuwarischem Recht auf dem väterlichen Hof nichts als die Knechtschaft geblieben wäre, hatte sich schon im letzten Sommer entschlossen, über die Berge und die Donau zu gehen und sich im Südland eigenen Grund und Boden zu erwerben.

Jetzt hatte der Karren, auf dem ein paar Säcke mit Saatgut sowie einige bäuerliche Werkzeuge festgezurrt waren, den ersten Kamm über dem gestern noch heimatlichen Tal erreicht. Sinzo hatte seinen beiden Gefährten Öta und Harto ein Zeichen gegeben, die Zugochsen noch einmal anzuhalten. Die beiden halbwüchsigen Burschen und Sinzo blickten stumm zurück. Öta und Harto stammten von kleineren Höfen in der Nachbarschaft des Tales;

genau wie ihr Anführer wären sie ebenfalls nicht erbberechtigt gewesen. Deswegen hatten sie sich Sinzo angeschlossen und hatten das wenige, was ihre Familien ihnen hatten mitgeben können, mit auf den Ochsenkarren geworfen. Doch im Gegensatz zu dem Großbauernsohn Sinzo, der einen struppigen Braunen ritt, mußten sie zu Fuß in ihr neues Leben laufen. Sinzos Vater hatte seinen zweiten Sohn besser ausstatten können, als die Familien von Öta und Harto dies vermocht hätten. Dies bedeutete, daß Sinzo der Anführer war, Öta und Harto jedoch wiederum nur Knechte. Doch die beiden waren jung und hofften, später auf irgendeine Weise ebenfalls zu Besitz zu kommen. Wenn man den Händlern glauben konnte, die jedes Frühjahr im Böhmischen Kessel auftauchten, war dies im Süden jedenfalls leichter möglich als irgendwo anders. Viel Land sollte dort unten immer noch brachliegen und nur auf den Pflug und kräftige Fäuste warten.

"Weiter!" sagte Sinzo endlich. "Es ist nicht gut, dem nachzutrauern, was nun bereits hinter uns liegt!"

Öta und Harto nickten. Eine Geißel schnalzte gegen die Flanke des Leitochsen und brachte das Gespann wieder in Bewegung. Sinzo trieb seinen Braunen an die Spitze, um den günstigsten Pfad zu suchen. Der armselige Treck verschwand zwischen noch winterdürren Bäumen. Der Ochsenkarren rumpelte den Südhang des Hügels hinunter, dann gingen die breitschädeligen Zugtiere die nächste Bergflanke an. Sinzo im Sattel seines Braunen dachte abwechselnd an das, was er verloren hatte, und an das, was er zu gewinnen hoffte.

So treckten sie mehrere Wochen lang unentwegt nach Süden. Die Frühlingssonne wurde kräftiger, während sie einen Hügel nach dem anderen bezwangen oder umfuhren. Sinzo jagte mit Pfeil und Bogen; das Kleinwild, das er erlegte, brieten sie am Abend über hastig zusammengeschürtem Lagerfeuer. Danach suchten sie Schutz vor der Nacht, die immer noch frostig einfallen konnte, hinter struppig zusammengefügten Windschirmen aus Baumästen und Zweigen. Die Rinder und das Pferd weideten unterwegs ab, was sie gerade fanden. Als die Hügel des Waldgebirges in flache Zungen ausliefen, waren Menschen und Tiere sehr mager geworden. Doch unter ihnen, höchstens noch eine Tagesreise entfernt, schimmerte jetzt die Donau mit ihrem breiten Hauptstrom und den sich verästelnden Nebenarmen.

Die Händler hatten erzählt, daß man am rechten Ufer aufwärts reisen müsse, um die sagenhafte Stadt zu erreichen, deren Quadermauern bis auf die Urzeit zurückgingen. Sinzo und seine beiden Begleiter mußten also den Strom überqueren. Sie lenkten ihren Karren hinunter ins Tal, fällten Bäume und zurrten die Stämme an der Wagenplatte fest. Dann trieben sie die Ochsen an einer geeigneten Stelle in den Strom. Teilweise furteten sie hinüber, teilweise mußten die Ochsen und der Braune schwimmen, und einmal sah es ganz so aus, als würde der Strom die Hoffnungen Sinzos und seiner beiden Knechte auf seinem Grund begraben. Doch sie schafften es, überwanden auch die Nebenarme auf der rechten Talseite der Donau und konnten auf trockenem Boden weiter nach Nordwesten ziehen.

Das Land, das sie nunmehr durchquerten, begeisterte sie. Die Erde war fruchtbar und schwarz, nicht zu vergleichen mit den steinigen Äckern ihrer einstigen Heimat, die jetzt weit hinter ihnen lag. Hier, im Tal der Donau, trug und ernährte diese schwarze Erde ganze Dörfer, nicht nur einzelne Gehöfte wie im Nordgebirge. Sinzo, Öta und Harto zogen staunend vorüber. Manchmal kamen sie mit den Bauern ins Gespräch, verständigten sich mühsam mit denen, die von Alamannen oder Römern abstammten, unterhielten sich fließender mit den bajuwarischen Siedlern, die bereits vor zwei oder drei Generationen hier eingesickert waren. Mehrmals schlugen Öta und Harto vor, gleich hier ein Stück Auwald zu roden, doch Sinzo lehnte jedesmal ab. Ihn zog es nach der sagenhaften steinernen Stadt, von der alle Bauern, mit denen sie sprachen, zu berichten wußten. Es sollte Türme dort geben, die bis in den Himmel ragten, eine Mauer, für deren Umschreitung ein Mann den zwölften Teil eines Tages benötigte, und in dieser Festung sollte jetzt sogar ein bajuwarischer Herzog regieren. All dies beeindruckte Sinzo so stark, daß er seinen mageren Gaul, seine knochigen Ochsen und seine beiden Knechte immer weiter trieb, am alten Römerkastell Serviodurum vorbei, das halb verfallen über den Strom herüber grüßte, bis die Donau zuletzt einen Knick nach Südosten machte — und in diesem Knick erblickten die Zuwanderer aus den böhmischen Bergen endlich die sagenhafte Stadt.

Es stimmte alles, wovon die Händler und die Gäubodenbauern berichtet hatten: Eine gewaltige Mauer, aus eckigen Quadern

gefügt, umschloß im Geviert den riesigen Platz. Tore mit seitlich danebengesetzten Rundtürmen durchbrachen in allen vier Himmelsrichtungen den Wall, dahinter ragten die Giebel zahlloser Gebäude auf. Sinzo und seine beiden Knechte begafften das Wunder mit offenen Mäulern; erst als die Ochsen ungeduldig zu brüllen begannen, kamen die drei Bajuwaren wieder zu sich.
"Es scheint, als hätten Riesen sie erbaut", staunte Öta. "Menschen können es jedenfalls nicht getan haben!"
"Eher Götter!" mutmaßte Harto und hielt sich am Kummet des Leitochsen fest. "Odin muß einen ganzen Berg zerschlagen haben, um aus den Steinen diese Mauern errichten zu können!"
"Ob es nun Riesen oder Götter waren, weiß ich nicht", sagte Sinzo. "Doch jetzt gehört sie jedenfalls uns, den Bajuwaren, und unsere Herzöge werden noch in tausend Jahren hier herrschen, denn diese Mauern sind unzerstörbar und können von keinem Feind überwunden werden. — Los, treibt die Ochsen wieder an! Wir wollen hinein! Dort, durch das Tor!"
Ächzend setzte sich der Karren wieder in Bewegung, überquerte den uralten römischen Spitzgraben auf einer einfachen Holzbrükke und verschwand im Gewölbe des östlichen Torbogens. Dahinter rumpelten die Räder plötzlich über buckliges Kopfsteinpflaster — ein neues Wunder, das die drei jungen Männer aus dem Waldgebirge wiederum kaum zu begreifen vermochten. Gleich darauf kamen die Ochsen auf einem großen Platz endgültig zum Stehen. Links von ihnen ragte eine mächtige Burg in den Frühjahrshimmel.[36)]
Sinzo, Öta und Harto starrten stumm auf das riesige Gebäude mit den klobigen Mauern und dem Rundportal, das von berittenen Wachen geschützt wurde. Diese Krieger trugen Lederharnische, Eisenhelme, lange Mäntel und breite, einschneidige Schwerter, Sattel und Zaumzeug ihrer Tiere waren mit silbernen Ornamenten beschlagen. Argwöhnisch musterten sie das Treiben auf dem Platz vor der Herzogsburg: Die Händler, die auf dem Pflaster ihre Waren ausgebreitet hatten, die bewaffneten Bauern aus den umliegenden Gauen, die es in die Stadt getrieben hatte, die christlichen Mönche, die vereinzelt herumstanden und bettelten, die heidnischen Schamanen mit ihren barbarischen Kopfbedeckungen aus den Fellen und Schädeln erlegter Tiere[37)], die losen Weiber, die hier in der Stadt ihr Glück zu machen hofften.

Dann wurde einer der Reiter auf Sinzo und seine beiden Begleiter aufmerksam. Er löste sich im Trab vom Portal der Herzogsburg, trieb seinen Gaul an den Ochsenkarren heran und faßte Sinzo auf seinem Braunen scharf ins Auge. "Ihr seid fremd hier, nicht?" fragte er barsch.

"Wir kommen von Norden, aus dem Waldgebirge", erwiderte Sinzo eingeschüchtert. Mutiger setzte er hinzu: "Aber wir sind keine Fremden! Wir sind Bajuwaren wie du! Wir sprechen eine Sprache..."

Der Berittene grinste plötzlich. "Hinterwäldler seid ihr also", sagte er. "Aber doch immerhin von unserem Stamm. Und nun wollt ihr hier in Regensburg euer Glück machen?"

"Ja, ich möchte Land, das ich mit meinen Knechten bebauen kann", erwiderte Sinzo.

"Und vielleicht gibt es auch für Öta und mich einen Acker, auf dem wir später einmal als freie Männer leben und eine Familie gründen können", setzte Harto hinzu.

"Gibt es — aber doch nicht hier in der Stadt", sagte der Reiter. "Oder wollt ihr die Pflastersteine vor der Herzogsburg umpflügen?" Er lachte bellend. "Ihr müßt mit dem Verwalter Garibalds sprechen, dann wird der euch Land zuteilen, falls ihm eure Nasen gefallen. Land außerhalb der Mauern. Gutes Land. Doch ihr werdet Garibald dafür zinsen müssen!"

Sinzo schluckte. "Was bedeutet das — und wer ist Garibald?"

"Sagte ich's doch, Hinterwäldler seid ihr!" lachte der Reiter. "Garibald ist der Herzog dieser Stadt und aller Bajuwaren. Er beschützt die Bauern, verlangt aber dafür den zehnten Teil der Ernte in Korn oder den Gegenwert in Silber oder Gold. Das nennt man zinsen."

"In unserem Tal im Norden kannten wir solche Bräuche nicht", versetzte Sinzo. "Was mein Vater erntete, gehörte ihm auch!"

"Ja, so mag es dort gewesen sein", entgegnete der Reiter. "Doch hier, im Land des Herzogs, gelten andere Gesetze. Der Hof muß verköstigt werden, das Heer Garibalds will unterhalten sein, auch die Mauern der Stadt müssen erhalten und ausgebessert werden. Dazu sind die Bauern da. Sie bezahlen den Zehnten — und finden dafür Schutz hinter den Wällen von Regensburg, wenn Feinde ins Land einfallen."

Sinzo nickte. "Vielleicht ist es gar nicht so schlecht, dem Herzog Garibald zu zinsen, wenn man dafür Schutz bekommt", sagte er einsichtig. "Ich glaube, ich werde gerne Bauer in der Nähe dieser Stadt sein. — Wo finde ich aber nun den Verwalter des Herzogs, von dem du vorhin gesprochen hast?"
"Frage in der Burg nach ihm", erwiderte der Reiter. "Aber zuvor fahrt den Ochsenkarren beiseite. Es sieht nicht gut aus, wenn er direkt vor dem Palast Garibalds steht, nicht wahr?"
"Bringt den Karren weg!" befahl Sinzo seinen beiden Knechten. Er glitt aus dem Sattel seines Braunen. "Und kümmert euch auch um mein Pferd, während ich diesen Verwalter aufsuche!"
Öta und Harto gehorchten. Der Wachtposten trabte wieder zum Portal zurück. Sinzo folgte ihm, grinste dem Berittenen noch einmal zu und verschwand im Inneren der Herzogsburg. Es dauerte eine Weile, doch dann trat Sinzo mit strahlendem Gesicht wieder auf den Platz hinaus, rannte zu seinen Begleitern und rief ihnen zu: "Wir haben Land, südwestlich der Stadt! Kommt, wir wollen sofort dorthin aufbrechen! Es soll gutes Land zwischen den Randhügeln an der Donau und dem Strom selbst sein!"
Öta und Harto grinsten erfreut, Sinzo schwang sich wieder in den Sattel seines Braunen, dann rumpelte der Ochsenkarren quer über den Platz davon. Die Neusiedler durchquerten die große Stadt, verließen sie zuletzt durch das westliche Tor und hielten Ausschau nach den Ackerbreiten, deren Lage der Verwalter Sinzo genau beschrieben hatte.
Herzog Garibald, ein Hüne von knapp dreißig Jahren, blickte dem abziehenden Ochsenkarren von einem der romanischen Fenster seines Palastes aus nach. Dann rief er nach seinem Verwalter. "Es sind wieder Siedler angekommen, Grimoald?" fragte er, als der Beamte eingetreten war.
"Ein junger Mann namens Sinzo aus dem Waldgebirge im Norden und zwei Knechte", bestätigte Grimoald. "Erblose, die hier unter deinem Schild ihr Glück machen wollen. Ich habe ihnen ein paar Äcker im Südwesten der Stadt zugewiesen. Es sind gute Leute. Hungrig und willig. Sie werden etwas aus dem Land machen und bald einen neuen Hof aufgebaut haben."
"Das ist gut so! Die Stadt braucht Hintersassen", sagte der Herzog. Er rückte seinen blauen Mantel über dem Wollwams zurecht und setzte hinzu: "Umso mehr, als sich mein Hofstaat bald bedeu-

tend vergrößern wird. Waldrada wird in wenigen Wochen in Regensburg eintreffen, und ich werde dann Hochzeit mit ihr feiern. Waldradas Gefolge wird zahlreich sein. Wir werden jede Zinsmünze nötig haben, um sie alle zufriedenzustellen."

"Ja, du wirst dich nun bald mit dem fränkischen Königshaus verbinden!" stellte Grimoald zufrieden fest. "Auch das ist gut! Dein eigenes Ansehen wird dadurch mächtig steigen. Waldrada war bis vor kurzem schließlich noch die Gemahlin von König Chlothar höchstpersönlich. Und zuvor war sie mit dessen Neffen, dem verstorbenen König Theudebald verheiratet..."

Garibald grinste. "Was sich als ein großes Glück für mich erwiesen hat", sagte er. "Denn als Chlothar die Witwe seines Neffen zum Weib nahm, legte sich die Kirche quer. Die Pfaffen wollten die Verwandtenehe nicht dulden. Chlothar mußte nachgeben, und auf diese Weise wurde seine Gattin nunmehr für mich frei. Sobald Waldrada ihren nackten Fuß in meinen Schuh gestellt haben wird[38)], werden wir Bajuwaren sehr mächtige Verbündete haben! Doch nicht nur die Franken werden uns dann beschützen und fördern müssen, sondern auch die Langobarden in Italien. Denn Waldrada ist auch die Tochter des langobardischen Königs! Ich schwöre dir, Grimoald, daß mein Herzogtum dadurch bald einem selbständigen Königreich gleichkommen wird!"

"Agilolf wäre stolz auf dich!" sagte der Verwalter und verneigte sich. "Du wirst das Geschlecht deines Ahnherrn sehr hoch erheben!"

"Und die Huosi, die Draozza, die Fagana, Hahhilinga sowie die Anniona[39)] werden für alle Zeiten die Vorherrschaft der Agilolfinger anerkennen müssen", rief Garibald. "Von nun an wird das Land der Bajuwaren stets von einem aus meinem Geschlecht regiert werden, während die anderen Adelshäupter nicht mehr sein werden als unsere ersten Gefolgsleute. Das Land der Bajuwaren wird sich in einer Hand befinden und dadurch wachsen und gedeihen können bis in die fernsten Zeiten!"

Wieder wandte sich Herzog Garibald der romanischen Fensteröffnung zu und blickte nachdenklich auf den Platz hinunter, an dessen westlichem Ende der Ochsenkarren Sinzos soeben hinter einem Lagerhaus verschwand. Grimoald, der Verwalter und Kanzler des jungen bajuwarischen Herzogtums, musterte seinen Herrn bewundernd. Für einen Moment hatte er die Größe des anderen sehr deutlich gespürt. Garibald war nicht nur ein Stammesfürst, wie es sie zu Dutzenden zwischen Donau und Alpen gab, sondern er war ein Staatsmann. Er war zu Visionen fähig und konnte deshalb in der Tat ein Reich schaffen. Und in diesem Moment begriff Grimoald auch, warum der Agilolfinger — und kein anderer — Herr in der uralten Stadt am nördlichsten Donauknie hatte werden müssen.

Während eine Wegstunde südwestlich Regensburgs Öta und Harto die ersten Ackerfurchen auf dem neuen Land zogen, stöberte Sinzo in der Stadt selbst herum. Er hatte es sich in den Kopf gesetzt, sein neues Haus mit einem gemauerten Herd auszustatten und suchte nun in Regensburg nach geeigneten Steinen. Große Areale innerhalb der zyklopischen Mauern lagen immer noch ungenutzt da, besonders im Westen der Stadt, wo sich zur Römerzeit die Quartiere der einfachen Soldaten befunden hatten. Jetzt hausten in der Nähe des westlichen Tores lediglich die Juden, die von Garibald, der noch kein Katholik war, nicht nur geduldet, sondern sogar wohlwollend gefördert wurden. Die Orientalen mit den langen Bärten und Schläfenlocken revanchierten sich dafür, indem sie ihre weitgespannten Handelsverbindungen nutzten und Regensburg mit Waren aus dem Mittelmeerraum versorgten. Inmitten ihrer kleinen Gemeinde hatten sie eine Synagoge errichtet; ihre Häuser scharten sich um diesen Tempel wie Küken um eine Henne.

Sinzo hatte ein zusammengestürztes und vollkommen übermoostes römisches Gebäude ein wenig abseits des jüdischen Viertels entdeckt. Jetzt hebelte er einen behauenen Stein nach dem anderen aus der Erde und freute sich darauf, die kleinen Quader später auf seinem eigenen Land wieder zu einer Herdeinfassung zusammenzufügen. Einen vollen Tag lang drang er immer tiefer in die Erde vor, über die einst römische Legionäre marschiert waren — zuletzt stieß er auf einen besonders schönen Stein, den er unbedingt haben wollte. Doch dieser Stein steckte sehr tief im Boden und schien irgendwo festzuklemmen, so daß Sinzo zuletzt einen jüdischen Jungen herbeiwinkte, damit dieser ihm helfen sollte.

Der Bursche legte gerne mit Hand an; gemeinsam hebelten sie zuletzt den Quader aus seinem jahrhundertealten Bett. Der Stein klatschte auf ein Moospolster neben der Grube — und dann stieß der jüdische Junge plötzlich einen erstaunten Laut aus. Sinzos

Blick folgte dem ausgestreckten Arm des Juden — und nun sah auch er das Skelett, das unter dem römischen Stein begraben gewesen war.

Die Gebeine mußten uralt sein, denn sie waren braun verfärbt und teilweise verkieselt. Sinzo erkannte Oberarmknochen, Teile des Brustkorbes und ein etwa ellenlanges Stück der Wirbelsäule. Der Schädel war, als sie den Quader aus der Tiefe gerissen hatten, zur Seite gerutscht. Doch nicht das Skelett ließ Sinzo jetzt den Atem anhalten, sondern das, was im Halbrund des Unterkiefers lag.

Während der jüdische Junge mit großen Augen starrte, bückte sich der Bajuware und nahm den kleinen, flachen Gegenstand aus der Höhlung des Schädels. Mit dem Daumen rieb er seinen Fund sauber — und dann erkannte er, daß es sich um eine seltsame und sicherlich uralte Münze handelte. Um eine Goldmünze, die auf der einen Seite einen Adlerkopf zeigte. Sinzo und der jüdische Junge hatten das Grab des römischen Legionärs Quintilius wiederentdeckt, der vor beinahe vierhundert Jahren an dieser Stelle beigesetzt worden war, als das Legionslager Castra Regina sich noch im Bau befunden hatte. Das Grab hatte zuerst noch auf freiem Feld gelegen, war später vergessen und schließlich überbaut worden. Doch nun glänzte die keltische Münze, die Rufus seinem Kameraden einst zum Abschied unter die Zunge gelegt hatte, wieder im Sonnenlicht auf der Handfläche des bajuwarischen Bauern Sinzo.

"Gold!" rief er entzückt aus. "Bei Odin, das ist ein Glückstag für mich! Gerade jetzt, wo ich meinen eigenen Hof errichte!" Sorgfältig verwahrte er die Münze in einem kleinen Ledersäckchen, das er am Gürtel trug, dann lief er zu seinem Braunen, um zu seinen Äckern zurückzukehren und Öta und Harto den wertvollen Fund zu zeigen. Die Steine, die er aus dem Urgrund des römischen Kastells gegraben hatte, interessierten ihn im Augenblick nicht mehr. Öta und Harto konnten sie später mit dem Ochsenkarren abholen. Auch den Jungen, welcher der eigentliche Entdecker des Kleinods gewesen war, hatte Sinzo völlig vergessen, ebenso das Skelett, das immer noch in der offenen Grube lag.

Sinzo und seine Knechte feierten den Goldfund mit einem Krug Wein. In der jüdischen Siedlung ging es weniger ausgelassen zu. Nachdem Sinzo davongaloppiert war, verständigte der Junge die Ältesten seines Volkes. Gemeinsam bedeckten sie die Gebeine des

Toten wieder mit Erde und sangen danach den Kaddisch[40] über dem geschändeten und nun wieder geschlossenen Grab. Die Juden wußten nicht, ob der Tote, der hier seit vielen hundert Jahren ruhte, ihrem Glauben angehört hatte, doch ihre Religion war großmütig, und deswegen wollten sie dem Unbekannten ihre Anteilnahme nicht vorenthalten. Sie ehrten den Römer also mit dem Kaddisch und dachten dabei auch an ihre eigenen Verstorbenen, die zwischen der Donau und der verlorenen Heimat weit im Süden ebenso namenlos in den zahllosen Gräbern ihrer Diaspora ruhten.

Wiederum einige Wochen später, als Sinzos Herd bereits aufgemauert war, zog die Königstochter, die Königinwitwe und die geschiedene Gattin eines Königs in Regensburg ein und schloß in der Burg die Ehe mit dem Bajuwarenherzog Garibald. Die ganze Stadt und das Umland feierten mit dem Paar, auf dem die Hoffnungen des jungen Stammes ruhten, doch als nach einer Woche der Alltag wieder einkehrte, kam mit ihm auch die Ernüchterung. Herzog Garibald schrieb eine Hochzeitssteuer aus, welche jedem seiner erreichbaren Untertanen einen Sonderzins auferlegte. Auch Sinzo war betroffen, und da sein Land bislang noch keine Ernte abgeworfen hatte, blieb ihm nichts anderes übrig, als die keltische Goldmünze zum Palast des Herzogs zu tragen. Grimoald strich sie ein — stutzte dann und betrachtete sie genauer. "Dies ist sehr altes Gold", sagte er anerkennend. "Zu schade, um zwischen die anderen Münzen zu geraten. Diese da gehört in den Privatschatz des Herzogs!"

Sinzo nahm es zähneknirschend hin und tröstete sich mit der Aussicht auf eine gute Ernte später im Jahr. Die Adlerkopfmünze aber wanderte in die Privatschatulle Garibalds und sollte als — wenn auch unbedeutender — Teil des Agilolfingerschatzes in den folgenden Jahrhunderten den Aufstieg und den Fall dieses großen Geschlechtes begleiten.

Ein Herzog gegen König und Papst
(757-788, Regierungszeit Tassilos III.)

Auf dem Gutshof der Sinzinga[41], südwestlich von Regensburg, herrschte seit dem Morgengrauen lebhaftes Treiben. Sinzo, ein später Nachfahre jenes anderen, der einst aus den böhmischen Wäldern gekommen war, um sich am Ufer der Donau eigenen Grund und Boden zu erwerben, war zum Heerbann des erst sechzehnjährigen neuen Herzogs Tassilo befohlen worden. Der Kleinadlige, der über acht Huben[42] Land gebot, war nur zwei Jahre älter als der Herzog. Erst vor wenigen Monaten hatte Sinzo nach dem frühen Tod seines Vaters das Erbe und den Gutshof übernommen. Jetzt würde er zum ersten Mal dem Banner der Agilolfinger folgen. Sinzo scheuchte deswegen die Knechte bereits seit Tagen beinahe unentwegt durch das Wohnhaus und die Stallungen. Alles sollte für seinen ersten Heerzug bestens vorbereitet werden.

Doch an diesem Morgen hatte er nichts mehr zu tadeln. Die vier streitbaren Gefolgsleute, die Sinzo begleiten sollten, warteten vor dem Haupthaus neben ihren Gäulen auf ihn. Die jungen Burschen, denen ebenso wie ihrem Herrn die Abenteuerlust aus den Augen leuchtete, trugen Lederkoller über ihren leinenen Hemden, ihre Beine waren durch Woll-Lappen unter gekreuzten Lederriemen geschützt, ihre Füße steckten in derben Stiefeln. An den Hüften trugen sie kurze, einschneidige Schwerter, in der Hand aus Eschenholz geschnitzte Speere mit blattförmigen eisernen Spitzen.

Sinzo selbst war besser ausgerüstet als seine vier Gefolgsleute. Er trug einen eisernen Spangenhelm, der seinen Schädel bis zu den Augenbrauen schützte, dazu über dem eigentlichen Gewand einen Kettenpanzer, der den halben Jahresertrag einer Hube wert war. An seiner Seite hing ein zweischneidiges Langschwert in einer ledernen Scheide, sein vorne und hinten geschlitzter Überwurf reichte ihm bis zu den Stiefeln. Jetzt schwang sich Sinzo in den Sattel seines großen Rappen, ließ sich von einem zurückbleibenden Knecht den Speer und den runden, lederbezogenen Schild reichen und setzte sich an die Spitze seiner Knechte, die inzwischen ebenfalls aufgesessen waren. Die übrigen Sinzinga standen in einem Grüppchen zusammen, als die fünf Reiter vom

Hof trabten. Wenig später zog Sinzo mit seinen Gefolgsmännern in die Stadt ein, die nunmehr bereits seit zweihundert Jahren den Agilolfingern als Residenz diente. Der kleine Trupp erreichte den Platz vor dem Herzogshof, wo sich schon zahlreiche andere Reiter versammelt hatten. Es gab kleine Gutsbesitzer wie Sinzo unter ihnen, aber auch Angehörige der alten Adelsgeschlechter, die fünfzig oder noch mehr Gefolgsleute führten und in prächtig geschmückten Rüstungen und Gewändern prunkten. Rings um die Berittenen standen Scharen von Fußtruppen, die mit Speeren oder Schleuderwaffen ausgerüstet waren. Das Stampfen, Schnauben und Wiehern der Pferde, die erregten Rufe der Männer ließen den großen Platz mit den steinernen Gebäuden widerhallen.

Gerade als die Sonne im Osten über die Quadermauer fingerte, erschien auf der Freitreppe seines Palastes der junge Herzog selbst. Tassilo, der als Dritter seines Geschlechts diesen Namen trug, schien einen Augenblick zu zögern, als er die geballte Heeresmacht zu seinen Füßen erblickte, dann jedoch straffte sich seine noch knabenhafte Gestalt, und er begrüßte seine Vasallen mit einem fröhlichen Ruf. Seine hellen Augen im eher schmalen Gesicht leuchteten, auf seiner Rüstung spiegelte sich die Morgensonne. Die Männer jubelten ihm begeistert zu. Dann wurde das Streitroß des jungen Herzogs vorgeführt, ein edler Schimmel aus fränkischer Zucht, und Tassilo III. schwang sich in den Sattel. Seine Sporen schlugen gegen die Flanken des Hengstes, sein Gefolge strudelte durcheinander, formierte sich und reihte sich hinter ihm ein, während Tassilo seinen Reiterzug durch das Westtor aus der Stadt führte.

Wochenlang waren sie unterwegs, ehe sie Compiègne erreichten, die Burg und die Königspfalz im Herzen des Frankenreiches, weit westlich des Rheins. König Pippin hatte den neuen Herzog der Bajuwaren dorthin befohlen, damit Tassilo III. ihm seinen Vasallen- und Treueeid leisten sollte. Der Heerbann Tassilos stellte sich zum Spalier auf, als der junge Herzog in die Festung einritt. Unter den Kriegern hielt auch Sinzo auf seinem Rappen. Für einen kurzen Moment streifte ihn im Vorbeireiten Tassilos Blick. Der Herzog lächelte seinem Gefolgsmann zu, dann verschwand er in der Burg. Ihm nach drängten die bajuwarischen Edlen, während die Knechte auf dem Feld vor den Mauern zurückblieben und ein Lager aufzuschlagen begannen. Im Inneren der Festung von

Compiègne traf Tassilo auf den Frankenkönig Pippin, den Sohn des hochberühmten Karl Martell, der vor genau einem Vierteljahrhundert mit gewaltigen Hammerschlägen die nach Westeuropa eingedrungenen Araber bei Tours und Poitiers zurückgeworfen hatte.

Pippin, der im Jahr 751 zum fränkischen König gekrönt worden war, stand, als Tassilo von Bayern nunmehr auf ihn zu schritt, in seinem 43. Lebensjahr. Er war hochgewachsen und über die Maßen kräftig wie sein Vater; der sechzehnjährige Herzog aus Regensburg wirkte ihm gegenüber beinahe wie ein Kind. Mit leicht gesenktem Kopf näherte er sich dem mächtigsten Fürsten des Abendlandes mit dem wie aus Stein gehauenen majestätischen Antlitz, dessen Falkenaugen ihn aufmerksam musterten. Seitlich von Pippin und einige Schritte hinter ihm stand ein Bursche, der mit seinen fünfzehn Jahren mit Tassilo beinahe gleichaltrig war: Karl, einer der Söhne des Königs, dessen Körperbau schon jetzt anzeigte, daß er einst zu einem Koloß werden würde. Außerdem zum grimmigsten Feind Tassilos — doch dies ahnte an diesem Tag des Jahres 757 noch keiner von beiden. Der sechzehnjährige Bajuware und der fünfzehnjährige Franke maßen sich lediglich mit einem kurzen,eher gleichgültigen Blick.

Dann zwang Pippin alle, auch den jungen Herzog, in seinen Bann, als er von der Macht seines Reiches zu sprechen begann. Er erinnerte daran, wie sein Vater die Friesen und Alamannen unterworfen hatte, wie Martell auch die Aquitanier, Sachsen und Bajuwaren in seinen Reichsverband eingegliedert hatte. Noch einmal ließ Pippin die Schlachten von Tours und Poitiers lebendig werden, dann wandte er sich direkt an den halbwüchsigen Herzog von Bayern und sagte: "Durch deinen Vasalleneid wirst du dich nunmehr ebenso unter meinen Schutz stellen, wie deine Vorfahren dies mir und dem Hammer[43)] gegenüber getan haben. Denn das Herzogtum der Bajuwaren ist nur eine Provinz meines Reiches und wird deswegen stets unter fränkischer Oberherrschaft stehen. Nur unter dem Mantel der Nachfahren des Karl Martell kann dein Herzogtum in Frieden leben, Tassilo von Regensburg! Beuge also nunmehr das Knie vor mir und leiste den Eid!"

Tassilo dachte an seinen Vater Odilo, der viel zu früh verstorben war und ihm selbst das Herzogtum Bayern als einem Siebenjährigen vererbt hatte. Grifo, ein Verwandter des Frankenkönigs, hatte damals Morgenluft gewittert und war nach Bayern eingefallen, um sich den fetten Bissen unter den Nagel zu reißen. Doch Pippin hatte das Erbrecht Tassilos geachtet, hatte einen Kriegszug gegen Grifo unternommen und seinen eigenen Verwandten geschlagen und vertrieben. Danach hatte Pippin sich zum Vormund Tassilos gemacht, hatte den Siebenjährigen auf diese Weise geschützt und dadurch gleichzeitig seine eigene Oberherrschaft über das Land der Bajuwaren dokumentiert. Wenn der sechzehnjährige Tassilo also jetzt als Herzog von Bayern in Compiègne stand, dann verdankte er dies letztlich dem Hünen, der nun von ihm den Vasalleneid forderte.

"Ich, Tassilo von Bayern, schwöre dir aus ganzem Herzen Gefolgschaft und Treue, König Pippin!" sagte er mit lauter, etwas aufgeregt klingender Stimme.

"Dann herrsche unter meinem Mantel in Frieden zu Regensburg!" erwiderte Pippin. Danach zog er den Knienden hoch und umarmte ihn. Unwillkürlich dachte Tassilo dabei an seinen Vater, an den er kaum noch eine Erinnerung hatte. Als er sich wieder aus den Armen des Königs löste, als die Gefolgsmänner der beiden Fürsten in Hochrufe ausbrachen, fiel Tassilos Blick auf den Sohn Pippins, auf Karl. Der Fünfzehnjährige stand plötzlich starr und musterte ihn mit zusammengepreßten Lippen und kalten Augen. Eine Welle unschöner Gedanken schoß Tassilo durch den Kopf. All die Gerüchte, die man ihm über diesen Karl zugetragen hatte, verdichteten sich in seinem Gehirn zu einem wirren Knäuel: Daß Karl ehrlos geboren sei, daß es sich bei seiner Mutter Berta um eine Perchte[44)] gehandelt habe, daß Berta in verrufenen bretonischen Wäldern aufgewachsen sei, daß Karl wiederum unter einer diabolischen Sternenkonstellation zur Welt gekommen sei; auch, daß Pippin und Berta, als sie ihren Sohn in Sünde gezeugt hätten, gegen die Gebote der Kirche gefrevelt hätten, denn sie seien in Wirklichkeit Bruder und Schwester gewesen.

Jetzt starrte dieser Fünfzehnjährige mit kalten, unguten Augen auf Tassilo, und der sechzehnjährige Herzog von Bayern spürte, daß Karl innerlich gegen ihn eiferte, daß er es nur schwer hatte ertragen können, den anderen in den Armen seines Vaters Pippin liegen zu sehen. Denn Karl hing der Ruch des Bastards nach, während Tassilo von beiden Elternteilen her aus edelstem Blut stammte. Tassilo begriff, daß Karl sich ihm für einen Augenblick unterlegen gefühlt hatte — doch er begriff nicht, daß dieses Unterlegenheitsgefühl des Franken viel später, in ferner Zukunft, die Ursache für den Untergang der Agilolfinger sein würde. Denn Karl, so bedeutend er in der Geschichte auch werden sollte, würde in einem stets klein bleiben: Er würde andere Fürsten nicht neben sich dulden können, weil seine eigene Herkunft von einem Makel befleckt war und er deswegen makellose Stammbäume nicht zu ertragen vermochte. Deswegen würde er alles Große und Wertvolle um sich herum zertreten und zerbrechen — und wiederum deswegen würde er in der unbegreiflichen Geschichte der Menschheit unsterblich und selbst zu einem Großen werden.

Etwas wie eine vage Ahnung von diesen späteren Ereignissen schlierte also durch Tassilos Gehirn, doch schon einen Augenblick später hatte sich alles wieder verwischt, denn nun trat ein Bischof vor, und der herausgeputzte Kleriker bot ihm ein Evangeliar dar, auf dessen aufgeschlagene Seiten Tassilo nunmehr seine Hand legen mußte, um dem eben geleisteten Treueschwur göttlichen Anstrich zu verleihen. Chorgesang quoll hoch in der Halle der Königspfalz von Compiègne, danach zelebrierten Rudel von Pfaffen ein Tedeum, zuletzt brachten die Gefolgsleute der beiden Fürsten wiederum Hochrufe aus.

Endlich strudelte der Adel Frankens und Bayerns, von bedeutungsvoll dreinblickenden Klerikern durchsetzt, wieder ins Freie; der Vasalleneid Tassilos mußte gefeiert werden, und mit Strömen von Wein und angesichts schmorender Ochsen und Schweine am Spieß verbrüderten sich die Fürsten und ihre Gefolgsleute tagelang.

Auch Sinzo schlug sich wacker; als Tassilo den Abritt zurück nach Regensburg befahl, litt sein Gefolgsmann unter verkorkstem Magen und rebellisch gewordenen Gedärmen. Auch der sechzehnjährige Herzog wirkte etwas blaß um die Nase, doch der Ritt klärte ihnen Schädel und Eingeweide bald wieder, und als der Rhein überflößt wurde, waren Tassilo und seinen Begleitern nur noch die schönen Erinnerungen an Compiègne gegenwärtig. Der junge Herzog zeigte sich jetzt leutseliger denn je, verließ oft seinen angestammten Platz in der Mitte der Kavalkade und suchte das Gespräch mit seinen Gefolgsleuten. Schon weit jenseits des Rheins ritt auch Sinzo einmal an seiner Seite, und die beiden kamen sich schnell näher, denn der Altersunterschied zwischen

ihnen war nicht groß. Der Herzog befragte Sinzo über sein Gut südwestlich von Regensburg. Der Kleinadlige erzählte ihm lachend, daß vor nunmehr sieben Generationen sein erster Vorfahr in den Trümmern der Stadt einen Schatz gefunden habe, eine seltsame goldene Münze, sich jedoch nicht lange daran habe erfreuen können, denn er habe das Kleinod alsbald Garibald, dem Ahnen Tassilos, zinsen müssen. Die Erinnerung daran sei jedoch in der Sippe der Sinzinga stets lebendig geblieben.
Tassilo ließ sich daraufhin die Goldmünze beschreiben und erwiderte: "Nach meiner Rückkehr will ich nach dem Adlerkopf suchen. Vielleicht befindet er sich noch immer in meinem Hausschatz. Dann sollst du das Kleinod zurückbekommen, denn du hast mir auf meinem Ritt nach Compiègne treu gedient!"
Gleich darauf wurde der junge Herzog von anderen mit Beschlag belegt, und Sinzo trabte wieder allein an der Spitze seiner vier Waffenknechte, doch durch das kurze Gespräch und die Erinnerung an die keltische Münze, die mit den Ahnherren beider Sippen, der herzoglichen und der bäuerlichen, verknüpft war, war an diesem Tag der Grundstock für die spätere Freundschaft zwischen Tassilo und Sinzo gelegt worden.
Sechs Jahre später befand sich Sinzo zwar immer noch nicht im Besitz der uralten keltischen Münze, denn der Herzog hatte ganz einfach vergessen, sein Versprechen einzuhalten, doch die Freundschaft zwischen ihm und Sinzo sollte sich bewähren.
Die Rösser der Bayern dampften unter der glühenden Sonne Aquitaniens, tief im Süden des Frankenreiches. Schweiß und Läuse bissen die Reiter unter ihren schweren, nach dem langen Herweg rostblumigen Rüstungen. Wiederum trabte Sinzo hinter dem Banner des Herzogs von Bayern her; an der Spitze des fränkischen Heerbannes zog König Pippin in eigener Person. Er hatte zum Kriegszug nach Aquitanien aufgerufen, weil der Herzog dieses Landes sich ihm gegenüber angeblich widerborstig gezeigt hatte.
Waifar von Aquitanien war eben kein Hofschranze, so wie sie sich jetzt anderswo in den Pfalzen breitzumachen begannen, sondern ein alter Haudegen, der sich im Kampf gegen die Spanier und Mauren, die immer wieder keck über die Pyrenäen vordrangen, seit Jahrzehnten hervorgetan hatte. Ebenso wie Tassilo im Osten das Reich gegen die Awaren schützte, sicherte Waifar es im Süden

— und er wollte dazu freie Hand haben und sich selbst vom König nicht allzuviel dreinreden lassen. So war es zum Bruch zwischen ihm und dem Frankenherrscher gekommen, und deswegen mußten sich Sinzo und die anderen Reiter jetzt von Schweiß und Läusen peinigen lassen.

Im Lauf der nächsten Tage wurden die Gebirgspfade steiler und unwegsamer. Dann jedoch öffnete sich plötzlich eine Hochebene vor dem Heerwurm, und in der Ferne wartete Waifar mit seinen Truppen.

König Pippins Heerbann stockte, begann sich dann zögernd und schwerfällig zu entfalten. Die Fußtruppen bildeten die erste Kampflinie, dahinter sammelte sich die Reiterei der Franken und ihrer Verbündeten. König Pippin hielt inmitten seiner Leibtruppe, der Scara Franca, deren Mitglieder sich im Kampf mehrfach durch Todesverachtung hatten auszeichnen müssen, ehe sie in diesen Gardeverband des Königs aufgenommen worden waren. Jetzt ließ Pippin ein Horn blasen und befahl dadurch die Anführer der ihm angeschlossenen Truppenverbände aus den verschiedenen Provinzen seines Reiches zu sich.

Tassilo von Bayern winkte Sinzo, der dem Herzog während der vergangenen Jahre manchen Dienst geleistet hatte und jetzt eine Hundertschaft Reiter kommandierte, an seine Seite. "Ich habe dich schon vor einiger Zeit ins Vertrauen gezogen, mein Freund", sagte Tassilo gepreßt. "Du weißt also, daß Waifar ein treuer Bundesgenosse meines Vaters Odilo gewesen ist! Es widerstrebt mir, gegen ihn zu kämpfen. Und jetzt ist die Stunde der Entscheidung gekommen. Soll ich wirklich die Waffen gegen Waifar erheben, Sinzo?"

Die übrigen bayerischen Adligen, die sich ebenfalls zu ihrem Herzog gesellt hatten, zeigten betretene Gesichter. "Wenn du es nicht tust, brichst du deinen Eid gegenüber dem König!" rief ein Graf aus dem Haus der Huosi. Andere nickten zustimmend, auch wenn man ihnen ansehen konnte, daß sie zu Waifar nicht anders standen als ihr Fürst. "Ich habe Sinzo nach seiner Meinung gefragt", erwiderte Tassilo. "Die von euch anderen kenne ich bereits."

Sinzo war nicht viel mehr als ein Bauer, wenn auch inzwischen mit fünfzehn Huben Land, doch er besaß einen unverbildeten Verstand. "Wenn du jetzt offen mit Pippin brichst, dann wird der

König auf der Stelle gegen Waifar und uns Bayern dazu losbrechen", sagte er. "Dies würde einen noch ärgeren Bruderkrieg bedeuten als den, den du vermeiden willst. Andererseits haben wir alle keine Lust, uns mit Waifar zu schlagen, der uns in der Vergangenheit nicht weniger Feundschaft bezeugt hat als Pippin. Es ist sehr schwer, hier einen Ausweg zu finden, doch ich glaube..."

Ein zweiter, drängenderer Hornruf aus der Mitte der Scara Franca unterbrach Sinzo. Tassilo sah, daß die meisten der anderen Truppenführer bereits zum König unterwegs waren. "Du glaubst — was?" wandte er sich hastig an seinen Vertrauten.

"Daß der König es hinnehmen müßte, wenn du plötzlich erkranken würdest", sagte Sinzo. "Wir haben wegen des fauligen Wassers, das wir unterwegs trinken mußten, bereits die Ruhr im Heerbann. Und einer, dessen Gedärme bluten, kann schwerlich im Kampf seinen Mann stellen..."

"Das ist eines Herzogs nicht würdig, du Bauer!" schrie erregt der Huosi.

"Aber es ist vernünftig und in der Tat der einzige Ausweg, der sich mir bietet", erwiderte Tassilo erleichtert. "Auf diese Weise kann ich ohne allzugroßen Schaden aus der unseligen Sache herauskommen. Der König wird dann nicht behaupten können, daß ich meinen Vasalleneid gebrochen habe — und Waifar kann nicht sagen, daß ich ihn verraten hätte. — Ich danke dir für deinen Rat, Sinzo!" Ein dritter, nun gellender Hornstoß ertönte vom Standort Pippins herüber. Als der Laut verklungen war, befahl Tassilo dem Grafen aus dem Haus der Huosi: "Reite mit einer Abordnung hinüber zur Scara Franca und melde dem König, daß ich mich nur noch mit Mühe im Sattel halten kann. Sag ihm, die Ruhr hätte mein halbes Heer kampfunfähig gemacht. Um der gemeinsamen Sache durch unsere Schwäche nicht zu schaden, müssen wir uns zurückziehen."

Der Gesichtsausdruck des Huosi wechselte zwischen Mißbilligung und Grinsen. Doch dann galoppierte er an der Spitze einiger weiterer bayerischer Adliger weg. Tassilo glitt aus dem Sattel, hielt sich — für alle sichtbar — den Leib und raunte Sinzo zu: "Gib du bereits den Befehl zum Rückmarsch aus! Wir wollen diese verdammten Berge so schnell wie möglich verlassen und heimkehren. In Bayern sind eine Menge Dinge zu erledigen, die un-

gleich sinnvoller sind als eine Schlacht gegen meinen guten Freund Waifar. Dafür nehme ich auch gerne den Spott einiger Uneinsichtiger in Kauf."
"Der kann dir gleichgültig sein", erwiderte Sinzo. "Du bist Herzog von Bayern und brauchst auf keinen anderen als Pippin zu achten. Die Frage ist allerdings, ob der König es dir hingehen lassen wird!"
"Das wird sich schnell herausstellen", sagte Tassilo. Sinzo nickte und trieb sein Pferd an, um den Befehl seines Herrn an die nächststehenden Truppen weiterzugeben. Die Botschaft wurde von den meisten Bayern mit großer Freude aufgenommen. Als die ersten Krieger ihre Waffen in die Scheiden stießen, kehrte die Kavalkade des Huosi zurück. "Nun?" erkundigte sich Tassilo gespannt.
"Pippin läßt dir sagen, daß er auf die Unterstützung von Hosenscheißern verzichten kann", meldete der Graf mit diesmal unbewegtem Gesichtsausdruck. "Er meinte, wenn du unbedingt willst, darfst du abziehen."
"Er sprach also nicht von Fahnenflucht?" wollte Tassilo wissen.
"Nein", sagte der Huosi. "Deine List hat offenbar gewirkt."
"Dann ist es gut", entgegnete Tassilo lachend. "Also auf, ihr verhinderten Helden — zurück nach Bayern! Möge Gott Waifar beschützen! Wir brauchen uns jedenfalls nicht mit ihm herumzuschlagen!"
Einige der Umstehenden begannen zustimmend zu lachen, dann fielen auch die anderen ein, selbst der Huosi. Tassilo spürte, daß er sein Ansehen bei ihnen nicht verloren hatte. Zwar war seine Methode, die Schlacht zu vermeiden, ein wenig anrüchig gewesen, doch sie lief der Weltanschauung seiner Bayern nicht zuwider. Leben und leben lassen, selbst wenn man dafür einmal ein wenig Spott einstecken mußte — so dachten wohl die meisten unter ihnen. Jetzt eilten die Adligen zu ihren Truppenteilen, um sie, zusammen mit Sinzo, zum Rückmarsch zu ordnen. Wenig später löste sich der bayerische Heerbann friedlich aus der Schlachtordnung Pippins. Die Verbände verließen die Hochebene und traten den langen Heimweg nach Bayern an, während sich in ihrem Rücken allmählich der Bruderkampf entfaltete. Tassilo fuhr auf einem Wagen, bis er aus der Sichtweite des Königs gekommen war, dann bestieg er wieder sein Pferd und setzte sich an die Spitze

seiner Krieger. Sie hatten keinen Schwertstreich geführt und zogen dennoch als Sieger aus Aquitanien ab, während oben auf dem Schlachtfeld schon bald die Geier und Raben zu kreisen begannen.

Den ganzen Heimweg über ritt Sinzo in Tassilos engstem Gefolge. Beide wußten, daß ihre Feundschaft seit der Entscheidung auf der Hochebene weiter gewachsen war.

Während der folgenden Jahre war Sinzo, der nunmehr am Herzogshof in Regensburg lebte und die Verwaltung seines Gutes seinem jüngeren Bruder anvertraut hatte, immer wieder im Auftrag Tassilos unterwegs. Tassilo hatte ihn zum herzoglichen Sendboten ernannt, und in dieser Eigenschaft inspizierte Sinzo die zahlreichen Klöster, die es nun im Land der Bayern gab und die von den Vorfahren Tassilos oder ihm selbst gegründet worden waren. Dann wieder drang der herzogliche Sendbote bis zur ewig unsicheren Ostgrenze Bayerns vor, um an der Moldau, an der unteren Donau oder im Quellgebiet von Mur und Drau[45)] mit den dort sitzenden Awaren, Sorben, Karantanen und anderen slawischen Stämmen[46)] zu verhandeln. Sinzo tauchte in den Schulen auf, die Herzog Tassilo nun überall in seinem Land einzurichten begann[47)], und ab und zu verhalf er in abgelegenen Dörfern oder Weilern auch unglücklichen Frauen zu ihrem Recht, die auf einer Scheidung von ihren versoffenen oder gewalttätigen Ehegatten bestanden[48)].

Wenn der Sendbote des Herzogs dann wieder in der Regensburger Residenz weilte, um dort mit seinem Herrn und Freund unter vier Augen zu beratschlagen und zu planen, erinnerte er sich manchmal an die Adlerkopfmünze, die Tassilo ihm einst auf dem Rückweg von Compiègne versprochen hatte. Sinzo lächelte dann innerlich und schwieg von diesem Kleinod, das ihn und den Herzog auf so seltsame Weise verband, auch wenn er es selbst niemals zu Gesicht bekommen hatte. Mochte die Münze ruhig weiterhin in irgendeiner Schatztruhe liegen.

Sinzo hatte an dem, was Tassilo ihm sonst großzügig zugemessen hatte, genug. Sein Gut stand jetzt nicht mehr schlechter da als der Besitz eines Grafen; was brauchte er noch eine unbedeutende kleine Münze? Daß er sie dennoch eines Tages in der Hand halten sollte, ahnte Sinzo nicht. Hätte ihm jemand gesagt, unter welchen Umständen dies geschehen würde, wäre er zu Tode erschrocken.

Doch noch glänzte der Stern Tassilos, der nun wie ein König in seinem Herzogtum herrschte.

Ein anderer König hatte in der Zwischenzeit für immer abdanken müssen. Pippin, der Franke, war am 24. September des Jahres 768 in St. Denis bei Paris verstorben und hatte das Reich seinen beiden Söhnen Karlmann und Karl als gemeinsames Erbe hinterlassen. Schon drei Jahre später saß nur noch ein einziger Nachfahr des Hammers auf dem Thron; eine geplatzte Ader in der Nase hatte auch dem Leben Karlmanns ein Ende gesetzt, die Blutung war selbst von arabischen Ärzten nicht mehr zu stillen gewesen. Nun regierte Karl allein, und schon bald sollte Europa unter der Knute dieses fanatischen Christen und Eroberers erzittern. Wie eine eiserne Lawine sollte die Scara Franca immer wieder aus den Stammländern des Königsreiches hervor- und gegen die angeblich unbotmäßigen Nachbarn losbrechen.

Etwas Unbezwingliches — irrsinniger Wahn und visionärer Traum zugleich — trieb den Hünen[49)], in dessen Blut tatsächlich die Erbmasse einer Perchte zu kochen schien, freilich christlich verbrämt. In jahrzehntelangem Ansturm ging Karl auf die Spanier los, auf die Friesen, die Sachsen, die Thüringer, die Wenden, die Langobarden. Die Schwerter der Scara Franca soffen Blut Jahr um Jahr, ihre Streitäxte spalteten die Schädel von Freiheitskämpfern unterschiedslos von der Nordsee bis zum Mittelmeer. Um Europa wieder zu einem einheitlichen Reich zu vereinigen, schlachtete Karl den Kontinent. Um die christliche Lehre auszubreiten, ließ er alles über die Klinge springen, was sich nicht taufen lassen wollte. Im Namen des römischen Gottes brachte er — blutsäuferischer als irgendein heidnischer Opferpriester — myriadenfach Menschenopfer dar.

Der Papst in Rom ermunterte ihn dazu und segnete ihn deswegen. Europa sollte in Karl wieder einen römischen Kaiser bekommen. Und noch höher als der Kaiser — dies war das heimliche Ziel des römischen Bischofs — sollte zuletzt der Papst zu sitzen kommen. Schon waren die Dokumente gefälscht, die später den Eroberer Europas unter die Fuchtel der angeblichen Nachfolger Petri zwingen sollten. Päpstliche Geheimschreiber hatten bereits zu Lebzeiten Pippins jene Urkunde erstellt, in der scheinbar Konstantin der Große im Jahr 330 die Herrschaft über das Weströmische Reich den Bischöfen von Rom, dem Papsttum also, übertragen hatte[50)].

Noch schlummerte die gefälschte Urkunde in den Archiven des Vatikans. Noch lauerte der Papst, bis König Karl sich zum Herrscher Europas aufgeschwungen haben würde. Erst dann sollte dieser monströsen Marionette kirchlichen Machtwillens die falsche Rechnung präsentiert, sollte die absolute Theokratie Roms Wahrheit werden.

Einer der Vasallen Karls jedoch stand dem Machthunger Roms und dem Wahnwitz des Königs im Weg: Tassilo von Bayern, der aufgrund seiner milden und vernünftigen Herrschaft in seinem gut arrondierten Herzogtum allmählich selbst wie ein König geachtet und im Jahrzehnt zwischen 771 und 871 deswegen immer mehr zum Dorn im Fleisch jenes Reiches wurde, das Karl in seinem unermeßlichen und vom Papst immer wieder angestachelten Blut- und Machtrausch zu errichten trachtete.

"Meine Untertanen leben in Frieden, das Land blüht, und ich habe auch viel für das Christentum in Bayern getan, habe Klöster gegründet und Stiftungen an die Pfaffen gegeben", sagte Tassilo, nunmehr in der Mitte seines fünften Lebensjahrzehnts stehend, zu Sinzo. "Doch jetzt stechen diese Nattern von allen Seiten auf mich ein! Daß der Papst mein Feind ist, wußte ich schon lange. Er hält es mit Karl, weil er sich von ihm die Herrschaft über Italien erhofft — wenn nicht letztlich noch mehr. Daß aber jetzt auch noch der Bischof von Freising in meinem eigenen Land gegen mich vom Leder zieht, hätte ich nicht erwartet!"

"Arbeo vermag vielleicht gut mit dem Schreibgriffel umzugehen[51)], doch sein Herz ist falsch wie das einer Schlange", erwiderte Sinzo. "Der Pfaffe muß ausführen, was sein Meister in Rom ihm aufträgt, deswegen intrigiert Arbeo gegen dich. Seine Kleriker, denen du Pfründen verschafft hast, hetzen von den Kanzeln herunter gegen das Haus der Agilolfinger." Sinzo knirschte mit den Zähnen. "Wenn du es befiehlst, Tassilo, reite ich mit einer bewaffneten Schar nach Freising und lasse die Schreihälse speeren. Den Arbeo aber will ich dir in einem Vogelkäfig gefangen bringen!"

"Dein Eifer in Ehren, Sinzo", antwortete der Herzog, "doch wir müssen den Freisinger leider in Frieden lassen. Würde dieser Vogel in einem meiner Kerker kreischen, hätten wir im Handumdrehen ein Heer Karls auf dem Hals. Denn der Papst würde dann nicht ruhen, bis mein Herzogtum ausgetilgt und zu einer armseligen fränkischen Provinz geworden wäre."

"Aber man muß etwas gegen den Schreier und seine Kreaturen unternehmen", beharrte Sinzo. "Du darst ihr hinterfotziges Treiben nicht länger dulden!"

Tassilo überlegte. "Du hast recht", sagte er endlich. "Doch ich will nicht Gewalt gegen sie gebrauchen, sondern mit Karl verhandeln. Wenn ich mich mit dem König einigen kann, dann werden auch die Pfaffen zu Kreuze kriechen müssen. — Habe ich nicht 781 zu Worms meinen Treueeid gegenüber Karl erneuert? Das ist erst wenige Jahr her. Der König kann nicht vergessen haben, daß ich mich damals freiwillig und mit ehrlichem Herzen ebenso unterwarf, wie ich dies einst gegenüber seinem Vater Pippin getan habe. — Ich werde ihn nunmehr erneut meiner Treue versichern und auf diese Weise den Frieden in Bayern bewahren! Schon in den nächsten Tagen soll eine Abordnung an Karl abgehen, und du wirst sie führen, Sinzo!"

"Wenn es noch einen einzigen Pfaffen in deinem Herzogtum geben würde, dem man trauen könnte, würde ich jetzt zu ihm gehen und ihn um ein Gebet für dich und mich bitten", erwiderte Sinzo. "Doch ich fürchte, es ließe sich im Augenblick keiner finden."

"Wir brauchen auch keinen", entgegnete Tassilo. "Der König und ich sind aus edelstem Blut und außerdem miteinander verwandt. Es wird sich, wenn du geschickt verhandelst, ein Konsens zwischen uns erreichen lassen. — Richte Karl aus, daß ich ihm keinesfalls die Vorherrschaft in seinem Reich streitig machen, sondern lediglich unangefochten wie meine Vorfahren in Bayern regieren will!"

Sinzo nickte. Tassilo nahm einen Weinkrug aus einer Fensternische und schenkte eigenhändig für sich und seinen Freund zwei Becher voll. Schweigend tranken die beiden. "Auf daß uns der Frieden in Bayern erhalten bleibe, trotz der Intrigen der Pfaffen", sagte Sinzo danach und wischte sich den Schnurrbart. "Wenn es dir recht ist, reite ich schon morgen."

"Ich wollte dich gerade darum bitten", erwiderte Tassilo.

Gegen Mittag des folgenden Tages verließ die Kavalkade Regensburg. Sinzo jagte den Trupp in Eilmärschen nach Westen, bis er in der Gegend von Aachen auf König Karl traf. Der Gesandte des bayerischen Herzogs mußte jedoch mehrere Tage warten, bis der Frankenherrscher ihn zu sich rufen ließ. Die Unterredung selbst war nur kurz. Als Sinzo den Befehl zum Rückmarsch nach Bayern gab, war sein Gesicht düster und verschlossen.

"Karl rät dir, den Papst um Vermittlung zu bitten", erklärte der Herzogsbote, als er in der Regensburger Pfalz wieder vor Tassilo stand. "Außerdem wirft dir der König plötzlich vor, daß du seinerzeit in Aquitanien, als es gegen den Herzog Waifar gehen sollte, fahnenflüchtig geworden bist. Du hättest das Heer Pippins damals feige im Stich gelassen. Verflucht, warum mußte gerade ich dir 763 dazu raten!"

Tassilo ließ den Selbstvorwurf nicht gelten. "Es war meine eigene Entscheidung", sagte er mit wegwerfender Handbewegung. "Und ich bereue sie heute so wenig wie damals. Ein Bruderkampf hätte niemals meine Sache sein können. — Was den Vorwurf der Fahnenflucht angeht, so weise ich ihn ebenso zurück wie vor einigen Jahren in Worms, als einige Schranzen Karls mir einen Strick daraus zu drehen versuchten. Pippin erlaubte mir damals ausdrücklich den Abzug. Dafür lassen sich Dutzende von Zeugen benennen."

Sinzo nickte. "Ich selbst kann das beschwören! Doch ich fürchte, Karl würde selbst auf sieben Dutzend Eide nichts geben. Denn er will den Kampf mit dir. Das war mein Eindruck in Aachen. Daß er dir zumutet, ausgerechnet die Vermittlung des Papstes zu suchen, verrät seine wahren Absichten am deutlichsten. Er weiß genau, daß der Papst deinen Untergang wünscht — wie sollte der Rompfaffe also ehrlich zwischen dir und Karl ausgleichen können? — Tassilo, ich rate dir, auf der Hut zu sein. Nach Aachen fürchte ich, daß es zum Krieg gegen die Franken kommen wird!"

Tassilo schüttelte den Kopf. "Eine solche Ungeheuerlichkeit traue ich noch nicht einmal Karl zu", murmelte er. "Es kann nicht sein! Es darf nicht sein!"

Doch die Ungeheuerlichkeit, an die Tassilo in seinem arglosen Herzen nicht hatte glauben wollen, wurde wahr. Im Jahr 787 befahl der König den letzten unabhängigen Herzog seines Reiches erneut nach Worms. Sinzo und andere warnten Tassilo vor einer möglichen Gefangennahme oder gar einem Mordanschlag. Denn der Papst hetzte mehr denn je gegen den Bayern, und

deswegen schäumte auch der Frankenkönig immer ärger gegen ihn. Tassilo ritt nicht nach Worms.
Daraufhin versammelte Karl in der Nähe von Pförring einen Heerbann aus Ostfranken, Thüringern und Sachsen und fiel an dessen Spitze in Bayern ein. In der Nähe von Augsburg kam es zur Schlacht. Zur Bruderschlacht, die der Herzog stets hatte vermeiden wollen. Sinzo kämpfte tapfer an der Seite des Agilolfingers und unterlag zusammen mit ihm. Der letzte Herzog aus dem Stamm Garibalds wurde, zusammen mit seinen Getreuen, nach Ingelheim verbracht. Gefangen ritten auch Tassilos Gattin Luitpirga, die Langobardin, und die gemeinsamen Kinder mit.
In Ingelheim wurde Tassilo im Jahr darauf vor den Hoftag geschleppt und der Untreue gegenüber dem König, der Fahnenflucht in Aquitanien sowie eines verbotenen Bündnisses mit den Awaren angeklagt. Tassilo konnte sämtlichen Vorwürfe durch Zeugen entkräften, doch Karl setzte sich darüber hinweg und verurteilte ihn zum Tode.
Später zeigte sich der König scheinbar großmütig. Desiderata, sein neues Weib, eine Schwester Luitpirgas, hatte sich möglicherweise für den Agilolfinger eingesetzt. Tassilo wurde zur Blendung und zu lebenslänglicher Klosterhaft, die er mit seiner ganzen Familie zu teilen hatte, "begnadigt".
Ehe der letzte Herzog aus dem Stamm der Agilolfinger nach St. Goar verschleppt wurde, hatte er noch einmal ein Gespräch mit Sinzo. Tassilo brachte ein Kästchen zum Vorschein, in dem es metallisch klirrte. "Das ist alles, was von den Schätzen der Agilolfinger geblieben ist", murmelte er. "Luitpirga bekam das Kästchen von meiner Mutter, doch es stammt aus viel älteren Zeiten. Als ich kürzlich darin kramte, um über den Glitzerdingern meine Schmach zu vergessen, fand ich das da..."
Tassilo suchte ein wenig in dem Behältnis herum, dann zeigte er Sinzo eine kleine goldene Münze, auf die ein Adlerkopf geprägt war. "Ich glaube, es ist die, welche dein erster Vorfahr dem meinen zinste", sagte der entmachtete Herzog. "Erst jetzt ist mir wieder eingefallen, daß ich sie dir schon damals, als wir zusammen aus Compiègne zurückkehrten, geben wollte. Es tut mir leid, daß inzwischen einunddreißig Jahre vergangen sind! Jetzt ist der Adlerkopf das letzte Geschenk, das du von mir bekommst, mein treuer Freund. Ich wünschte, es wäre anders gekommen..."

Sinzo nahm mit zitternder Hand die Münze entgegen. Er sah die Prägung nur verschwommen, denn in seinen Augen standen Tränen. Er brachte auch keinen Ton heraus, um seinem Herzog zu danken, der sich in der Stunde seiner größten Erniedrigung an ein Versprechen erinnert hatte, das einunddreißig Jahre zurücklag. So fielen sich die beiden ungleichen Freunde nur stumm in die Arme und verabschiedeten sich auf diese Weise für immer.
Tassilo III., der letzte Agilolfinger, wurde wenige Wochen später im Kloster St. Goar geblendet, wurde bald darauf nach Jumièges verschleppt und kam zuletzt in das Kloster von Lorsch, wo er noch vor dem Ende des Jahres 788 einsam und verlassen starb.
Sinzo kehrte mit der Adlerkopfmünze auf seinen Gutshof bei Regensburg zurück, nachdem er, wie der übrige bayerische Adel, gezwungen worden war, den Treueid auf Karl zu leisten. Das Herzogtum, das unter den Agilolfingern beinahe ein Vierteljahrtausend geblüht hatte, war nunmehr endgültig unter fränkische Herrschaft geraten. Auf seinem Hof, südwestlich von Regensburg, alterte Sinzo jetzt schnell. Drei Jahre nach Tassilos Tod im Kloster Lorsch starb auch er, der einunddreißig Jahre lang der Freund des Herzogs gewesen war. Sinzos lezter Wunsch war, noch einmal die kleine Adlerkopfmünze sehen zu dürfen.

Die Ungarn
(899-955)

Der schwerfällige Reisewagen holperte seit Tagen unentwegt nach Südwesten. Die vier kräftigen Apfelschimmel hatten das ungefederte Gefährt mit den hohen Bordwänden und der halbrunden Plache darüber zunächst durch die Donaumarschen stromaufwärts von Regensburg gezogen, hatten dann die Mündung der Paar erreicht und folgten nun dem Lauf dieses Flusses in Richtung Augsburg. Am jenseitigen Ufer erstreckte sich sumpfig und über viele Wegstunden hin völlig unwegsam das Donaumoos. Diesseits der Paar mahlten die Räder des Plachenwagens streckenweise durch feinen Sand. Das hochsommerliche Licht ließ dann die Kristalle zuweilen wie winzige Edelsteine glitzern. Immer wieder schossen Lerchen trillernd hinauf in den seidenblauen Himmel.

Inga, die junge Frau aus Sinzing, die in Augsburg ihren Bräutigam treffen sollte, hatte es sich zusammen mit ihrer Magd und Anstandsdame Bruni im Wagen so bequem wie möglich gemacht. Zusammengelegte Wolldecken und ein darübergebreiteter Teppich federten die derben Stöße von unten her einigermaßen ab. Die beiden Frauen blickten durch die hochgeschlagene Wagenplane über die Landschaft hin, zwischendurch vertrieben sie sich die Zeit mit einem einfachen Brettspiel. Vor und hinter dem Plachenwagen trabten je zwei Reiter in Lederkollern und mit Speeren; auch der Kutscher auf dem Bock war gerüstet und bewaffnet.

"Höchstens noch zwei Tage — wenn uns nicht ein Rad bricht oder wir in dieser Wildnis den Weg verlieren", sagte Bruni zu ihrer jungen Herrin. "Freust du dich schon auf Augsburg?"

"Es soll eine schöne Stadt sein, mit festen Mauern und sogar einem Bischofshof wie in Regensburg", erwiderte Inga. Sie lachte übermütig. "Aber selbst wenn Augsburg nur drei Hütten und einen Schweinekoben hätte, würde ich es lieben..."

"Ich glaube, du meinst weniger die Stadt als den jungen Mann, der dich dort schon sehnsüchtig erwartet", neckte Bruni. "Dabei hast du Udo doch erst einmal gesehen — als er im Frühjahr auf dem Grafenhof deines Vaters auftauchte, um Pferde einzuhandeln."

"Ja, aber dann fand er dort etwas viel Besseres als die Rappen, die er zuletzt mit nach Augsburg nahm", rief Inga übermütig. Die arglosen blauen Augen der Siebzehnjährigen strahlten. "Nämlich mich! Ach, wenn ich mir vorstelle, daß er wirklich nur ein einfacher Pferdehändler gewesen wäre! Mein Vater hätte dann niemals in unsere Verbindung eingewilligt, und ich hätte bestimmt vor Herzeleid sterben müssen. Doch gottlob ist Udo ein adliger Gefolgsmann des Burggrafen von Augsburg und konnte deswegen mit meinem Vater von gleich zu gleich sprechen. Ja, es stellte sich sogar heraus, daß die beiden Alten in früheren Jahren einmal zusammen im Feld gestanden hatten, doch wenn du mich jetzt fragen würdest, welches Schlacht das gewesen ist, dann wüßte ich es nicht zu sagen..."

"Dafür könntest du mir aber bestimmt jede einzelne Locke auf Udos Kopf beschreiben, nicht wahr?" fragte Bruni lächelnd. Sie umarmte ihre Herrin, was bei dem Gerumpel des Plachenwagens nicht ganz einfach war. "Wie schön muß es sein, wenn man so vor Liebe brennt wie du. Ja, dagegen ist eben kein Kraut gewachsen. Es trifft ein Bauernmädchen ebenso unverhofft wie eine Grafentochter wie dich."

"Die Menschheit wäre doch schon längst ausgestorben, wenn es nicht so wäre", erwiderte Inga errötend. "Denk doch bloß mal daran, wie alt mein eigenes Geschlecht schon ist! Wie mein Vater immer wieder erzählte, sind nun schon weit mehr als dreihundert Jahre vergangen, seit der erste Sinzinga von Norden her nach Bayern einwanderte. Er erbaute dann den ersten Hof bei Regensburg, und seine Nachkommen vergrößerten ihn von Generation zu Generation, bis ein anderer meiner Vorfahren so mächtig geworden war, daß er ein adliger Gefolgsmann des guten Herzogs Tassilo werden konnte. Und später dann, kurz nachdem Karl der Große verstorben war, wurde meine Sippe gräflich und diente einem Kaiser nach dem anderen. Doch mein Geschlecht hätte niemals so hoch steigen können, sondern wäre längst aus der Geschichte verschwunden, wenn es nicht in jeder Generation die Liebe gegeben hätte und dadurch immer wieder neues Leben geboren worden wäre. Und ich selbst freue mich schon auf die Kinder, die ich bestimmt bald mit Udo haben werde."

"Nun, ich glaube, ihr werdet nicht lange auf einen Stammhalter warten müssen", versetzte Bruni. "In einem Jahr kann ich ihn vielleicht schon als deine Kindswärterin in Augsburg auf meinen Knien halten."

"Und wenn er selbst einmal eine gute Frau gefunden hat, dann wird er das da von mir bekommen", sagte Inga leise, während sich der Plachenwagen einer verstrüppten Anhöhe näherte. Sie nestelte ein Kettchen aus dem Halsausschnitt ihres Kleides, an dem eine kleine und augenscheinlich sehr alte Münze befestigt war. Das Gold schimmerte matt und gediegen und zeigte auf seiner gewölbten Oberfläche einen Adlerkopf. Es handelte sich um die keltische Münze, die vor einem runden Jahrtausend in Artobriga geschlagen worden war.

"Ein Regenbogenschüsselchen[52)]!" rief Bruni erstaunt aus. "Ich habe schon einmal davon gehört, daß es sich im Besitz deiner Sippe befinden soll. Doch daß du es jetzt mit dir nach Augsburg nimmst..."

"Mein Vater schenkte es mir zum Abschied", sagte Inga verträumt. "Und Mutter erklärte mir seine Bedeutung. Es ist ein Glücksbringer, ein Talisman! Wenn ein Regenbogen über dem Land steht, muß man so schnell wie nur möglich rennen, um sein Ende zu erreichen. Dann wird man ein solches Schüsselchen finden und sein ganzes Leben lang Glück haben. Ja, das Glück vererbt sich mit dem Regenbogenschüsselchen sogar auf alle späteren Generationen! — Irgendwann in grauer Vorzeit muß einer meiner Vorfahren das da gefunden haben. Und nun gehört es mir und bald auch meinem Udo — und ich wünsche mir, daß ich es später einmal unserem erstgeborenen Sohn weitergeben kann."

Ingas Finger spielten mit dem winzigen Näpfchen. Bruni hatte sich vorgebeugt, um das eingeprägte Bild genauer betrachten zu können. So bemerkten die beiden Frauen nicht, was sich in diesem Augenblick außerhalb des Plachenwagens abspielte. Erst als das Gefährt jäh zum Stehen kam und gleichzeitig rasender Hufschlag ertönte, fuhren sie erschrocken hoch.

Hinter der Flanke des verstrüppten Hügels hervor brach eine Schar wilder, bedrohlich aussehender Reiter. Geduckt hockten sie auf ihren kleinen, ruppigen Gäulen; in ihren seltsamen Gewändern aus Leder und Fell sahen sie wie Waldschrate aus. Spitze Helme saßen über gelblichen Gesichtern mit stumpfen Nasen und fremdartig geschlitzten Augen. Die Reiter, etwa drei Dutzend an der Zahl, trugen Krummschwerter an den Hüften und führten zusätzlich kleine, stark geschwungene Bogen. Jetzt schwirrten und pfiffen gefiederte Pfeile von den Sehnen, schienen einen Lidschlag lang den Himmel zu verfinstern — und fanden gleich darauf mit tödlicher Sicherheit ihre Ziele.

Mit einem Pfeil im Hals stürzte der Kutscher vom Bock, andere Geschosse rissen die vier Bedeckungsreiter des Plachenwagens von ihren Rössern. Schwer schlugen die Körper auf, verzuckten röchelnd. Der Überfall war so plötzlich gekommen, daß an Gegenwehr überhaupt nicht zu denken gewesen war. Inga schrie gellend auf, Bruni starrte mit weit aufgerissenem Mund, völlig fassungslos. Jetzt waren die Reiter heran, umringten mit gezückten Waffen den Plachenwagen. Ihre Klingen zerschlitzten den Stoff, kehlige, unverständliche Rufe ertönten. Dann griff der erste Fellbekleidete zu. Rücksichtslos schleuderte er Bruni vom Wagen, gleich darauf erlitt Inga dasselbe Schicksal. Die Frauen lagen hilflos auf der Erde, von einer Mauer aus struppigen Pferdeleibern umgeben. Und dann sprangen die ersten der Mörder aus den Sätteln und packten Inga und Bruni. Stinkende, schweißige Körper warfen sich über sie, derbe Fäuste zwängten ihnen die Schenkel auseinander, während andere ihnen Arme und Beine festhielten. Die Schreie der Frauen gingen im Triumphgebrüll der wüsten Horde unter, dann vergurgelten sie, denn in ihrer unsagbaren Pein bissen Inga und Bruni sich selbst Zungen und Lippen blutig.

Als die Barbaren mit den beiden Frauen fertig waren, als Inga und Bruni nur noch Bündel zerschlagenen, geschändeten Fleisches waren, begann die Plünderung des Plachenwagens. Alles, was nur den geringsten Wert besaß, wurde herausgezerrt und dann den erbeuteten Pferden auf die Sättel geschnallt. Auch die beiden nun im Schock wimmernden Frauen wurden gefleddert. Einer der stinkenden Krieger beugte sich über Inga und entdeckte über ihrem zerrissenen Kleid das Kettchen mit dem Regenbogenschüsselchen. Mit einem Grinsen und einem derben Ruck riß er das Schmuckstück ab und wand es um das Heft seines Säbels.

Zuletzt legten die Barbaren den beiden Frauen Roßhaarschlingen um die geschundenen Hälse, warfen sie wie Beutestücke quer über die Sättel zweier ihrer Gäule und zogen sich wieder hinter den Hügel zurück, von dem sie ihren Überfall durchgeführt hatten. Dort standen weitere mit Raubgut beladene Pferde. Die Mörder und Frauenschänder nahmen deren Zügel auf und preschten nach Süden davon, wo das Gros ihres aus heiterem Himmel nach Bayern eingefallenen Heeres sich wie ein endloser Wurm in Richtung der Alpen wälzte. Inga und Bruni wurden, zusammen mit zahlreichen anderen Gefangenen, mitgeschleppt. In Augsburg wartete ein junger Adliger namens Udo vergeblich auf seine Braut. Ingas geschändetes Leben verlor sich und verging irgendwann im Strudel der unvermittelt über Europa hereingebrochenen Heimsuchung.

In diesem Jahr 899 gelangten die Ungarn, zügellose und höchst kampfkräftige Horden, die aus den Steppen nördlich des Schwarzen Meeres gekommen waren und sich dann in den ehemaligen Gebieten der Awaren[53)] festgesetzt hatten, bis weit nach Italien hinein. Nachdem sie gemordet, geplündert, gebrandschatzt und vergewaltigt hatten, zogen sie sich blitzschnell wieder in die madjarischen Steppen zurück. An den Ufern von Donau und Theiß hielten sie sich in diesem und während der folgenden Winter still, doch wenn das Frühjahr die Anmarschwege wieder passierbar machte, brachen sie erneut los, verheerten Westeuropa und drangen im Lauf der Jahre sogar bis Südfrankreich vor. Im Jahr 906 fiel ihnen das Reich der Mähren zum Opfer, im darauffolgenden Sommer schlachteten die gefürchteten Reiterhorden, die man nunmehr als Ungarn bezeichnete, bei Preßburg beinahe das gesamte bayerische Heer, das sich ihnen in einem Verzweiflungsakt entgegengestellt hatte.

Beinahe zwei Generationen dauerten die jährlichen Heimsuchungen an. Die Bauern und die Städte Bayerns sowie der umliegenden Länder waren so gut wie machtlos gegen die Ungarn. Gepanzerte kaiserliche, herzogliche oder markgräfliche Scharen wurden von den besser und flinker berittenen Steppenreitern zu Paaren getrieben. Stießen die Bayern, die Sachsen, die Thüringer, die Franken auf ihren schwerfälligeren Gäulen gegen die Ungarn vor, so stießen sie immer wieder ins Leere. Versuchten sie zu fliehen, kamen die Ungarn wie Steppenfalken blitzschnell über sie.

Die bayerische Landbevölkerung verkroch sich, da kein Bewaffneter sie mehr zu schützen vermochte, unter die Erde. Auf den Höfen gruben die Bauern enge Gänge tief hinunter in Tuffstein und Lehm, sicherten diese geknickten Fluchtröhren durch

Schlupflöcher und schachteten an ihren Enden runde Höhlen aus, in denen sie tagelang kauerten, fluchten und beteten, wenn droben wiederum die Hufe der Steppengäule dröhnten[54]. Auf diese Weise überlebten sie im Schutz des erdmütterlichen Schoßes, während gleichzeitig das Reich zu zerbrechen drohte.

Das niedergehende Herrscherhaus der Karolinger brachte keinen zweiten Karl Martell hervor. Die letzten Wassertriebe am Baum des einst unbezwingbaren Geschlechts verzettelten sich in sinnlosen dynastischen Querelen. Bruderkämpfe flirrten über das Reich hin, während die Steppenreiter gellend lachten und rafften. Kaiser Konrad, der letzte Karolinger, kämpfte mit Herzog Heinrich von Sachsen um sein Erbe. Gleichzeitig drangen die Steppenreiter im Norden des Reiches bis Bremen vor. Herzog Arnulf von Bayern stellte sich gegen den Kaiser; die Schlacht im Jahr 918 trug Konrad eine tödliche Verwundung ein. Sterbend zeigte der letzte Karolinger noch einmal erstaunliche Größe: Zu seinem Nachfolger bestimmte er Herzog Heinrich von Sachsen, seinen Todfeind.

Der Vogler[55] bewies schnell, daß die Wahl des Sterbenden nicht falsch gewesen war. In Mainz duckte er die Kirche, die alte Feindin des Reiches, als er Krönung und Salbung durch den dortigen Erzbischof ablehnte. Die Herzöge Arnulf von Bayern und Burghard von Schwaben, die ihm die Krone, die er aus eigener Machtvollkommenheit heraus trug, streitig machen wollten, unterwarf er bereits drei Jahre nach seinem Regierungsantritt. Wiederum drei Jahre später — 924 — zeigte der Vogler gegenüber den Steppenreitern scheinbare Schwäche. Tributzahlungen erkauften ihm einen neunjährigen Waffenstillstand. Daß die Ungarn bereits 926 wiederum in Bayern, Schwaben und Lothringen plünderten, nahm der Kaiser scheinbar tatenlos hin. Doch in Wahrheit rüstete er, während die Barbaren über ihn spotteten, gewaltig auf.

In abgelegenen Regionen formte der Kaiser sein Heer, das bisher hauptsächlich aus Fußtruppen und nur wenigen schwerfälligen Reitern bestanden hatte, um. Zahlreiche Kämpfer erhielten leichter zu reitende Pferde; dünne Kettenhemden sollten ihnen gleichzeitig Schutz und Bewegungsfreiheit geben. Schwere Lanzen, in der Attacke zu frontbreiten Rechen vereint, sollten durch den hämmernden Anprall ihrer Eisenspitzen alles hinwegfegen, was sich ihnen entgegenzustellen wagte. Bis zum Jahr 933, während die Ungarn sich in Sicherheit wiegten, übte der Kaiser seine neu aufgestellten Reitertruppen ein. Militärische Einheiten, wie es sie bislang in dieser Form nicht gegeben hatte, bildeten sich heraus und wurden von Jahr zu Jahr schlagkräftiger: Aus der Not der Geschichte heraus wurde das Rittertum geboren.

Im Jahr 933 griffen die Steppenreiter wiederum in hellen Haufen an. Ihr Heer fegte diesmal nach Norden, Merseburg zu. In Riade stellte der Vogler die Ungarn. Die Panzerreiter des Kaisers warfen in geballtem Ansturm zum ersten Mal die wendigeren Bogenschützen auf ihren struppigen Steppengäulen zurück. Norddeutschland war gerettet, die Ungarn flohen zurück in ihre Tiefebene. Das Blatt der Geschichte hatte sich bei Merseburg zu wenden begonnen. Doch es sollten noch einmal zweiundzwanzig Jahre vergehen, bis es zur endgültigen Entscheidung kam.

Der ungarische Krieger, der sich inmitten mehrerer tausend weiterer Steppenreiter der befestigten Stadt Augsburg näherte, schwang unter wildem Geschrei den Säbel, den er von seinem Vater geerbt hatte. Die schmale Klinge schnitt zischend durch die heiße Sommerluft. Am Knauf der Waffe glänzte etwas golden. Es handelte sich um eine kleine Münze, die durch zwei dünne, flachgeschmiedete Drähte am kugeligen Stahlkopf des Schwertgriffs festgemacht war. Der Großvater des ungarischen Kriegers hatte dieses Kleinod vor vielen Jahren nur einen Tagesritt von Augsburg entfernt erbeutet. Jetzt schnitt der Adlerkopf mit den wilden Schwüngen des Säbels durch den pfeifenden Reitwind und wurde von der scheinbar unbezähmbaren Woge des angreifenden Heeres mitgeschwemmt.

Die Flut aus Menschen- und Pferdeleibern teilte sich, als die Mauern Augsburgs auf Pfeilschußweite herangerückt waren. Der junge Reiter mit der Adlerkopfmünze am Schwertknauf bog zusammen mit zwei- oder dreitausend anderen nach links ab; die andere Hälfte des Pulks schwenkte gleichzeitig nach rechts. Die Linien der Ungarn zogen sich auseinander, damit die Reiter sich nicht gegenseitig behinderten — dann ließen die Schützen ihre Bogensehnen schnalzen. Ein Hagel von Pfeilen verfinsterte und spaltete den Himmel; die gefiederten Geschosse zischten im Bogen hoch, senkten sich wieder und nadelten auf die Wälle von Augsburg nieder. Die Helme und gezückten Waffen der Verteidiger auf der Mauerkrone waren wie mit einem Schlag verschwunden. Der Pfeilhagel hatte die Besatzung in Deckung gezwungen.

Diejenigen der Bayern, die nicht schnell genug reagiert hatten, stürzten vereinzelt von den Wällen. Den Ungarn schlug nur wenig Widerstand entgegen. Auch nach dem ersten Schock kamen die Speere und Pfeile der Bayern nur dünn und richteten unter den Steppenreitern kaum Schaden an. Auf den Hälsen ihrer struppigen Gäule liegend, jagten die Ungarn weiter in zwei weit auseinandergezogenen Pulks um die Stadtmauern, schnellten ihre gefiederten Geschosse ab, preschten aneinander vorbei, verwirrten die Verteidiger dadurch noch mehr, verknäuelten sich scheinbar, lösten sich dennoch wieder in guter Ordnung voneinander und schossen gellend und jauchzend erneut auf alles, was sich oben auf der Mauerkrone zeigte.

Die Steppenreiter hatten Augsburg bereits im allerersten Ansturm in die Defensive gedrängt — und sie hatten dies mit vergleichsweise geringfügigem militärischem Einsatz erreicht, denn bei jenen Reitern, unter denen sich auch der junge Krieger mit der Adlerkopfmünze am Schwertknauf befand, handelte es sich lediglich um einen Vortrupp von einigen tausend Mann. Jetzt jedoch tauchte im Süden das Gros des ungarischen Heeres auf, das bereits das Tegernseer Tal und die Gegend um den Achensee verwüstet und entvölkert hatte, und dieses Hauptheer zählte beinahe hunderttausend Reiter. Während sich die Vorhut nach ihrem so gut gelungenen Überraschungsangriff jäh wieder zurückzog, breitete sich dieses Hauptheer nun wie eine riesige Zange um Augsburg herum aus, umzingelte die Stadt und schloß sie von allen Seiten ein. Die Belagerung von Augsburg hatte begonnen. Nach menschlichem Ermessen konnte es nur noch eine Frage von Tagen oder höchstens Wochen sein, bis die Stadt mit allem, was in ihr lebte, den Steppenreitern in die Hände fallen würde.

Die wenigen Boten, die im Heerlager des Kaisers bei Ulm anlangten, berichteten Unerhörtes. Daß die Zahl der Ungarn unermeßlich sei, stotterten sie zitternd. Daß Bauern gepfählt und die Weiber geschändet würden. Daß alles zwischen Wertach und Lech tot im Feld liege, daß dort kein Hof und kein Weiler mehr stehe. Daß die Ungarn die Schädel von Erschlagenen über die Mauern von Augsburg schleuderten. Daß man entsetzliche Himmelszeichen erblickt habe. Daß selbst die Priester an Gott zu zweifeln begonnen hätten. Daß das Reich untergehen müsse. Daß das Ende der Welt gekommen sei...

König Otto[56] hörte sich die Hiobsbotschaften mit steinerner Miene an, während sein Heer, das an Zahl demjenigen der Ungarn weit unterlegen war, zum Abmarsch rüstete. In den ersten Augusttagen formierten sich die Ritterverbände aus den verschiedenen Gauen des Reiches. Dann setzte sich die Armee in Bewegung, nach Osten, in direktem Marsch auf Augsburg zu.

Die Bayern bildeten die Vorhut und stellten gleichzeitig das stärkste Kontingent: Drei Haufen gepanzerter Reiter, deren Kettenhemden über den Flanken nunmehr schnellerer und besser trainierter Pferde als in den Generationen zuvor schütterten und klirrten. Im mittleren Heerhaufen der Bayern ritt ein junger Krieger namens Gerhart. Er stammte aus Augsburg und war ein Nachkomme jenes Udo, der im Jahr 899 vergeblich auf seine Braut Inga gewartet hatte. Erst viele Jahre später hatte dieser Udo dann doch noch ein anderes Weib genommen und mit dieser Frau den Vater dessen gezeugt, der nun in vorderster Front des mittleren bayerischen Heerhaufens in Richtung seiner bedrohten Vaterstadt trabte.

Hinter dem Banner, unter dem Gerhart ritt, folgte die Hausmacht des Königs selbst. Ottos linke Flanke wurde von den Sachsen gedeckt, die rechte von den Franken. Das hinter ihnen liegende Gebiet sicherten zwei Schlachthaufen der Schwaben. Es folgte der Troß mit hochbordigen Ochsenkarren, während die Nachhut in einer aus Böhmen gebildeten Heeresabteilung bestand. Die Böhmen stellten zugleich das schwächste Glied im Truppenverband des Königs dar, denn ihre Abteilung setzte sich zum größten Teil aus Fußvolk zusammen. Die Nachhut bildete also die Schwachstelle des deutschen Heeres, doch hatte der König dies bewußt in Kauf genommen, denn von Westen her schien keinerlei Gefahr zu drohen. Wenn es zur Schlacht mit den Ungarn kam, würden es die Bayern sein, die den ersten Anprall auszuhalten hatten. Dies jedenfalls glaubten Otto und seine Ritter — und dieser Glaube sollte ihnen schon wenige Tage später zum schrecklichen Verhängnis werden. Denn abseits der Truppen ritt heimlich unter kleiner Bedeckung ein Verräter.

Es handelte sich um den Sohn des verstorbenen luitpoldingischen Pfalzgrafen Arnulf, der bis zum Vorjahr in Bayern geherrscht hatte. Nach Arnulfs Tod hatte König Otto jedoch das Erbrecht des Sohnes Hezilo nicht geachtet und seinen eigenen Bruder Heinrich als Pfalzgrafen in Bayern eingesetzt. Hezilo sann auf Rache — und nun bot sich ihm die Gelegenheit dazu.

Tagelang spähten Hezilos wenige Krieger den Marschweg des Königs aus, und als sicher war, daß Otto die Wertach südwestlich von Augsburg überschreiten würde, um dann nach Norden Richtung Stadt abzuschwenken, spornte der übergangene Sohn des luitpoldingischen Pfalzgrafen seinen Renner an und erreichte den Belagerungsring der Ungarn weit vor dem Heer des Königs.

Hezilo, der Verräter, hatte den ungarischen Heerführer Buscun bereits bei früheren Gelegenheiten kennengelernt; deswegen war es ihm jetzt ein Leichtes, sofort zu dem Eroberer vorzudringen. Buscun hörte sich schweigend an, was Hezilo ihm zu berichten hatte. Dann gab er einen Befehl an seine Meldereiter aus — und schon wenige Stunden später hoben die Ungarn die Belagerung von Augsburg auf und zogen ab. Dank Hezilos Verrat wußten sie nun ganz genau, wie sie das Heer des anrückenden Königs von seiner schwächsten Stelle her aufrollen konnten.

Die Armee Ottos hatte die Wertach überschritten. Schon schwenkten die ersten Verbände, unter ihnen der junge Augsburger Gerhart, nach Norden um. Die Böhmen und der Troß dagegen standen noch nahe dem Fluß. Und dann griffen von Nordwesten her, aus den Auwäldern entlang der Wertach hervorbrechend, die Ungarn an. Buscun und Hezilo hatten einen Teil ihrer Steppenreiter geschickt in den Rücken von Ottos Truppen gebracht.

Die Böhmen und der schwer bewegliche Troß waren gegen die flinken Pfeilschützen so gut wie wehrlos. Schon löste sich das Gefüge der Nachhut auf. In Panik stürzte sich das Fußvolk in den Fluß und versuchte schwimmend das andere Ufer zu erreichen. Die Troßkarrren verknäuelten sich, die ersten Wagen gingen in Flammen auf, schon begannen die Ungarn da und dort zu plündern. Verzweifelt versuchte König Otto sein Heer umzugruppieren. Gerhart warf seinen Rappen herum und sprengte zusammen mit anderen Bayern zurück zur Wertach. Doch noch ehe sie dort hilfreich eingreifen konnten, attackierte das Hauptheer der Ungarn völlig überraschend von Nordosten her, fegte am Lechufer entlang und warf sich auf den Kern der deutschen Truppen, wo der König selbst inmitten des Strudels hielt, der ihn jetzt in den Abgrund zu reißen drohte.

In diesem Moment schien alles verloren. Die Steppenreiter hatten die Nachhut der königlichen Armee zu Paaren getrieben und verbissen sich jetzt in einem furiosen Angriff in das feindliche Zentrum. Wenn ein Duchbruch erfolgte, wenn Ottos Heer gespalten wurde, dann gehörte den Ungarn nicht nur Augsburg, dann gehörte ihnen das Reich. Während Pfeile den Himmel verdunkelten und Säbel tausendfach zuckten, begriffen dies auch der König und seine Ritter. Jetzt ging es um mehr als nur eine Schlacht — jetzt ging es um alles.

Die Angst um das Schicksal des Reiches hämmerte auch durch Gerharts Schädel und Herz. Doch glücklicherweise lähmte diese Angst ihn nicht, sondern ließ ihn — gleich Tausenden um ihn herum — mit einem Wutschrei gegen die Feinde losbrechen. Wieder schwenkte der bayerische Truppenverband, diesmal nach Norden, und mit den Bayern schwenkten die Franken, die Sachsen, die Schwaben und die Hausmacht des Königs selbst. Die Panzerrechen der Ritter formierten sich, in geschlossenen Trupps griffen sie an, brachen wie eine Stahllawine in die lockeren Horden der Ungarn ein und erreichten in einem gemeinsamen Ansturm, was ihren Vorfahren niemals möglich gewesen war: die flinken Steppenreiter zu werfen.

Gerhart, der junge Adlige aus Augsburg, preschte der Stahlspitze seiner Lanze nach. Links und rechts von ihm donnerte die breite Front seiner Kameraden dahin. Wenn die Reiterhaufen aufeinanderprallten, schien die Erde zu bersten. Die Ungarn flogen reihenweise aus den Sätteln. Ihre kleineren Gäule wurden in die Knie geworfen. Und dann zerfaserte die Front der Steppenreiter; die Schlacht löste sich in ein Bündel von wirren Scharmützeln auf. Da die Ritter des Königs dabei jedoch in kleineren Verbänden zusammenblieben, gewannen sie allmählich die Oberhand. Bei Königsbrunn, bei Graben, Haunstetten, Klosterlechfeld und Bobingen wurden die Ungarn reihenweise aus den Sättel gestochen. Zwischen Wertach, Lech und den gepanzerten Reihen der Ritter eingeklemmt, gewannen sie keinen Boden mehr. Einmal gestellt, nützte ihnen ihre Reitkunst nur noch wenig. Ihre so oft erprobte Taktik von Angriff, rascher Flucht und erneuter überraschender Attacke ließ sich auf dem Lechfeld südlich von Augsburg jetzt nicht mehr ausspielen. Als der Tag sich neigte, war die Schlacht entschieden. Ein Teil der Ungarn war über die beiden Flüsse entkommen und hatte das Weite gesucht. Doch das Gros ihres Heeres lag erschlagen auf dem Lechfeld. Der Verräter Hezilo war tot. Buscun wurde nach einem schweren Sturz betäubt unter seinem ruppigen Gaul hervorgezerrt. In der Abenddämmerung leisteten nur noch Einzelne Widerstand.

Einer dieser Verzweifelten war jener junge Krieger, der einige Wochen zuvor an der ersten Attacke auf Augsburg teilgenommen hatte, der mit durch die Luft pfeifendem Säbel, an dessen Knauf eine Adlermünze glänzte, gegen die Wallmauer geritten war. Jetzt sah sich dieser Krieger plötzlich einem anderen gegenüber, einem Bayern, der von oben bis unten mit Blut bespritzt war und ihn mit eingelegter Lanze angriff. Der Ungar hatte im Lauf der Schlacht sein Pferd verloren; nur sein Säbel war ihm noch geblieben. Als er ihn gegen den angreifenden Bayern hob, spürte er entsetzt, wie schwer er plötzlich wog. Die Schlacht hatte einen ganzen Tag gedauert, und nun waren die Reserven des Ungarn erschöpft. Der bayerische Ritter dagegen konnte die Kraft seines Rappen nutzen. So schoß die Lanze heran und fand am Säbel des anderen keinen nennenswerten Widerstand mehr. Der Säbel glitt kraftlos am eisenbeschlagenen Lanzenschaft ab, dann zerriß die Kehle des Ungarn in einem gurgelnden Schrei. Gerhards Waffe hatte ihr letztes Opfer auf dem Lechfeld gefunden. Die Schlacht war vorüber, endete in immer seltener werdenden Todesschreien, die da und dort noch vereinzelt aufbrachen.

Gerhart ließ sich schwer aus dem Sattel gleiten und bückte sich nach dem Säbel des getöteten Ungarn. Vorhin, als er attackiert hatte, da hatte er das goldene Blinken am Knauf der Waffe gesehen. Jetzt starrte er überrrascht auf die Adlerkopfmünze, die durch den Lanzenstoß abgerissen worden war und nur noch an einem dünnen Eisenfaden hing. Gerhart löste sie ganz, betrachtete sie im letzten Tageslicht lange und steckt sie dann zu sich. Er ahnte nicht, daß dieses Kleinod einst, im Jahr 899, der Braut seines Großvaters Udo gehört hatte. Daß eine junge Frau namens Inga sich damals gewünscht hatte, daß einst ihr Sohn die Adlermünze bekommen sollte. Jetzt war das Regenbogenschüsselchen auf den Enkel dessen gekommen, den Inga nur einmal und dann nie wieder getroffen hatte, weil der Krieg es anders gewollt hatte. Doch davon wußte Gerhart nichts, als er nun zurück zum Lager des Königs ritt und später in das befreite Augsburg hinein, so daß

das Regenbogenschüsselchen nach zwei Generationen nun doch noch in dieser Stadt anlangte.
Die kleine Münze wiederum stellte nur ein winziges Funkeln im großen Gleißen der Geschichte dar. Was in jenem Jahr 955 wirklich zählte, war der Sieg auf dem Lechfeld. Die Ungarn waren geschlagen, ihre aggressive Kraft für alle Zeiten gebrochen.
Der überragende Sieg sollte König Otto sechs Jahre später die Kaiserkrone eintragen. Schon in der Abenddämmerung jenes zehnten August des Jahres 955 feierten ihn seine Ritter als Imperator. Ottos unaufhaltsamer Aufstieg zu einem der Großen der Geschichte hatte auf dem Lechfeld begonnen. Gleichzeitig war Buscun, den man unter seinem Gaul hervorgezerrt hatte, in den Abgrund der Geschichte gestürzt. Als er wenig später in Regensburg gehängt wurde, stellte das Volk, das er geführt hatte, keine Gefahr mehr für Europa dar. Von hunderttausend Reitern war nichts geblieben als ein letztes, verzweifeltes Ächzen am Galgen.

Der Handstreich in der Veroneser Klause
(1155)

Genau zweihundert Jahre waren seit der Schlacht auf dem Lechfeld über Bayern hingegangen. Das Kaisergeschlecht der Ottonen war aufgestiegen und wieder erloschen. Nun herrschten im Reich die Stauffer, und Bayern wurde seit einem Jahr von einem Sachsen regiert. Friedrich Barbarossa hatte dem bisherigen Herzog Heinrich Jasomirgott das Land zwischen Alpen und Donau entzogen und es einem anderen Heinrich, dem Löwen aus Braunschweig, zu Lehen gegeben. Der Rotbart hatte auf diese Weise seinem eifrigsten Gegenspieler vorerst das unersättliche Maul gestopft. Friedrich I. hatte dadurch Handlungsfreiheit gewonnen. Zeitig im Jahr 1155 zog er nach Rom. In seiner Begleitung ritten die Herzöge von Bayern und Sachsen, dazu eine starke Abteilung bayerischer Ritter, unter ihnen Graf Otto von Wittelsbach, der in diesem Frühjahr noch nicht ahnte, daß schon im Sommer desselben Jahres die Sternstunde für sein Geschlecht kommen sollte.

Vorerst drehte sich alles, auch das Denken des hünenhaften Grafen aus dem uralten Geschlecht der Scheyerer[57)], um den Stauffer. Der Rotbart war ausgezogen, um vom Papst zum Kaiser des Heiligen Römischen Reiches Deutscher Nation gekrönt zu werden. Erfahrungsgemäß pflegten solche Romzüge selten friedlich zu verlaufen. Die Päpste verfolgten nach wie vor ihre eigene Machtpolitik, und nicht selten mußten sie durch Waffengewalt zur Krönung und Salbung ihrer angestammten Widersacher gezwungen werden. Die italienischen Fürsten und Städte wiederum, vor allen Dingen die im Norden der Halbinsel, sahen in den durchziehenden deutschen Königen kaum mehr als protzige Gokkel, die es unter Ausnutzung aller dazu tauglicher Mittel kräftig zu rupfen galt. So waren diese Krönungszüge nach Rom stets ein Abenteuer mit höchst ungewissem Ausgang.

Als er, den hünenhaften Otto von Wittelsbach und weitere 1800 Ritter im Gefolge, durch die Lombardei marschierte, bekam dies auch der Rotbart zu spüren. Eine Delegation tauchte in seinem Lager auf, Patrizier der Städte Como und Lodi. Diese Herren beklagen sich bitterlich bei dem, der Kaiser werden wollte über die Tyrannei der Mailänder. Die Pfeffersäcke dort, so die Pfeffersäcke aus Como und Lodi, würden alles, was nicht mailändisch war, von Haus und Hof vertreiben, würden ihre Konkurrenten über die Klinge springen lassen, um den gesamten norditalienischen Handel sowie die Macht an sich zu bringen. Deswegen müsse nun der deutsche König und künftige römische Kaiser für Gerechtigkeit sorgen, müsse die Mailänder spüren lassen, daß er der Herr sei und nicht sie.

Friedrich, als Ritter tapfer, doch als Schwabe zumindest damals noch reichlich blauäugig und bieder, zog daraufhin mit seinen 1800 Gewappneten stracks vor die Mauern von Mailand und forderte vom dortigen Stadtadel die sofortige und unbedingte Unterwerfung unter das Reich. Die Mailänder jedoch hatten nichts als Spott für den rotbärtigen Barbaren aus dem Norden übrig; von den klobigen Mauern herab hagelten Schimpfworte, dazu geballte Ladungen von Unrat, auf den König und seine 1800 Ritter. Friedrich mußte einsehen, daß er gegen die Macht Mailands machtlos war. Hätte er einen Sturm versucht, wäre ihm von seinem Heer nichts weiter geblieben als 1800 zerschlagene Schädel. Selbst ein Bulle wie der Graf von Wittelsbach wäre nicht imstande gewesen, auch nur das schwächste Tor der lombardischen Festung einzurennen. Unter dem Spott der Patrizier von Como und Lodi, die lediglich ihre eigenen Intrigen gegen die Mailänder gesponnen hatten, zog der König ab; die Niederlage, auch wenn sie außer verkoteten Rüstungen nichts weiter an Opfern gekostet hatte, schwärte arg in seiner biederen schwäbischen Seele. Eine kleine Wegstrecke marschierte der Rotbart eher ziellos, dann jedoch, als das mit Mailand verbündete Städtchen Tortona in Sichtweite kam, packten ihn Rachegelüste. Friedrich und seine 1800 Ritter nahmen das Nest im Sturm, brannten es nieder und zogen daraufhin erleichtert in Eilmärschen weiter nach Rom, wo ein ungleich gefährlicherer Intrigant als die Patrizier von Como und Lodi bereits auf die Ankuft des Kaisers lauerte. Immerhin hatte der Rotbart inzwischen begriffen, welches Spiel man in Italien mit ihm zu treiben gedachte; als er die sogenannte Ewige Stadt erreichte, war sein Biedersinn mißtrauisch geworden, was ihm gegenüber dem Papst sehr von Nutzen sein sollte.

"Sollte es sich bei diesen bunten Vögel vor dem Tor bereits um Kurienkardinäle handeln?" fragte erstaunt Otto von Wittelsbach und reckte sich herausfordernd im Sattel seines riesigen Percherons[58)].

"Du täuschst dich", erwiderte der Rotbart, der unweit von ihm hielt. "Sie tragen weder Mitren noch Krummstäbe und sitzen auch nicht auf Mauleseln, wie es Kardinäle sonst gerne tun, sondern sie reiten Rösser wie anständige Ritter. Ich glaube daher eher, es handelt sich um eine Abordnung von Senatoren der Stadt."

Ein Kämmerer Friedrichs, der die halbverfallenen Mauern und die grandiose Ruinenlandschaft Roms[59)] nicht zum ersten Mal erblickte, bestätigte es: "Es sind Patrizier, die dich, Herr, ganz offensichtlich noch vor dem Papst sprechen wollen."

"Vielleicht fordern sie uns gar auf, zur Wahrung ihrer geschäftlichen Interessen den Lateranpalast zu stürmen", spottete der Wittelsbacher. "Dann sollten wir uns sehr in acht nehmen, denn ich habe läuten hören, daß Hadrian IV. noch abgefeimter als der abgefeimteste mailändische Pfeffersack ist. Er wüßte seine zusammengeraubten Schätze bestimmt noch besser zu schützen als seine Amtsgenossen in der Lombardei!"

Der Bischof von Freising, der ebenfalls im Gefolge des Königs hielt, warf dem Wittelsbacher einen natterngiftigen Blick zu. Der Graf kritzelte mit dem Sporn die Weiche seines Percherons. Der Hengst wieherte schrill; es klang wie infernalisches Hohngelächter.

"Bringt die Senatoren vor mich!" befahl der Rotbart ungerührt.

Es stellte sich heraus, daß der Papst in seiner eigenen Stadt alles andere als geachtet war. "Warum willst du dir die Herrschaft über den Erdkreis von einem korrupten Pfaffenklüngel verleihen lassen, wenn du sie doch von den rechtmäßigen Nachfolgern der alten Römer selbst erhalten kannst?" äußerte der Sprecher der Senatoren, als er vor dem König stand[60)]. "Die Kaiserwahl durch den Senat würde dich nicht mehr als fünftausend Pfund in Silber kosten."

Barbarossa zögerte. Das ungewöhnliche Angebot der Patrizier schien ihm nicht ganz unangenehm zu sein. Die Gedanken des Rotbarts jagten sich. Das Papsttum, das sich seit den Tagen Karls des Großen so unverfroren ins kaiserliche Spiel gedrängt hatte, könnte ein- für allemal zurechtgestutzt werden, wenn die Krone vom römischen Senat kommen würde. Die Frage der Vorherrschaft wäre dann endlich zugunsten des Kaisertums geklärt; kein künftiger König würde noch den Papst zur Krönung benötigen. Es würde der regieren, der dies aus eigener Machtvollkommenheit heraus tun konnte, nicht einer, der vor den Schächern im Lateran am besten zu Kreuze zu kriechen vermochte. Die Herrschaft über die Welt würde endlich wieder in weltliche Hände gelangen...[61]

Dies alles schoß Friedrich durch den Kopf. Dann traf sein Blick den des Wittelsbachers. In den Augen des anderen las der Rotbart seine eigenen Gedanken. Er wußte, daß der Graf die Pfaffen ebenso haßte wie er selbst. Otto von Wittelsbach würde an seiner Seite kämpfen, wenn es galt, den Vorherrschaftsanspruch des Papsttums, der schon seit Jahrhunderten nichts als Leid über die Welt und das Reich brachte, endlich zu brechen. Der Wittelsbacher würde mit Freuden das Schwert für dieses hohe Ziel ziehen[62].

Doch dann wanderte der Blick des Rotbarts weiter und blieb an den Gesichtern der Senatoren hängen. Verlebte Gesichter waren es, verfettet vor Gier und gallig geworden durch endlose, kleinliche Händel. Die Gesichter von Krämern, die jetzt wie Hyänen nach einem Bissen von fünftausend Pfund Silber gierten. Würde der Papst ihnen sechstausend in den Rachen werfen, dachte Friedrich, dann würden sie mich mit Freuden an den Pfaffen verschachern. Nein, mit diesen Krämern ist kein Staat zu machen — im wahrsten Sinne des Wortes. — Wenn sie noch das alte Rom repräsentierten, das Rom der Helden, dachte der König, ja, dann würde ich es zusammen mit ihnen wagen. Doch mit diesen da...

Er dachte an die Folgen, falls er das Angebot annehmen würde. Falls er als von römischen Senatoren gekrönter Kaiser über die Alpen zurück zog. Der Papst würde es niemals hinnehmen. Würde vor Wut kreischen und den Bann hinter ihm herschleudern. Würde ihn einen falschen Kaiser nennen und ihn verteufeln. Würde die Pfaffen im Reich gegen ihn hetzen, von der Nordsee bis Sizilien. Würde das Reich spalten, würde es in den Bruderkrieg treiben, würde hohnlachend zusehen, wie es sich selbst zerfleischte, damit dann er, der Stellvertreter Gottes, triumphieren konnte, sollte sein Triumphgeheul auch über den Trümmern Europas erschallen.

Friedrich begriff, daß er nicht die Macht besaß, sich im offenen Krieg gegen den Papst zu stellen. Vielleicht würden es andere, Größere, nach ihm schaffen. Er nicht. Auf die römischen Senatoren konnte er sich nicht wirklich verlassen. Und auch seine 1800

Ritter, selbst wenn in ihren Reihen solche Berserker wie der Wittelsbacher standen, würden zerstieben wie Spreu im Wind, wenn er mit diesem Häuflein gegen ein vom Papst gespaltenes, brodelndes Reich antreten würde.

Die Augen des Rotbarts wirkten plötzlich leer und müde. Er wandte sich an die Senatoren und lehnte ihr Angebot mit einigen verächtlichen Worten ab. Sie klangen markig und hohl zugleich — Friedrich wußte es selbst. Doch er durfte selbst diesen Degenerierten gegenüber sein wahres Denken nicht zeigen, deswegen flüchtete er sich in die Phrase[63)].

Betreten, beinahe wie geprügelte Hunde, zogen die Senatoren, deren Vorfahren einst den Weltkreis beherrscht hatten, ab. Der König blickte ihnen mit zusammengepreßten Lippen nach. Dann wandte er sich an den Wittelsbacher: "Unsere Boten an Hadrian sollen abgehen! — Wir müssen es mit ihm halten, ob wir wollen oder nicht..."

"Ob wir wollen oder nicht!" knirschte der Graf und gab den Befehl weiter.

Hadrian IV., ein Engländer, der ursprünglich auf den Namen Nicholas Breakspeare getauft worden war, näherte sich dem Feldlager des Königs auf einem weißen Zelter. In seinem Gefolge tummelte sich eine schier unübersehbare Zahl von Kardinälen, Bischöfen, Prälaten und Mönchen. Die Herde Christi quoll aus einem der römischen Tore wie ein bombastisch ausstaffierter Wurm. Alle Laster der Erde malten sich auf den Gesichtern der herausgeputzten Pfaffen. Ihnen nach folgten Rudel von Köchen, fahrbare Weinschenken und Sänften, hinter deren Vorhängen sich grell geschminkte Huren verbargen[64)]. Allein der Papst selbst wirkte von weitem asketisch. Als zwei homophil aussehende Zügelhalter jedoch seinen Zelter vor Friedrich zum Stehen brachten, erkannte der Rotbart, daß Hadrians Gesichtszüge nicht vom Fasten und Gebet mager geworden, sondern von hemmungsloser Machtgier ausgebrannt waren.

Hart vor dem König scharrte der Zelter des Papstes. Hadrians Stimme klang heiser, als er mehr forderte als bat: "Halte mir Zügel und Steigbügel, Friedrich, damit ich aus dem Sattel steigen kann!"

Die Hand des Wittelsbachers zuckte zum Schwert. Das gesamte Ritterheer des Rotbarts begann zu murren. Alle hatten die Ungeheuerlichkeit in den scheinbar harmlosen Worten des Papstes

begriffen: Der deutsche König sollte dem Papst als Reitknecht dienen. Hadrian hatte versucht, seine Vorherrschaft bereits beim ersten Zusammentreffen deutlich zu machen.
Doch Friedrich schmetterte ihm entgegen: "Ich bin jederzeit bereit, ein Knecht Gottes zu werden, doch niemals ein Knecht des Papstes[65)]!"
"Richtig!" rief der Wittelsbacher. "Kein König und kein Kaiser soll vor dem Pfaffen kuschen! Gerechter wär' es umgekehrt! Wenn du willst, Rotbart, zwing' ich die ganze Corona mit dem Schwert vor dir auf die Knie!"
Gelächter schlug in den Reihen der deutschen Ritter hoch. Doch Otto von Wittelsbach fand keine Gelegenheit mehr, seine Drohung in die Tat umzusetzen. Denn die Begleiter Hadrians hatten bereits die Flucht ergriffen. Samt ihren Huren, Weinschenken und Köchen galoppierten und rannten sie zurück zu Stadt, allein der Engländer selbst blieb verdattert auf seinem Zelter sitzen; selbst seine beiden Zügelburschen hatten ihn im Stich gelassen.
Hadrian IV. hatte einen ungeheuerlichen diplomatischen Reinfall erlebt, und der ungeheuerliche Graf von Wittelsbach lachte ihm dröhnend mitten ins gallige Gesicht.
Man brachte den vorgeblichen Stellvertreter Gottes auf Erden provisorisch in einem Zelt des deutschen Heerlagers unter, dann traten, nachdem man den Kurienkardinälen versichert hatte, daß ihnen keine unmittelbare Gefahr an Leib und Leben drohe, die Diplomaten beider Seiten in Aktion. Sie beratschlagten einen vollen Tag und die Nacht darüber, wie das Übel mit den Steigbügeln und dem Zügel des päpstlichen Zelters aus der Welt zu schaffen sei; zuletzt einigte man sich darauf, daß der König den verlangten Dienst zwar verrichten würde, doch keinesfalls als ein Untergebener des Papstes, sondern vielmehr lediglich einem alten Brauch folgend.
Am Morgen des folgenden Tages kletterte Hadrian IV. also wiederum auf seinen Zelter, dann ergriff der Rotbart mit der linken Hand die Zügel und mit der rechten den Steigbügel — und zog, als der Papst sich wiederum zum Absitzen anschickte, dermaßen kräftig am Steigbügel des vermeintlichen göttlichen Stellvertreters, daß dieser mit einem Aufkreischen erdwärts rumpelte, während Otto von Wittelsbach erneut dröhnend lachte und das gesamte Ritterheer einfiel. Doch Hadrian IV. hatte immerhin seinen

Willen bekommen, wenn auch nicht ganz im eigentlichen Sinn, und damit stand der Krönung des Rotbarts diplomatisch nichts weiter im Wege.

Am 18. Juni des Jahres 1155 drückte ein verbiesterter Papst Friedrich I. die Kaiserkrone auf die brandroten Locken. Im Gefolge des Monarchen stand Otto von Wittelsbach mit der Faust am Schwertgriff. Die Ritter des Rotbarts waren bis zum letzten Augenblick auf der Hut, denn Generationen ihrer Ahnen hatten auf bittere Weise lernen müssen, daß den vermeintlichen Nachfolgern des jüdischen Fischers so gut wie nie zu trauen war.

Noch am gleichen Tag traten die 1800 Gewappneten des gekrönten Kaisers den Rückweg nach Deutschland an. Ihr Mißtrauen gegen Hadrian IV. stellte sich als berechtigt heraus, als sie sich den Weg aus der Stadt freikämpfen mußten. Senat und Papst hatten im gemeinsamen Haß auf die Deutschen vorübergehend zueinandergefunden und hatten den Pöbel von Rom gegen Barbarossa und seinen eher schwachen Reiterhaufen aufgewiegelt. Der Kaiser und seine Bedeckung fochten sich durch und preschten nach Norden davon, während ihre Gäule in Richtung auf Rom furzten.

Rom indessen vermochte seine Tentakel weit auszustrecken. Überall in Italien saßen seine Kreaturen, zumeist im Pfaffengewand. In der Nähe von Verona versuchten sie den Kaiser aus dem Hinterhalt heraus doch noch zu ducken.

Mit gezückten Schwertern und nach vorne geworfenen Schilden, der Graf von Wittelsbach an der Spitze, ritten die Deutschen durch den Engpaß, die berüchtigte Veroneser Klause, die vor ihnen schon vielen anderen zur Falle geworden war. Doch ihre Schwerter halfen gar nichts gegen die heimtückischen Wegelagerer, die plötzlich von den Felskämmen herunterjohlten, und auch die Schilde taugten nur wenig gegen die herabprasselnden Steinbrokken. Da gleichzeitig Felslawinen den Zugang und ebenso den Ausgang der Schlucht versperrten, sah sich der Kaiser samt seinen 1800 Rittern unversehens wie in einer Rattenfalle gefangen.

Der Wittelsbacher preschte auf seinem Percheron zu Friedrich zurück. Sich halb aufbäumend, kam der schwere Hengst zum Stehen. Der Schild des hünenhaften Grafen war bereits arg zerdellt. Das Visier seines Topfhelms war an einer Seite aus dem Scharnier gerissen. "Wir sind den veronesischen Hunden auf Gnade und Ungnade ausgeliefert!" schrie er. "Verflucht! Warum haben wir uns keinen besseren Weg ausgesucht?! Jetzt können uns die Wegelagerer unter Bergen von Felstrümmern begraben, wenn sie wollen!" Er deutete mit der Schwertspitze zu den Klippen hinauf, welche die Schlucht wie Mauern eingrenzten. Eine Burg klebte dort oben auf halber Höhe. Von ihren Mauern herunter war spöttisches Geschrei zu hören. Der Steinhagel hatte vorübergehend aufgehört. "Wenn wir diese verdammte Festung nicht nehmen können", schrie der Pfalzgraf, "dann haben sie uns im Sack bis an unser unseliges Ende!"

"Die Burg ist unbezwingbar", erwiderte einer der Begleiter des Kaisers. "Selbst Mauerbrecher könnten sie nicht zerstören, denn man könnte sie unmöglich nach oben auf diese Klippen schaffen. Umso weniger können wir mit unseren armseligen Lanzen und Schwertern etwas gegen diese Festung ausrichten." Während der Wittelsbacher mit den pferdestarken Zähnen knirschte, setzte der andere hinzu: "Wir können höchstens versuchen, mit den Wegelagerern zu verhandeln..."

"Niemals!" kam es dumpf unter dem Helm des Rotbarts hervor. "Ich markte nicht mit Räubern — ob sie uns nun der Papst oder die Veroneser auf den Hals geschickt haben. Eher gehe ich hier in diesem Rattenloch mit allen meinen Rittern unter!"

Immer noch dröhnte Barbarossas Schädel von einem Steinwurf, der kurz zuvor seinen Helm getroffen hatte. Vielleicht sah der Kaiser deswegen keinen anderen Ausweg mehr, als blindwütig um sich zu schnappen wie ein in die Enge getriebener Fuchs.

"Ehe wir alle hier verrecken, stürme ich die verdammten Felsen — und wenn ich mich mit den Zähnen daran hochziehen muß!" schrie der Wittelsbacher.

Unmittelbar danach kam von hoch oben eine andere Stimme: "Hört, Deutsche, was ich euch zu sagen habe!"

Auf einer Gesteinsnase vor der scheinbar unbezwinglichen Burg stand plötzlich ein einzelner Mann. Während unten in der Schlucht Schatten über den 1800 Rittern lastete, glänzte der Harnisch des anderen, der so hoch über ihnen stand, in der Sonne. Sein Umhang flatterte in einem leichten Wind. Jetzt drang seine Stimme wiederum nach unten: "Ich bin Alberich von Ceraino[66], der Herr dieser Gegend. — Du, Kaiser Barbarossa, weißt selbst, daß du mir auf Gedeih und Verderben ausgeliefert bist. Die Schlucht, in der du festsitzt, ist schon vielen vor dir zur tödlichen

Falle geworden. Auch deine Gebeine werden dort unten vermodern, wenn du mir nicht zugestehst, was ich von dir fordere..."
Aus dem Augenwinkel heraus sah Otto von Wittelsbach, wie die Faust des Kaisers sich wütend zusammenkrampfte. Doch ehe der Rotbart durch einen Wutausbruch alles verderben konnte, schrie der Pfalzgraf zur Höhe hinauf: "Was verlangst du von uns, Alberich? Sprich, wir werden dir zuhören!"
"Ich will nicht unbedingt euer Leben!" scholl es in die Klamm herunter. "Wenn ihr vernünftig seid, könnt ihr in Frieden nach Deutschland zurückkehren. — Steigt von euren Streitrössern und legt eure Rüstungen ab! Bringt alles dorthin, wo ihr die Schlucht betreten habt. Dann geht zum nördlichen Ausgang, und ich will euch einzeln dort hinauslassen."
Die Ritter stöhnten entsetzt auf. "Roß und Rüstung sind wertvoller als mein Leben!" murmelte einer in der Nähe des Kaisers[67].
"Der Hund will uns wie Bettler nach Deutschland zurückkehren lassen!" schnaubte der Rotbart. "Wie könnte ich dort als ein nackter Mann den Thron besteigen? Ich wäre dem Gelächter des ganzen Reiches preisgegeben, denn ich hätte nicht nur Roß und Rüstung verloren, sondern dazu auch noch meine Ehre, die schwerer wiegt!" Sein Topfhelm ruckte zu Otto von Wittelsbach herum. "Wir müssen kämpfen, selbst wenn wir bis zum letzten Mann hier untergehen!" knirschte er.
Der Pfalzgraf starrte auf die schroffen Felsen. Kein Ritter würde eine Attacke dort hinauf reiten können. Es würde keinen wirklichen Kampf geben — nur den Untergang unter einer neuen Steinlawine. Und doch hörte sich der Wittelsbacher plötzlich sagen: "Wir werden kämpfen, Herr! Und wir werden siegen!" Ein ungeheuerlicher Gedanke war jäh durch sein Gehirn geschossen. Weniger martialisch setzte der Pfalzgraf hinzu: "Doch zuvor werden wir verhandeln. Wir müssen diesen Alberich um Bedenkzeit bitten."
"Ich verhandle nicht mit einem Räuber!" schnaubte der Rotbart.
Nachdem Otto von Wittelsbach eine Weile leise mit ihm gesprochen hatte, tat er es dennoch. Und Alberich von Ceraino gestand den Deutschen zuletzt Bedenkzeit bis zum nächsten Morgen zu. Er konnte es sich leisten. Noch niemals zuvor hatte auch nur eine Maus entwischen können, wenn sie erst einmal in der Veroneser Klause in der Falle gesessen hatte.

Die Nacht lastete tintig über der Schlucht. Undurchdringliche Dunkelheit verhüllte alles, was sich auf ihrem Grund tat. Nur das Schnauben der Pferde und ab und zu das Klirren der Kettenpanzer waren zu hören. Wie ein schemenhaftes Schwalbennest hing hoch oben die Zwingburg unter einem beinahe lichtlosen Himmel. Sie wäre überhaupt nicht zu sehen gewesen, wenn nicht ihr gegenüber ein fahler, krummer Mond gehangen hätte.
In der finstersten Stunde der Nacht tat Otto von Wittelsbach das, was Alberich von ihm und seinen Gefährten gefordert hatte: Er entledigte sich seines bis zu den Knien reichenden Kettenhemds. Den Helm hatte er bereits vorher abgenommen, auch die ritterlichen Sporen. Jetzt stand er in seinem dicken, gefütterten Unterkleid da. Er griff nach Schwert und Dolch und schnallte die Waffen wieder um. Um ihn herum taten zweihundert ausgesuchte Ritter, alle aus den bayerischen Bergen, dasselbe.
"Geht mit Gott!" sagte leise der Rotbart und legte dem Pfalzgrafen die gepanzerte Hand auf die Schulter.
"Wir schaffen es — oder sterben!" erwiderte der Hüne von der Burg Wittelsbach. Dann packte er seine Lanze, von der er — wie seine Begleiter auch — die Spitze abgenommen hatte, und näherte sich, leise wie eine Katze, der Felswand, über welcher die Burg hing. An der Spitze seiner zweihundert Männer stieg er in den schroffen Steilhang ein.
Mehr als einmal kamen sie in Gefahr abzustürzen und sich den Hals zu brechen. Das Klettern in der Nacht und im völlig unbekannten Gelände war selbstmörderisch. Oft hingen sie minutenlang wie eine riesige, hilflose Traube im Gefels. Doch dann trieb der Wittelsbacher sie zischend weiter. Gegenseitig zogen sie sich höher und höher. Wo es keine Handgriffe und keinen Halt für die Füße mehr gab, setzten sie ihre spitzenlosen Lanzen ein und kletterten an ihnen wie an dünnen Baumstämmen weiter. Der riesige Pfalzgraf war immer voran. Als zaghaft der Morgen graute, hatten sie die Burg umgangen und befanden sich bereits ein Stückchen über ihr. Otto von Wittelsbach führte seine Männer weiter, bis sie einen Felskegel erreicht hatten, der direkt über dem Innenhof der Festung aufragte. Die Krieger des Pfalzgrafen verteilten sich rund um die Abbruchkante. Sie scharrten faustgroße Steine zusammen und häuften sie vor sich zu handlichen Haufen

auf. Dann nahmen sie ihre Bogen zur Hand und legten die mitgeführten Pfeilköcher griffbereit.
Über den östlichen Grat der Schlucht fingerte der erste Sonnenstrahl. Er färbte die Nebelschwaden, die weiter unten hingen, rötlich ein. In der Burg wurde es lebendig, dann auch unten in der Klamm. Als die Nebelschwaden sich unter der Wärme aufzulösen begannen, trat Alberich von Ceraino erneut auf die Felsnase hinaus, auf der er schon am Vortag gestanden hatte. "Nun will ich hören, wie du dich entschieden hast, Barbarossa!" brüllte er in die Veroneser Klause hinunter.
Gleich darauf erscholl von unten die Stimme des Kaisers: "Für den Kampf habe ich mich entschieden, du hinterhältiger Straßenräuber!"
"Dann hast du den Tod für dich und deine 1800 Ritter gewählt!" höhnte Alberich.
"Nicht der Kaiser wird sterben, sondern du!" donnerte es da von oben. Otto von Wittelsbach hatte es gerufen, jetzt schleuderte er den ersten Stein in die Tiefe. Im nächsten Augenblick ging eine Lawine von Felsbrocken in den Burghof nieder, dazwischen fiederten Pfeile in die Tiefe und rissen die verstört durcheinanderstrudelnden Krieger Alberichs reihenweise von den Beinen. Der Angriff hatte die Räuber in ihrem Felsennest völlig überrascht. Die Hälfte von ihnen war tot oder verwundet, ehe sie auch nur an Gegenwehr denken konnten. Alberich rettete sich, vor Wut brüllend, zurück in die Burg — jedoch nur, um sich plötzlich dem Pfalzgrafen Otto gegenüberzusehen, der jetzt mit seinen Leuten mit Hilfe von Seilen und den Lanzenschäften vom Felsen herunter und über die nicht verteidigte rückwärtige Mauer der Burg gekommen war. Das Schwert des Wittelsbachers blitzte und warf Alberich im nächsten Augenblick mit einer schweren Schenkelwunde nieder.
Innerhalb weniger Augenblicke war der Kampf entschieden. Wer von den Männern Alberichs nicht tot war oder sich in Panik in den Abgrund gestürzt hatte, wurde von den Bayern gefangengenommen. Die Burg in der Veroneser Klause war im Handstreich gefallen, weil der bayerische Pfalzgraf mit zweihundert bergerfahrenen Männern das Unmögliche möglich gemacht hatte. Noch ehe die Sonne ihren höchsten Stand erreicht hatte, stand der überlebende Haufen der Wegelagerer gefesselt vor dem Kaiser.

Der Urteilsspruch Barbarossas war kurz und hart. Mit der Schwertspitze deutete er auf einen unverwundet gebliebenen Unterführer und befahl: "Du hängst sie alle der Reihe nach auf! Den Alberich von Ceraino zuletzt, damit er spürt, wie es ist, wenn der Tod ihm langsam näherrückt. Danach bist du frei und kannst berichten, wie der Kaiser mit Verrätern umspringt!"

Der Angesprochene war feige genug, den Befehl des Rotbarts widerspruchslos auszuführen. An den Felswänden der Klamm fanden sich zahlreiche glatte Stellen, die sich für eine Hinrichtung eigneten. Der Henker seiner eigenen Kameraden schuftete schwer bis zum Einbruch der Nacht. Dann hatte auch der letzte der Wegelagerer, Alberich, sein Leben ausgezappelt. Der Henker mußte die Leichen abnehmen und zu einem schaurigen Haufen am wieder freigeräumten Ausgang der Schlucht türmen. Dann wurde der, der seine Kameraden geschlachtet hatte, wie ein räudiger Hund weggejagt.

Friedrich Barbarossa trieb seinen Schimmel zu Otto von Wittelsbach, dessen Antlitz versteinert war wie das des Kaisers und sagte: "Wärst du nicht gewesen, Freund, dann lägen jetzt unsere Leichen hier anstelle der anderen. Ich verdanke dir mein Leben, Wittelsbach, und das Reich dir einen Kaiser! Ich werde nie vergessen, was du heute für mich geleistet hast! Jetzt könnte ich dich dafür höchstens mit ein paar Goldstücken belohnen — und das wäre zu wenig. Deswegen mußt du dich gedulden, bis ich dir etwas geben kann, das deinen Verdiensten wirklich entspricht. Vielleicht wird es mehr sein, als du dir je erträumen könntest..."

Ohne eine Erwiderung des Pfalzgrafen abzuwarten, ritt der Kaiser weg und führte sein Heer aus der verfluchten Schlucht. Otto von Wittelsbach blickte ihm sehr nachdenklich hinterher, ehe auch er seinen Percheron anspornte.

Unangefochten ritt die kleine Armee durch Norditalien weiter, überquerte glücklich die Alpen und zog wieder nach Deutschland hinein.

In der Nähe des Isarüberganges, den man "Zu den Munichen" nannte, weil Mönche hier eine Brücke errichtet hatten und Zoll eintrieben, trennte sich Otto von Wittelsbach vom Hauptheer und ritt mit seinen eigenen Gefolgsleuten nach Osten auf seine Besitzungen weiter.

Barbarossa zog nach Nordwesten, denn sein Ziel waren die Pfalzen am Rhein. Der Kaiser passierte auf diesem Weg auch Augsburg, die Stadt, die in den vergangenen zweihundert Jahren seit der Schlacht auf dem Lechfeld mächtig aufgeblüht war. Patrizierfamilien, die durch Fernhandel allmählich sehr wohlhabend zu werden begannen, bildeten zusammen mit dem Schwertadel die Oberschicht der Stadt. Diese Familien waren miteinander verflochten und verschwägert.

Eine davon lud den Kaiser zum Gastmahl. Als Barbarossa einmal über die Tafel blickte, sah er ganz am unteren Ende einen halbwüchsigen Burschen sitzen, einen der jüngeren Söhne seines Gastgebers. An einer Kette über dem Wams des Sechzehnjährigen glänzte etwas golden: eine kleine, eher unscheinbare Münze, die einen Adlerkopf zeigte.

Der Blick Friedrichs I. wanderte weiter. Der Sohn des Augsburger Patriziers fühlte sich trotzdem geehrt. Nervös und stolz fingerte er an dem Regenbogenschüsselchen, das sich seit zweihundert Jahren in seiner Familie vererbt hatte, und das er erst vor wenigen Tagen samt der Kette von seinem Vater bekommen hatte, weil er nun bald seine erste Handelsreise antreten sollte und damit zu den Erwachsenen gezählt wurde.

Der Löwe und die Brücke zu Munichen
(Sommer 1158)

Der Karrenzug hatte seit seinem Aufbruch in Berchtesgaden einen langen und schwierigen Weg hinter sich gebracht. Die Zugochsen hatten die schwerfälligen Fahrzeuge mit den hohen Radscheiben zuerst durch das Gebirge geschleppt und dann durch das Hügelland, doch nun lag endlich das Isartal vor ihnen, und wenn der Fluß erst überschritten war, würde der Rest des Weges bis Augsburg leicht zu bewältigen sein. Das weiße Gold würde dann in einem der Salzstädel eingelagert werden und würde später dazu dienen, die Speisen der Augsburger haltbar und schmackhaft zu machen.

Notger von Augsburg, der seit knapp drei Jahren unter diesem Namen auf der Salzstraße bekannt war, zügelte sein Pferd, das bisher an der Spitze der vier Karren gelaufen war, lenkte es ein Stück den Wegrain hinauf und ließ den Ochsenzug an sich vorbeirumpeln. Jeweils zwei der derben Zugtiere gingen vor einem Karren im Joch; zu jedem Paar gehörte ein Treiberknecht, der fleißig von Stachelstock und Peitsche Gebrauch machte. Das Salz selbst lag in großen Scheiben auf den Wagen gestapelt. Jede dieser Scheiben hatte das Gewicht eines ausgewachsenen Mannes, nämlich genau einen Zentner.

Als der letzte Karren die Wegbiegung genommen hatte, trieb Notger sein Reitpferd wieder an. Er hatte sich davon überzeugt, daß sich keine der Zurrungen gelockert hatte, daß auch die Räder noch fest auf den Achsen saßen, daß keiner der Zugochsen lahmte. Während der knapp drei Jahre, die er nun auf der Salzstraße ritt, hatte Notger sein Handwerk gründlich gelernt. Er war nicht mehr der schüchterne Halbwüchsige, der einst mit großen Augen Kaiser Friedrich Barbarossa angestarrt hatte, als dieser, kurz nach seiner Krönung in Rom, einmal im Augsburger Patrizierhaus bei Notgers Vater getafelt hatte. Damals hatte Notger seinen ersten Handelszug noch vor sich gehabt, doch jetzt kannte er die Wege zwischen seiner Heimatstadt und dem Gebirge wie seine Westentasche — und auch auf anderen Routen hatte er sich bereits bewährt. Notger von Augsburg hatte nicht nur Berchtesgadener Salz transportiert, sondern als Gehilfe eines Oberpfälzer Kammerherrn auch Eisenbarren per Schiff von Amberg bis Wien gebracht,

um danach wochenlang einen Treidelzug donauaufwärts zu begleiten, der die Hammerwerke der Oberpfalz mit lebensnotwendigen Gütern versorgte[68]. Und nun glaubte Notger von Augsburg alle Kniffe und Schliche zu kennen, die zum Erfolg eines Händlers nötig waren.
Notger setzte sich wieder an die Spitze seiner vier schwerbeladenen Karren, und als der ausgefahrene Weg sich erneut krümmte, sah er das Dorf und die Brücke von Feringa[69] am rechten Ufer der Isar vor sich. Notger hatte den Bohlensteg schon viele Male überquert und dabei heimlich jedesmal auf den Bischof von Freising geflucht, der hier Zoll eintreiben ließ, weil die Salzhändler an dieser Stelle eine kurze Strecke über kirchliches Hoheitsgebiet fahren mußten. Die Isarbrücke, die von den Bischöfen nicht zufällig genau hier errichtet worden war, zwang die Salzhändler dazu. Weit und breit gab es keinen anderen Übergang über den gletschergrün ziehenden Fluß.
Hart vor der Brücke kam der Karrenzug zum Stehen. Zwei Gepanzerte mit schweren Hellebarden näherten sich, in ihrer Begleitung schob sich ein schmerbäuchiger Mönch heran. Notger seufzte und schnallte seine Geldkatze los. In seinem Rücken murmelte respektlos einer der Treiber: "Eher kommt mein Ochs' durch ein Nadelör als der habgierige Bischof von Freising in den Himmel! Daß ihn doch der Leibhaftige holen möge samt seinem verfluchten Brückenzoll! Wie schön wäre es, wenn wir das Geld versaufen könnten, anstatt es dem Pfaffen in den Rachen zu werfen!"
Notger grinste und nahm sich vor, dem Treiber, der ganz in seinem Sinne gesprochen hatte, nach ihrer Rückkehr nach Augsburg einen Krug Wein zu spendieren. Dann war der Mönch mit den Gewappneten heran und belferte: "Gelobt sei Jesus Christus, vier Salzkarren, acht Ochsen, ein Gaul und fünf Männer, das macht..."
"Ich weiß schon, was es macht", unterbrach ihn Notger. "Schließlich säckelst du mich hier nicht zum ersten Mal aus." Er ließ die Silberpfennige, die ihm nach dem Handel in Berchtesgaden noch geblieben waren, aus der Geldkatze auf die flache Hand gleiten. Die Summe reichte gerade noch aus, um den fetten Mönch des Bischofs von Freising zufriedenstellen. Münze um Münze zählte Notger den Zoll in die Patschhand des Klerikers. Der Mönch rechnete mit gierig zusammengekniffenen Äuglein mit. Als nichts

mehr kam, grunzte er und gab den beiden Hellebardenträgern einen Wink. Die Waffen hoben sich und gaben den Zugang zur Brücke von Feringa frei. Notger schnallte sich die leere Geldkatze wieder um den Leib, seine Treiber schwangen die Peitschen. Doch noch ehe die vier Salzkarren die Brückenauffahrt erreicht hatten, war plötzlich der Teufel los.

Aus dem Auwald ein Stück weiter flußaufwärts brach eine Schar Reiter. Gepanzerte auf schweren Gäulen, die auf ihren Schilden und Umhängen ein Löwenwappen trugen. Zwei, drei Dutzend waren es mindestens, und jetzt galoppierten sie heran, griffen ohne Vorwarnung die Büttel des Bischofs von Freising an und hieben sie nieder. Da die Brücke nur von einem Dutzend Gewappneter bewacht worden war, war der Kampf sehr schnell entschieden. Die paar Mönche, die als Zolleinnehmer fungiert hatten, wurden mit Maulschellen und derben Püffen traktiert. Nachdem man sie um ihre Münzsäcke erleichtert hatte, jagte man sie kurzerhand unter Spottgeschrei davon. Mit wehenden Kutten verschwanden die Kleriker isarabwärts, ihre Sandalen patschten über moosiges Ufergeröll.

Jetzt nahmen sich die Reiter die Brücke vor. Strohbündel flogen auf den hölzernen Steg, brennende Fackeln, rasch aus den Häusern von Feringa besorgt, folgten. Das von der Junihitze ausgedörrte Holz fing schnell Feuer. Die Brücke von Feringa brannte auf wie Zunder, Bohlen und Geländerbalken loderten weg, dann krachte das Bauwerk in sich zusammen und versank zischend im Fluß. Nur verkohlte Pfeiler ragten zuletzt noch aus den gletschergrünen Strudeln. Die Reiter, die auf ihren Schilden und Umhängen das Löwenwappen trugen, brachen in rauhes Triumphgeschrei aus. Die Dorfbewohner von Feringa dagegen starrten mit großen, erschrockenen Augen.

Notger, der samt seinen Leuten von den Angreifern kaum beachtet worden war, drängte sich zu dem Anführer des Reitertrupps durch.

"Jetzt kannst du zufrieden sein, Salzhändler", rief der lachend, "Brauchst dem Pfaffen auf dem Freisinger Kirchenberg nie wieder einen Pfennig zu bezahlen. Vorbei ist's mit der Räuberei durch den geweihten Hundsfott..."

"Aber ich hatte doch den Brückenzoll schon abgeliefert", erwiderte, ziemlich kläglich, der Kaufmannssohn aus Augsburg. "Jetzt bin ich blank — und über die Isar komme ich auch nicht mehr. Einen schönen Gefallen habt ihr mir getan!"

"Wenn du den Pfaffen noch Geld in den Schlund gestopft hast, ist es deine eigene Schuld", sagte lachend der Gepanzerte. "Daran läßt sich nichts mehr ändern, auch wenn sich die Mönchssäckel jetzt in meinem Besitz befinden. Dich jedenfalls gehen sie nichts mehr an, denn sie sind jetzt Kriegsbeute des Herzogs von Bayern..."

"Heinrich der Löwe steckt also dahinter", entfuhr es Notger. "Fast dachte ich es mir!"

"Ja, der Braunschweiger hat sich genug von den Pfaffen gefallen lassen müssen, seit er in Bayern herrscht", erwiderte der Gepanzerte. "Mit der Brücke da, die jetzt so schön ausschwelt, ist ihm so mancher fette Happen entgangen. Doch jetzt wird sich der Freisinger mit den Zolleinnahmen nicht mehr nudeln können! Was aber euch Kaufleute anlangt, so könnt ihr jetzt ein Stück weiter flußaufwärts trockenen Fußes über den Fluß kommen. Zu den Munichen heißt der Ort, wo des Herzogs neue Brücke steht." Er lachte. "Zu den Mönchen — immer noch ein verfluchter Pfaffenname, der an diesem Dorf hängt. Aber die Brücke dort ist gut herzoglich, und der Fettsack von Freising hat dort nichts mehr zu melden. — Also los, Salzhändler, laß deine Karren umdrehen und zieh' flußaufwärts. Dort gehst du über die Isar, heute und in alle Ewigkeit, wie's der Freisinger wohl ausdrücken würde, wenn er noch etwas zu sagen hätte..."

Notger sah ein, daß er dem Ritter des Herzogs gehorchen mußte. Er hatte sein Salz nach Augsburg zu bringen, nichts anderes zählte für ihn. Außerdem konnte er den Reitern des Herzogs nicht wirklich böse sein. Er hatte selbst oft genug auf den Freisinger Bischof geflucht. Es wurmte ihn lediglich, daß er den Zoll hier in Feringa umsonst bezahlt und damit sein letztes Geld verloren hatte. Dann jedoch sagte er sich, daß sich bei der neuen Brücke Zu den Munichen schon Mittel und Wege finden lassen würden, und gab seinen Knechten das Zeichen zum Abmarsch flußaufwärts.

Über die Schotterebene rumpelten die vier Ochsenkarren davon. In Feringa schickten sich die Reiter Heinrichs des Löwen an, die noch rauchenden Brückenpfosten aus dem Grund der Isar zu reißen, indem sie nasse Seilschlingen um die Pfähle warfen und dann ihre Pferde antrieben.

Es dauerte höchstens eine Stunde, bis Notgers Wagenzug die neue Brücke beim Dorf Zu den Munichen erreicht hatte. Doch wenn der Händler geglaubt hatte, die Zolleinnehmer des Herzogs würden menschenfreundlicher mit ihm umspringen als die des Bischofs, so sah er sich jetzt schwer getäuscht.
"Brückenzoll!" forderte ein großgewachsener Hellebardier von ihm und steckte ihm die geöffnete Hand entgegen. "Genau die Summe, die du bisher den Kutten bezahlt hast!"
Notger wies seine leere Geldkatze vor und murmelte dabei: "Für dieses Mal haben leider noch die Pfaffen kassiert, unmittelbar ehe die Brücke von Feringa brannte. Du siehst selbst, daß mir nichts mehr geblieben ist. Laß es gut sein für heute! Was ich den Pfaffen gab, hat nachher ohnehin ein Ritter des Herzogs an sich genommen..."
"Ohne Zoll kommst du nicht hinüber", schnauzte der Waffenknecht mit dem Löwenwappen auf dem Umhang.
"Aber ich habe nichts mehr!" beharrte Notger.
"Gar nichts mehr?" wollte der andere wissen. "Wirklich gar nichts mehr?"
In diesem Moment erinnerte sich der Augsburger Kaufmannssohn an die kleine Goldmünze, die er seit drei Jahren an einer Kette um den Hals trug. Sein Vater hatte ihm, kurz ehe der Kaiser nach Augsburg gekommen war, das uralte Kleinod geschenkt. Notgers Herz krampfte sich zusammen, doch er war inzwischen Händler genug geworden, um sich nicht von Sentimentalitäten leiten zu lassen. Die Salzkarren, für die er verantwortlich war, zählten mehr als ein altes Familienerbstück. Das Wohl seines Hauses hing am Geschäft, nicht an irgendwelchen Erinnerungen. Trotzdem schmerzte es, als Notger nun dem Waffenknecht des Herzogs zunickte und das dünne Kettchen von seinem Nacken losnestelte. "Das ist alles, was ich dir geben kann", sagte Notger und hielt dem anderen die Adlerkopfmünze auf der flachen Hand hin.
"Gold!" murmelte der Söldner. "Nicht schlecht — Wenn auch vielleicht nicht den ganzen Brückenzoll wert. Doch ich will großzügig sein. Du kannst passieren!"
Notger warf noch einen letzten Blick auf das Regenbogenschüsselchen, das sich seit mehr als zweihundert Jahren im Besitz seiner Familie befunden hatte, dann gab er seinen Knechten den Befehl

zum Weitermarsch. Die vier Ochsenkarren rumpelten auf die neue Brücke, überquerten die Isar und verschwanden drüben in den Auwäldern.

Der Kriegsknecht im Dorf Zu den Munichen betrachtete neugierig das Regenbogenschüsselchen, spuckte darauf und rieb es sorgfältig blank. Die kleine goldene Münze gefiel ihm. Sie gefiel ihm sogar sehr. Dann fiel ihm ein, daß niemand beobachtet hatte, wie er den Augsburger Salzhändler abgefertigt hatte. Denn seine Kameraden hatten die ganze Zeit über in einer Schänke gesessen und den Sieg des Herzogs über den Bischof von Freising gefeiert. Niemand würde also von ihm die Herausgabe der Münze verlangen. Er brauchte nur zu leugnen, daß er jemanden an der neuen Brücke abfgefertigt hatte. Der Gewappnete grinste und legte sich das Kettchen mit dem Regenbogenschüsselchen unter dem Panzerhemd um den muskulösen Nacken. Vielleicht würde ihm das Kleinod Glück bringen, wenn er demnächst seinen Dienst beim Herzog von Bayern aufsagte und sich einen anderen Herrn suchte. Der Kriegsknecht plante dies schon lange, denn er hatte das Gefühl, daß es mit Heinrich dem Löwen kein gutes Ende nehmen würde. Viele sagten das, denn der Herzog von Braunschweig und Bayern war zu machthungrig. Heute hatte man es wieder einmal gesehen. Doch nicht nur mit den Pfaffen, was noch hingegangen wäre, legte sich der Löwe an, sondern zunehmend auch mit dem Kaiser selbst. Dies würde ihm eines Tages das Genick brechen, davon war der Kriegsknecht an der neuen Brücke Zu den Munichen felsenfest überzeugt.

Zunächst freilich sah es noch so aus, als säße Heinrich der Löwe nach wie vor fest im Sattel in seinem Herzogtum Bayern.

Als der Bischof von Freising die Zerstörung der Brücke in Feringa vor den Reichstag in Augsburg brachte, stellte sich Barbarossa gegen ihn und auf die Seite des Löwen. Der Kaiser hatte es nicht ungern gesehen, daß ein Pfaffe geduckt worden war, lag er doch selbst ewig im Krieg mit der Kirche, die sich immer unverschämter in die Belange des Reiches einzumischen versuchte.

So bestätigte der Rotbart dem Löwen das Zollrecht an der neuen Brücke Zu den Munichen und ordnete lediglich an, daß der Herzog von Bayern ein Drittel der Einnahmen an den Freisinger abzuführen hatte — auch dieses Drittel gestand der Kaiser nur widerwillig zu.

Das Dorf Zu den Munichen wuchs und gewann bald an Bedeutung. In späteren Jahrhunderten sollte es zur Hauptstadt Bayerns werden und noch später als Weltstadt bezeichnet werden. München konnte entstehen, weil Heinrich der Löwe einen geldgierigen Bischof um eine seiner Pfründen gebracht hatte. Diese Tat des Braunschweigers lebte in der Erinnerung Bayerns fort, auch wenn der Löwe selbst bald wieder aus der Geschichte des Landes verschwand. Denn nur wenige Jahre nach dem Reichstag zu Augsburg trat das ein, was der Kriegsknecht an der neuen Zollbrücke bereits vorausgeahnt hatte. Heinrich der Löwe wurde dem Kaiser Barbarossa zu mächtig und zu ungebärdig, so daß der Rotbart, um selbst zu überleben, zuletzt den Braunschweiger stürzen mußte.
Am 16. September des Jahres 1180 enthob der Kaiser den Löwen seiner Herzogswürden in Sachsen und Bayern und belehnte gleichzeitig den Pfalzgrafen Otto von Wittelsbach mit dem Herzogtum Bayern. Der Rotbart hatte nicht vergessen, was der Wittelsbacher fünfundzwanzig Jahre zuvor in der Veroneser Klause für ihn getan hatte.
Als der Kaiser und der neue Herzog von Bayern danach ungestört waren, umarmte Barbarossa den Wittelsbacher und sagte: "Damals, in der Schlucht von Verona, versprach ich dir, daß dein Lohn größer sein sollte, als du dir je erträumen würdest. Nun hast du ihn bekommen. Bayern, das schönste Herzogtum meines Reiches, ist dein! Regiere es in meinem Namen als ein weiser und gerechter Fürst!"
"Das schwöre ich dir!" erwiderte der hünenhafte Herzog — und ließ sich dabei wiederum nicht träumen, daß sein Geschlecht von nun an mehr als sieben Jahrhunderte über Bayern herrschen sollte.

Die Rauten von Bogen
(1192-1219)

Seit Urzeiten lag der Bogenberg, ein gewaltiger erratischer Block aus den jungen Tagen der Erde, in der Donauebene östlich von Straubing. An ihm waren steinzeitliche Horden, keltische Händler, römische Legionäre und alamannische Kriegshaufen vorbeigezogen. Sinzo hatte den seltsamen Berg von weitem erblickt, als er zusammen mit Öta und Harto, aus den böhmischen Bergen kommend, eine neue Heimat in Bayern gesucht hatte. Später hatten ungarische Reiter ihre struppigen Tiere auf der Ebene um den Berg getummelt, und seit den Tagen Ottos des Großen saßen auf dem erratischen Block die Ritter und späteren Grafen von Bogen, die eines der ältesten Wappen Bayerns führten: blaue Rauten im weißen Feld. Dieses Adelsgeschlecht hatte in den Jahrhunderten, die seit den Ungarneinfällen vergangen waren, das Donauland zum Blühen gebracht. Neue Dörfer und Märkte waren in der Stromebene entstanden. Der Wald nördlich der Donau war viele Tagesritte weit von Dienstmannen und Leibeigenen der Bogener Grafen gerodet worden; die einen hatten im ehemals wilden Mittelgebirge Ackerbreiten und als Ministerialen[70)] manchmal sogar Burgen gewonnen; den anderen, den Leibeigenen, war dagegen nichts vergönnt als Fron und früher Tod unter der Knute, wenn sie nicht rebellierten und sich irgendwo am Rande des Urwalds einen Freibauernhof ertrotzten[71)].

Die Macht der Grafen von Bogen dagegen war von Geschlecht zu Geschlecht gewachsen, und in jenen Tagen, als Otto von Wittelsbach bayerischer Herzog wurde, lebten sie wie Fürsten an ihrem Strom und in ihrem Waldgebirge und verfügten über mehr Land als selbst die Sippe des Herzogs im eigentlichen Familienbesitz hatte. Denn die Wittelsbacher waren Aufsteiger und regierten vorerst mehr dem Herzogstitel nach und mit eher geringer eigener Hausmacht, während die Bogener auf riesigen ererbten Ländereien saßen. Daß sie deswegen gegen Otto von Wittelsbach eiferten, war verständlich, denn noch vor wenigen Jahren war der, welcher jetzt über ihnen stand, geringer gewesen als sie. Schon gleich nach der Machtübernahme des neuen Herzogs zogen die Bogener deswegen zahlreiche Kriegsknechte an ihren Grafenhof und auf ihre verschiedenen Burgen.

Bereits im Jahr 1159 war jener Reisläufer auf den Bogenberg gekommen, der im Sommer zuvor an der neuen Isarbrücke Zu den Munichen dem Augsburger Kaufmann Notger dessen letzten Münzbesitz, das Regenbogenschüsselchen, abgepreßt hatte. Zu dieser Zeit hatte in Bayern noch Heinrich der Löwe regiert, doch sein Sturz hatte sich bereits abzuzeichnen begonnen, als der Kriegsknecht auf dem Bogenberg angelangt und gegen gutes Handgeld aufgenommen worden war. In den folgenden Jahren hatte er sich zäh nach oben gedient, und als der Bogener im Jahr 1180 gegen den neuen Herzog zu rüsten begann, war der Besitzer des Regenbogenschüsselchens zwar nicht mehr jung, sondern stand bereits in den Fünfzigern, doch er hatte sich das Vertrauen des Grafen Albrecht erworben und befehligte deswegen nun ein Fähnlein von Bogenschützen. Sein Sohn Wulf, den er spät von einer Zofe der Gräfin Ludmilla, der böhmischen Königstocher, bekommen hatte, war jetzt siebzehn und diente bereits als Schütze in seiner Truppe.

Wulf und sein Vater dienten gemeinsam Albrecht III. von Bogen noch einige Jahre in verschiedenen Fehden, bis den ergrauten Fähnleinführer sein Schicksal zuletzt in Gestalt eines Armbrustbolzens, der ihm tief in den Schenkel fuhr, ereilte. Wulf brachte den Alten noch zurück auf die Burg, doch als sie sich den Bogenberg hinaufschleppten, hatte bei dem Verwundeten bereits das Fieber eingesetzt, und der Schenkel war brandig geworden, so daß der ehemalige Reisläufer zwei Tage später starb. Man schrieb nunmehr das Jahr 1187, und ehe er das Zeitliche segnete, nestelte der Alte mit zittriger Hand das Regenbogenschüsselchen von seinem Nacken und reichte es Wulf mit den Worten: "Viele Jahre hat es mir mehr oder weniger Glück gebracht, denn ich bin höher gestiegen als die meisten meiner Kameraden aus der Jugend. Daß mich zuletzt der verfluchte Bolzen traf, war wohl mein Schicksal, gegen das auch ein Talismann nichts ausrichten kann. Nun aber soll dir die Adlerkopfmünze dienen, denn ich brauche sie im Jenseits nicht mehr." Wenig später verschied der Alte; der Wundbrand hatte ihm sein Gift bis ins Herz gejagt.

Seit vier Jahren war auch Otto von Wittelsbach tot. Der Armbrustbolzen, der den ehemaligen Reisläufer gefällt hatte, war bereits unter der kindlichen Regierung des dreizehnjährigen Herzogs Ludwig abgeschnellt worden; freilich herrschte der Halbwüchsige vorerst noch unter der Vormundschaft des Erzbischofs von Mainz und dreier Onkel. Bald jedoch schüttelte Ludwig der Kelheimer diese Vormünder ab, und im Jahr 1192, als der eigentliche Krieg des Bogener Grafen gegen den zweiten Herzog in der Reihe der Wittelsbacher ausbrach, regierte der nun Zweiundzwanzigjährige bereits aus eigener Kraft.

Auch Wulf war in den Fehden der vergangenen Jahre zu einem gefürchteten Krieger und gleichzeitig, wie ehemals sein Vater, zum Führer einer Abteilung Bogenschützen geworden, und als er nun in den Krieg gegen den Wittelsbacher zog, tat er dies mit berechtigter Aussicht auf Ruhm und Beute, denn die Karten Ludwigs I. standen sehr schlecht.

Albrecht III. von Bogen hatte sich nämlich mit Herzog Ottokar von Böhmen, einem Onkel seiner Gattin Ludmilla, verbündet. Zuvor hatte der Bogener seinen weiß-blau gerauteten Wappenschild frech über Wittelsbacher Gebiet geworfen, um den Herzog herauszufordern, und nun sah es ganz so aus, als würden die Truppen des noch reichlich unerfahrenen Kelheimers von dem Bogener und dem Böhmen zu Paaren getrieben werden, denn Ludwig besaß nicht nur wenig Kriegserfahrung, sondern konnte den vereinigten Heeren kaum gleichwertige Verbände entgegenstellen.

Die weiß-blauen und die böhmischen Wappenschilde überfluteten das Land in diesem August des Jahres 1192. Der Herzog selbst befand sich auf ständigem Rückzug, während die Pfeile der Rebellen, auch die von Wulfs Fähnlein, nach ihm fiederten. Albrecht und Ottokar jagten den Wittelsbacher quer durch Bayern bis hinüber in die Gegend von Mühldorf, und der Herzog wäre wohl zuletzt um seine erst neun Jahre alte Würde gebracht worden, wenn nicht in der höchsten Not der jetzige Kaiser, Heinrich VI., persönlich eingegriffen hätte. Das Reich jedoch duckte den Bogener und den Böhmen zuletzt; ihr Bündnis zerbrach, und die weiß-blau gerauteten Wappenschilde strudelten auf die Stammländer Albrechts III. zurück. Mit den zuletzt doch noch geschlagenen Truppen ritt Wulf, und das Regenbogenschüsselchen unter seinem mittlerweile arg zerspellten Panzerhemd hatte ihm immerhin insofern Glück gebracht, als er im Krieg gegen den Herzog und den Kaiser keine ernsthafte Wunde davongetragen hatte.

Wiederum vergingen sechs Jahre, in denen das Verhältnis zwischen dem geduckten Grafen von Bogen und dem Herzog von Bayern angespannt blieb. Wenn der Kelheimer nicht im Gefolge des Kaisers Ordnung in Italien zu schaffen versuchte, wo nach wie vor das Papsttum höchst erfolgreich intrigierte, mußte er sich in Bayern in einem nun eher juristischen Kleinkrieg mit dem Grafen von der Donau herumschlagen. Im Jahre 1198 jedoch löste der Tod die ewige Fehde auf. Albrecht III. von Bogen verstarb jäh. Er hinterließ die noch immer begehrenswerte Witwe Ludmilla sowie drei Söhne: Den Kleriker Luitpold, der in der Alten Kapelle zu Regensburg als Kanonikus in der Pfründe saß, dessen Bruder Albert IV., der nicht zeugungsfähig war, und Berthold III., der als kampferprobter Ritter und Liebhaber galt und an dem allein nun der Fortbestand des uralten Geschlechts mit dem weiß-blau gerauteten Wappen hing.

Zwei Jahre nach dem Tod seines Widersachers hielt sich Herzog Ludwig der Kelheimer auf der Burg Ahausen im nördlichen Isartal auf[72]. Nur eine halbe Wegstunde weiter lagen, von der Zeit inzwischen verschüttet und eingeebnet, die Überreste jener neolithischen Stadt auf dem Hochufer des Flusses, in der vor 6000 Jahren das Gold des späteren Regenbogenschüsselchens zum ersten Mal in menschliche Hände gelangt war. Der Herzog, der auf der Festung von Ahausen mit den Rittern Hadamar und Rappoto[73] Wein trank, ahnte nichts von jener uralten Siedlung. Ihn bewegten näherliegende Dinge.

"Man muß die ewigen Fehden und den unnützen Haß zwischen meinem Haus und dem der Bogener beenden", sagte er, nachdem er einen kräftigen Schluck aus dem hölzernen Becher genommen hatte. "Ich will mein Land aufbauen, will Städte gründen und kann es mir deswegen nicht leisten, immer wieder mit meinen Untertanen im Streit zu liegen. Der alte Bogener ist tot, und mit seiner Witwe sollte man zu einem Ausgleich kommen können." In den Augen des Sechsundzwanzigjährigen stand plötzlich ein verträumter Ausdruck. Ludmilla von Bogen schien ihn nicht nur aus politischen Gründen zu interessieren. Dies wiederum war so abwegig nicht. Die böhmische Königstochter war bedeutend jünger gewesen als ihr raufllustiger Gatte Albrecht und konnte deswegen noch immer einen Mann um den Verstand bringen, selbst wenn es sich um den in der Blüte seines Lebens stehenden Herzog

von Bayern handelte. "Man müßte Ludmilla wirklich die Friedenshand reichen", setzte Ludwig hinzu und trank erneut.
"Das wäre sehr gut für Bayern — und möglicherweise auch für dich selbst", sagte Hadamar von Ahausen, der mit dem Herzog auf vertrautem Fuß stand, denn er hatte ihn mehrmals nach Italien begleitet. "Besonders für dich selbst", wiederholte er. "Die schöne Ludmilla hat dich in Brand gesetzt, und wenn du das Feuer nicht an ihr selbst löschst, wirst du noch bittere Nächte erleben..."
Ludwig nahm dem Ritter die Zote nicht übel. "Du hast es deutlich ausgesprochen, was mich schon seit Monaten quält", bekannte er. "Aber Ludmilla von Bogen ist leider keine Hübschlerin[74)], die ich so mir nichts, dir nichts auf mein Lager ziehen könnte, um meine Brust an ihr zu stillen. — Verdammt nochmal, ich habe es ja erst kürzlich beim Turnier in Straubing versucht, doch sie hat mich übel abblitzen lassen. Dabei glaubte ich in ihren schönen Augen zu lesen, daß ich ihr keineswegs gleichgültig bin."
"Die Bognerin ist eben für einen schnellen Bettsprung zu hoch geboren", warf Rappoto ein. "Sie will mehr, ehe sie sich einem Mann unterwirft. Ich habe läuten hören, daß sie einer Verbindung mit dem Herzoghaus in der Tat nicht abgeneigt wäre — aber nur dann, wenn das Vergnügen im Bett mit einem goldenen Ring besiegelt würde."
"Und was wäre daran so schlecht?" gab Hadamar zu bedenken. "Eine Ehe mit Ludmilla würde dir die reichste Grafschaft Bayerns einbringen, Ludwig! — Sicher, da sind noch die drei Söhne Albrechts. Doch der eine ist pfäffisch und kann deswegen höchstens Vater von nicht erbberechtigten Bastarden sein, der andere taugt, wie man munkelt, zum Zeugen überhaupt nicht, und Berthold, der im Turnier eine gute Lanze führt, hat bisher noch keine solche an einer Gattin gebrochen, denn er scheint die Pflichten zu scheuen, die mit den ehelichen Freuden verbunden sind. Wenn auch er kinderlos sterben würde, gehörte dir mit der Hand Ludmillas die gesamte Grafschaft von Bogen."
Der junge Herzog wirkte, so verlockend diese Aussichten auch klangen, plötzlich ein wenig verstört. "Eine Ehe kann den Teufel gesehen haben", murmelte er. "Besonders, wenn man sich die Hörner vorher nicht gründlich abgestoßen hat. Außerdem gibt es immer Dynastisches zu bedenken. Für mich als den Herzog von Bayern ist eine Gräfin, selbst wenn sie auf dem reichen Bogenberg

sitzt, vielleicht doch ein bißchen zu gering. Weiß ich's denn, ob mir nicht irgendwann die Hand einer Herzogin winkt — oder sich mir sogar eine der Töchter des Kaisers gewogen zeigt? Und dann wäre ich an die Bognerin gebunden und hätte das Nachsehen, auch wenn die anderen im Bett vielleicht mit ihr wirklich nicht zu vergleichen wären."

"Du mußt selbst entscheiden,was dir wichtiger ist — die Dynastie oder der weiche, weiße Leib Ludmillas", sagte Rappoto.

"Schweig!" schrie der Herzog aufgebracht. "Schweig mir von diesem Leib, sonst muß ich mich besaufen, bis ich nicht mehr aufrecht stehen kann! Verdammt, bin ich denn verhext, daß mir ihre Brüstlein und ihr Schoß nicht mehr aus dem Kopf gehen wollen?!"

"Es ist wohl weniger Hexerei als Liebe", meinte Hadamar und legte seinem Herzog und Freund besänftigend die Hand auf die Schulter. "Komm, laß dir den Becher noch einmal füllen und trink mit Verstand auf die schöne Ludmilla. Aber besauf' dich nicht bis zur Besinnungslosigkeit, sondern reite hinüber nach Bogen und versuche dein Glück bei deiner Angebeteten. — Rappoto kann sich ja getäuscht haben. Vielleicht brennt Ludmilla ebenso wie du und pfeift deswegen zuletzt doch auf den Ehering, wenn ihr klar wird, wie es um dich und sie steht."

"Du meinst wirklich?" fragte hoffnungsvoll der Herzog von Bayern.

"Bei den Weibern weiß man nie", erwiderte Hadamar, und sein Bruder nickte weise dazu.

Noch in der Nacht ritt Ludwig der Kelheimer von der Isar zur Donau. Er hatte seinen Troß in Ahausen zurückgelassen und nur ein paar Knechte zu seiner Bedeckung mitgenommen. Als die Sonne eine Handbreit über den bewaldeten Bergen im Osten stand, hatte er die Festung seines einstigen schlimmsten Widersachers erreicht. Er galoppierte den gewundenen Pfad hinauf bis zur äußeren Torschlucht der Bogenburg, rief seinen Namen zu den Zinnen hinauf und verlangte herrisch Einlaß. Einer der Torflügel schwang auf. Vor Ludwig stand Wulf, der an diesem Tag die Wachtruppe kommandierte. "Bring mich auf der Stelle zur Gräfin!" herrschte der Herzog den Gewappneten an.

Als er jedoch wenig später vor Ludmilla stand, gab er sich keineswegs mehr herrisch. Er entschuldigte sich beinahe für sein Eindringen. "Verzeih den Überfall", sagte er mit belegter Stimme, "Es hat mich einfach hergetrieben — von Ahausen. Ich bin die halbe Nacht durchgeritten, um dich zu sehen..." Der Herzog wußte nicht mehr weiter. Wenn er gekonnt hätte, dann hätte er in diesem Augenblick ein Rittergut für einen Minnesänger gegeben, der an seiner Stelle die richtigen Worte hätte vorbringen können. Doch es gab keinen Minnesänger in der Kemenate, nur die großen, erstaunten Augen Ludmillas von Bogen, die den Herzog schon wieder völlig in ihren Bann gezogen hatten. Hexenaugen, geliebte Augen...

"Es ist schön, daß du offenbar solche Freundschaft für mich empfindest, daß du selbst einen Nachtritt nicht scheust", kam Ludmilla dem jäh Verstummten zu Hilfe. In ihrer Stimme schwang leichter Spott mit — aber auch etwas anderes: Rührung und dazu ein winziger frivoler Unterton. Ganz gleichgültig schien Ludwig der Witwe wirklich nicht zu sein.

Er spürte es — und sank plötzlich vor ihr auf die Knie. Er umklammerte den Körper, den er so sehr begehrte, winselte fast: "Du mußt die meine werden! Ich muß dich haben, sonst werde ich verrückt!"

"Du kannst mich haben", erwiderte, nach kurzem, lastendem Zögern, Ludmilla. Ihr weicher Leib kam ihm entgegen. Ludwig preßte seinen Mund gegen den Stoff ihres schneeweißen Witwengewands[75)], gegen ihren Schoß. Ein Laut wie ein Jauchzen und Stöhnen zugleich kam aus seiner Kehle. Er hatte gesiegt. Ludmilla gehörte ihm. "Du kannst mich haben", wiederholte sie und streichelte sein Nackenhaar. "Wenn du mich zum Altar führst..."

Die Ernüchterung war schmerzlich für den Herzog. Der Schoß, in dem er in Gedanken bereits geschwelgt hatte, war ihm schlagartig wieder unerreichbar geworden. Der verfluchte Altar hatte ihm die Brunst zerschmettert. Der Preis ist zu hoch, dachte er und richtete sich mit verbissenen Lippen auf. Ludmilla trat einen Schritt zurück, stellte auf diese Weise die Schranke zwischen ihr und ihm wieder her. Das Kleid, auf dem Ludwigs Lippen gelegen hatten, erschien ihm plötzlich wie ein Leichengewand. Er zerknirschte einen Fluch zwischen den Zähnen, wandte sich ab, warf ihr über die Schulter hin: "Ein Herzog von Bayern läßt sich nicht an die Kette legen wie ein Hund! Leb wohl, Ludmilla von Bogen!"

"Es ist deine Entscheidung", erwiderte sie leise, als er bereits durch den steinernen Bogen der Kemenatentür schritt. Das Wort hing ihm nach bis hinunter in den Burghof. Die richtige Entscheidung, die falsche Entscheidung... — "Die richtige!" sagte er laut, brüllte nach seinen Reitknechten und schwang sich in den Sattel. Im Galopp trieb er seinen Hengst über die nachdonnernden Bohlen der Zugbrücke, jagte ihn den Berg hinunter, jagte ihn hinaus in die Freiheit und Weite des Donautals. Verdattert und kopfschüttelnd blickte ihm Wulf nach, tastete dabei, als fände er dort die Erklärung, nach dem Kettchen um seinen Hals; dem Kettchen, an dem das Regenbogenschüsselchen hing. Unter dem hohen, gotischen Fensterbogen ihrer Kemenate stand die Gräfin und schaute dem sich rasch entfernenden kleinen Reitertrupp nach. Doch in Ludmillas Augen lag keine Ratlosigkeit wie bei Wulf, sondern ein tiefes Bedauern. Ludmilla von Bogen hatte ihren dreißigsten Geburtstag bereits überschritten[76)]. Sie wußte, daß ihr nicht mehr viele Jahre blieben, bis sie endgültig altern würde. Doch sie wußte auch, daß sie es ihrer Ehre schuldig war, sich nicht wie eine Hübschlerin wegzuwerfen, noch nicht einmal an den höchst anziehenden Herzog von Bayern.

Der Kelheimer dagegen war von wankelmütigerem Charakter. Beinahe vier Jahre lang versuchte er tagsüber die Gräfin zu vergessen, während er in den Nächten — selbst dann, wenn er Huren im Bett hatte — nach ihrem weichen, weißen Leib schrie. Um sich zu betäuben, trieb er es wilder als die meisten anderen Fürsten seiner Zeit. Mit den leichten Weibern und in der Politik suchte er die Erinnerung an die Gräfin von Bogen auszulöschen. Ludwig feierte die Feste, wie sie fielen, und plante gleichzeitig die Gründung neuer Städte in seinem Herzogtum, die das Land später zu größerer Blüte als je bringen sollten. Er organisierte die Verwaltung Bayerns neu und äugte gleichzeitig wie ein Luchs auf solche Lehen, deren Träger vor dem Aussterben standen, denn wenn ein Besitztum auf diese Weise herrenlos wurde, fiel es an die Wittelsbacher zurück und verstärkte so die Hausmacht des Kelheimers. Seltsamerweise stieg das Adelssterben in diesen Jahren der herzoglichen Unrast rapide an[77)]. Manche im Land munkelten, Ludwig habe seine eigenen Kreaturen auf den Burgen sitzen: Giftmischer und Zauberer, die nachhalfen, wenn ein ohnehin schon halbverdorrter Stammbaum nicht rechtzeitig stürzen wollte. Ritterfrauen wurden auf seltsame Weise unfruchtbar; ihre Gatten, denen die Söhne bald schmerzlich zu fehlen begannen, kamen gelegentlich durch geheimnisvolle Mordanschläge ums Leben. Andere fand man schwarz angelaufen und mit trommelförmig aufgeblähtem Leib in ihren Burgen auf. Ob allerdings der Herzog wirklich die Hand dabei im Spiel hatte, oder ob es sich nur um schreckliche Unglücksfälle und Schicksalsschäge handelte, wußte keiner mit Sicherheit zu sagen. Diejenigen, die vielleicht hätten sprechen können, schwiegen jedenfalls eisern, denn hätten sie geredet, wären sie selbst Opfer des Henkers geworden. Und der Herzog hätte, wäre er denn wirklich ihr Auftraggeber gewesen und von ihnen belastet worden, noch nicht einmal zu leugnen brauchen; es hätte keinen in Bayern und im Reich gegeben, der es gewagt hätte, ihn selbst unter Anklage zu stellen.

Ob der Kelheimer nun dem Aufblühen seiner Hausmacht nachhalf, oder ob der Tod aus eigener Machtvollkommenheit in jenen Jahren so häufig in die Burgen des bayerischen Adels griff, sei dahingestellt. Eines jedenfalls blieb Tatsache: Ludwig irrte vier Jahre lang rastlos durch sein eigenes Land, mied dabei jedoch stets den Bogenberg, auf dem ein weiches Weib ihm einst so harte Fesseln anzulegen versucht hatte. Dann im Frühling des Jahres 1204, begann jedoch die Brunst im Leib des Herzogs erneut dermaßen stark zu brennen, daß er seine Vorsätze über den Haufen warf und wiederum den Burgberg von Bogen hinaufpreschte.

Wulf, der Anführer der Bogenschützen, der an diesem Tag wachfrei hatte, fuhr erstaunt von seinem Lager hoch, als er im Hof den Lärm hörte. Die junge Bauernmagd, die am Tag zuvor Butter auf die Burg gebracht hatte und dann in Wulfs Bettkiste gelandet war, maunzte beleidigt, als sich der Waffenknecht von ihr löste. Die Adlerkopfmünze, die nach wie vor an Wulfs Halskette hing, streifte die drallen Brüste der Dörperin[78)], dann stand Wulf auf den Beinen, schlüpfte in sein leinenes Untergewand und streifte danach das schwere Kettenhemd über. Ob dienstfrei oder nicht — wenn auf dem Bogenberg ein Mächtiger anlangte, was jetzt ganz augenscheinlich der Fall war, mußte der Anführer der Bogenschützen zur Stelle sein. Die nackte Magd zog einen Schmollmund, bis Wulf außer Sicht war. Dann warf sie sich ihr Rupfenkleid über und folgte ihrem unbeständigen Liebhaber nach draußen.

Herzog Ludwig schwang sich soeben aus dem Sattel eines hochbeinigen Fuchses. Er war von Kopf bis Fuß in pelzverbrämten Brokatstoff gekleidet und trug am Gürtel lediglich einen Dolch. So wirkte er gegenüber seinen eisengepanzerten Begleitern wie ein Minnesänger — und nichts anderes als die Minne hatte ihn hergetrieben. Die Brunst hatte Ludwig dazu gezwungen, noch einmal sein Glück bei Ludmilla von Bogen zu versuchen.

Wenig später stand er vor ihr. Wieder waren die beiden allein in der Kemenate; die drei Ritter, die von einem mächtigen Wandteppich auf sie blickten, zählten nicht, waren nur kunstvoll aufgestickt. Ludwig hatte sowieso nur Augen für die Gräfin, der die Jahre scheinbar nichts anzuhaben vermocht hatten. Noch immer war die Böhmin eine der schönsten Frauen des Herzogtums. Sie stand nun in der Mitte der Dreißiger und schien erst jetzt völlig aufgeblüht zu sein.

Immerhin hatte sich der Herzog diesmal so weit in der Gewalt, daß er nicht wieder vor ihr auf die Knie fiel. Die Jahre in den Armen zahlloser Hübschlerinnen hatten ihn gelehrt, wie man mit Frauen umzuspringen hatte. Er griff nach der Hand Ludmillas und sagte: "Du hast gewonnen! Wenn du es so haben willst, werde ich dein Sklave sein, und du sollst deinen Willen bekommen!"

Vier Jahre waren verstrichen, seit er vor ihr auf den Knien gelegen hatte, doch jetzt schienen die beiden das Gespräch dort fortzuführen, wo sie es damals so abrupt unterbrochen hatten. "Du versprichst mir also die Ehe, wenn ich dich erhöre?" fragte Ludmilla.

"Ja, weil ich dich liebe und begehre", erwiderte der Herzog, dachte dabei: Versprochen ist schnell etwas — aber ohne Zeugen ist ein solcher Schwur nichts wert. Ich muß sie haben, das ist alles, was ich weiß...

"Du schwörst es mir?" bohrte Ludmilla nach. Obwohl sie so hartnäckig war, hatte sie in den Augen des Herzogs niemals schöner ausgesehen.

Der Kelheimer nickte. "Ich schwöre es!" preßte er heraus.

Ludmillas Wangen röteten sich freudig. Ihre Augen strahlten plötzlich. "Dann will ich die deine sein", sagte sie leise. Sie trat zu ihm, schmiegte sich in seine Arme. Diesmal brauchte der Wittelsbacher nicht auf den Knien vor ihr zu liegen. Willig schenkte sie ihm ihren Mund. Er spürte entzückt, wie ihr Schoß unter dem Stoff ihres weißen Witwenkleids pochte, sich verstohlen an sei-

nem Schenkel rieb. Jetzt brennt sie ebenso wie ich, dachte Ludwig. Seine Hand griff in die Fülle. Doch da löste sich Ludmilla plötzlich wieder von ihm, nahm sein glühendes Gesicht in beide Hände und flüsterte ihm ins Ohr: "Heute nacht! Nach dem Bankett, das ich dir zu Ehren geben werde, wie es der Brauch verlangt. Diese kurze Zeit mußt du dich noch gedulden..."
Der Herzog nahm es hin. Er hatte vier Jahre gewartet, was zählte da noch ein Tag. Ludmilla würde ihm gehören. Er brauchte nur noch das Bankett mit Anstand hinter sich zu bringen.
Dann stand endlich der Frühjahrsmond verführerisch über dem Bogenberg. Der Kelheimer kehrte in die Kemenate der Gräfin zurück. Ludmilla hatte sich anstandshalber ein wenig vor ihm aus dem Festsaal zurückgezogen. Als er eintrat, erwartete sie ihn bereits im Bett. Unter beinahe durchsichtiger orientalischer Seide blühten schwer und straff ihre immer noch ansehnlichen Brüste. Fast gegen seinen Willen kniete der Herzog nun dennoch nieder. Kniete vor dem Bett und barg seinen Kopf an der ersehnten Fülle. Das Liebesspiel wurde hitziger, doch als der Kelheimer, nunmehr ebenfalls im Bett, sein pelzverbrämtes Gewand ablegen wollte, hielt Ludmilla ihn zurück. "Warte noch!" bat sie. "Ehe ich dir ganz gehöre, Liebster, möchte ich, daß du mir noch einmal die Ehe versprichst! Bei jenen drei Rittern dort..."
Sie deutete auf den Wandteppich, der Ludwig schon am Tag aufgefallen war. Drei kunstvoll gestickte Ritter in Lebensgröße blickten von dort auf ihn und die Gräfin herab. — Ein Spiel, dachte der Kelheimer. Ein Spiel, das sie eben braucht. Was kann es mir schaden, wenn ich noch einmal schwöre? Es kostet mich nichts, ihr den Gefallen zu tun. Und dann...
"Ich verspreche dir bei jenen drei Rittern, daß ich dich nach dieser Nacht zum Altar führen werde", sagte er heiser. "Ich schwöre es bei allem, was mir heilig ist!"
Ein seltsames Lächeln spielte um die Lippen der Gräfin. "Du hast geschworen", murmelte sie. "Nun schau!"
Zuerst glaubte der Herzog an einen Spuk. Die drei Ritterbildnisse schienen plötzlich lebendig geworden zu sein. Dann erkannte er, daß der riesige Wandteppich nach wie vor an seinem Platz hing — und daß die drei lebenden Ritter, die jetzt im Raum standen, dahinter verborgen gewesen waren. Als Ludmilla durch ihre letzten Worte das Zeichen gegeben hatte, waren sie klirrend vor-

getreten. Jetzt standen sie in voller Rüstung da, die Helme unter den gepanzerten Armen, und blickten ernst auf das Paar. Der Kelheimer erkannte sie alle drei. Es waren adlige Lehensleute der Gräfin, die auf Burgen in der nächsten Umgebung des Bogenbergs saßen. Ludmilla hatte sie wohl sofort nach ihrer ersten Unterredung mit dem Herzog herkommen lassen. Sie hatte das Spiel, mit dem sie Ludwig nun endgültig festgenagelt hatte, bestens in Szene gesetzt.

"Wir haben gehört, was du unserer Herrin geschworen hast", sagte der Älteste von den dreien. "Wir können es jederzeit auf unseren Eid nehmen, selbst vor dem Kaiser!"

"Ich glaube, das wird nicht nötig sein", sagte lächelnd Ludmilla und schmiegte sich sehr vertraut an den, den sie nun endgültig überwunden hatte. "Ich würde selbstverständlich dem Wort des Herzogs auch ohne Zeugen vertraut haben, doch ich konnte mir in meinem Übermut dieses kurzweilige Ritterspiel einfach nicht verkneifen. — Jetzt aber verlaßt uns, meine getreuen Freunde, denn mein Bräutigam möchte gerne mir mir allein sein — und ich denke in dieser Sache nicht anders."

Die drei Ritter verneigten sich und verließen klirrend das Gemach. Der Kelheimer starrte ihnen mit großen Augen nach. Dann löste sich seine Spannung, und er begann immer lauter zu lachen — und zuletzt wurde dieses Lachen von einer unbändigen Heiterkeit getragen. Er riß die Frau, die er so lange begehrt und nun endlich gewonnen hatte — wenn auch zu ihren ureigenen Bedingungen —, in seine Arme und fühlte sich dabei auf seltsame Weise erlöst. "Du hast gesiegt!" prustete er zwischen zwei Küssen. "Du Teufelsweib! Du Göttin! Du hast dir den Herzog von Bayern geangelt wie einen dummen Donaufisch, auch wenn du dazu einen dreifachen Haken brauchtest. Und jetzt werde ich nie wieder von diesem Haken loskommen, du Biest..."

Auch Ludmilla lachte, dann erwiderte sie: "In deinem Herzen wolltest du selbst es niemals anders. Du wußtest es nur nicht, doch jetzt hast du es endlich begriffen. Denn es gab keinen anderen Weg für uns. Unsere Zuneigung war schon vor vier Jahren zu stark, als daß wir sie durch ein Kebsverhältnis[79)] hätten erniedrigen dürfen. Die Ehe ist die einzige Form, in der wir uns so gehören können, wie unsere Liebe es verdient. Erst jetzt ist das eingetreten, was ich mir immer gewünscht habe: Daß ich vor den Augen der Welt dein Weib sein darf..."

"Und ich dein Mann", murmelte der Herzog. Die krummen Pfade waren ihm wahrlich nicht fremd, doch heute hatte ihn diese ungewöhnliche Frau dazu gezwungen, einmal einen geraden Weg zu gehen — und er fühlte sich, nachdem er seinen ersten Schock überwunden hatte, ausgesprochen glücklich dabei. Mit einem sehr weichen Ausdruck in den sonst eher harten Augen suchte er ihren Mund und danach mit seinen Lippen ihren Leib, und nun verweigerte sich Ludmilla ihm nicht mehr, sondern nahm ihn in sich auf und führte ihn in ihre Leidenschaft, die sie vier Jahre lang unterdrückt hatte. Über eine Truhe neben dem Bett hingebreitet lag das weiße Witwengewand. Ludmilla von Bogen hoffte, es nie wieder tragen zu müssen.

Wenige Wochen später fand ihre Hochzeit mit Herzog Ludwig von Bayern statt. Die drei Ritter, die hinter dem Wandteppich verborgen den Schwur des Kelheimers vernommen hatten[80)], trugen während der Zeremonie den weiß-blau gerauteten Wappenschild von Bogen herbei und stellten ihn neben den des Wittelsbachers. Die rot-weißen Balken und der Löwe des Kelheimers[81)] paßten nicht schlecht zu den uralten Rauten der Bognerin. Zwei mächtige Geschlechter hatten sich gefunden, um unter diesem gemeinsamen Wappen bis weit in die Zukunft hinein über Bayern zu herrschen.

Ludwig und Ludmilla herrschten nun bereits im vierzehnten Jahr. Man schrieb den Frühherbst des Jahres 1217. In der Alten Kapelle zu Regensburg saß nach wie vor Luitpold von Bogen fett in der Pfründe. Sein Bruder Albert war immer noch kinderlos und würde es auch bleiben. Berthold III. von Bogen, der Ritterliche, verbrachte dieses Jahr 1217 mit aufreibenden Waffenübungen. Anlaß dazu waren sein pfäffischer Bruder Luitpold und andere Kleriker. Der Wahnsinn, der ihren Glauben kennzeichnete, war einmal mehr ausgebrochen: Der Wahnsinn, der sich vier Generationen zuvor, im November 1095, zum ersten Mal gezeigt hatte, als Papst Urban II. die Christenheit zur vermeintlichen Befreiung des Heiligen Grabes in Jerusalem aufgerufen hatte. Im unheiligen Jahr 1096 war die Christenheit daraufhin zum ersten ihrer zahlreichen Kreuzzüge aufgebrochen, hatte zunächst am Rhein und an der Donau die Juden geschlachtet, hatte dann im Oströmischen Reich zahlreiche christliche Städte geplündert, verbrannt und ihre Bewohner massakriert, um zuletzt, im Jahr 1099, Jerusalem selbst auszuhungern und einzunehmen und die gesamte jüdische und islamische Bevölkerung zu metzeln, so daß das Blut der Opfer in Sturzbächen durch die Gassen der Stadt schoß[82)].

In Jerusalem war ein christliches Königreich errichtet worden; christliche Ritter rissen sich im folgenden zwölften Jahrhundert zahlreiche Baronien und Grafschaften im Umland von Golgatha unter den Nagel. Die Küste Palästinas starrte bald von Kreuzfahrerfestungen; in Namen Gottes wurde Palästina ausgeraubt und ausgeblutet, im Namen Gottes ließ man immer wieder jüdische und moslemische Köpfe rollen, im Namen Gottes lieferte sich der christliche Adel gegenseitig Fehden am laufenden Band. Am laufenden Band hetzte gleichzeitig der christliche Klerus das ganze zwölfte Jahrhundert hindurch immer neue christliche Heere nach Palästina; im Jahr 1190 ersoff der Kaiser Barbarossa im kleinasiatischen Flüßchen Saleph, weil auch er sich vom Haß der Pfaffheit hatte mitreißen und nach Palästina hatte jagen lassen.

Trotz all der Gemetzel der verschiedenen Kreuzzüge konnten die Christen Jerusalem nicht halten. Das Volk Palästinas stand gegen sie auf, das Land selbst sogar, als es ihnen im Verlauf der Schlacht bei den Hörnern von Hattin das Wasser verweigerte und sie an ihrem religiösen Wahn und in ihren Durstdelirien zugrunde gehen ließ[83)]. Jerusalem gelangte zuletzt wieder in die Hände der sogenannten Ungläubigen, in die Hände derer, auf deren Seite nicht der religiöse Wahn, sondern das Recht stand. Die Päpste und Pfaffen Europas jedoch hetzten weiter, versprachen den christlichen Rittern und dem christlichen Pöbel nach wie vor die Herrlichkeit Gottes, wenn sie nur übers Mittelmeer ziehen würden, um in einem fremden Land zu metzeln, und in jenem Jahr 1217 brach der Wahnsinn einmal mehr aus.

In der Alten Kapelle zu Regensburg hatte der Kanoniker Luitpold von Bogen, im Verein mit zahllosen anderen Glaubensgenossen, lange und schließlich erfolgreich den Haß auf alles gepredigt, was nicht christlich war. Zuletzt konnte Kaiser Friedrich II., der den religiösen Irrsinn verabscheute, weil er im Herzen ein Heide war, sich den Tiraden der Kleriker nicht länger widersetzen. Da der Stauffer es dennoch nicht über sich brachte, in eigener Person zum schändlichen Angriffskrieg aufzubrechen, schob er den Herzog von Bayern vor. Im Frühherbst des Jahres 1217 brach der Kelheimer nach Süden auf, überschritt die Alpen und erreichte im Frühjahr 1218 die apulische Hafenstadt Tarent, von wo aus sich der Wittelsbacher zusammen mit fünfhundert Rittern und deren Gefolge an Waffenknechten nach Damietta im Nildelta einschiffte. Mit dem Kelheimer zog Graf Berthold III. von Bogen, und im Troß Bertholds befand sich Wulf und führte ihm ein Fähnlein Bogenschützen von der Donau nach. Unter seinem Kettenhemd trug der Kriegsknecht nach wie vor das Regenbogenschüsselchen. Während der Fahrt über das Mittelmeer befingerte er es oft und hoffte, es würde ihn auch in diesem Krieg vor ernsthaften Verwundungen bewahren.

Die Flotte erreichte jenen Arm des Nildeltas, an dem weiter aufwärts die Festung Damietta lag. Die Rösser und die Gepanzerten wurden ausgeschifft, dann zog man in kurzen Tagesmärschen stromaufwärts, schlug sich durch Sümpfe und Schilffelder, während die Schiffe parallel zum eigentlichen Heer, das sie schützen sollte, gerudert wurden. Wulf sicherte an der Spitze seiner Bogenschützen einen Flankenabschnitt; das späte Frühjahr ging allmählich in den Sommer über — und dann lag eines Tages die Stadt Damietta vor dem Herzog, seinen fünfhundert Rittern und den Scharen der Fußtruppen. Unbehelligt waren sie bis an die Festung, die den Stromarm sperrte, gelangt. Die Ägypter hatten es verschmäht, sie schon vorher anzugreifen und hatten die Verteidigung des Deltas zunächst der Hitze, den Sümpfen und dem Fieber überlassen. Ohnehin begriff die Besatzung von Damietta nicht ganz, wieso die Christen plötzlich Palästina auf dem Umweg über Ägypten zu erobern versuchten. Die Kleriker hatten es jedoch so geplant, und die Ritter mit ihren Kriegsknechten waren ihnen darin blind und blöde wie Schafe gefolgt.

Jetzt also hielt das eher kleine Heer vor der Festung von Damietta. Unter den Rüstungen bissen die Läuse, schon wühlte da und dort die Ruhr in den Gedärmen der Christen; das Sumpffieber hatte bereits das eine oder andere Opfer gekostet. Wulf, der sich zusammen mit seinen Bogenschützen wieder an Bord eines Schiffes begeben hatte, starrte fluchend auf die Stadt und auf den klobigen Kettenturm, der den Nilarm von einem Ufer zum anderen sperrte. Von jenem Turm aus nämlich konnte der Fluß in seiner ganzen Breite beschossen werden; die schweren Ketten, die man vom

Turm durchs Wasser gespannt hatte, machten ein weiteres Vordringen der Flotte und damit ein Umzingeln der Festung unmöglich. Der Kettenturm, das begriff Wulf ebensoschnell wie die Taktiker des christlichen Heeres, mußte fallen. Wenn nicht, war der wahnwitzige Kreuzzug bereits hier zum Scheitern verurteilt, denn dann konnte Damietta selbst niemals genommen werden und würde den weiteren Vormarsch entlang des Nilarmes unmöglich machen.

Wochenlang versuchten die Kreuzfahrer den Turm durch Beschuß mürbe zu machen. Doch die Pfeile, Armbrustbolzen und Katapultsteine prallten wirkungslos an den zyklopischen Mauern ab; von den Zinnen herunter spotteten die Anhänger Mohammeds. Als der Augusthimmel allmählich glühend wurde und die Christen in ihren Panzern vor Hitze beinahe umkamen, meldete sich ein Kölner Kleriker namens Oliver beim Herzog von Bayern, schwafelte zunächst von einer göttlichen Eingebung, die ihm im Traum widerfahren sei, und schlug dann vor, zwei christliche Schiffe miteinander zu vertäuen und auf den Decks beider Fahrzeuge einen Belagerungsturm aufzustellen, der auf diese Weise an den Kettenturm von Damietta herangerudert werden könne. Von diesem Belagerungsturm aus sollten dann die Tapfersten des christlichen Heeres die verfluchte Kettenfestung stürmen und die Verteidiger im Namen Gottes niedermachen.

Der Kelheimer, der selbst schon seit Wochen völlig ratlos war, nahm den Rat des Pfaffen an und bestimmte den verdutzten Berthold von Bogen zum Anführer der Sturmtruppe, die das Himmelfahrtskommando versuchen sollte. Der letzte zeugungsfähige Graf von Bogen, bei seiner Ehre gepackt, nahm den Auftrag zuletzt zähneknirschend an, wobei er wütende Blicke auf den Kleriker Oliver schoß. Noch während der Nacht begannen die Zimmerleute des christlichen Heeres mit dem Bau des hölzernen Belagerungsturmes. Der Herzog lag lange wach und lauschte den hallenden Beilhieben. Ein Gedanke, der ihn schon den ganzen Tag über verfolgte, wich auch jetzt nicht aus seinem erhitzten Gehirn: Wenn Berthold von Bogen den Angriff auf den Kettenturm nicht überlebte, gehörte ihm, dem Wittelsbacher, die reiche Grafschaft endgültig, denn dann würde der Bogener Mannesstamm mit Luitpold und Albert, die beide — wenn auch aus verschiedenen Gründen — nicht zu zeugen vermochten, aussterben. Der Kelheimer wälzte sich bis zum Morgengrauen auf seinem Lager, malte sich seinen möglichen Machtzuwachs aus und quälte sich zwischendurch mit Selbstvorwürfen, weil er ausgerechnet Berthold von Bogen zu der lebensgefährlichen Tat bestimmt hatte. Doch am nächsten Morgen nahm der Herzog seinen Befehl nicht zurück; seine Machtgier war stärker als das, was er seinem Verwandten schuldig gewesen wäre.

Wenige Tage später waren die beiden Schiffe durch eine Plattform fest miteinander verbunden; auf der Bohlenbrücke selbst stand der Turm und ragte mit seinen hölzernen Zinnen ebenso hoch in den glühenden Himmel Ägyptens wie sein steinernes Gegenstück vor den Mauern von Damietta. Berthold von Bogen trat, von Kopf bis Fuß schwer gewappnet, zum beinahe selbstmörderischen Angriff an. Wulf mit seinen Bogenschützen stand hinter dem Grafen zu Füßen der gefährlich schwankenden hölzernen Konstruktion. Unter dem Gebrüll der Kreuzritter stießen die zusammengekoppelten Schiffe vom Nilufer ab und näherten sich dem Kettenturm von Damietta. Wulf fluchte leise und ununterbrochen vor sich hin. Auf der nackten Brust, unter dem Filzwams, das den Druck des Kettenpanzers mildern sollte, spürte er das Regenbogenschüsselchen, und Wulf wußte, daß er den Talisman heute nötiger haben würde als jemals zuvor in seinem bewegten Leben. Als die beiden Schiffe in Schußweite gekommen waren, rief Berthold von Bogen seinen Rittern und Knechten einen Befehl zu: "In Gottes Namen! Die Plänkler auf den Turm!"

"Daß den Pfaffen, der sich das ausgedacht hat, doch der Teufel holen möge!" knurrte Wulf und jagte danach sein Fähnlein Bogenschützen vorwärts. Die nur leicht gepanzerten Männer, Wulf an der Spitze, kletterten im Inneren des stark schwankenden Turms nach oben. Der erste Teil des Kampfes würde von ihnen bestritten werden müssen. Sie sollten die Zinnen drüben von feindlichen Schützen säubern. Erst dann konnte die bewegliche Brücke hinüber auf den Kettenturm geworfen werden — und dann würden die Ritter unter Führung Bertholds von dort aus den Nahkampf beginnen. Zuvor werden wir sie nach oben hieven müssen, dachte Wulf. In ihren schweren Panzern schaffen sie das allein nicht...

Tief unten floß jetzt schlammig der Nil. Die Ritter am Fuß des Schiffsturmes standen dicht geschart und hatten eine Schildwand gegen Damietta hin gebildet. Wulf hörte hart neben sich das Singen einer Pfeilsehne, den klatschenden Schlag, als das Geschoß davonfiederte. Gleich darauf rauschte ein ganzer Pfeilhagel nach drüben. "Sorgfältig zielen!" rief der Fähnleinführer. Der Kampf um den Kettenturm von Damietta hatte begonnen. Jetzt zischten auch die Pfeile und Armbrustbolzen der Ägypter heran und knallten mit widerwärtigem Geräusch gegen die Verplankung des Belagerungsturmes. Bald mischte sich das Brüllen und Heulen der getroffenen Männer in das Pfeifen der Geschosse.

Das Geplänkel dauerte eine Weile an, dann sah Wulf entsetzt, wie drüben, auf einem der Flachdächer Damiettas, ein Katapult schußbereit gemacht wurde. Er versuchte den Pfeilhagel seines Fähnleins auf dieses Ziel zu lenken — doch es war bereits zu spät. Ein zackiger Felsbrocken schoß von der Stadt aus hoch, beinahe im senkrechten Flug, schien einen Augenblick am glühenden Himmel zu verharren, senkte sich dann wieder und näherte sich mit unheilverkündendem Rauschen dem schwankenden Turm auf den beiden zusammengekoppelten Schiffen. Dann schlug der ochsenkopfgroße Stein in das Turmgebälk ein, etwa zwei Mannshöhen über den unten stehenden Rittern. Mehrere Streben brachen krachend, der Turm selbst begann zu wanken und sich knirschend zu senken. "Hinunter! Rettet euch, Kameraden!" schrie Wulf, "Der ganze Scheißturm fällt..." Der Rest des Satzes ging in einem infernalischen Getöse unter. Wulf sah einen Bogenschützen, der wie eine Puppe in den Strom gewirbelt wurde. Andere versuchten kreischend, irgendwo Halt zu finden. Und dann war plötzlich das Häuflein Ritter tief unten verschwunden, war wie von einem einzigen zyklopischen Schlag von den Beinen gefegt und unter nachstürzenden Trümmern begraben worden. Ein Reißen und Kreischen vom Stahlblech der Rüstungen drang an Wulfs Ohr, gleichzeitig sah er ein Seil vom Schiffsmast pendeln und packte es in Todesangst.

Wulf erreichte wie durch ein Wunder und kaum verletzt die Decksplanken. Der Turm lag zersplittert quer über den beiden Schiffen, die jetzt in einem seltsamen Winkel zueinander langsam stromabwärts trieben. Überall stöhnten Sterbende und Verwundete, während die Ägypter auf den Mauern von Damietta lauthals triumphierten. Wulf warf sich über den Trümmerberg, unter dem sein Graf und Herr liegen mußte. Mit bloßen Händen versuchte er die herabgestürzten Balken wegzuhieven. Doch er schaffte es nicht und mußte zuletzt fluchend und heulend aufgeben.

Erst weit stromabwärts gelang es den Helfern, die der Herzog losgeschickt hatte, die verkeilten Schiffe ans Ufer zu bringen. Es dauerte Stunden, die Leichen Bertholds von Bogen und der anderen Ritter zu bergen. Als die Nacht hereinbrach, ließ der Herzog sie in seinem eigenen Zelt aufbahren. Die Kleriker des Heeres, unter ihnen Oliver von Köln, feierten die Totenmesse. Wulf, der zerschrammt im Hintergrund stand, hätte den Pfaffen vom Rhein am liebsten erschlagen.

Ludwig von Wittelsbach stand zu Füßen des letzten zeugungsfähigen Grafen von Bogen und zeigte seiner Umgebung ein steinernes Gesicht. Was er — zwischen Gier und Scham hin und her gerissen — während jener Nacht, als man den Belagerungsturm zu bauen begonnen hatte, bereits in Erwägung gezogen hatte, war nun Wirklichkeit geworden. Niemand würde ihm jetzt mehr die reiche Bogener Grafschaft streitig machen können. Der letzte ernstzunehmende Sproß am Mannesstamm lag tot zu seinen Füßen. Ludwig von Wittelsbach hatte das Rautenwappen und alles, was an ihm hing, für alle Zeiten gewonnen. Er hatte einen größeren Sieg zu verzeichnen, als die Erstürmung von Damietta es je hätte sein können.

Damietta fiel nicht, wenn auch die Christen zuletzt den Kettenturm durch einen zweiten, erfolgreicheren Angriff nahmen. Danach jedoch zog sich die Belagerung der Stadt selbst monatelang hin, ohne daß es zu einer Entscheidung gekommen wäre. Im folgenden Jahr kehrte Ludwig von Wittelsbach mit dem Rest seines Heeres nach Deutschland zurück. Der Kreuzzug war gescheitert; immerhin wälzte der Kleriker Oliver von Köln im Kopf bereits jene Phrasen, mit denen er sich später in seiner historisch gewordenen Schrift "Historia Damiatina" selbst in den Himmel heben sollte.

Im Gegensatz zu dem Kleriker zog Wulf bar aller Illusionen heimwärts. Oft betastete er dabei das Regenbogenschüsselchen, das den Sturz vom Belagerungsturm ebenso wie er selbst wie durch ein Wunder überstanden hatte. Als sich das zusammengeschmolzene Heer den Alpen näherte, schwor sich Wulf, daß es in Zukunft keinen Kriegszug mehr für ihn geben würde. Er hatte, um in Wulfs eigenem Soldatenjargon zu sprechen, die Schnauze restlos voll. So hatte, wenigstens in seinem Fall, der Kreuzzug doch etwas Positives bewirkt: Wulf kehrte friedlicher nach Bayern zurück als er von dort ausgezogen war. Jetzt sehnte er sich nur noch nach einem Weib, einem Heim und einem anständigen Handwerk. Er wollte nicht so enden wie Berthold von Bogen, der ausgedärmt und eingesalzen im Troß des Kreuzfahrerheeres nachhause gebracht wurde.

Eine Stadt wird gegründet
(Juli 1224 - Februar 1229)

Noch lag der Hügel am südlichen Rand des Isartals unbesiedelt und verstrüppt da. Lediglich zwei Burganlagen rahmten die bucklige Wildnis: Flußaufwärts eine bereits in Ruinen liegende Festung, von der die Sage ging, daß der Teufel sie einst zum Einsturz gebracht habe, weil die dortigen Ritter zu hartherzig gegenüber ihren Leibeigenen und zu hochmütig ihren Nachbarn gegenüber gewesen seien[84)]; flußabwärts die Burg Ahausen, auf der noch immer die beiden unverheirateten Brüder Hadamar und Rappoto lebten. Zu Füßen der Ahausener Burg, dort, wo die Isar seit Jahrhunderten am Steilhang leckte und nagte und im Verlauf der Zeit eine Bucht herausgewaschen hatte, duckten sich die Hütten einiger Handwerker, Fischer und Flößer, deren Familien seit Jahrhunderten den Burgherren zuarbeiteten. Seit zwei oder drei Generationen gab es hier unten auch eine Brücke, eine klobige Holzkonstruktion, die hier über den Fluß führte und auf diese Weise den Salzkarren, die von Süden kamen, den Übergang leichter machte als in früheren Zeiten, als die Fuhrwerke noch mühsam geflößt werden mußten. Am Brückenkopf saß der Zolleinnehmer der Ahausener Ritter und kassierte für jede Salzscheibe, die von hier aus hinüber in den Gäu gebracht wurde.

An diesem Aprilnachmittag des Jahres 1224 hatte der Zöllner jedoch keinen Salzburger Karren abzufertigen; das Fuhrwerk, das vom nördlichen Flußufer her über die Brücke polterte, transportierte lediglich etwas Hausrat, dazu ein junges, dralles Weib und einen schon leicht angegrauten Mann, dem man den abgemusterten Kriegsknecht unschwer ansah. Es handelte sich um keinen anderen als Wulf, den ehemaligen Führer eines Fähnleins von Bogenschützen, das vor knapp sechs Jahren im Angesicht des Kettenturms von Damietta schwere Verluste erlitten hatte und danach desillusioniert im Gefolge des Herzogs von Bayern in die Heimat zurückgekehrt war. Wulf hatte sich damals geschworen, ein neues und friedliches Leben zu beginnen, doch der Absprung aus dem Waffendienst hatte dann doch noch einige Jahre gedauert. Der Reisige, der Berthold von Bogen wie einen geprellten Frosch unter dem zusammenbrechenden Belagerungsturm hatte verrecken sehen, hatte noch zwei Jahre, wenn auch unlustig,

Dienst auf dem Bogenberg getan; 1221 dann war es ihm gelungen, eine Vogtsstelle auf einem der umliegenden Dörfer zu ergattern.

Dort hatte er dann auch das junge Weib kennen- und liebengelernt, das nun neben ihm auf der Planke des Ochsenkarrens hockte. Im Jahr 1223 hatten die beiden geheiratet, doch ganz glücklich war Wulf in seinem Dorf trotzdem nicht geworden. Es war ihm zunehmend widerwärtiger geworden, die Leibeigenen zur Arbeit anzutreiben; er hatte in seinem Leben schon genug Menschen unter seiner Fuchtel gehabt, und es hatte ihm nichts weiter eingebracht als die heimliche Einsicht, daß am besten jeder sein eigener Herr sein sollte.

Wulf hatte sich nach einer anderen Lebensmöglichkeit umzuhören begonnen — und dann, im vergangenen Herbst, hatte er erfahren, daß der Herzog von Bayern drüben an der Isar eine neue Stadt gründen wollte und dafür Neusiedler suchte, die später das Bürgerrecht erwerben konnten. Lange Herbst- und Winternächte hindurch hatten Wulf und seine Änne hin und her geredet und miteinander beratschlagt. Zuletzt hatte Wulf den Dienst bei Albert von Bogen, der nach wie vor kinderlos auf der alten Burg saß, aufgesagt und hatte zusammen mit Änne den eher kärglichen Hausrat auf den Karren gepackt. Jetzt hatte das Paar den Ort erreicht, wo die neue Stadt entstehen sollte. Als der Wagen auf dem Südufer der Isar schotterigen Grund erreichte, hielt Wulf an und blickte zusammen mit seinem Weib den verstrüppten Hügel hinauf.

Neugierig näherte sich der Zollwächter. "Wenn ihr weiterfahren wollt, kostet es die Gebühr", sagte er. "Wollt ihr aber bleiben, ist der Brückenübergang umsonst. So haben es die Ritter von Ahausen im Namen des Herzogs angeordnet."

"Dann werden die Ritter von Ahausen an uns auch nichts verdienen", erwiderte Wulf. "Denn wir sind gekommen, um dort oben zu siedeln." Er deutete auf die Kuppe des brachliegenden Isarhügels. "Das ist doch der Platz, an dem die neue Stadt entstehen soll?"

"Ja, zwischen den beiden Burgen wird sie erbaut", bestätigte der Brückenwärter. "Der Kelheimer hat angeordnet, daß im Sommer die ersten Fundamente gesetzt werden sollen. Bis dahin muß freilich erst noch mächtig gerodet werden. Es ist eine Wildnis dort oben, in der außer Fuchs und Has' bisher noch nie jemand gelebt hat."

"Aber ein guter Platz!" warf Wulf ein. "Groß genug für eine schöne Stadt und dazu leicht zu verteidigen." Den ehemaligen Kriegsknecht konnte er trotz allem immer noch nicht verleugnen. Er merkte es selbst und tastete nach Ännes Hand. "Aber es soll ja eine friedliche Stadt werden und keine Festung", murmelte er.

"Nun ja, eine wehrhafte Mauer und Türme wird sie schon bekommen", sagte der Brückenwärter. "Doch zuvor müssen die Wohnhäuser entstehen, der Herzogshof und dazu die Kirche. Die Ringmauer wird man wohl erst ganz zuletzt errichten. So ist es in Landshut geschehen und vor ein paar Jahren auch in Straubing[85)], und in Landau wird man es damit nicht anders halten. — Doch das werdet ihr ja alles in den nächsten Jahren selbst miterleben, wenn ihr hier siedeln wollt."

"Können wir uns gleich einen Platz für unser Haus aussuchen?" fragte Änne hoffnungsvoll.

"Der wird euch zugeteilt — nach dem Gewerbe, das dein Gatte ausübt", beschied sie der Brückenwärter. Er wandte sich wieder Wulf zu: "Du bist kräftig und siehst ganz aus wie ein ehemaliger Kriegsmann, der ein bißchen in die Jahre gekommen ist", sagte er. "Oder täusche ich mich da?"

"Du täuschst dich nicht", gab Wulf zu. "Vor ein paar Jahren habe ich sogar an dem Kreuzzug des Herzogs nach Ägypten teilgenommen. Doch jetzt ist das wilde Leben für mich vorbei. Zuletzt war ich Vogt auf einem Dorf im Gäu, doch in der Stadt würde ich jetzt am liebsten zünftig[86)] werden."

"Nun, vielleicht nimmt dich ein Schmied als Geselle an, oder ein Schwertfeger oder ein Bogenmacher", erwiderte der Brückenwärter. "Von Waffen wirst du ja einiges verstehen. Aber das müssen die Ritter von Ahausen entscheiden, die im Namen des Herzogs alles überwachen, was in der künftigen Stadt geschieht. Am besten begebt ihr euch nach Ahausen hinauf und sprecht bei den Brüdern vor. Sie werden euch schon sagen, was ihr jetzt und später zu tun habt."

Wulf nickte und trieb den Ochsen wieder an. Sie fuhren weiter bis zum Fuß des Burgberges, dann ließen sie das Gefährt zurück und kletterten den steilen, gewundenen Pfad zur Festung hinauf. Durch das Tor im Osten traten sie zuletzt in den Burghof und

wurden wenig später vor die Ritter Hadamar und Rappoto geführt. Die Brüder, die etwa im gleichen Alter standen wie Wulf, hörten sich seine Geschichte an, dann sagte Hadamar: "Wenn du in der Stadt zünftig werden willst, wird es damit Schwierigkeiten geben, denn du hast niemals ein Handwerk gelernt. Außer dem des Kriegers natürlich, und deswegen glaube ich auch, du solltest bei deinen Leisten bleiben und später einmal als Torkommandant oder sogar als Befehlshaber der Stadtwache Dienst tun."
"Einen Besseren als dich könnten wir kaum finden", warf Rappoto ein, "nachdem du sogar an einem Kreuzzug teilgenommen hast."
Wulf blickte nicht sehr glücklich drein. Eigentlich hatte er sich etwas anderes vorgestellt, als er mit seinem jungen Weib über die Isar gekommen war. Im Grunde hatte er nie wieder eine Waffe berühren wollen. Doch dann überlegte er, daß er als Torkommandant oder sogar Befehlshaber der späteren Stadtwache niemanden würde angreifen müssen, sondern lediglich für den Schutz der Bürger zu sorgen hatte. Es würde ein friedliches Leben werden, auch wenn er wiederum einen Harnisch tragen mußte. Er atmete tief durch und lächelte die beiden Ritter freudig an.
Hadamar holte ihn jedoch schnell in die Realität zurück. "Ehe es Bürgerrechte und Posten in Landau gibt, muß die Stadt erst einmal errichtet werden", sagte er. "Und das bedeutet zunächst, daß der ganze Hügel gerodet werden muß. Das wird viel Arbeit werden für dich, dein Weib und die anderen, die bereits drüben sind. Ihr werdet zunächst eimal zupacken müssen wie alle anderen auch. Später werden wir dann noch einmal über deine Verwendung reden. Bist du einverstanden, Wulf?"
Der ehemalige Kreuzfahrer nickte.
"Gut", sagte Rappoto. "Dann soll der Burgschreiber eure Namen in die vorläufige Bürgerrolle eintragen. Danach könnt ihr mit dem Roden anfangen. Am besten gleich dort, wo später euer Haus stehen soll." Er deutete durch eines der schmalen gotischen Fenster hinüber auf den verstrüppten Hügel und bezeichnete einen Punkt am Nordende der Kuppe, der Isar zu. "Dort werden wir später ein Tor errichten, und ihr könnt gleich dahinter siedeln. Lebensmittel stellt der Herzog. Unsere Burgmannen bringen sie täglich auf den Bauplatz. — Ihr habt einen Karren dabei? Gut! Dann könnt ihr zunächst darunter hausen. Sollte das Wetter gar

zu garstig werden, könnt ihr auf der Burg unterkommen. Noch Fragen?"

Wulf hatte keine mehr, auch nicht sein Weib. Beide sehnten sich plötzlich danach, so bald wie möglich mit der Arbeit zu beginnen.

"Dann geht", sagte Hadamar.

Wenig später rumpelte der Ochsenkarren vom Burghügel zum nächsten, auf dem die Stadt entstehen sollte, und quälte sich mühsam den steilen, isarseitigen Hang hinauf. Um das Gefährt auf die Kuppe zu bringen, reichten die Kräfte des Zugrindes bald nicht mehr aus. Wulf und Änne mußten sich gegen die Radspeichen stemmen und aus Leibeskräften schieben. Trotzdem fuhr sich der Karren immer wieder fest. Mit einem Beil hieb Wulf hindernde Zweige und Wurzeln ab. Als sie die Hügelkuppe erreicht hatten, dämmerte es bereits. Die wenigen Frauen und Männer, die schon seit einigen Tagen oder Wochen hier arbeiteten, beendeten ihr Tagwerk. An der gemeinsamen Kochstelle fanden auch Wulf und Änne einen Platz. Fragen und Antworten gingen träge hin und her. Die ersten Landauer Bürger waren nach einem anstrengenden Tag hundemüde. Nachdem die Neuankömmlinge ihren Gerstenbrei und dazu ein wenig Rauchspeck verschlungen hatten, suchten sie ihr armseliges Nachtlager unter ihrem Karren auf. Der abgeschirrte Zugochse weidete ein paar Schritte abseits.

Änne und Wulf lagen auf einer Reisigschütte unter ein paar Wolldecken, die sie aus dem Gäu mitgebracht hatten. Jeder Knochen schmerzte sie von der langen Fahrt und der Schinderei den Berg herauf. Trotzdem zog Wulf nach einer Weile sein Weib an sich. "Es ist kalt und unbequem hier oben — und doch ist es unsere neue Heimat", flüsterte er. Seine Hand tastete sich unter Ännes Mieder, suchte ihre warme Brust. Dabei streiften Wulfs Finger das Kettchen, das Änne seit ihrer Verheiratung trug. Das Kettchen, an dem das Regenbogenschüsselchen hing. Wulf hatte es seinem Weib im vorigen Jahr als Morgengabe geschenkt. "Das Regenbogenschüsselchen hat mir immer Glück gebracht", murmelte er. "Damals, als ich gegen den jungen Herzog kämpfte — und auch später, als vor Damietta der verdammte Belagerungsturm zusammenkrachte. Jetzt soll es uns beide in eine gute Zukunft auf diesem Berg begleiten, nicht wahr, Änne?"

"Ja", flüsterte die junge Frau und drückte ihren warmen Schoß gegen seinen Schenkel. "Das soll es, und später, wenn die Stadt steht, sollen unsere Kinder damit spielen. Im Schutz der Mauern soll es von Generation zu Generation weitergegeben werden..."

"Unsere Kinder!" murmelte Wulf. Das Kettchen entglitt seinen Fingern, fest und zärtlich zugleich griff er nach der Brust seines Weibes. Als Änne verhalten zu stöhnen begann, schob er sich über sie und beschlief sie am Rand des verstrüppten Hügelplateaus, und beide dachten, ehe die Leidenschaft sie unfähig zum Denken machte, an ihre eigene Hausstelle, die sie auf diese Weise bereits jetzt in Besitz nahmen.

Bis in den hohen Sommer dieses Jahres 1224 hinein schufteten Änne und Wulf auf der Bergkuppe wie die Tiere, und neben ihnen schufteten jetzt Hunderte von anderen Neusiedlern, die kurz nach ihnen eingetroffen waren. Es handelte sich um Handwerker und Bauern, die der Herzog aus anderen Siedlungen, wo sie nachgeordnet und unbedeutend gewesen waren, auf den Grund der neuen Stadt gezogen hatte, wo sie nun ihr Glück machen konnten. Junge Leute zumeist, welche die Anstrengungen, die vor den späteren Lohn gesetzt waren, nicht scheuten. Doch auch entlaufene Leibeigene rodeten auf dem Isarhügel, bislang rechtlose und geknechtete Menschen, die von adligen und kirchlichen Pfründnern ausgebeutet worden waren, jetzt aber unter dem Schild des Herzogs zu freien und geachteten Stadtbürgern werden konnten. Und da die Hoffnung auf ein besseres Leben in allen diesen Menschen stark war, schafften sie die knochenbrechende Rodung bis zum Sommer und konnten im Juli dieses Jahres mit dem eigentlichen Bau der neuen Stadt beginnen.

Im Südwesten der Bergkuppe wurden die Fundamente für die kastenförmige Herzogsburg gelegt; Gewölbe bildeten sich im jungfräulichen Urgrund des Hügels, danach wuchsen Schicht um Schicht die Ziegelmauern dem jetzt zumeist blauen Himmel entgegen. Die Gebäude, die zusammen ein geschlossenes Rechteck bildeten, verschatteten — je höher sie aufwuchsen — einen festungsartigen Innenhof; als die Arbeiten gegen den Winter zu notgedrungen unterbrochen wurden, klotzte der Rohbau des Herzogskastens[87)] bereits machtvoll über dem Steilhang, der zu den Isarauen hinunter abfiel.

Östlich der Burg entstand gleichzeitig das romanische Langschiff der neuen Kirche; um die noch stumpfen Mauersockel herum wurde bereits der Platz für die spätere Begräbnisstätte der neuen

Stadt ausgespart[88]. Als im Herbst die Hügelkuppe schlüpfrig wurde und ein Gespannführer unter seinen mit Fladenziegeln beladenen Ochsenkarren geriet, kam auf dem Friedhof südlich der noch unvollendeten Kirche der erste Mensch unter die Erde. Wulf und Änne versammelten sich mit den anderen Neusiedlern zu einem kurzen Totengedenken, dann setzten sie die Arbeiten fort, bis die ersten scharfen Fröste ihnen vorübergehend Einhalt geboten.

Änne und Wulf verbrachten ihren ersten Winter in der Stadt in einer notdürftig zusammengezimmerten Hütte am nördlichen Rand des Hügels. Der Platz, an dem hier später der Torturm aufwachsen sollte, war bereits planiert. Doch noch pfiff der Schneewind ungehindert vom Isartal herauf und warf, als im Januar 1225 schwere Schneefälle niedergingen, mannshohe Wehen über den unfertigen Fundamenten der Stadt auf. Änne und Wulf schützten sich in ihrer hölzernen Höhle vor Frost und Schnee so gut sie konnten und hofften, zusammen mit den anderen Vermummten, auf das erste Tauwetter. Es trat mit Ende Februar des Jahres 1225 früh ein, so daß die Bauarbeiten zaghaft wieder beginnen konnten.

Der Herzogskasten und die Kirche wuchsen weiter in einen nun wieder freundlicheren Himmel, romanische Bogenkonstruktionen kletterten hoch und rundeten sich zuletzt stumpf; als wiederum der Herbst kam, konnten die beiden größten Gebäude der neuen Stadt bereits eingeschalt werden. Bis zum Winter waren zumindest auf der Burg die Dächer angebracht; die Kirche dagegen, deren Turm immer noch lückig und halbfertig stand, mußte diesen Winter von 1225 und 1226 noch unbedacht überstehen. Im Turmstumpf und im Langschiff krustete der Schnee, schmolz jedoch wiederum im Frühjahr des folgenden Jahres. Bis zum Sommer des Jahres 1226 war dann auch der Sakralbau unter Dach gebracht; erst jetzt war es den Landauern vergönnt, ihre eigenen, kleineren Häuser zu errichten, denn Kirche und Adel hatten im Mittelalter zu jeder Zeit Vorrang.

Änne und die anderen Frauen klatschten Lehm in die Formkästen, schnitten die feuchten Ziegel, trockneten sie und brannte sie in einfachen Öfen hart. Wulf und die übrigen Männer schichteten daraus die eher bescheidenen Fundamente ihrer späteren Häuser, verstrichen die Steine mit grobem Mörtel und mauerten so hüft-

oder höchstens mannshoch auf. Sie waren sich dabei bewußt, daß sie luxuriös bauten. Geziegelte Grundmauern waren damals auf dem flachen Land, auf den Dörfern und Nestern unterhalb der Burgen, noch nicht im Schwange. Nur die Neubürger in den Städten leisteten es sich, steinerne Fundamente zu mauern. Der Herzog ließ sich nicht lumpen, wenn es um den festen Bestand seiner ehrgeizigen Gründungen ging.

Nachdem die Grundmauern standen, wurden Wulf und die anderen Männer zu Zimmerleuten. Sie keilten Balkenwände hoch, schalten zuerst außen und dann innen, richteten Dachstühle auf und schindelten sie ein. Als wiederum der Winter kam, konnten sich Änne und Wulf bereits am eigenen Herd wärmen. Ihr Häuschen stand am Ende einer langen Reihe anderer, von denen die meisten immer noch halbfertig und kahl wirkten, doch diese geduckten Gebäude bildeten jetzt eine Gasse, die sich schnurgerade von Norden nach Süden über die ehemals verstrüppte Hügelkuppe zog, während eine zweite Gasse sie in west-östlicher Richtung genau in der Mitte schnitt. Auf diese Weise hatte die neue Stadt ihre Struktur gewonnen: Vier Viertel, von zwei Hauptstraßen durchschnitten; im Südwesten die Burg und im Südosten die Kirche. Auf den beiden benachbarten Hügeln dann die noch stehende Festung der Ahausener und die bereits verfallene der Zullinger. Und in der Stadt selbst jetzt beinahe tausend Menschen, welche in diesem Winter von 1226 auf 1227 darangingen, sich entlang ihrer beiden Hauptstraßen auch sozial einzurichten.

Die Handwerker rudelten sich, streng nach Zünften geordnet, in benachbarten Anwesen zusammen. Die Lederer okkupierten den nach Norden verlaufenden Straßenzug, die Fleischer siedelten sich im Osten an. Parallel zu den Lederern im Norden fanden sich die Schneider zusammen, während im Süden Stellmachereien und Schmieden entstanden. Der Westen dagegen war den Dienstleuten des Herzogs und den Klerikern vorbehalten; noch nicht eingeordnet in diese Struktur war das Wohnhaus von Wulf und Änne, beinahe wie ausgegrenzt lag es zwischen herzoglichem und ständischem Gebiet. Doch dies würde anders werden, sobald erst die letzte Bauphase anlief und die Stadtmauer mit ihren Toren errichtet würde.

Im Frühjahr 1227 ließ Rappoto von Ahausen, der zu dieser Zeit in Vertretung des Herzogs auf dem Kastenhof saß, den ehemaligen

Bogener Fähnleinführer zu sich rufen. Der Ritter begrüßte Wulf mit einem herzlichen Schlag auf die Schulter, dann sagte er: "Du hast handfest beim Aufbau der Stadt mitgeholfen, auch wenn das Steinetragen und Balkenzimmern nicht dein eigentliches Gewerbe ist. Dein Haus am Ende der nördlichen Straße steht fest und gut, und bald wirst du dort benachbart zur Ringmauer wohnen. Traust du dir's noch zu, die Torwache dort und außerdem das Kommando über die neue Landauer Bürgerwehr zu übernehmen?"

Wulf nickte. "Genügend Mumm, um ein Tor zu verteidigen, habe ich immer noch in den Knochen", erwiderte er. "Und was die Spießbürger[89)] angeht, so denke ich schon, daß sie auf das Kommando eines altgedienten Kriegsknechts hören werden. Es ehrt mich, daß ich nun doch den Posten haben soll, Rappoto!"

"Ich habe beim Herzog kürzlich ein gutes Wort für dich eingelegt, und er hat sich deiner vom Kreuzzug her erinnert", antwortete der Ritter. "Er meinte, wenn einer beim mißglückten Sturm auf den Kettenturm von Damietta nicht umkam, dann taugt er siebenmal dazu, eine friedliche Stadtwache zu befehligen. — Du kannst die Jahre, die noch vor dir liegen, also als ein geachteter Bürger hinbringen, Wulf, und für die Sicherheit deiner Nachbarn sorgen. Ich glaube, eine bessere Verwendung für dich hätte man nicht finden können."

"So dachten wir ja schon vor drei Jahren, als ich auf deiner Burg Ahausen vorsprach", sagte Wulf. "Damals hattest du's mir schon in Aussicht gestellt, und heute hast du Wort gehalten. Ich danke dir dafür!"

"Danke es der Stadt und ihrem Herzog durch Treue und Umsicht!" erwiderte Rappoto. "Und nun will ich deinen Rat, wie die Mauer am besten verlaufen soll..."

Die Stadtmauer bereitete Wulf und dem Ritter während der nächsten beiden Jahre noch so manches Kopfzerbrechen. Es war nicht leicht, sie über den Steilhängen um die Stadt zu ziehen. An manchen Stellen mußten die Fundamente tief in den Berg hineingetrieben werden, damit die Ziegelschichten Halt bekamen; nach Süden war es nötig, das Areal der Stadt durch einen tiefen Graben vom Umland abzuschneiden, denn hier uferte der Hügel ursprünglich flach aus. Doch allmählich tiefte sich der Wallgraben ein und wuchsen die Mauern hoch, und als im Februar des Jahres 1228 die Bürger von Landau ihrem Herzog einen begeisterten Empfang bereiteten, standen die Ziegelwälle bereits zinnengekrönt da, und auch mit dem Aufmauern der Tore hatte man inzwischen beginnen können. Auf dem hölzernen Wehrgang schritt der Kelheimer rings um seine neue Stadt; hinten in seinem Gefolge befand sich auch Wulf, und die Augen des Landesherrn strahlten dabei nicht weniger als die des Befehlshabers der Spießbürger.

Feierlich ließ der Herzog zuletzt auf dem Platz vor dem Kastenhof die Bürgerrechte verkünden, welche den Landauern manche Privilegien gegenüber den Dörpern des Umlandes sicherten. Die Landauer, auch Änne und Wulf, bejubelten diesen herzoglichen Großmut tagelang, dann ritt der Kelheimer wieder ab, und mit neuem Schwung machten sich die Bürger daran, den Bau ihrer Stadtmauer zu vollenden und die Tore noch bis zum Einbruch des kommenden Winters hochzuziehen. Im Herbst des Jahres 1228 wurden die Dächer der beiden Tortürme im Süden und im Norden des Hügels eingedeckt, den Winter über hämmerten drinnen noch die Schreiner und Zimmerleute, und im Februar des Jahres 1229 standen mit den Torbauten nun auch die letzten Gebäude der neugegründeten Stadt. Der Herzog hatte einen weiteren treuen Stützpunkt an der unteren Isar gewonnen, und seine Bürger hatten wiederum tagelang Grund zum Feiern.

Auch Wulf und Änne schmückten ihr Haus, das nun direkt an den nördlichen Torturm angrenzte, von dem aus der ehemalige Kreuzfahrer von jetzt an über die Sicherheit der Stadt, die nun auch die seine geworden war, wachen würde.

Fünf Jahre hatte es gedauert, bis Wulf endgültig vom ehemaligen Haudegen zum geachteten Bürger geworden war — und in diesem behüteten Stand sollte seine Familie nun die nächsten Jahrhunderte verleben.

Im Jahr 1230 gebar Änne ihre erstes Kind, das hinter den Stadtmauern von Landau gesund heranwuchs, auch wenn seine Mutter nicht mehr zu den Jüngsten zählte. Als Mariann sechzehn geworden war, legte Änne ihr das Kettchen mit dem Regenbogenschüsselchen um den Nacken, ganz so, wie sie es vor fünf Jahren vorausgesagt hatte, als sie in den Armen Wulfs ihre erste Nacht auf dem damals noch verstrüppten Hügel verbracht hatte.

Während Landau also zu gedeihen begann, endete die große und ungewöhnliche Liebe seiner Gründer, des Herzogs Ludwig und der Herzogin Ludmilla, nach Jahren des Glücks tragisch. Am fünfzehnten September des Jahres 1231 erdolchte ein Unbekannter den Herzog auf der Donaubrücke zu Kelheim. Ludmilla ließ den Leichnam dessen, den zu lieben sie nie aufgehört hatte, im Kloster von Scheyern beisetzen. Schon im folgenden Jahr gründete sie zum Andenken an Ludwig das Kloster Seligental vor den Toren der Stadt Landshut, wo sie, die nun doch noch einmal das Witwenkleid tragen mußte, ihre letzten Lebensjahre verbrachte.
Das Regenbogenschüsselchen aber wanderte weiter, von Generation zu Generation, während die Stadt Landau durch den Fleiß ihrer Handwerker und Ackerbürger sowie durch den Zoll, den die durchziehenden Salzhändler zurückließen, aufblühte.
Und unterhalb der Stadt strömte Jahr um Jahr gletschergrün die Isar und nahm die Zeit mit sich, bis das Mittelalter ins fünfzehnte und damit in sein letztes Jahrhundert kam.

Die Hussiten
(1415-1434)

Der Ketzer stand mit zerschlagenem Gesicht vor dem Hauptportal des Domes von Konstanz. Die Büttel der Stadtwache hatten ihn auf Befehl der Pfaffen gefesselt wie ein tollwütiges Vieh. Während der Böhme Jan Hus sich kaum noch auf den Beinen halten konnte, zelebrierte drinnen im Dom der Bischof von Lodi langatmig die Messe. Der nahe Bodensee schimmerte unter dem Julihimmel dieses Jahres 1415 blau. "Auf daß der sündige Leib zerstört werden müsse", tönte der Bischof gegen Ende der Messe in der Kathedrale. Der Kleriker zitierte damit Paulus, der von allem Anbeginn an die Intoleranz in seine Kirche getragen hatte. Die Büttel draußen bekreuzigten sich, grinsten und blickten bedeutungsvoll auf den böhmischen Priester. Drinnen in der Kathedrale kam der Bischof endlich zum Schluß. Lobgesang zu Ehren Gottes und der Kirche erscholl und verklang wieder. Der Hauptmann der Konstanzer Stadtwache schnauzte einen barschen Befehl. Die Büttel zerrten den stolpernden Ketzer in den Dom.

Als Jan Hus das angebliche Haus Gottes wieder verließ, lief ihm das Blut in dünnen Fäden vom Schädel. Der Bischof von Lodi und die übrigen Kleriker hatten ihm nicht nur das priesterliche Gewand vom Körper gefetzt und ihn dabei verflucht, sondern sie hatten ihm auch die Tonsur vom Kopf geschoren und waren dabei alles andere als zimperlich vorgegangen. Jetzt hing die Stirnhaut des Böhmen in Fetzen. Sein im Kerker abgemagerter Leib war in ein schmutziges Büßergewand gekleidet. Auf dem kahlen Kopf trug der geschändete Priester aus Prag den Ketzerhut aus Papier. Gemalte Teufel bleckten und tanzten, ringsum lief die Umschrift: "Ich bin ein Erzketzter". Während die Kleriker, unter ihnen zahlreiche Kardinäle und Bischöfe, aus dem Domportal quollen, zerrten die Büttel den Böhmen auf den Schinderkarren. Genugtuung und Blutdurst malten sich auf den Fratzen der verkommenen Pfaffen.

Als der Karren über das Kopfsteinpflaster davonrumpelte, brachen die vom Klerus aufgehetzten Bürger von Konstanz in Jubelgeschrei aus. Im Hintergrund kreischten die Dirnen, die es auf dem Konzil zum Säuefüttern gab. Jan Hus war zum Tode verurteilt worden, weil er die bis ins Mark verrottete katholische Kirche wenigstens in seinem Heimatland Böhmen hatte reformieren wollen. Weil er der Pfaffheit ihre Privilegien hatte beschneiden wollen, weil er aus Hurenböcken, Urkundenfälschern und Mördern wieder Verkünder des Evangeliums hatte machen wollen. Weil er das Abendmahl allen Gläubigen, den Klerikern jedoch keine Pfründe und keine Leibeigenen mehr hatte gönnen wollen. Weil er drei Päpste, die sich schismatisch gegenseitig bekämpften, nicht länger hatte ertragen wollen. Weil er einer gewesen war, der es ernst mit seinem Glauben an Gott genommen hatte und gerade deswegen zum Stachel im verdorbenen Fleisch der Kirche geworden war[90]. Jetzt sollte der, den die Gotteslästerer in den Priesterornaten als Ketzer bezeichneten, weil er die Wahrheit gesagt hatte, auf immer zum Schweigen gebracht werden.

Durch ein Spalier von Schreiern, Gaffern und Aufgehetzten holperte der Schinderkarren und erreichte zuletzt die Richtstätte "Auf dem Brühl", die im Volksmund aus unerfindlichen Gründen auch als "Das Paradies" bezeichnet wurde; eine kahle Wiese am Rand des Weges nach dem Dorf Gottlieben.

Der Scheiterhaufen war bereits aufgeschichtet. Als Hus vom Karren gestoßen wurde, überschlug sich das Geheul der auch hier draußen dicht gedrängten Menge. Die Henkersknechte stopften die letzten dürren Reisigbündel in die da und dort noch aufklaffenden Höhlungen des Scheiterhaufens. Hus sank auf die Knie und begann zu beten. Ein Pfaffe in grünem Habit mit rotseidenem Futter trieb sein Pferd zwischen den Delinquenten und diejenigen unter den Gaffern, die jetzt plötzlich forderten, daß man Hus vor seinem Tod noch einmal beichten lasse solle. "Man soll ihn nicht anhören! Man soll ihm keinen Beichtvater geben, er ist ein Ketzer!" schrillte der Kleriker auf seinem Gaul[91].

Hus wurde von den Henkersknechten hochgerissen, auf den Scheiterhaufen gezerrt und mit eingenäßten Stricken an den aufrecht stehenden Pfahl in der Mitte gefesselt. Um den abgemagerten Hals zurrte man ihm eine rostige Kette. Dann klatschte der Reichsmarschall von Pappenheim in die Hände, gab auf diese Weise den Henkern das Zeichen. Die Brandfackeln wurden ins Reisig des Scheiterhaufens gestoßen. Das dürre Holz begann zu prasseln, gleich darauf schlugen die Flammen hoch, schlugen in das Antlitz des Böhmen und rissen ihm, aufbrüllend, die letzten Worte von Mund. Das Haar des Böhmen flammte weg wie unter einem flüchtigen Windstoß, sein Körper begann sich zu winden und zu werfen, kohlte ein, platzte auf, schrumpfte zuletzt zu einem geschwärzten Etwas, das nichts Menschenähnliches mehr an sich hatte, zusammen.

Während der Körper des Böhmen verbrannte, breitete sich über der Hinrichtungsstätte ein grauenerregender Geruch aus. Verschiedene Kleriker, die darauf nur gewartet zu haben schienen, brüllten der entsetzten Menge zu, daß dies der höllische Gestank sei, der aus dem Leib des Erzketzers fahre. Kardinal Pankratius, der etwas abseits wichtigtuerisch in seiner Sänfte hockte, wußte es besser: Einige Tage zuvor hatte er von seinen Kreaturen den Kadaver eines Maultieres unter dem Brandpfahl verscharren lassen. Jetzt, unter der mörderischen Hitze, drangen die Verwesungsgase aus dem Leib des heimlich vergrabenen Viehs und konnten von den in das Komplott eingeweihten Pfaffen als teuflische Dünste, auf denen der Böhme zur Hölle fuhr, gedeutet werden. Die Kirche hatte fürwahr alles getan, um den Reformator buchstäblich auf die Ebene verwesenden Tieres zu stellen[92)].

Als der Scheiterhaufen zusammengefallen und der Leib des Böhmen zu einem Bündel schwarzer Knochen verkohlt war, zerschlugen die Henker auch noch die Gebeine, karrten den Knochenstaub zum Rhein und streuten ihn ins Wasser. Von Jan Hus, der nichts als die Reinheit des Evangeliums gewollt hatte, blieb damit auf Erden keine Spur. Einige böhmische Ritter jedoch, die den grauenhaften Mord zähneknirschend mitangesehen hatten, schlichen sich in der folgenden Nacht noch einmal auf den Brühl und scharrten ein wenig Erde und Asche von jener Stelle zusammen, wo Jan Hus verbrannt worden war. Sie verwahrten den Staub in kleinen Säckchen, schwangen sich auf ihre Pferde und preschten davon, zurück nach Böhmen, wo aus dieser verkohlten Erde bald neue Flammen schlagen sollten: Die Flammen eines wütenden Aufruhrs gegen das Papsttum und die Kirche; eines Aufstandes, der zum schlimmsten mitteleuropaischen Krieg dieses fünfzehnten Jahrhunderts führen sollte. Weil die Kirche einmal mehr mörderischen Brand entfacht hatte, sollte nun auch Europa von Bayern bis zur Ostsee brennen.

Wenige Tage nach den böhmischen Rittern verließ auch der herzogliche Beamte Joseph Michel den Bodensee. Michel, der von der Donau stammte und als Pfleger dem Markt Alburg bei Straubing vorstand, hatte an dem Konzil in untergeordneter und unwichtiger Funktion teilgenommen. Er war, wie viele andere Kleinadlige und fürstliche Beamte auch, in Konstanz nichts weiter als Staffage für den Aufzug des Klerus und des Hochadels gewesen. Jetzt jedoch, nachdem Hus gebrannt hatte, benötigte der Herzog von Bayern, Leute wie ihn nicht länger. Joseph Michel ritt mit dem Auftrag nach Alburg zurück, ein waches Auge über die Donau hinüber zu haben, falls sich im Böhmischen jetzt eine Rebellion ergeben sollte.

Joseph Michel trat den langen Heimritt deswegen nicht gerade fröhlichen Herzens an, auch wenn ihn zu Alburg ein junges Weib erwartet, das er erst zwei Jahre zuvor gefreit hatte. Vielmehr fluchte der Pfleger vom Bodensee bis zur Donau beinahe ununterbrochen und erklärte den wenigen Kriegsknechten, die ihn begleiteten, das eine um das andere Mal, daß es ein grober Fehler gewesen sei, den böhmischen Priester dermaßen zu verschimpfieren und ihn auf so hundsmäßige Weise umzubringen, denn jetzt sei es so sicher wie das Amen in der Kirche, daß die Anhänger des Jan Hus ebenfalls bald wie die wilden Hunde auf das Reich — und damit zuallererst auf Bayern — losgehen würden. Die Pfaffheit hätte so lange in das ohnehin stets unruhige Wespennest hineingestichelt, daß nun unweigerlich der böhmische Schwarm daraus hervorfahren müsse.

Als der Pfleger eineinhalb Wochen nach seinem Abritt vom Bodensee Alburg erreichte, befahl er, daß sofort alles, was an Hieb-, Stich- und Schußwaffen auf dem herzoglichen Schlößchen vorhanden sei, hergerichtet und instand gesetzt werden müsse. Gleichzeitig schickte er einen Spion nach Norden los, der in den böhmischen Wäldern Augen und Ohren aufsperren und ihm sofort Meldung machen sollte, falls dort drüben der Aufstand losbreche. Erst dann schloß Joseph Michel sein junges Weib in die Arme, um dort zu finden, was er seit dem Ritt nach Konstanz so schmerzlich vermißt hatte: Ein wenig Schutz und Geborgenheit.

Änne, die den gleichen Namen wie ihre Urahnin aus der sechs Wegstunden entfernten Stadt Landau trug, brachte ihren Gatten im Verlauf der Nacht einigermaßen zur Ruhe. Als der Pfleger jedoch im ersten Morgengrauen erwachte, war die Furcht wieder zurückgekehrt. "Es stehen uns schlimme Zeiten bevor, das spüre ich!" murmelte er und suchte, fast wie ein kleiner Junge, erneut die Wärme seines Weibes. "Die Anhänger des Hus werden alles, was katholisch ist, jagen wie tollwütige Hunde. Sie werden nicht nur gegen die Pfaffen losschlagen, denen man von Herzen alles Üble gönnen könnte. Nein, sie werden auch das einfache Volk nicht verschonen, wenn das Unheil erst losbricht! Fast bereue ich es jetzt, daß ich dich vor zwei Jahren von deiner Heimatstadt Landau nach Alburg gebracht habe, Änne. Hinter den Mauern der Bergstadt und im Schutz deines Vaters, der die Bürgerwehr befehligt, wärst du sicherer gewesen als hier im flachen, unbewehrten Gäu..."

Änne umschlang ihn und zog ihn ganz nahe an ihren etwas drallen Leib. Joseph Michel spürte das Kettchen, das Änne von ihrer Mutter zur Hochzeit bekommen hatte, gegen seine nackte Haut drücken. Das Kettchen mit der uralten Münze daran, dem Regenbogenschüsselchen, das er nach ihrer ersten Liebesnacht lange und erstaunt betrachtet hatte. Änne hatte ihm damals erzählt, daß sich das Kleinod schon seit undenklichen Zeiten im Besitz ihrer Familie befände, daß es schon vorhanden gewesen sei, als drüben an der Isar ihre Urahnen den Hügel zu roden begonnen hatten, daß es dann von einer Generation von Torwächtern und Stadtkommandanten zur nächsten gewandert sein, bis es mit ihr zuletzt nach Alburg gekommen war. Jetzt tastete Änne, ohne sich dessen bewußt zu sein, nach dem Regenbogenschüsselchen, dann wanderte ihre Hand weiter zu Josephs Gesicht, barg seine Wange in der weichen Fläche. "Ich gehöre dorthin, wo du bist", sagte die junge Frau leise. "An deine Seite — und nicht nach Landau." Sie küßte ihn zärtlich, setzte dann hinzu: "Außerdem kannst du dich ja auch täuschen, was die Böhmen angeht. Es muß nicht so kommen, wie du glaubst. Wir wollen es abwarten, und wenn wirklich der Krieg ausbricht, werden wir ihn zusammen schon durchstehen. Sollte es ganz schlimm kommen, können wir uns immer noch nach Straubing flüchten. Die Mauern dort sind nicht schlechter als die von Landau. Und nun vergiß, was du in Konstanz gesehen hast! Vergiß es, so schrecklich es auch war! Noch haben wir Frieden im Land, gebe Gott, daß er uns erhalten bleibe! Du mußt einfach daran glauben und darauf hoffen, Joseph..."

Der Pfleger von Alburg nickte. Wie schon oft während ihrer noch kurzen Ehe hatte sein Weib ihm wieder Mut gegeben. "Vielleicht hast du recht", murmelte er und zog die Felldecke wie einen schützenden Vorhang über sie beide.

Tatsächlich verliefen das Jahr 1415 und auch die folgenden ruhig — wenigstens was die Gefahr durch die Böhmen anging. Rauflustiger als die Anhänger des verbrannten Jan Hus zeigten sich in dieser Zeit die Herzöge der bayerischen Teilgebiete. Heinrich der Reiche von Landshut prügelte sich mit seinen Vettern Ludwig dem Gebarteten von Ingolstadt und Wilhelm von München. Kräftig mischte bis 1417 auch Wilhelm von Niederbayern-Straubing und den Niederlanden mit, ehe er im genannten Jahr an den Folgen eines Hundebisses starb[93)]. Die Verwandten gönnten sich gegenseitig den Besitz ihrer Teilherzogtümer nicht. Streifscharen fielen in die Gebiete der verfeindeten Vettern ein und führten den Kleinkrieg so, wie der Adel ihn immer hatte führen lassen: Die Großen liefen sich gegenseitig nicht vors Schwert; bluten mußten die Kleinen, die Bauern und Handwerker. Nach wie vor praßten die Herzöge in ihren Residenzen, während Dörper erschlagen wurden, Dörfer und Felder brannten, während man Brunnen mit Leichen verstopfte und von den Handwerkern in den kleinen Städten Kontributionen erpreßte.

Joseph Michel, sein Weib Änne und der Markt Alburg kamen dennoch einigermaßen ungeschoren davon in dieser Zeit. Der Bruderkrieg in Bayern schien einen Bogen um die kleine Pflegschaft an der Donau zu schlagen. Joseph Michel hatte lediglich den einen oder anderen Waffenknecht für die Umtriebe seines teilherzoglichen Herrn abzustellen. Die Spione, die der Pfleger nach wie vor ins Böhmische hineinsandte, brachten kaum beunruhigende Nachrichten zurück. Änne schien recht behalten zu haben: Die Angst ihres Gatten vor einem Krieg mit den Böhmen schien unbegründet gewesen zu sein.

Im Jahr 1419 jedoch begann die Saat aufzugehen, die ein verkommener Klerus zu Konstanz in den Boden des Brühls gebracht hatte. Die Asche des aufrechten Priesters begann wieder zu glühen; nachdem im genannten Jahr der böhmische König Wenzel verstorben war, machten die Böhmen die Anerkennung seines Nachfolgers Sigismund von dessen Einwilligung in vier Forderungen des verbrannten Jan Hus abhängig: Der Abendmahlskelch müsse allen Christenmenschen gewährt werden, forderten sie, ein jeder Priester müsse frei nach seinem Gewissen predigen dürfen, ohne deswegen der Ketzerei bezichtigt zu werden, die Pfaffheit müsse von ihren Pfründen gejagt werden und dürfe nicht mehr besitzen als jeder andere Bürger, außerdem sollten geweihte Verbrecher wie jeder andere auch vor staatlichen Gerichten abgeurteilt werden[94].

Diese Forderungen des böhmischen Volkes waren keinesfalls maßlos, sondern gerecht. Trotzdem lehnte Sigismund unter dem Druck des hohen Klerus die vier Punkte ab. Daraufhin vereinigten sich die Anhänger des Jan Hus; die bis dahin noch in Kleinigkeiten zerstrittenen Utraquisten und Taboriten fanden sich in der Ablehnung des Königs und des Katholizismus zu einer mächtigen Allianz zusammen. Heerführer standen auf: Žižka der Einäugige und Prokop der Kahle, derbe und aufrechte Männer aus dem Kleinadel, die unter ihren Panzern Säckchen mit Brandasche aus Konstanz trugen.

Im Jahr 1420 brach der Aufstand, der sich im Grunde bereits jetzt, noch vor der Reformation, gegen tausend Jahre katholischer Tyrannei richtete, mit vehementer Gewalt los. Was in Böhmen päpstlich bleiben wollte, wurde aus den Pfarrhäusern und aus den Palästen gejagt, wurde aus dem Land getrieben oder gehenkt. Die Hussiten, wie sie sich jetzt nannten, strudelten überall zu gewaltigen Heerhaufen zusammen, zogen zunächst kreuz und quer durch Böhmen und führten auf ihren hochbordigen Ochsenkarren nicht nur Heim und Herd, sondern auch völlig neue Waffen mit. Mit Hilfe dieser Hafnitzen[95] und Sehnensicheln[96] brachten die Hussiten Böhmen schnell in ihre Gewalt; wo sich ihnen königliche oder kirchliche Heere entgegenstellten, karrten die Hussiten ihre Ochsenwagen zu hölzernen Burgen zusammen, verketteten sie untereinander und erwarteten die Angriffe mit kühlem Herzen. Ihre Kanonenkugeln schmetterten die angreifenden Ritter wie Puppen von den schweren Gäulen, brachen doch einmal Gepanzerte bis zur Wagenburg durch, traten die Sehnensicheln in Aktion, und die ritterlichen Panzerrösser überschlugen sich klirrend. Žižka und Prokop waren die Herren des Landes, vergaßen jedoch auch im Sieg nicht, was sie in den Krieg getrieben hatte, nämlich ein höheres Ideal, als der Katholizismus es vorgelebt hatte: Vergewaltigungen, Plünderungen und Folterungen von Gefangenen ließen der Einäugige und der Kahle nicht zu; wer trotzdem marodierte, hing blitzschnell am Galgen. Die Hussiten zogen betend in die Schlacht und aus der Schlacht und hielten in ihren eigenen Reihen die Zucht hoch. Dies sowie ihre ungewöhnlichen Waffen und ihre überall blitzschnell sich zusammenfügenden Wagenburgen brachten ihnen Sieg um Sieg ein.

Trotzdem blieb es im Straubinger Land und auch sonst überall in Bayern noch zwei Jahre ruhig. Joseph Michel und sein Weib Änne durften in ihrem Alburger Schlößchen weiterhin auf ein Andauern des Friedens im Gäu hoffen. "Sie werden bloß noch ein paar Jahre in Böhmen wüten, bis die Erinnerung an den Mord in Konstanz allmählich erlischt", sagte der Pfleger jetzt oft, versuchte sich und seinem Weib dadurch Mut zu machen.

Vielleicht wäre der Krieg in der Tat zwischen den böhmischen Bergen hängengeblieben — wenn nicht der Papst im Jahr 1422 erneut ins Wespennest gestochen hätte. Doch in diesem verfluchten Jahr rief Martin V., den das Konzil schließlich über die drei anderen Päpste gesetzt hatte, zum Kreuzzug gegen die Hussiten auf. Wieder einmal wußte der angebliche Stellvertreter Gottes gegen Andersdenkende nichts Besseres einzusetzen als die Geißel des Krieges. Paradiesische Wonnen, freilich erst nach dem Schlachtentod, versprach Martin V. denjenigen, die nun mordend, brennend und plündernd in Böhmen einfielen, das Kreuz auf den Mänteln über den alsbald blutbespritzten Rüstungen. An der Spitze des Kreuzzuges standen der vergrätzte König Sigismund sowie die bayerischen Herzöge Heinrich und Ludwig.

Das Heer drang mit starkem Troß, in dem einmal mehr Hurenkarren und Weinfuhrwerke mitrollten, ein Stück nach Böhmen ein. Schon in der Gegend von Wyschehrad jedoch stellten die Hussiten die Kreuzritter und schlugen das katholische Heer nur wenige Stunden später in die Flucht. Auf dem Schlachtfeld von Wyschehrad begannen ein paar hundert Katholiken zu verrotten, während sich der Rest des päpstlichen Heeres nach Bayern zurückzog. Die Hussiten jedoch stießen nach und äscherten in der Oberpfalz die festen Plätze Eschlkam und Neunkirchen ein; erste Streifscharen drangen weiter und bis ins Straubinger Land vor. Der Pfleger von Alburg ließ totenbleich die Häuser seines Marktes verrammeln und Lunten an die wenigen Feuerbüchsen legen, doch für diesmal wurde sein winziges Gebiet noch verschont. Einige Jahre später freilich, Änne hatte inzwischen zwei Kinder geboren, mußte auch Joseph Michel zum päpstlichen Heer.

In der letzten Nacht vor dem Aufbruch lag er noch einmal an Ännes fleischiger und ausladender gewordenden Brüsten geborgen. Noch einmal spürte er das Regenbogenschüsselchen auf nackter Haut, als er sich, Vergessen suchend, auf Ännes weichem Leib wiegte. Die Erinnerung an diesen Leib und unbewußt auch an das Regenbogenschüsselchen begleitete ihn danach durch mehrere alptraumhafte Monate.

Das eher kleine Straubinger Heer zog, um dem Papst seinen mörderischen Willen zu tun, hinauf ins Tal der Chamb, zog am Markt Cham selbst vorbei und erreichte nach zwei weiteren Marschtagen die böhmische Grenze bei Furth. Joseph Michel lenkte seinen Gaul durch niedergebrannte Dörfer, während weiter hinten die Troßhuren geil kreischten, dann kam der Ort Taus[97)] in Sicht, der jedoch von den Hussiten verlassen worden war. Der Pfleger von Alburg ahnte nicht, daß sich genau hier, wiederum nur ein halbes Dutzend Jahre später, ein Gemetzel ereignen sollte, das nie wieder aus dem Gedächtnis der Menschen verschwinden würde. Jetzt jedoch lag Taus leer und harmlos da, und das katholische Heer zog unangefochten weiter auf Pilsen zu.

In einem Hohlweg, wo ringsum die bewaldeten Hügel bucklig den Horizont verschatteten, schlugen die Hussiten zu. Kanonenkugeln, Armbrustbolzen und Pfeile fetzten von den Hängen herunter in die Reihen der Straubinger, Feuerbrände regneten nach und ließen die Gäule scheuen und sich aufbäumen; das Heer verknäuelte sich und geriet in Panik, noch ehe auch nur ein einziger Hussit zu sehen war. Der Körper des Mannes, der vor dem Alburger Pfleger geritten war, klatschte aus dem Sattel, eine Fontäne Blut mit sich ziehend, denn ein Hafnitzengeschoß hatte ihn geköpft, ehe er noch ein letztes Amen hatte hervorstoßen können. Eine zweite Kugel war gnädiger. Sie fegte durch ihren kreischenden Luftdruck lediglich den Gaul des Pflegers von den Beinen, ließ Tier und Reiter jedoch unverwundet. Als Joseph Michel mühsam wieder in den Sattel kam, befand sich der Straubinger Heerbann bereits in wilder Flucht. Die Panzerreiter, die noch unverletzt geblieben waren, preschten in voller Karriere durch den nachkommenden Troß, zerschmetterten die Karren und trampelten die Huren in den Schlamm, wollten nur noch eines: Heraus aus diesem vom Teufel verschwefelten Hohlweg, zurück über die Grenze, zurück in die Oberpfalz.

Der Pfleger von Alburg ließ sich von der allgemeinen Panik mitschwemmen. Einmal krachte etwas wie ein Hammerschlag gegen seinen Rücken; als Joseph Michel im Galopp nach hinten tastete, spürte er, daß der Armbrustbolzen im Harnischblech stekkengeblieben war. Wieder hatte er Glück gehabt, und zuletzt konnte er sich, zusammen mit einem kleinen Haufen anderer Reiter, aus dem Gemetzel lösen, während weiter hinten zwischen den Hügeln die Todesschreie des Fußvolkes und der Troßknechte, auch die der Huren, allmählich dünner wurden und schließlich ganz verstummten.

Joseph Michel ritt mit den anderen durch bis Furth; als sie dort blutig und schweißig anlangten, waren ihre Gäule dem Verenden nahe. Die geschlagenen Kreuzritter erpreßten frische Tiere von den entsetzten Bewohnern des Dorfes, und danach sattelte der Pfleger von Alburg nicht mehr ab, bis er einige Tage später sein Schlößchen erreichte und schwankend wie ein Betrunkener seinem Weib in die Arme torkelte. Änne brachte ihn mühsam nach oben in die Schlafkammer, zog ihm die dreckverkrustete, blutige und verkotete Rüstung vom Leib und gab ihm Wein zu trinken, bis er in ihren Armen erschlaffte und in einen todesähnlichen Schlaf fiel. Als sie ihn danach auf das eheliche Lager bettete, glitt das Regenbogenschüsselchen an seinem Kettchen aus ihrem Mieder und streifte die Wange des Pflegers. Joseph Michel jedoch bemerkte es nicht mehr; durch seinen Erschöpfungsschlaf schlierten bereits wüste Alpträume, in denen er wieder und immer wieder das Gemetzel in den böhmischen Hügeln, dem er nur um Haaresbreite entkommen war, erlebte.

Die Hussiten hingegen schliefen nicht. Die Kreuzzüge, zu denen der Papst das eine um das andere Mal aufrief, stachelten ihre gerechtfertigte Wut bloß noch mehr an. Jetzt begnügten sie sich nicht mehr damit, Böhmen in ihrer Hand zu behalten, sondern sie brachen nun immer häufiger aus ihren alten Städten, ihren dunklen Bergen und ihren rauhen Wäldern hervor und trieben, wohin ihre Wagenzüge auch fuhren, die Katholiken zu Paaren. Blitzschnell stießen sie durch die Further Senke immer wieder nach Bayern hinein, im Norden preschten sie bis in die Lausitz und nach Brandenburg vor, und eines Tages standen sie sogar an der Küste der Ostsee, wo einige junge Kämpfer provokativ zu Rittern geschlagen wurden, während sie mit trotzigen Augen nach

Schweden hinüberblickten. Das Meer jedoch bezwangen sie nicht, sondern zogen zurück nach Süden, doch die Bedrohung blieb selbst über Mecklenburg lange hängen.

Ganz Mitteleuropa zitterte unter den Schägen der Hussiten — es zitterte, weil in Konstanz ein Unschuldiger gebrannt hatte, doch diejenigen, welche Jan Hus auf dem Gewissen hatten, gelangten trotz allem noch immer nicht zur Einsicht. Im Jahr 1431 rief der Papst zu einem weiteren Kreuzzug, zum fünften bereits, gegen die Hussiten auf.

Diesmal wurde alles aufgeboten, was aus den katholischen Gegenden noch herausgepreßt werden konnte. Unter der Führung des Kardinals Cesarini zog das Heer wiederum nach Böhmen hinein. In der Flankensicherung ritt erneut Joseph Michel von Alburg mit. Sein Harnisch war am Rücken etwas ausgebuckelt, genau dort, wo der Plattner zu Straubing jenes Loch vernietet hatte, das wenige Jahre zuvor von einem hussitischen Armbrustbolzen aufgerissen worden war. Während das Heer, wiederum bei Furth, die Grenze überschritt, bemühte sich der Pfleger von Alburg, nicht an das Gemetzel von damals zu denken. Kaum jedoch war drüben das erste Tal erreicht, kehrte die Erinnerung so mächtig zurück, daß Michel seinen Gaul abseits lenken und im Gebüsch seine gequälten Gedärme entleeren mußte. Schon einen Tag später lag erneut das Dorf Taus vor dem Kreuzritterheer.

Von den Hussiten war weit und breit nichts zu sehen. Trotzdem eröffnete der Kardinal Cesarini die Kampfhandlungen auf seine Art. Er sandte starke Trupps aus, welche die Dörfer der Umgebung niederbrennen und die Bewohner erschlagen sollten. "Alles Hussitische muß von Gottes Erdboden hinweggefegt werden!" geiferte der Vertreter des Papstes. Also wurden die Dörfler geschlachtet, auch wenn sich viele von ihnen als heimlich katholisch Gebliebene zu erkennen gaben, ehe man ihnen den Schädel einschlug, sie ausdärmte oder ihre Körper mit Schwerthieben spaltete[98)].

Joseph Michael wurde entsetzt Zeuge der Metzeleien, die sich überall im Umkreis des Kreuzritterheeres abspielten. Spätestens jetzt verstand er die Welt absolut nicht mehr. Wie manch anderer auch begriff er nicht, warum Katholiken geschlachtet werden mußten, um die Hussiten zu züchtigen. Der Kardinal jedoch schäumte weiter und ließ keine Gnade walten, auch dann nicht, als die Schergen ihm Rosenkränze und katholische Kruzifixe brachten, die sie ihren Opfern abgenommen hatten. "Blendwerk des Teufels!" kreischte Cesarini und blieb unerschütterlich im Morden — bis sich plötzlich am Horizont ein hussitisches Heer zeigte.

Das Gemetzel an den Wehrlosen wurde eingestellt. Die blutbespritzten Streifscharen galoppierten zur Hauptmacht des Kardinals zurück. Die über dem Horizont aufgetauchten Linien der Hussiten schoben sich unaufhaltsam heran. In langen Zeilen nebeneinander rollten die gefürchteten Kampfwagen. Sie gaben polternde Geräusche von sich, die manchem alten Krieger das Blut in den Adern gefrieren ließen. Dann wehte der Wind das gefürchtete Kriegslied der Hussen herüber: "Die wir Gottes Streiter sind..."

Cesarini, der Streiter des Papstes, hockte plötzlich aschfahl auf seinem vollblütigen Schimmel. Seine fanatischen Augen flackerten. Als seine goldverbrämte Robe sich unter einem Windstoß blähte, glaubten die Reiter in seiner unmittelbaren Umgebung Fäkalgeruch wahrzunehmen. Doch keiner grinste. Auch sie selbst hatten, seit die hussitischen Scharen wie Racheengel über dem Horizont aufgetaucht waren, die Hosen gestrichen voll. Flehend hingen die Augen der Ritter am Gesicht Cesarinis, das sich jetzt zur Angstfratze verzerrt hatte. Dann stieß der Feldherr des Papstes das erlösende Wort hervor: "Stellungswechsel! Nach hinten, auf den nächsten Hügel!"

Joseph Michel ließ sein Pferd mit den anderen traben, dann preschen. Von einem Stellungswechsel konnte man schon nach wenigen Augenblicken nicht mehr sprechen; der von nackter Angst diktierte Befehl des vor kurzem noch so mord- und kriegslustigen Kardinals hatte eine allgemeine wilde Flucht ausgelöst. Das gesamte Heer, der Pfleger von Alburg an einer der sich auflösenden Flanken, strudelte zurück, auf einen Waldberg zu, der vermeintlich Schutz zu gewähren schien. Allen voran preschten die Ritter und an deren Spitze wiederum der Kardinal. Dahinter jagten die Troßkarren, leer, weil die Knechte in ihrer Panik das Gepäck, die Reservewaffen, die Zelte auf den Anmarschweg der Hussiten schleuderten, um selbst umso schneller voranzukommen. Ohne Mannschaften standen plötzlich die Geschütze der Katholiken im freien Feld; über einer Mündung zappelte noch verzweifelt ein gefangener Bauer, der nun nicht mehr himmelwärts geschossen werden konnte. Ehe Joseph Michel zwischen den Bäumen verschwand, sah er über die Schulter noch, wie ein paar vor dem Hauptheer herangaloppierende Hussiten den Dörper befreiten, wie sie ihn lachend laufen ließen. Dann peitschten die Zweige hinter dem Pfleger zusammen, und wenig später war das gesamte Kreuzritterheer zwischen den vermoosten Baumstämmen verschwunden.

Die Hussiten hatten ihre Beute dennoch in der Falle. Während die Katholiken im Wald steckten, umzingelten sie den Hügel. Als die Nacht hereinbrach, war so gut wie kein Schlupfloch mehr offen. Allein der Kardinal, der als erster das Hasenpanier ergriffen hatte, hatte in Begleitung des Bischofs von Bamberg noch rechtzeitig nach Bayern hin fliehen können. Inmitten eines Trupps bischöflicher Reiter dahinjagend, ließ Cesarini sein eigenes Heer im Stich. Während er sich rettete, zuckten in seinem Rücken die ersten Pulverblitze durch die einfallende Nacht: Die Hussiten feuerten mit ihren eigenen Hafnitzen und mit den erbeuteten Kanonen in den Wald. Die Kreuzritter scharten sich zusammen wie eine Herde Schafe. Als der Beschuß stärker wurde, schnallten die ersten ihre Rüstungen ab und erkletterten die Bäume. Hoch oben in den Wipfeln versuchten sie ihr nacktes Leben zu retten.

Die Nacht wurde zum Alptraum. Immer wieder durchschnitten Feuerstrahlen das Dunkel zwischen den Bäumen. Als der Morgen graute, war die Erde von Sterbenden und Toten übersät. In den Baumwipfeln hingen Scharen von halbnackten Rittern wie überreife Früchte. Andere besaßen mehr Vernunft und trachteten danach, sich den Hussiten zu ergeben. Zu diesen gehörte auch der Pfleger von Alburg.

Im ersten Tageslicht trat Joseph Michel aus dem Wald. In seiner Begleitung befanden sich dreißig oder vierzig andere. Die Ebene unter ihnen war von den Kampfkarren der Hussiten übersät. Über dem Hauptquartier der Böhmen flatterte das erbeutete Banner des Kardinals Cesarini. Feindliche Plänkler hatten sich bereits bis nahe an den Hügelfuß vorgeschoben. Joseph Michel trug sein bloßes Schwert in der Hand und ging mit den anderen langsam auf die Böhmen zu. Drüben wurden Armbrüste gespannt, Hafnitzen auf sie gerichtet. Die Ritter, die sich ergeben wollten, wechselten einen Blick des Einverständnisse miteinander. Dann senkte

Joseph Michel den Arm und stieß die nackte Klinge in die Erde. Ebenso handelten die anderen, die rings um ihn standen. Dann zeigten sie den Hussiten ihre leeren Hände, hoben sie über die Köpfe. Mißtrauisch näherte sich ihnen ein starker Trupp Böhmen. Schon glaubte der Pfleger von Alburg sein Leben gerettet, als er eine Armbrustsehne schwirren hörte. Der Bolzen fuhr ihm durch den Hals; erstaunt sah Joseph Michel einen Herzschlag später einen Blutstrahl vor seinen Augen stehen. Ehe er starb, hatte er noch eine Vision: Überdeutlich schienen Ännes Gesicht, ihre Arme, ihre weichen Brüste vor ihm zu erstehen. Und zwischen diesen Brüsten, die er wenige Jahre lang so sehr geliebt hatte, pendelte das Regenbogenschüsselchen, strahlte weich und golden — bis es zuletzt in einer unendlichen Leere verging.

Tot lag der Pfleger von Alburg auf der zerstampften Erde; um ihn herum starben seine Kameraden, die sich gleich ihm hatten ergeben wollen. Sie alle starben so schnell, daß die Schwerter, die sie in die Erde gestoßen hatten, noch leise nachzitterten, als es vorbei war.

Auch die meisten von denen, die sich auf den Hügel gerettet hatten, starben. Die Hussiten drangen in den Wald ein, machten nieder, was sich ihnen noch entgegenstellte, und schüttelten dann die übrigen Katholiken wie reife Früchte aus den Baumwipfeln. Sie fielen und wurden von in die Erde gerammten Lanzen und Hellebarden aufgespießt. Nur wenige wurden gefangengenommen. Als wiederum die Abenddämmerung hereinbrach, war fast das gesamte Heer des Kardinals Cesarini vernichtet. Nur ganz wenige hatten sich mit ihm retten können. Die Schlacht von Taus war zum ärgsten Debakel geworden, das die Hussitenkriege den Katholiken beigebracht hatten. Die Angriffslust des Papstes war nach Taus — zumindest für einige Zeit — gebrochen. Die Hussitenkriege selbst zogen sich noch einige Jahre hin. Im Jahr 1433 schuf die Geschichte den Ausgleich, der später zum Verhandlungsfrieden führen konnte. In Hiltersried schlugen mit Sensen und Dreschflegeln bewaffnete Bauern aus der Oberpfalz zum ersten Mal ein hussitisches Heer. Eineinhalbtausend tote Böhmen lagen nach dem 21. September dieses Jahres auf dem Schlachtfeld zwischen Waldmünchen und Rötz. Noch im gleichen Jahr gestattete das Konzil von Basel den Böhmen den Laienkelch. Einige Fanatiker unter den Hussiten führten den Krieg trotzdem noch bis in das Jahr 1434 fort; erst dann wurden die letzten Funken des Aufstandes ausgetreten, jenes Aufstandes, der allein daraus entstanden war, daß in Konstanz ein Unschuldiger gebrannt hatte. Seit dem Jahr 1431 saß Änne Michel als wenig geachtete Witwe in Alburg, wo ein anderer Pfleger regierte. Die immer noch junge Frau bemühte sich tapfer, ihre beiden Kinder durchzubringen. Leicht war dies jedoch nicht, und als im Friedensjahr 1434 der Befehlshaber der herzoglichen Truppen im Straubinger Schloß um sie freite, gab sie ihm — weniger aus Liebe als aus Vernunft — nach. Mit ihr und ihren beiden Kindern Joseph und Mariann gelangte auch das Regenbogenschüsselchen ins Straubinger Schloß.

Agnes Bernauer
(Oktober 1435)

Die halbwüchsige Mariann kauerte in der Fensternische der gotischen Wohnstube im Schloß von Straubing, fröstelte im klammen Dunst des frühen Oktobertages und blickte neugierig auf das Treiben im Hof der herzoglichen Feste hinunter. Auf dem Pflaster tief unten stampften die Jagdrösser. Rudel von Bracken läuteten erregt und warfen sich zwischendurch immer wieder gegen die Leinen, mit denen die Hundejungen sie zu bändigen versuchten. Die Leibjäger des jungen Herzogs Albrecht saßen bereits zu Pferde. Armbrüste hingen von ihren Schultern, in den Fäusten hielten sie schwere Saufedern[99)]. Zwischen den Jägern und Hundeführern tummelten sich herzogliche Lakaien und Angehörige des Straubinger Adels mit ihren prächtig herausgeputzten Rennern; ab und zu kapriolte einer der Hengste und schlug dabei Funken aus dem Steinpflaster des Burghofes. Der Apfelschimmel Herzog Albrechts selbst stand jedoch noch immer mit leerem Sattel vor dem Hauptportal des wuchtigen Turmbaues. Endlich, die diesige Sonne stand bereits ein Stück über den Dächern der Stadt, erschien Albrecht auf den ausladenden Staffeln, die vom Haupthaus hinunter in den Hof führten. Mariann schniefte hingerissen, als sie sah, daß der junge Herzog nicht allein war.

In seiner Begleitung befand sich eine blühende Frau, die höchstens acht oder zehn Jahre älter war als die fünfzehnjährige Mariann hoch oben in der Fensternische. Agnes Bernauer, das morganatische Weib[100)] Albrechts, war nicht besonders groß gewachsen; ihr Körper war vielleicht ein klein wenig zu fleischig, um als ideal gelten zu können. Doch diese kleinen Mängel wurden durch ihr Antlitz mehr als ausgeglichen. Das Gesicht der Augsburger Baderstochter war von bestechender Weichheit; die sanften Linien, die es formten, spielten zwischen madonnenhafter Unschuld und einem leisen erotischen Schmelz. In diesem Antlitz war alles zur Vollendung gelangt, was einen Mann verrückt machen und ihn zum Träumen bringen konnte: Agnes Bernauer war Engelsfrau und Hure zugleich; sie hätte auf einem Altarbild glänzen und gleichzeitig jeden Mann zum schamlosen Bock machen können. Mariann, die in ihrer Fensternische kauerte, hatte Derartiges jedenfalls bereits mehr als einmal flüstern hören. Und wenn sie auch noch nicht genau verstanden hatte, was die Waffenknechte und Lakaien, wenn sie heimlich über die morganatische Herzogin raunten, meinten, so begriff sie jetzt wiederum immerhin eines: Daß Agnes Bernauer nicht wie andere Frauen war.

Herzog Albrecht, der im Anfang der Dreißiger stand, schien sich nur schwer von der Augsburgerin losreißen zu können. Jetzt umschlang er sie, suchte, ohne sich um die vielen anderen im Burghof zu scheren, ihren Mund; es war Agnes Bernauer, die sich zuletzt sanft von ihm löste und auf die Wartenden deutete. Mariann sah, wie der junge Herzog wie betroffen nickte und dann schwer die Staffeln hinunter und zu seinem Apfelschimmel tappte. Nur mühsam schien er in den Sattel zu kommen, doch als er Schenkelschluß gefaßt hatte, schien er sich endlich von der losgerissen zu haben, die jetzt reglos und wie ein Bild unter dem Portal stand. Sein Hengst sprang an und donnerte auf die Zugbrücke zu. Dem Herzog nach preschten die anderen Reiter, drängten die Bracken und rannten die Hundejungen; der Torbau schluckte sie und spie sie draußen wieder aus, dann verschwand die Jagdgesellschaft nach Westen, in Richtung auf Landshut, wo der alte Herzog Ernst saß, der seinen in Straubing residierenden Sohn zur Herbstjagd eingeladen hatte.

Der herbstliche Morgenwind wühlte noch ein Weilchen in den Falten des hellblauen Mantels der Bernauerin. Zuletzt drehte sie sich um und verschwand wieder in der Burg. Die drei oder vier Hofdamen, die man ihr zu ihrer Bedienung gegeben hatte, folgten ihr schwätzend, doch Agnes Bernauer gönnte ihnen keinen Blick. Die Augsburgerin hatte, ehe sie ihren Blick von der Torschlucht abgewandt hatte, durch die ihr Geliebter verschwunden war, einen Moment lang die im Nebel ziehende Donau wahrgenommen. Der Anblick der grauen Fluten hatte ihr einen jähen Schrekken eingejagt, eine Furcht, die sie sich nicht erklären konnte und wollte. Fast floh sie jetzt zurück in ihre warmen Gemächer, und die Hofdamen, die ihr nachliefen, ahnten nicht, daß es nicht allein die Trennung von Albrecht war, die ihre Herrin so unvermittelt getroffen hatte.

Während die halbwüchsige Mariann das bleigefaßte Fenster schloß und sich auf die Suche nach ihrer Mutte Änne machte, um ihr bei ihren morgendlichen Haushaltspflichten zur Hand zu gehen, saß Agnes Bernauer zusammengesunken im Kreis der schnatternden Hofdamen. Als sie das Geschwätz, das sie trösten sollte und sie in Wahrheit nur schmerzte, nicht mehr zu ertragen vermochte, murmelte sie etwas von einer Andacht und zog sich in ihre Privatkapelle zurück. Die halbrunde, geschnitzte Eichentür fiel etwas zu hart hinter ihr ins Schloß. Als Agnes sich auf die Fußbank des Betschemels kauerte, mit dem Rücken zum Altar, wirkte sie plötzlich wieder wie das kleine Mädchen, das sie noch vor wenigen Jahren gewesen war. Die Hände über die breitgestellten Knie gelegt, die Schultern zusammengezogen und den Kopf gesenkt, ließ sich die morganatische Gattin des Herzogs zurück in ihre Jugend gleiten; sie tat es, weil sie dem Bild entfliehen wollte, das sie gesehen hatte: dem schrecklichen Bild der grau und nebelverhangen dahinrauschenden Donau.

Augsburg. Das Fachwerkhaus des Vaters an der schmalen Gasse. Die Baderstube, in der Zähne gebrochen, Steine geschnitten und Brüche geschient wurden. Daneben, im größeren Raum, die dampfenden Holzzuber. Der erregende Duft der Essenzen, die man ins Badewasser goß. Die Spießbürger, die nackt über die Gasse gelaufen kamen, Erregung und blitzende Freude im Blick. Die Wänste, Schenkel, Schultern, vom Wasserdampf umschliert. Die Badhuren, die sich mit gespreizten Beinen und wippenden Brüsten auf den zuckenden Lenden der Patrizier und Handwerker wiegten. Die Weinkrüge, aus denen es würzigschwer duftete, deren Inhalt manchmal das Wasser in den Bütten blutrot einfärbte, wenn die Orgien ihren Höhepunkt erreicht hatten. Die Reiberinnen[101)]; welche die Mitternacht im nackten, heidnischen Reigen feierten. Die Pfaffen, die am Morgen vom Sündenfall geiferten und in den Nächten die eifrigsten Anbeter der Huren waren. Die Ritter, die vom Turnier kamen und zum Turnier zurückkehrten, nachdem sie im Schoß einer Reiberin eine Lanze aus Fleisch und Blut gebrochen hatten. Die Ritter — und vor allen Dingen einer...

Die Augen der Augsburgerin auf dem Betschemel in der Burgkapelle von Straubing wirkten plötzlich verträumt. Fünf Jahre war es jetzt her, seit das Turnier in der Lechstadt stattgefunden hatte. Agnes war damals noch keine Zwanzig gewesen und hatte in der väterlichen Badestube Wein ausgeschenkt. Als Tochter des Hauswirts mußte oder durfte sie nicht als eigentliche Reiberin tätig sein. Agnes, erstaunlicherweise noch Jungfrau, hätte damals nicht zu sagen gewußt, ob sie deswegen glücklich oder unglücklich sein sollte. Ganz unschuldig war sie jedenfalls nicht mehr gewesen. So mancher brave Bürger hatte sie heimlich schon einmal befingert. So ganz nebenbei hatte die schöne Agnes gewiß mehr Orgien gesehen als so manche im Alter katholisch gewordene Betschwester. Trotzdem war sie feuerrot angelaufen, als der junge Ritter ins Haus gefallen war.

Der junge Ritter, in dessen Gefolge ein Haufen anderer Adliger gelärmt hatte. "Der Wittelsbacher! Der Herzog von Straubing!" wie ihr Vater ihr erfreut zugeflüstert hatte. Um sie dann an der Hand zu nehmen und sie Albrecht zusammen mit einem Krug Wein zu kredenzen...

Der Wein und der blühende Herzog. Beide hatten Agnes Bernauer berauscht. Das Johlen, Lärmen der anderen Gäste um sie herum plötzlich ein Nichts. Nur noch die Augen Albrechts: dunkel, romantisch, lockend, verheißungsvoll. Sein Körper so sehnig, stark und heiß. Seine Worte eher unbeholfen, stammelnd, zärtlich-rauh. Diese Worte vor allen Dingen: Aus ihnen hatte die noch jungfräuliche Agnes erspürt, daß der Blitz ihn ebenso getroffen hatte wie sie. Daß da plötzlich mehr war zwischen ihnen als das, was sie seit Jahren so oft und manchmal bis zum Überdruß hinter den Dampfschleiern der Zuber beobachtet hatte. Daß da etwas war, das sie vergessen ließ, daß er ein Herzog war und sie bloß eine Baderdirne.

Ein Taumel die Nacht durch. Ein Taumel — aber keine Orgie im Badezuber. Der junge Herzog, der nichts weiter gesucht hatte als eine Hure, schien seine Brunft völlig vergessen zu haben, schien unter einer größeren Brunft zu brennen. Während es um sie herum lärmte, grölte, sang, rieb, soff, grunzte, überschwappte, reiherte, schnalzte, tauschten sie zärtliche Worte, nichts weiter als zärtliche Worte. Verschlangen sich mit den Augen. Berührten zaghaft die glühende Haut des anderen. Worte, von denen Agnes später kein einziges hätte wiederholen können, die jedoch alle für immer in ihrem Herzen brennen sollten. Dann das Morgengrauen, der Aufbruch seiner Begleiter, die Albrecht mit sich zogen. Ein letzter Blick aus seinen dunklen Augen, der ihr galt, ihr ganz allein. Dann, als er gegangen war, das Nichts. Ein maßloser Schmerz. Eine maßlose Leere. Im Hintergrund das Keckern, das Gelächter, das Spotten der Reiberinnen: "Warst ihm wohl zu unbeholfen, Agnes! Zu jungfräulich! Der wird nicht noch einmal zu dir zurückkommen..."

Und doch war er zurückgekommen. Schon am nächsten Tag, gleich nach dem Turnier. War in einer Kutsche gekommen und hatte Agnes aus dem Dunst der Badestube herausgeholt. Hatte ihren Vater mit einem einzigen Blick zum Verstummen gebracht. Hatte sie entführt, zur Stadt hinaus, auf das Lechfeld, wo gerade der Winter verging und die ersten Sprossen des neuen Frühjahrs grün spitzten. Am Fluß entlang die Pferde im Trab, dann im Schritt. Durchs Fenster, nun fern, die Mauern und Türme der Stadt. Seine Lippen auf den ihrigen. Hinschmelzen, sich hingeben, wiederum alles vergessen. Zuletzt seine Worte: "Ich liebe dich! Du mußt mein sein, ganz gleich, was die Welt dazu sagt! Du! Weil ich dich aus meinen Träumen schon so lange kenne..."

Jetzt kauerte die junge Frau nicht mehr auf dem Betschemel in der Straubinger Burgkapelle. Sie hatte sich aufgerichtet. Saß plötzlich entspannt da. Albrecht hatte sein Wort gehalten. Nachdem sie sich ihm in der Kutsche hingegeben hatte, weil alles in ihr danach schrie, hatte er wahr gemacht, was bis dahin nur Traum gewesen war. Hatte lange mit ihrem Vater gesprochen, hatte sie später nach Vohburg gebracht, auf sein dortiges Schloß. Hatte sie nicht als seine Mätresse dort gehalten, wie er es nun leicht gekonnt hätte, denn sie war ihm verfallen. Nein, er hatte einen Priester kommen lassen, vier Jahre, nachdem sie sich in der Badestube zum ersten Mal gesehen hatten. In diesen vier Jahren waren sie ohnehin bereits so vertraut miteinander geworden wie Mann und Weib — und nun hatte dieser Priester sie auch vor Gott getraut. Sie, Agnes, die ehrlose Baderstochter aus Augsburg, war die Gemahlin des Herzogs Albrecht von Straubing geworden, Schwiegertochter des noch mächtigeren Herzogs Ernst von Landshut. Die Ehe jedoch hatte ihnen Unglück gebracht.

Wieder sank die junge Frau auf dem Betschemel in sich zusammen. Regensburg, dachte sie. Erst ein Jahr war es her, daß sie Albrecht dort vom Turnier ausgeschlossen hatten. Daß sie ihn schimpflich vom Platz gewiesen hatten. Ihn, den Herzog und Sohn eines Herzogs, verspottet hatten, weil er mit einer angeblichen Badhure aus Augsburg Tisch und Bett teilte. Die Trauung zu Vohburg war ihnen ein Fliegenschiß gewesen, den Rittern, den Grafen, besonders der Sippe Albrechts selbst. Wie vom Donner gerührt, war der junge Fürst zurück nach Straubing geritten, wo sie beide seit einiger Zeit ehelich hausten. Hatte ihr erklärt, was seine Familie im Schilde führte: Die Bernauerin, die als Mätresse geduldet worden wäre, war ihnen als Ehefrau ein Dorn im Auge. Die Erbfolge Albrechts konnte erlöschen, wenn sie sich unterstehen sollte, ihm nach der bereits geborenen Tochter Söhne zu schenken. Kein Sproß aus der Baderin würde später auf den Thron kommen können. Die anderen, die verfluchten Verwandten, die Seitenlinie, die wären dann am Zug. Die Dynastie, die in Landshut und Straubing herrschte, wäre hin.

So jedenfalls der Alte, Herzog Ernst von Landshut. Deswegen hatte er seinen eigenen Sohn in Regensburg ducken lassen. Albrecht jedoch hatte zähneknirschend geschworen: "Wir bleiben zusammen! Soll alles zum Teufel gehen — ich liebe dich! Der Alte wird mich nicht zwingen können, dich zu verstoßen, um dann irgendeinen Besen von Stand in mein Bett zu nehmen!"

Dann hatten die Ereignisse sich überschlagen. Am zwölften September des Jahres 1435, genau einen Monat war es nun her, war Herzog Ernsts Bruder und Mitregent Wilhelm in Landshut plötzlich verstorben. War dahingegangen ohne Erben. Damit war Albrecht von Straubing der einzige, der den wittelsbachischen Samen legal weitergeben konnte. Sein Vater hatte ihm mit Krieg gedroht, wenn er sich nicht von der Badhure, wie Agnes nun landauf, landab bezeichnet wurde, löste. Doch der Sohn hatte sich vom Vater nicht erpressen lassen. Und dann war plötzlich die Einladung zur Jagd nach Landshut gekommen. "Glaube mir, er wird einlenken!" hatte Albrecht zu Agnes gesagt, als sie vorhin unter dem Portal gestanden hatten, während im Hof die Jagdgesellschaft gewartet hatte. "Er wird uns seinen Segen geben! Er kann nicht anders! Unsere Ehe ist unauflöslich, das hat er wohl jetzt begriffen. Man wird ein Gesetz erlassen, das unsere Söhne in die Erbfolge bringt. — Er will die Versöhnung, deswegen soll ich nach Landshut kommen. Wenn ich zurückkehre, bringe ich dir ein Wappen, Agnes. Du wirst dann von Stand sein, und alles wird gut werden, mein geliebtes Weib!"

"Ja", hatte Agnes geflüstert, noch einmal seine Lippen auf den ihren gespürt, ihn dann sanft von sich geschoben, damit er sich von ihr trennen, reiten konnte. Hoffnung war in ihrem Herzen aufgekeimt, eine Hoffnung, die sie seit Jahren verschüttet geglaubt hatte. Und dann hatte sie den Strom grau und nebelverhangen fließen sehen, und Furcht hatte sie gepackt, so daß sie in die Kapelle hatte flüchten müssen, um dort in der Erinnerung an die Jahre mit Albrecht Trost zu finden.

Jetzt seufzte sie und bemühte sich, die Hoffnung, die seine Abschiedsworte ihr gegeben hatten, nicht wieder absterben zu lassen. Sie begann sich auszumalen, wie es sein würde, wenn sie erst neben ihm auf dem Thron saß, wenn sie ihm erst einen Sohn geboren hatte, der nach ihm in Niederbayern herrschen sollte. Einen Sohn, so stark und gut wie er, dachte sie.

Und dann hämmerte es dröhnend gegen die halbrunde Tür der Burgkapelle; in das Refugium der Bernauerin brachen gepanzerte Waffenknechte ein und zerrten sie roh von ihrem Betschemel hoch.

Mariann kauerte in der Fensternische und lauschte gebannt auf das, was ihr Stiefvater hastig und erschrocken ihrer Mutter erzählte: Daß man den arglosen Albrecht in eine Falle gelockt habe. Daß sein Vater ihn nur deswegen nach Landshut gerufen habe, um ihn hier in Straubing aus dem Weg zu haben. Daß Ernst selbst, während sein Sohn hinüber zur Isar zog, wie der Teufel hierher an die Donau geprescht sei. Daß sich die Wege des Alten und Jungen gekreuzt, die beiden sich jedoch wohlweislich nicht getroffen hätten. Daß der Landshuter, wutschnaubend wie ein Wildeber, die Straubinger Burg fast wie im Sturm genommen habe. Daß er kurzerhand den Befehl hier an sich gerissen habe.

"Ich und meine Leute sind kaum mehr als Gefangene!" keuchte Marianns Stiefvater, zerrte dabei ohnmächtig am Ärmeltuch Ännes. Dann wieder sein hastiges Flüstern, das noch mehr Ungeheuerliches zutage brachte: Daß die Eisenreiter des Herzogs Ernst die Burg besetzt und auch draußen umstellt hätten. Daß keine Ratte mehr hinein oder hinaus könne. Daß der Landshuter aber nicht bloß mit den Bütteln allein in die Festung eingefallen sei. Daß er außerdem Schwarzvermummte bei sich gehabt habe. Pfaffen mit glühenden Augen unter spitzen Kapuzen. Teufelsaustreiber, Hexenjäger; solche, die Incubi und Succubi[102] zu hetzen und zu stellen wüßten. Denn die Bernauerin, so habe der Herzog geschäumt, sei nichts anderes als eine Perchte, eine vom Leibhaftigen Besessene, die seinen einzigen Sohn verzaubert und mit bösen Künsten verhext habe.

"Sie haben keine Zeit verloren", hörte Mariann ihren Stiefvater flüstern. "Kaum daß sie wußten, daß die Augsburgerin sich in die Kapelle zurückgezogen hatte, sind sie dort eingedrungen. Ich habe gehört, wie ihre Panzerhandschuhe gegen das Eichenholz dröhnten, ehe sie mich und die anderen wegscheuchten. Jetzt windet sich die junge Herzogin wohl schon auf der Streckbank..."
Mariann in ihrer dunklen Fensternische preßte die noch kindlichen Hände gegen ihre Ohren. Sie wollte, konnte nichts mehr hören. Sie wußte bereits, was es bedeutete, wenn die Erwachsenen von der Streckbank flüsterten. Nur wenige Monate, nachdem sie nach Straubing gekommen war, hatte sie mit eigenen Augen gesehen, wie ein menschlicher Körper, der zuvor auf der Folterbank zerbrochen worden war, über den Burghof geschleift wurde. Die Gliedmaßen der Frau waren verdreht und blutig gewesen. Ihr Wimmern hatte dünn und wie das eines Kindes geklungen. Auch sie sollte eine Hexe gewesen sein, und später hatte man nie wieder etwas von ihr gehört. Marianns Spielkameraden hatten jedoch angstvoll geflüstert, daß der zerbrochene Leib draußen vor der Stadt verbrannt worden sei. Mariann selbst hatte das schreckliche Bild lange nicht mehr vergessen können — und jetzt war es unvermittelt und grell wieder da. Mariann sah ganz deutlich vor sich, wie die Bernauerin blutete, wie ihr die Knöchel unter dem groben Strick knickten. Ganz deutlich glaubte sie zu hören, wie die Augsburgerin um Hilfe flehte. "Nein!" schrie das halbwüchsige Mädchen in der Fensternische, sprang heraus, rannte zur Tür. Ihr Stiefvater hielt sie mit hartem Griff auf. Beutelte sie. Herrschte sie an: "Warst du die ganze Zeit hier? Hast du alles gehört, was ich gesagt habe?!
"Ich muß zu ihr! Ich muß der Bernauerin helfen!" kreischte Mariann. "Sie ist immer lieb zu mir gewesen! Einmal, als ich mir das Knie aufschlug, hat sie mich selbst verbunden. Hat mir Zuckerwerk gegeben und mir gesagt, sie und ich, wir seien zwei einfache Mädchen, zwei Mädchen in der großen Burg, und wir müßten Freundinnen sein. — Laß mich! Ich muß zu ihr!"
"Sei vernünftig!" heulte Änne. "Du kannst nichts tun! Keiner von uns kann etwas tun! Mein Gott, warum hast du anhören müssen, was der Vater erzählte..."
"Ich kann etwas tun! Ich werde dem Herzog das da geben, damit er die Bernauerin verschont", rief das Mädchen. Sie hatte einen

Arm aus dem Griff des Stiefvaters befreit und das Kettchen aus dem Hemdausschnitt gezerrt, das Kettchen, das seit einiger Zeit ihr gehörte. Jetzt umkrampfte Marianns schweißnasse Hand das Regenbogenschüsselchen. "Ich werde es dem Herzog geben, damit er gnädig ist!" schrie sie. "Es ist wertvoll, du hast es selbst gesagt, Mutter!" Verzweifelt versuchte das Mädchen loszukommen. "So laßt mich doch gehen! Zum Landshuter! Ich fürchte mich nicht vor ihm und seinen schwarzvermummten Pfaffen! Ich muß der Bernauerin helfen! Sie ist keine Hexe — und ich hab' sie lieb..."

"Niemand kann ihr mehr helfen!" schrie der Stiefvater. "Verflucht, so sei doch vernünftig, du Balg! Der einzige, der's könnte, ist nach Landshut geritten. Und jetzt gib Ruhe, Mariann, sonst bringst du uns alle zusammen noch ins Unglück!"

"Nein!" schrie Mariann erneut — dann sackte sie plötzlich im Griff des Stiefvaters zusammen. Beinahe hilflos hielt der Haudegen sie jetzt in seinen Armen. Dann war Änne da, umschlang sie und schleppte sie zur Bettstatt. "Sie hat mehr Mut und Herz als ich", murmelte betreten der Mann, während er unbeholfen eine Decke über sie zog. "Mit ihrem winzigen Regenbogenschüsselchen wollte sie den Landshuter erweichen. Was Kinder sich manchmal einbilden..."

Änne erwiderte nichts. Wie geschlagen kauerte sie auf dem Lager neben dem erschlafften Körper ihres Kindes. Gut, daß wenigstens der Junge, Joseph, nichts mitbekommen hat, dachte sie. Dann fiel ihr ein, daß der Knabe im Gefolge des Herzogs nach Landshut mitgelaufen war, als Gehilfe eines der Brackenführer. Auch er war also in das Unheil verstrickt, das so jäh in den Straubinger Frieden eingebrochen war. Wie würde Albrecht reagieren, wenn er erfuhr, was heute hier geschah, dachte Änne. Laut sagte sie zu ihrem Gatten: "Was wird der junge Herzog tun, wenn er es erst weiß?"

Vom Befehlshaber der Straubinger Schloßwache kam keine Antwort. Der Mann stand vor der Fensternische, in der zuvor Mariann gekauert hatte, und starrte dumpf in den Burghof hinunter, auf die monströsen, himmelstürmenden Mauern, hinter denen sich jetzt das Schicksal der Agnes Bernauer erfüllte. Die Folter, dachte er. Die verfluchte Folter...

Agnes Bernauer jedoch lag nicht auf der Streckbank. Der Landshuter Herzog, dessen Büttel und die natternäugigen Hexenjäger hatten sich solche Umstände gar nicht erst machen wollen. Als sie die Augsburgerin vom Betschemel gezerrt hatten, da hatten sie Anklage und Urteil zusammen bereits in der anderen Faust gehalten. Als Mariann droben in ihrer Kammer ohnmächtig geworden war, da war das Scheinverfahren unten im Kerker bereits so gut wie vorüber.

"Ich rekapituliere", belferte der kirchliche Inquisitor, dem der Landshuter die Leitung des Prozesses übertragen hatte. "Ich rekapituliere, daß du der Hexerei angeklagt worden bist, Bernauerin, und daß alles, was du gegen diesen Vorwurf einzuwenden hattest, dich nicht entlastet! Du hast von übergroßer Liebe zwischen dir und Albrecht gesprochen, doch ich sage dir, daß solch übergroße Liebe nicht natürlich ist und stets vom Teufel kommt und keinesfalls aus dem christlichen Glauben. Denn allein durch Teufelswerk konntest du, die Badhur', den Sohn des hier anwesenden Herzogs dermaßen verhexen, daß er dich fälschlicherweise als sein eheliches Weib betrachtete, während du in Wahrheit nichts weiter als eine Dämonin in seinem Fleisch gewesen bist!"

Der Inquisitor rotzte durch zwei Finger, bellte weiter: "Deine kirchliche Trauung mit dem Herzog von Straubing hat in Wahrheit überhaupt nicht stattgefunden, auch wenn du darauf geschworen hast! Es ist dir nämlich nicht gelungen, den vorgeblichen Priester, der euch angeblich kopuliert hat, vor dieses Tribunal zu bringen, obwohl du dazu aufgefordert wurdest. So ist bewiesen, daß der Priester niemals existierte, daß folglich auch deine Ehe mit Albrecht von Wittelsbach erstunken und erlogen ist..."

"Aber der Priester befindet sich doch in Vohburg!" keuchte die junge Frau, starrte dabei mit entsetzten Augen auf ihre Ankläger. "Wie könnte er plötzlich in Straubing sein, um hier für mich auszusagen. Ihr habt mir ja gar nicht die Möglichkeit gelassen, ihm Nachricht..."

"Schweig!" herrschte der Inquisitor sie an. "Dies sind feige und widernatürliche Ausflüchte, die der katholischen Lehre ganz und gar widersprechen! — Hätte Gott dich reinwaschen wollen, so hätte er diesen vorgeblichen Priester dank seiner Allmacht auch hier vor uns erscheinen lassen können! Daß der Allmächtige es nicht getan hat, ist nur ein Beweis mehr für deine Verworfenheit..."

"Nein!" gellte die Bernauerin. "Ich bin Albrechts Weib vor Gott und den Menschen! Die Verworfenen seid ihr! Ihr klagt mich an und gebt mir nicht die leiseste Möglichkeit, mich zu verteidigen. Nicht ich bin mit dem Teufel im Bunde, sondern ihr! Du, der Inquisitor der Kirche, der Herzog von Landshut, mein wölfischer Schwiegervater, auch alle anderen, die heute widerrechtlich in die Burg meines Gemahls eingedrungen sind! Ihr seid es, die Gottes Gerechtigkeit mit Füßen treten!"

"Diese satanischen Worte machen dich zusätzlich schuldig!" fiel ihr schreiend der Inquisitor ins Wort. "Du hast dem Herrscher dieses Landes und insbesondere der Heiligen Mutter Kirche vorgeworfen, mit dem Leibhaftigen im Bunde zu sein! Solche Lästerungen können dir in der Tat nur vom Teufel eingegeben worden sein!" Die Stimme des Klerikers begann sich kreischend zu überschlagen. "Damit bist du verflucht von Ewigkeit zu Ewigkeit, Bernauerin! Selbst Gott kann dir nicht mehr vergeben, denn du hast seinen weltlichen Leib, die hochheilige Kirche, mit unsagbarem Unflat beworfen! Damit ist der Stab über dich gebrochen! Als eine Erzhexe mußt du des Todes sein! Das Urteil über dich ist gesprochen! Du sollst verflucht sein nach deinem weltlichen Tod bis in alle Ewigkeit!"

Während Angenes Bernauer verzweifelt und blicklos starrte, wandte sich der Inquisitor dem Herzog von Landshut zu: "Die Kirche richtet die Sünden, aber sie tötet nicht. Ich übergebe die Hexe hiermit der weltlichen Gewalt und bitte für sie trotz allem um einen barmherzigen Tod[103)]!"

"Sie wird bekommen, was sie verdient!" schnaubte der Herzog von Landshut. "Und jetzt keine langen Sermones mehr. Bringt sie in den Kerker, gebt ihr einen Beichtiger und eine Henkersmahlzeit — und dann aus der Burg mit ihr und zur Donau. Die Hure und Hexe soll die nächste Morgendämmerung nicht mehr erleben!"

Der Inquisitor nickte und wandte sich zufrieden ab. Er hatte seine Schuldigkeit, die ihm der Herzog mit einer fetten Pfründe bezahlte, getan. An der Spitze seiner kirchlichen Beisitzer, die während des Scheinprozesses stumm geblieben waren, schob er sich aus dem düsteren Raum. Die Büttel griffen nach der Bernauerin, die stumm auf den Knien lag, zerrten sie brutal hoch. Ein letzter ungläubiger, zutiefst verwundeter und flehender Blick traf den Landshuter. Herzog Ernst hielt ihn nur einen Lidschlag lang aus, dann wandte er sich fluchend ab. Die Büttel schleppten die Gemahlin seines Sohnes aus dem Raum. Die Hand ums Schwertheft gekrampft, stand der Landshuter lange wie versteinert da; keiner seiner blaßgesichtigen Begleiter wagte ihn anzusprechen.

Noch vor dem Morgengrauen des nächsten Tages wurde Agnes Bernauer zur Donau gebracht. Der Nachthimmel war klar. Über den Auwäldern außerhalb der Stadt hing ein beinahe kreisrunder Mond. Die Herzogin von Straubing war barfuß und krümmte sich frierend in einem härenen, sackartigen Kleid. Die schmalen Handgelenke hatte man ihr auf dem Rücken zusammengebunden. Am Ufer der Donau versanken ihre Füße im klammen Schlick. Mit entsetzt aufgerissenen Augen blickte die junge Frau auf den Strom, der schwarz unter dem schlierigen Mondlicht gurgelte. Plötzlich erinnerte sie sich daran, daß sie den gleichen Strom am Tag zuvor, als Albrecht abgeritten war, unter Nebelfetzen hatte ziehen sehen und daß gleichzeitig eine Hand jäh nach ihrem Herzen gegriffen hatte. In diesem Augenblick begriff die Augsburgerin, daß sie eine Vision gehabt hatte.

Der Gedanke formte sich jedoch nur kurz in ihrem Gehirn, dann stieß der Henker sie ins Wasser. Im Aufschlagen sah Agnes Bernauer noch einmal ihre Mörder. Den Landshuter, den Inquisitor, das Rudel der Pfaffen und Büttel. Dann schmeckte sie fischige Kälte und begann um ihr Leben zu kämpfen. Sie sank tiefer und schaffte es dennoch, wieder nach oben zu kommen, weil ihr Körper sich wie aus eigenem Antrieb krümmte und wand. Mit weit aufgerissenem Mund durchbrach die Augsburgerin noch einmal die Wasseroberfläche, versuchte sich wie ein Fisch aus der Reichweite ihrer Mörder zu schnellen.

Doch es gelang ihr nicht. Eine Stange war plötzlich da, rauhes Holz, das gegen ihren Schädel schlug, sich in ihrem reichen Haar verfing, dem Haar, das Albrecht so geliebt hatte. Die Augsburgerin gurgelte noch einmal den Namen ihres Gatten, dessen Liebe man ihr nicht hatte vergönnen wollen, dann drückte das rauhe Holz sie nach unten, dem Stromgrund zu. Mit ihrem schönen Haar in die Stange verstrickt, verzuckte die junge Frau im schwarzen Schlamm der Donau.

Als Herzog Albrecht von dem Mord erfuhr, ritt er, seiner Sinne kaum mächtig, nach Ingolstadt und verbündete sich mit seinem dortigen Verwandten Ludwig im Barte gegen seinen eigenen

Vater. Der Bruderkrieg in Bayern drohte, weil die Baderstochter tot war, erneut und heftiger als zuvor aufzuflammen. Doch schon wenige Monate später trennten sich der Ingolstädter und der Straubinger wieder voneinander. Es kam zu einer Aussprache zwischen dem Vater und dem Sohn. Was dabei im Herzen Albrechts vorging, vermochte kein Geschichtsschreiber zu notieren. Tatsache ist, daß der Straubinger schon im folgenden Jahr 1436 standesgemäß die Tochter des Herzogs von Braunschweig heiratete. Im gleichen Jahr ließ der Landshuter auf dem Friedhof von St. Peter in Straubing eine Sühnekapelle für die Bernauerin errichten[104)]. Mariann, die den schändlichen Tod der Augsburgerin in ihrer kindlichen und reinen Einfalt durch das Opfer ihres Regenbogenschüsselchens hatte verhindern wollen, war später oft bei der Kapelle anzutreffen. Doch sie konnte nur eins mit dem Geist der Ermordeten werden, wenn sie allein war. Zeigte sich auch nur von ferne ein Kleriker, floh das Mädchen entsetzt. Mariann fürchtete die Kirche — und der Geist der Bernauerin raunte ihr manchmal zu, daß sie recht daran tat. Mehr als zweihundertfünfzig Jahre später sollte ein Nachkomme von Marianns Familie deutlich aussprechen, was das Mädchen des fünfzehnten Jahrhunderts erst dumpf fühlte.

Die Böckler
(1466-1495)

Der Ritter und Reichsfreiherr Hans von Degenberg schloß sein Helmvisier, das irgendwie an eine spitze Hundeschnauze erinnerte, mit einem Knall. Sein Knappe reichte ihm die mehr als drei Meter lange Stechlanze, die am Schaft und am Wimpel die Wappenfarben seines Geschlechts zeigte. Der Ritter stellte das Lanzenende in den dafür vorgesehenen Schuh, der neben seinem rechten Steigbügel befestigt war. Drüben, am anderen Ende des Regensburger Haidplatzes, hatte sich inzwischen auch der Gegner des Degenbergers bereit gemacht. Auch seine Lanze ragte steil in den blauen Septemberhimmel. Die weiß-blauen Spiralen um den Schaft schienen eine der Patrizierburgen, die rund um den Platz standen, in zwei Hälften zu zerschneiden. Jedenfalls sah es durch den Visierschlitz des Degenbergers so aus. Jetzt setzten sich die beiden Ritter in den Sätteln ihrer schweren Rösser tief; im nächsten Augenblick galoppierten die Hengste unter dem frenetischen Geschrei der zahlreichen Zaungäste aufeinander los.

Als nur noch ein paar Pferdelängen zwischen dem Degenberger und dem Wittelsbacher lagen, senkten sich die Turnierlanzen schräg über die Leiber der dahinstürmenden Tiere. Die beiden Ritter zogen die Schilde hart vor Visier und Brust. Dann krachten die stumpfen Lanzenspitzen reißend gegen das Metall der Schutzwaffen. Hans von Degenberg hatte den Stoß des Wittelsbachers gut abfangen können; der junge Herzog Christoph, ein Bruder des regierenden Albrecht, schwankte dagegen schwer im hochgeschweiften Sattel. Doch ehe er mit zersplitterter Lanze das andere Ende der Turnierbahn erreichte, hatte er sich wieder gefangen. Trompeten schmetterten, der Herold verkündete mit schallender Stimme, daß der Ritt unentschieden ausgegangen sei. Hans von Degenberg und Christoph von Wittelsbach trabten mit hochgeschlagenen Visieren zu ihren Ausgangspunkten zurück. Als sie einander passierten, rief der Ritter aus dem Schwarzachtal[105)] seinem Kontrahenten zu: "Beim nächsten Lanzengang landest du im Sand! Ich schwöre es dir!"

"Du wirst es sein, der geworfen wird!" gab Herzog Christoph lachend zurück. Der Beinahesturz von vorhin hatte seinen Mut keineswegs gebrochen. "Wirst's schon sehen, Böckler!" Damit waren die beiden aneinander vorbei, wendeten vor ihren Zelten an den Enden des Haidplatzes ihre Rösser, ließen sich neue Lanzen reichen, schlugen wiederum die Schnabelvisiere zu und galoppierten, nach einem weiteren schmetternden Trompetenstoß, erneut gegeneinander. Diesmal war es der Degenberger, der um ein Haar in den Sand der Stechbahn geschleudert worden wäre. Mit flappendem Steigbügel und zerbrochener Lanze kam er gerade noch einmal davon. Doch er war im Sattel geblieben, und so mußte der dritte Durchgang entscheiden, welcher der beiden Ritter dem anderen Rüstung und Roß zu nehmen berechtigt war[106)].

Die Rösser schnauften und prusteten schwer, als ihre Reiter sie nun wiederum gegeneinander jagten. Schwerer als bei den beiden ersten Malen schwangen auch die Lanzen herum, verbissen sich erneut krachend in die Schilde. Obwohl die Ritter jetzt vor Anstrengung glühten, waren beide Stöße hervorragend gesetzt gewesen. Der Effekt war, daß sowohl Christoph von Wittelsbach als auch Hans von Degenberg die Sättel verloren und brüllend über die Kruppen ihrer Hengste abkippten. Als sie in ihren schweren Panzern auf der Stechbahn aufschlugen, dröhnte es über den Haidplatz wie von Glockenschlägen. Das Turnier war auch beim dritten Durchgang unentschieden ausgegangen, und nun rannten die Knappen des Wittelsbachers und des Degenbergers herbei, um ihre so urplötzlich schwerfällig und hilflos gewordenen Herren aus ihren stählernen Schalen zu befreien.

Das Turnier der Böckler auf dem Regensburger Haidplatz ging weiter. Hans von Degenberg und Christoph von Wittelsbach hatten jedoch für dieses Mal genug von Rössern und Lanzen. Im Zelt des Herzogsbruders, der auf dieser Geste bestanden hatte, saßen sie jetzt verschrammt in zwei nebeneinanderstehenden Badezubern. Keiner der beiden hatte durch den Sturz ernsthaften Schaden davongetragen, trotzdem war es eine Wohltat, sich jetzt von den Knappen die geprellten Gliedmaßen massieren und bürsten zu lassen. Als er sich nach einer Weile wieder geschmeidiger fühlte, sagte Christoph von Wittelsbach lachend: "Es ist dem Reichsritter nicht gelungen, den Herzogsbruder zu besiegen — und umgekehrt ist auch kein Schuh draus geworden. Es scheint, als stünden wir einander in keiner Weise nach, Hans von Degenberg."

"Wenn du es so siehst, haben wir nicht umsonst dreimal gegeneinander turniert", erwiderte der Schwarzacher und griff nach einem Weinpokal. "Denn jetzt wissen wir, daß eine herzogliche und eine reichsfreiherrliche Lanze gleich viel wert sind." Er trank. "Keiner von uns steht über dem anderen. Gemeinsam sind wir im Sattel geblieben und gemeinsam sind wir zur Erde gekracht. Ich würde sagen, das war ein Omen. Der unentschiedene Ausgang unserer Zweikämpfe bedeutet, daß Herzogsmacht und Rittertum gleichermaßen in Bayern herrschen sollen."

"Jetzt spricht der Böckler aus dir", erwiderte der Wittelsbacher und ließ sich ebenfalls einen Humpen reichen. "Doch wie sollte es auch anders sein, da du ja ein führendes Mitglied dieses Ritterbundes bist, den vor einem Jahr, am 30. August 1466, die Mitglieder von dreißig Adelsfamilien von der Donau und aus dem Bayerischen Wald gegründet haben. Hier in Regensburg habt ihr damals Bundesbrief und Bundeskasse niedergelegt, und daß ihr seither Macht in Bayern gewonnen habt, wird auch durch die Tatsache bezeugt, daß ihr heute das große Turnier ausrichten konntet. Das Einhorn, das an euren Brustketten hängt, ist spätestens seit dem heutigen Tag zum Zeichen für die Ritterfreiheit in Bayern geworden[107)].

"Du bekennst dies ohne Neid und Haß", antwortete der Degenberger. "Dabei hört man doch, daß dein Bruder Albrecht IV., der regierende Herzog, uns nicht gerade freundlich gesinnt ist."

"Weil er an Macht und Besitz schlucken will, was immer ihm in den unersättlichen Rachen gerät", rief Christoph aus und stellte seinen Pokal hart auf einer Truhe neben dem Badezuber ab. "Am liebsten würde er ganz allein in Bayern herrschen und das Rittertum gänzlich herunterkommen lassen. Doch nicht nur den Einfluß der Ritter fürchtet er — auch den der Mitglieder seiner eigenen Familie. Ich beispielsweise bin ein Nachkomme Albrechts III., genau wie er, doch in der Residenz habe ich nichts zu sagen. Wenn es nach meinem Bruder ginge, würde sich mein Leben darin erschöpfen, mit Hunden und Mätressen zu spielen. Aber damit kann ich mich nicht zufriedengeben. Ich bin ein Ritter und will ritterliche Macht! Genau wie du, Degenberger, und die anderen, die sich im Böcklerbund zusammengefunden haben. Ihr bietet dem Herzog Widerpart und laßt euch von ihm nicht in eure alten Rechte hineinreden. Und das ist sehr gut so! Denn es soll in Bayern

nicht einer allein alles in der Hand halten! Es soll jeder sein Stück Herrschaft haben, der sie von seinen Vorfahren ererbt hat!"
"Bei meiner Burg Degenberg und meinen anderen festen Häusern!" schnaubte der Schwarzacher. "Du sprichts in der Tat ganz wie ein Böckler, Christoph! Fast könnte man glauben, du wärst selbst darauf aus, das goldene Einhorn an der Kette zu tragen..."
"Das ist doch der wahre Grund gewesen, warum ich an diesem Regensburger Turnier teilgenommen habe", unterbrach ihn erregt der junge Wittelsbacher. "Wenn ich ein Stück eigene Macht vor meinem größenwahnsinnigen Bruder retten will, dann muß ich einer von euch werden, ein Böckler," Er fixierte den Degenberger scharf. "Meinst du, ich könnte Aufnahme in den Bund finden?"
"Mit Freuden!" rief der andere, "Du wärst ein großer Gewinn für uns und die Ritterfreiheit in Bayern. Sobald das Turnier beendet ist, wird der Einhornbund sich versammeln, Christoph von Wittelsbach, und dann wirst auch du die Kette bekommen. — Verflucht auch, wenn ich vorhin gewußt hätte, wie du über uns denkst, hätte ich mich mit Vergnügen dreimal hintereinander von dir aus dem Sattel werfen lassen!"
"Laß uns in Zukunft lieber zusammen gegen meinen Bruder stechen", entgegnete der Wittelsbacher lachend. "Doch zuerst wollen wir auf unsere neue Freundschaft und die ritterlichen Tugenden trinken!"
Dies geschah, und schon am nächsten Tag wurde Christoph von Wittelsbach feierlich in den Bund der Böckler aufgenommen. Die in Regensburg versammelten Degenberger, Nothafft, Nußberger, Stauffer, Pfluger und Zenger[108)] jubelten zusammen mit den anderen Mitgliedern des Bundes ihrem neuen, hochgeborenen Genossen zu. In den Regensburger Tavernen wurde der Machtzuwachs kräftg gefeiert. Danach ritten die Böckler zurück auf ihre Burgen; Christoph selbst machte sich auf den Heimweg nach München.
Tage vor ihm jedoch preschte ein anderer Reiter diesen Weg: Ein Spitzel Herzog Albrechts IV., der seinem Herrn die Nachricht vom Beitritt des jüngeren Wittelbacher zum Einhornbund brühwarm überbrachte. Albrecht IV. tobte. Dann steckte er sich hinter den Kaiser. Am 28. Oktober des Jahres 1467 fielen herzogliche Truppen in Regensburg ein. Ihre Hauptleute drangen in den Ratssaal der

Reichsstadt vor, ließen sich den Bundesbrief der Böckler herausgeben und zerschnitten mit ihren Dolchen das Pergament und die Siegel im Auftrag des Herzogs und mit stillschweigender Billigung des Kaisers. Vom Rathaus herunter wurde dem Volk verkündet, daß der Böcklerbund hiermit aufgelöst sei. Die Nachricht von dieser Ungeheuerlichkeit gelangte schnell auf die Burgen der Böckler. Die Ritter an der Donau, im Bayerischen Wald und auf dem Nordgau nahmen sie schäumend auf. Krieg hing in der Herbstluft dieses Jahres 1467.

Es waren achtzig Reiter und hundert Bogenschützen, die sich im Schutz der Nacht an den Degenberg heranpirschten. An ihrer Spitze ritten die drei Edelknechte Georg Donnersteiner, Gallus Moser und Hans Treswitzer, alle drei nachgeborene Söhne eines Ritters, alle drei mittellos und deswegen hungrig nach Beute. Der Donnersteiner, der Moser und der Treswitzer hatten ihre kleine Heerschar auch nicht selbst rekrutiert und ausgerüstet. Unter den Reitern und den Bogenschützen war es ein offenes Geheimnis, daß die drei Edelknechte nur vorgeschoben waren. Hinter ihnen steckte ein Größerer — und manche munkelten, daß es sich dabei um keinen anderen als den Herzog selbst handelte.

In der Waldschlucht gurgelte und rauschte die Schwarzach. Der kleine Heerbann schlich das Tal hinauf; die Hufe der Gäule waren mit Lumpen umwickelt. Dann begann sich der Weg nach links zum Degenberg emporzuwinden. Die Reiter und Bogenschützen hielten auf ein Zeichen des Donnersteiners hin an. Flüsternd gab ihnen der Edelknecht seine Anweisungen. Daraufhin teilte sich die Truppe. Etwa die Hälfte unter Führung des Donnersteiners und des Mosers rückte auf dem Burgweg weiter vor. Der Rest, der vom Treswitzer befehligt wurde und ausschließlich aus Unberittenen bestand, drückte sich in den Wald hinein, um die Burg auf diese Weise zu umgehen.

Der Sichelmond über den Baumwipfeln wanderte langsam weiter. Als er kurz vor Morgengrauen hinter den Burgberg zu sinken begann, hatten Georg Donnersteiner und Gallus Moser ihre Reiter und wenigen Plänkler im Waldschatten unterhalb des Burgtores aufgestellt. Sie waren so vorsichtig herangerückt, daß niemand in der Festung selbst Verdacht geschöpft hatte. Jetzt inspizierte der Donnersteiner noch einmal die Reiter, ebenso die ledigen Tiere mit ihren Traglasten. Ein Grinsen glitt über sein verwittertes Gesicht. Es war alles noch vorhanden, was sie später nötig brauchen würden.

Im ersten unwirklichen Schimmer der Morgendämmerung legte der Edelknecht die hohlen Hände vor den Mund. Dreimal hintereinander schauerte ein Eulenschrei um den Burgberg. Nur Augenblicke später war auf der gegenüberliegenden Seite des Degenbergs der Teufel los. Die Bogenschützen, die inzwischen dort die Baumwipfel erklommen hatten, begannen lauthals zu brüllen und schnellten gleichzeitig ihre Pfeile über die Wallmauer der degenbergischen Hauptburg. Stahlspitzen sirrten gegen die Steinquader, nagelten ins Holz der Fensterläden. Ein Wachtposten, der bis zu diesem Augenblick völlig arglos gewesen war, stürzte brüllend vom Wehrgang in die Tiefe. Gleich darauf gellten in der Festung die Alarmhörner los. Die Besatzung, die nicht sehr stark war, stürzte auf die Wehrgänge gegenüber dem Haupttor. Krachend und feuerspuckend ging eine Wallbüchse los. Der blutrote Strahl schälte für einen Moment die Gestalten einiger Bogenschützen in den Bäumen aus dem Zwielicht. Die Verteidiger der Burg schossen sich auf diese Ziele ein. Das Tor selbst lag auf einmal völlig ungeschützt da.

"Jetzt!" fauchte der Donnersteiner. Im Trab gingen seine Reiter gegen den Burggraben vor; die Fußtruppen, die bei dieser Abteilung zurückgeblieben waren, zerrten die Lasttiere mit sich. Während der Kampf auf der anderen Seite der Burg weiter tobte, flogen die mitgebrachten Reisigbündel in den Festungsgraben und füllten ihn schnell bis zum Rand auf. Bretter wurden hinübergeworfen; gleichzeitig sprang auch der Donnersteiner vor. Er stopfte mehrere Pulverbeutel in die Fugen des schweren Eichentores, schlug blitzschnell mit Feuerstein und Zunder Feuer. Die Funken fraßen sich die Zündschnüre entlang. Kaum hatten der Donnersteiner und die anderen hinter ihren Schilden Deckung genommen, kam die Explosion. Das Burgtor schien sich aufzublähen, hing einen Augenblick später schief in den Angeln. Über das aufgeschüttete Reisig und die Planken preschten die ersten Reiter vor. Beilschläge und Lanzenstöße öffneten den Zugang zur Degenburg ganz. Georg Donnersteiner und Gallus Moser drangen an der Spitze ihrer Leute in den Burghof ein. In der inneren Mauer wurde das zweite Tor ebenso wie das erste gesprengt. Die wenigen Verteidiger, die erst jetzt begriffen hatten, daß die Bogenschützen im Wald nur einen Scheinangriff durchgeführt hatten, vermochten den Reitern keinen nennenswerten Widerstand mehr entgegenzusetzen. Die Pfeile und die Gepanzerten machten ihnen rasch den Garaus. Der Donnersteiner selbst stach den Burgvogt nieder. "Du feiger Hund!" keuchte der sterbend. "Das ist dir nur gelungen, weil der Degenberger selbst nicht hier war!" Gleich darauf verdrehte der alte Haudegen die Augen und verfiel.

"Als ob ich das nicht gewußt hätte", bellte der Donnersteiner grinsend dem Toten nach. In den Mauernischen, wohin sie sich geflüchtet hatten, wurden gerade die letzten Getreuen des Degenbergers niedergemacht. Höchstens zwei Dutzend Kriegsleute waren auf der Burg gewesen. Als die ersten Sonnenstrahlen über die Mauer fingerten, lebte keiner mehr von ihnen. Mitten im Burghof wurde eine schreiende Magd vergewaltigt. Drei Bogenschützen hielten sie fest, ein vierter besprang sie und scherte sich einen Dreck um ihr Flehen. Andere waren in den Palas eingedrungen und hatten dort zu plündern begonnen. Da und dort loderten Kleinbrände, wurden jedoch schnell wieder gelöscht. Der Donnersteiner schöpfte mit dem Helm Wein aus einem Faß, das mit eingeschlagenem Deckel neben einem der Kellerschächte stand. Gallus Moser und Hans Treswitzer taten es ihm nach. "Auf den Untergang des Degenbergers, des verfluchten Hundes!" brüllte Georg Donnersteiner. "Er hat seinen Lohn dafür bekommen, daß er sich gegen den Herzog gestellt hat! Daß er ihm den eigenen Bruder abspenstig und den Christoph zu einem rebellischen Böckler gemacht hat! Jetzt gehört sein Rattennest uns!" Die beiden anderen Edelknechte brüllten zustimmend, dann soffen sie gierig. Über dem Degenberg hingen beißende Rauchschwaden und süßlicher Blutgeruch.

Diesmal führte Hans von Degenberg keine stumpfe Turnierlanze. Scharf geschliffen und gefährlich glänzte der Stahl über seinem Helm, als er die rasch zusammengetrommelten zweihundert Reisigen gegen seine eigene Stammburg führte. Die Nachricht vom Handstreich des Donnersteiners hatte ihn auf der Festung Weißenstein bei Regen erreicht. Wenige Tage war es erst her, daß ein Degenberger Bauer auf dampfendem, ungesatteltem Kaltblüter vor dem Weißensteiner Tor aufgetaucht war und vom Sturm auf die andere Burg berichtet hatte. Daraufhin war Hans von Degenberg wie ein gereizter Dachs vom Weißensteiner Pfahl[109] heruntergefahren, hatte zuerst nur wenige Kriegsknechte bei sich gehabt, hatte sich jedoch dann während des stürmischen Ritts durch seine ausgedehnten Latifundien im Bayerischen Wald an Reisigen gegriffen, was nur irgendwie auf den verschiedenen Burgen erreichbar gewesen war. Jetzt jagte der Reichsfreiherr mit zweihundert Gepanzerten im Gefolge das Schwarzachtals entlang, in der Faust die Kriegslanze, in den Augen schwarze Mordlust.

In seiner Wut war dem Böckler keine Kriegslist in den Sinn gekommen, so wie der Donnersteiner sie gebraucht hatte; er preschte offen und auf geradem Weg heran. Mit vorgehaltenen Schilden stürmte er mit seinen Reitern den Degenberg hinauf. Als das erste Tor erreicht war, gab er Befehl, die Balken von den Lasttieren zu schnallen; die Balken, aus denen der Rammbock zusammengebolzt werden wollte. Doch ehe der erste Stoß über den wiederum aufgefüllten Graben hinüber gegen das reparierte Tor geführt werden konnte, zeigte sich oben auf der Turmplattform der Donnersteiner. "Verschwinde, ehe du dir den Schädel an deinen eigenen Mauern einrennst!" herrschte er den Reichsfreiherrn an. "Dich reitet doch der Teufel, daß du dich mit deinen paar Leuten hierher auf den Degenberg wagst!"

"Wer in die Hölle fährt, wird sich schon zeigen!" gab der Böckler zurück. "Los, schwingt den Rammbock an!" brüllte er seinen Leuten zu. Dann schrie er wieder zum Turm hinauf: "Du bist in meine Burg eingedrungen, ohne mir Fehde angesagt zu haben, Donnersteiner! Das war wider alles Recht und Gesetz im Reich! Wie ein Räuber bist du mit deinen Kumpanen aus den Wäldern aufgetaucht, und wie ein Räuber sollst du jetzt gleich an einem geeigneten Baumast hängen! Warte nur, ich breche das Tor auf — und wenn der ganze Degenberg darüber zusammenkrachen sollte! Das Recht, Donnersteiner, das Recht ist auf meiner Seite!"

"Dann furzt ihm auf sein Recht!" bellte der Donnersteiner seinen eigenen Leuten zu. "Zeigt ihm, was sein Recht wert ist!"

Zwischen zwei Turmzinnen glühte eine Zündschnur auf. Im nächsten Augenblick spuckte die Mauerbüchse Feuer und gehacktes Blei. Der Schuß fegte mitten unter die Bedienungsmannschaft des Rammbockes. Balken rissen und splitterten, zwei Knechte flogen mit abgetrennten Gliedmaßen weg. Dann feuerte eine zweite Mauerbüchse, eine dritte. Vom Bergfried herunter raunzte dröhnend eine Kartaune. Weil der Donnersteiner, der

Moser und der Treswitzer die Armierung der Burg besser einzusetzten verstanden als vor wenigen Tagen die verschlafenen Verteidiger, wurde der irrwitzige Angriff des Böcklers innerhalb weniger Minuten zusammengeschlagen. Der Rammbock stürzte krachend auf dem Reisighaufen zusammen, mit dem der Degenberger zuvor in Windeseile den Burggraben hatte auffüllen lassen. Das trockene Holz fing Feuer und trieb die Knechte zurück, die den ersten Beschuß überlebt hatten. Die Mauerbüchsen und die Kartaune spuckten weiter ihre tödlichen, schwefeldampfenden Ladungen aus. Abgeirrte Splitter sangen grell auf der Rüstung des Degenbergers. Es war beinahe ein Wunder, daß er seinen Hengst herumreißen und zurück in den schützenden Wald jagen konnte. Mit ihm flohen seine völlig demoralisierten Reisigen. Der Anführer der Böckler sah ein, daß er dem Donnersteiner den Degenberg mit Gewalt unmöglich entreißen konnte.

"Zurück!" befahl er — und dachte: Trotzdem ist das Recht auf meiner Seite. Und wenn ich es mir nicht selbst schaffen kann, muß der Einhornbund helfen. Der Ritterbund und auch der Kaiser...

Vorerst jedoch blieb Hans von Degenberg nichts anderes übrig, als sich mit seinem dezimierten Haufen wiederum nach Weißenstein zurückzuziehen, während auf dem Torturm des Degenbergs der Donnersteiner, vom Rauch umschliert, wie der Teufel lachte.

Während der folgenden Wochen fand sich der Ritterbund, der einst in Regensburg gegründet worden war, zur Kriegsmacht zusammen. Den Schimpf, den man dem Degenberger, einem der angesehensten Böckler, angetan hatte, konnten die Adligen von der Donau und aus dem Waldland unmöglich auf sich sitzen lassen. Das Hohngelächter des Donnersteiners, des Mosers, des Treswitzers — und damit das des Herzogs selbst, der ganz offensichtlich hinter allem steckte — hatte sie selbst bis ins Mark getroffen. Zum Degenberger gesellten sich nun die Chamerauer und die Nußberger. In deren Gefolge wiederum ritten zahlreiche Böckler von den kleineren Burgen heran. Selbst der mächtige Otto von Neumarkt schloß sich zuletzt den Einhürnlern an. Unterstützung signalisierten der König von Böhmen und schließlich sogar der Kaiser selbst. Aus Augsburg, wo Friedrich III. gerade residierte, gelangte die Nachricht an die Böckler, daß die Majestät alsbald ein Urteil gegen den Herzog von Bayern erlassen wolle.

Der Wittelsbacher selbst jedoch handelte ungleich schneller als der Habsburger. Über Nacht kaufte er dem Donnersteiner und dessen beiden Spießgesellen die Feste Degenberg ab — und nutzte dann seinen widerrechtlich erworbenen Besitz auf ganz erstaunliche Weise. Während nämlich der Donnersteiner, der Moser und der Treswitzer nach Oberbayern hinüber abrückten, brach von Straubing aus ein Reitertrupp zum Degenberg auf.

Georg von Lerchenfeld, Mitglied des Inneren Rates der Stadt, führte die Schar von Reisigen und Handwerkern an. In seinem Gefolge ritt ein gewisser Joseph Michel, der Sohn des bei Taus gefallenen ehemaligen Pflegers von Alburg. Wenn das Pferd des Söldnerführers stolperte, klirrte es manchmal dünn unter dem Panzer des Joseph Michel. Es war das Regenbogenschüsselchen, das er im Vorjahr von seiner ledig verstorbenen Schwester Mariann geerbt hatte. Jetzt trug der Straubinger das goldene Kleinod wie einen Talismann zwischen Kettenhemd und Harnisch und hoffte, daß es ihn vor möglicherweise auftauchenden Böcklern schützen würde.

Doch keine Einhornkette zeigte sich auf dem Weg von Straubing zum Degenberg. In einer schwülen Juninacht des Jahres 1468 langten die Straubinger vor der Burg an. Ein paar Pfiffe und Rufe gingen zwischen ihnen und den letzten Posten des Donnersteiners hin und her. Dann schwang das äußere Tor ächzend auf; der Lerchenfelder zog zusammen mit seinen Kriegsknechten und Handwerkern in die Festung ein. Unter dem Harnisch trug er kein Kettchen, sondern einen gesiegelten Befehl des Herzogs, der ihn anwies, die Stammburg des Degenbergers bis auf die Grundmauern zu zerstören.

Noch in der Nacht wurden die ersten Pulverminen gelegt; Joseph Michel war einer von denen, die im Morgengrauen Feuer schlugen und die Lunten entzündeten. Die Gewölbe auf dem Degenberg, die schon längst vom Donnersteiner, vom Moser und vom Treswitzer ausgeräubert worden waren, krachten unter einer schier endlosen Reihe von Explosionen zusammen. Der Palas stürzte ein, die Dürnitz[110], zuletzt auch der Bergfried, für den man mehrere Fässer Pulver brauchte, ehe er sich spaltete und neigte. In die unterirdischen Gewölbe brachen von oben donnernd die Trümmer herunter. Als sich der Rauch allmählich verzog, war von der stolzen Burg Degenberg nicht viel mehr als ein grandioser

Schutthaufen geblieben. Wo noch Mauerreste und Wehrgänge standen, machten sich nun die Handwerker an die Arbeit. So wurde innerhalb von wenigen Tagen zerstört, was zuvor viele Generationen von Degenberger Bauern und Leibeigenen aufgebaut hatten. Als die Straubinger, unter ihnen auch Joseph Michel, wieder abrückten, hatte sich die Landschaft des Schwarzachtals grundlegend verändert: Wo seit Jahrhunderten die Burg gestanden hatte, gab es jetzt nur noch eine häßliche Bresche im umgebenden Wald.

Als der Kaiser im September des gleichen Jahres 1468 ein Gerichtsurteil erließ, in dem die Rückgabe der Burg an den Degenberger festgeschrieben war, lachte Albrecht IV. von Bayern nur höhnisch. Einen Trümmerhaufen könne der Böckler bekommen, nicht mehr, brüstete er sich vor seinen Schranzen. Und nicht anders solle das Erbe der übrigen Einhürnler aussehen, die sich in ihrem verstaubten Ritterwahn gegen ihn gestellt hätten. Von einer einzigen eisernen Faust müsse Bayern regiert werden, und wer dies unter denen des Niederadels nicht anerkennen wolle, müssen in seinem Dünkel ebenso gebrochen werden wie Hans von Degenberg.

Selbstverständlich kamen solche Schmähreden auch den Böcklern zu Ohren. Ihr Bund festigte sich noch mehr, bildete jetzt eine verschworene Gemeinschaft auf Leben und Tod. Im Herbst dieses Jahres 1468 führte Hans von Degenberg ein Heer an. Der Reichsfreiherr war jetzt beinahe bis zum Wahnsinn ergrimmt, trotzdem wollte er nicht noch einmal den gleichen Fehler begehen wie damals beim mißglückten Sturm auf seine eigene Festung. Diesmal brach der Degenberger nicht blindwütig los. Er marschierte zusammen mit den Chamerauern, den Nußbergern und zwei Dutzend weiteren Böcklrittern samt ihren gewappneten Aufgeboten zunächst nach Norden, nach Böhmen. Unter dem Schild des dortigen Königs wollte er die entscheidende Schlacht gegen den Wittelsbacher so gut wie möglich vorbereiten. In Böhmen sollte die Sehne seines Kriegsbogens bis zum Bersten gespannt werden, um den Pfeil dann mit umso tödlicherer Wucht gegen das verhaßte bayerische Herzoghaus abschnellen zu können.

Während jedoch die Anführer der Böckler an der Moldau ihre Scharen sichteten, aufrüsteten und einübten, hielt der Wittelsbacher nicht Maulaffen fei. Aus ganz Bayern zog er in diesem Herbst seine eigenen Truppen zusammen. Mehr als dreihundert Gepan-

zerte hatten die Städte und Märkte für den Krieg aufzubieten, die einzelnen Landgerichte dazu mehr als eineinhalbtausend Kriegsknechte zu Fuß. Einhundertvierzehn Pfleger, Amtleute und Kleinadlige strömten dem Herzog auf gepanzerten Gäulen zu. Drei schwerkalibrige Geschütze wurden von Landshut nach Vilshofen gekarrt. Weitere Kanonen kamen aus Ingolstadt und Neuburg an der Donau hinzu. Zu jeder der Feldschlangen gehörten sechzig kopfgroße Steinkugeln sowie Pulver in Hülle und Fülle. Zehntausend Pfeile wurden in Regensburg geschäftet und auf der Donau zum herzoglichen Heer nach Vilshofen verschifft. Die Mannschaften trugen Lebensmittelvorräte für zwei Wochen mit sich. Trugen auch gute Harnische, Helme, Armbrüste, Handbüchsen, Spieße und Hellebarden. Ein langes Messer oder ein scharfes Schwert waren selbst für den niedrigsten Troßknecht Vorschrift, dazu am Gürtel der Wurfpfeil mit Widerhaken.
Während die Böckler in Prag den Bogen spannten und zuletzt überspannten, rückte der Herzog von Vilshofen aus in den Bayerischen Wald vor. In seinem Gefolge befand sich wiederum Joseph Michel aus Straubing, und zwischen Harnisch und Kettenhemd klirrte fein das Regenbogenschüsselchen. Am vierten Dezember des Jahres 1468 erreichte der Heerwurm die Saldenburg bei Passau. Hans von Degenberg, der sich noch im letzten Augenblick verzweifelt mit einer kleinen Schar in die festen Mauern geworfen hatte, nachdem er viel zu spät begriffen hatte, daß ihm der Herzog mit dem Angriff zuvorgekommen war, sah unter dem Beschuß der schweren Kanonen entsetzt die Ringmauer zusammenkrachen. Ehe die Herzoglichen den Sturm begannen, floh der Degenberger nach kaum einem Kampftag wie von Furien gehetzt aus der zweiten Burg, die er an Albrecht verlor, und jagte in einem wahren Höllenritt zurück nach Böhmen, wo er erst in Strakonitz atemlos zum halten kam.

Die Saldenburg wurde mit bröckelnden Mauern an den Wittelsbacher übergeben. Immerhin ließ Albrecht sie nicht wie den Degenberg in Rauch und Flammen aufgehen, sondern zog sofort weiter. Schon am nächsten Tag umzingelte er mit seinen mehr als zweitausend Mann die Festung Weißenstein auf dem Pfahl. In der Burg hatte sich die Gemahlin des Degenbergers verschanzt; als sie erfuhr, daß die Saldenburg gefallen und ihre Gatte geflohen war, sank ihr der Mut, und sie übergab kampflos den Weißenstein. Dies jedoch rettete die alte Degenberger Vasallenburg nicht. Ehe es Weihnachten wurde, hatte Albrecht sie ebenso wie den Degenberg geschleift.

Im neuen Jahr weitete sich der Burgenkrieg noch aus. Wo immer Böckler saßen, viele von ihnen schleunigst aus Böhmen zurückgekehrt, donnerten jetzt die Steinkugeln der herzoglichen Kanonen gegen die Mauern. Die Altnußburg bei Viechtach fiel, die Chamerauer Festung Haidstein, die Kollnburg, die Burg Linden bei Ruhmannsfelden, ebenso Falkenfels und Neurandsberg. Im Zerstörungsrausch verschonte Albrecht IV. keinen noch so dürftigen Turm mehr. Selbst auf die Marktflecken, in denen Böckler geherrscht hatten, ging er los. Zwiesel wurde belagert und erobert, später auch Eschlkam. Mit den gebrochenen Burgen und den eroberten Märkten ging auch die Macht des freien Rittertums im Waldgebirge und an der Donau unter. Die Neuzeit und der beginnende Absolutismus hatten über die Quadratschädel der Degenberger, der Nußberger, der Chamerauer und der übrigen freiheitsdurstigen Rittergeschlechter gesiegt.

Freilich flackerte die Auseinandersetzung noch fast bis zum Ende des Jahrhunderts immer wieder einmal auf. Juristische Auseinandersetzungen zwischen den Rittern und dem Herzog beschäftigten die kaiserlichen Kanzlisten noch mehr als fünfzehn Jahre lang. Im Juli des Jahres 1489 fanden sich die Ritter von der Donau, aus dem Bayerischen Wald und aus dem Nordgau sogar noch einmal zu einem Bund zusammen. In Cham gründeten sie, zumeist ehemalige Böckler, den Löwlerbund[111)]. Während der folgenden Jahre kam es zu weiteren Fehden, Scharmützeln und Kriegszügen. Noch einmal ging die eine oder andere Burg an der Donau, im Wald in Flammen auf. Doch der Kampfwille der Löwler war im Grunde bereits in den Jahren 1468 und 1469 gebrochen worden. Was sich später noch ereignete, war nichts weiter mehr als ein letztes, verzweifeltes Aufbäumen.

Im Jahr 1495 löste sich der Löwlerbund von selbst auf. Immerhin blieb der Stachel, den er dem Herzog ins Fleisch gesetzt hatte. Als Albrecht IV. wenige Jahre später starb, verlangte er von seinen Erben noch auf dem Totenbett Rache an den ehemaligen Löwlern. Die Zeit jedoch ging über dieses gehässige Ansinnen hinweg, und der letzte Aufstand des bayerischen Rittertums wurde Geschichte.

Viertes Buch

Die Neuzeit

Der religiöse Wahn
(1618-1692)

Das Sterben der alten Kirche hatte, nach generationenlanger Agonie, im fünfzehnten Jahrhundert begonnen. Es hatte begonnen mit dem Aufkommen der neuen, menschenfreundlichen Philosophie des Humanismus sowie mit der im Kern friedlichen Rebellion der Reformatoren. Hutten, Celtis, Pirckheimer hatten das Bild des eigenverantwortlichen Menschen an die Stelle des alten rächenden Gottes gerückt. Luther, Müntzer hatten dem Aufbegehren der trotz allem noch Gläubigen gegen ein bösartiges und erstarrtes Rom Stimme und Sprache gegeben. Verkrustetem Klerikerlatein war sowohl von den Humanisten als auch von den Reformatoren lebendiges Deutsch entgegengesetzt worden. Die alte Kirche jedoch hatte nicht begriffen, daß eine neue, eine bessere Zeit angebrochen war. Konsequent verdrängte sie, daß ihr der Tod im verrotteten Gebein saß. Erst nach weiteren Jahrhunderten sollte ihr zaghaft bewußt werden, daß selbst ihr nur eine bestimmte Zeitspanne zugemessen war[112)].

Als in Deutschland Humanismus und Reformation vehement an Boden zu gewinnen begannen, verstockte die alte Kirche noch mehr als bisher. Weil sie weder die menschenfreundlichen und geistesfreien Gedanken der Humanisten noch die Evangelien in der sicherlich oft ruppigen Sprache der Reformatoren zu Wort kommen lassen wollte, trieb sie Europa, trieb sie Deutschland, trieb sie Bayern in den schrecklichsten Krieg hinein, den die Menschen bis dahin erlebt hatten.

Schon im sechzehnten Jahrhundert waren die Bauernkriege — oder besser: die Vernichtungsfeldzüge des kirchlichen und weltlichen Adels gegen die verzweifelten Haufen der halb verhungerten Leibeigenen — gräßliche Vorboten des Schlachtens, das drei Generationen später stattfinden sollte. Weil er Brot für die armen Teufel in den kotigen Dörfern gefordert hatte, wurde der begnadete Tilman Riemenschneider gefesselt auf die Würzburger Marienfeste geschleppt. Der Bischof ließ zähnefletschend das Beil schleifen, das dem Bildhauer die Hände abhacken sollte. Nur mit knapper Not, weil einige Ratsherren auf weitere künstlerische Geniestreiche Riemenschneiders nicht verzichten wollten, entgingen die Hände des Meisters dem hundsgemeinen bischöflichen Streich. Etwa zur gleichen Zeit machte man Thomas Müntzer bei Frankenhausen auf schreckliche Weise den Garaus. Der Priester und Bauernführer hatte ebenfalls Brot und freies Denken für seine zerlumpten Schutzbefohlenen gefordert; dies war in den Augen der kirchlichen und weltlichen Obrigkeit ein Verbrechen, deswegen wurde er geköpft.

Geköpft, gespeert, gerädert, ausgedärmt und abgeschunden wurden zusammen mit Müntzer viele tausend andere bedauernswerte Aufständische. Selbst ein Luther vergaß das, wofür er ein Leben lang gekämpft hatte, und begann zuletzt wie ein römischer Kardinal oder ein Reichsfürst nach dem Blut der Bauern zu brüllen. Die Macht auch seiner neuen Kirche war ihm wichtiger geworden als die Gerechtigkeit auf Erden.

Drei weitere Generationen vergingen, doch am Denken der Großen änderte sich nichts. Weil die alte Religion ihre Allmacht nicht aufgeben wollte, weil die neue furios zur Macht drängte, auch weil die humanistischen Stimmen letztlich noch zu leise blieben, stürzte Europa, stürzte Deutschland, stürzte Bayern endgültig ab. Im Jahr 1618 brach als Folge der Dreißigjährige Krieg aus.

Auf der Prager Burg flogen zwei katholische Räte mit geplusterten Pelzmänteln aus dem Fenster. Kaum hatten sich die gefallenen Kaiserlichen, nur leicht verletzt, aus dem Burggraben hochgerappelt, jagten die böhmischen Stände den Habsburger Matthias zum Teufel und wählten an seiner Stelle den evangelischen Friedrich von der Pfalz zum böhmischen König. Nur einen Tag später wurde der Habsburger vom Schlag getroffen und verreckte mit Schaum vor dem Maul. Sein Nachfolger Ferdinand kungelte mit Herzog Maximilian von Bayern, dem Erzkatholiken, der in der Altöttinger Gnadenkapelle einen Blutpakt mit der dortigen Madonna geschlossen hatte[113)]. Der Habsburger und der Wittelsbacher fanden sich in der katholischen Liga zusammen und begannen mit despotischer Wut gegen den in der Oberpfalz geborenen und frei gewählten Friedrich zu rüsten.

Am achten November 1620 stürmten die vereinigten katholischen Heere den Weißen Berg westlich von Prag. Die Parole lautete

"Sancta Maria". An der Spitze der ligistischen Truppen galoppierte der Karmelitenpater Dominicus a Jesu Maria auf einem Schimmel, dessen weißes Fell sich schnell blutig einfärbte. Der eigentliche Spiritus Rector der Schlacht war jedoch ein Niederländer namens Johann Tserclaes Tilly, der späterhin noch viel blutigere Geschichte als der Karmeliter schreiben sollte. Immerhin war schon im Jahr 1620 das böhmische und pfälzische Heer nach wenigen Stunden vernichtend geschlagen. Friedrich, als König gestürzt, jedoch immer noch Kurfürst, floh dorthin, von wo Tilly gekommen war: in die Niederlande.

Für den Rest seines Leben sollte er heimatlos bleiben, während der madonnengläubige Maximilian von Bayern sich mit Billigung des Kaisers alsbald den Kurfürstenhut des Pfälzers unter den Nagel riß. Unter der Machtfülle dieser neuen Würde konnte der Münchner den Krieg bald weiter ausufern lassen. In den katholischen Ländern, vor allem in Bayern, begann man die Evangelischen wie räudige Hunde zu jagen. Donauaufwärts von Linz nach Regensburg und dann weiter ins Württembergische hinein wurde im Jahr 1620 vom Krieg und seinen Folgen der Protestant und geniale Astronom Johannes Kepler gejagt. In Güglingen hatte der religiöse Wahn seine Mutter in den Hexenturm getrieben. Kepler mußte um ihr Leben kämpfen, bekam sie zuletzt wieder frei. Andere Frauen — wir werden später davon hören — hatten weniger Glück.

Bald mästete sich der Krieg am Fleisch der Menschen wie ein Moloch. Vom Kaiser und vom Bayern aufgestachelt, gingen die Protestanten zum Gegenangriff über. Im Mai 1625 drang der dänische König, mit den dortigen evangelischen Fürsten verbündet, in Norddeutschland ein. Aus den böhmischen Wäldern heraus stand gegen ihn ein schillernder Gegner auf: Albrecht von Wallenstein, gallig, genial und alles andere als gläubig; einer, der den Wahn der Zeit konsequent betrieb und sich die günstigsten Konstellationen für seine Schlachten von Priestern der Astrologie vorhersagen ließ. Während der Friedländer nach Norden zog, brach im zu Bayern gehörenden Land ober der Enns noch einmal ein Bauernaufstand los. Der Statthalter Maximilians, Adam Graf Herberstorff, ließ sechsunddreißig zerlumpte Anführer um ihr Leben würfeln und danach sechzehn von ihnen aufhängen. Daß sie alle evangelisch waren, läßt sich kaum als Zufall bezeichnen.

Der oberösterreichische Bauernkrieg tobte trotzdem noch bis ins nächste Jahr weiter.

Im gleichen Jahr triumphierten die Kaiserlichen im Norden. Bei Dessau schlachtete der Friedländer das Heer des evangelischen Mannsfelders. Johann Tserclaes Tilly stand bei Lutter nicht zurück und ließ auf dem dortigen Barenberg die Dänen des Königs Christian über die Klinge springen.

Nach diesen Siegen lief in Bayern die Gegenreformation mächtig an. 1630 wurde die Klosterkirche Oberaltaich an der Donau vollendet; im gleichen Jahr setzte man auch der Wallfahrtskirche von Tuntenhausen im Oberbayerischen den letzten Ziegel aufs Dach, während im Norden der rote Hahn auf den Dachreitern der protestantischen Kirchen krähte. Die Feuerbrände der Gegenreformation loderten bis Schweden hinüber.

Im Sommer des Jahres 1630 kam Gustav Adolf übers Meer und landete in Pommern. Der Löwe aus Mitternacht, wie sie ihn nannten, sperrte brüllend seinen Rachen auf und lefzte über Deutschland hin. Im September 1631 zeigte er dem Johann Tserclaes Tilly bei Leipzig die Klauen. Der Feldherr der katholischen Liga, entsetzlich verdroschen, entwich mit eingekniffenem Schwanz nach Bayern. Bei Breitenfeld steckte der Niederländer die nächsten Schläge ein. Der Besiegte zog weiter nach Rothenburg, eroberte die Stadt und gestand dem dortigen Bürgemeister Nusch großmütig zu, die Bürger durch einen fundamentalen Sturztrunk vor der Brandschatzung zu retten[114)].

Wenige Monate später riß sich Gustav Adolf Nürnberg unter den Nagel. Zwei Wochen darauf, am 15. April 1632, kam es bei Rain am Lech erneut zur Schlacht gegen Tilly. Eine Vollkugel zerschmetterte dem marianischen Feldherrn gräßlich den Oberschenkel. Johann Tserclaes Tilly verreckte jämmerlich am letzten Tag desselben Monats in Ingolstadt. Einmal im Vormarsch, eroberte der Schwede Dinkelsbuhl und verschonte es nur, weil er dem Flehen der dortigen Kinder nicht zu widerstehen vermochte.

Sechs Tage später zog Gustav Adolf in München ein. Seine Offiziere rieten ihm, die Stadt Maximilians bis auf die Grundmauern niederzubrennen und damit Rache für Magdeburg zu nehmen, dessen Totalbrand der inzwischen verrottende Tilly auf dem Gewissen hatte. Der Schwede jedoch lehnte ab; wollte nicht Gleiches mit Gleichem vergelten. Selbst in Bayern flogen ihm daraufhin die Sympathien der Bürger und Bauern zu.

Im Winter von 1633 auf 1634 standen in Oberbayern die Bauern gegen den eigenen Kurfürsten auf, dessen Machthunger sie in den Ruin getrieben hatte. Die katholische Liga, die Kaiserlichen, dazu die Spanier, die man ins Land geholt hatte, hatten das Oberland ratzekahl gefressen. Möglicherweise wäre der Kurfürst gestürzt worden, wenn nicht die plötzlich auftretende Pest ein Wörtchen mitgeredet hätte. Allein in München kamen an die zehn-, fünfzehntausend Bürger um. Auch auf dem flachen Land quollen die ekligen Beulen myriadenfach auf. Die Seuche wütete jahrelang. Anstatt den Krieg zu beenden, dessen Leichenratten die Ursache für das Massensterben waren, flüchteten sich die Menschen umso heftiger in die völlig nutzlose Religion. In Oberammergau spielte man, aufgrund eines Gelöbnisses, 1634 zum ersten Mal die Passion nach. In Regensburg setzte man wenig später einem bislang jungfräulichen Hügel nördlich der Donau die dreitürmige Dreifaltigkeitskirche aufs Haupt. Kirchen und Wallfahrtsorte quollen auch anderswo beinahe so zahlreich wie die Pestbeulen aus der bayerischen Erde. Im Jahr 1636 konnten wegen des immer weiter ausufernden Krieges und der sich in barocker Fülle aufblähenden Religiosität 58 Prozent der Fläche Bayerns nicht mehr besteuert werden; das Land war dermaßen ausgesaugt, daß selbst der Adel und die Kirche keinen Pfennig mehr aus ihm pressen konnten.

Der Krieg jedoch verhungerte nicht in der allgemeinen Hungersnot. Jetzt griffen auch noch die Franzosen in das entsetzliche Gemetzel ein. Sie verbündeten sich mit den Schweden, so daß nun Katholiken gegen Katholiken standen. Der dreißigjährige Krieg blühte zu seiner letzten und blutigsten Phase auf. Die alten Feldherren starben weg. Bei Lützen war schon im November 1632 Gustav Adolf auf der Strecke geblieben. Zwei Jahre später war Wallenstein in Eger, von Hellebarden durchbohrt, verblutet. Jetzt zogen die neuen Generäle der katholischen Liga, der protestantischen Union und des französischen Königs kreuz und quer durch Deutschland. 1636 drangen die Bayern und die Kaiserlichen beinahe bis Paris vor. 1640 scheiterte ein schwedischer Überfall auf Regensburg. 1634 ging ein französisches Heer bei Tuttlingen unter. 1645 metzelten Franzosen und Schweden in Schwaben und

Bayern ein. Im April 1648 standen Schweden und Franzosen noch einmal am Inn, am sechsten Oktober des gleichen Jahres schlugen sie sich mit dem kaiserlichen Feldmarschall Piccolomini bei Dachau, während die ganze letzte Phase des ungeheuerlichen Krieges hindurch versprengte und vertierte Einheiten beider Seiten plünderten, brandschatzten, vergewaltigten und abstachen, wo immer sie auftauchten.

Mitteleuropa, Deutschland und Bayern waren längst in die Anarchie abgesunken, als am 24. Oktober des Jahres 1648 der Westfälische Friede geschlossen wurde. Für die Regierenden war damit das ungeheuerliche Morden beendet; das Volk jedoch, egal ob evangelisch oder katholisch, war bis ins Mark getroffen. Dörfer lagen menschenleer, Felder unbebaut, die zahllosen Leichen im zur Wildnis gewordenen Land unbegraben.

Die Kunde vom Frieden drang in Bayern nur allmählich zu den Überlebenden des Krieges in den Dörfern, den Weilern, den Einöden. Und mit der Nachricht drangen die Jesuiten dorthin vor, die Dominikaner, die Kapuziner der alten Kirche, denen nun wiederum das Land allein gehörte. Was in Bayern versteckt noch protestantisch geblieben war, wurde ausgerottet. Im ausgebluteten Land sollte allein der Katholizismus geduldet werden; weiter im Norden, den Küsten zu, hielt man es unter umgekehrtem Vorzeichen nicht anders. In Norddeutschland verkam das Evangelium zu puritanischer Strenge. In Bayern erhob sich, mächtiger denn je, das obskurantistische Haupt der alten römischen Kirche. Der Wahn des Krieges war vorüber, doch der Wahn der römischen Religion trieb giftigere Blüten denn je. Dunkles, Schauerliches, Irrationales, das in der alten Kirche immer gelebt und gewuchert hatte, quoll zu entsetzlichem Irrsinn. Es war der Hexenglaube, der Bayern heimsuchte, weil die Jesuiten, die Dominikaner, die Kapuziner, die das dreißigjährige Gemetzel überlebt hatten, ihn mit aller Gewalt im Volk schürten.

Bereits im Jahr 1589 hatten in Schongau Dutzende von unschuldigen Frauen gebrannt. Im Jahr 1600 hatte Maximilian, gerade erst an die Regierung gekommen, die Landfahrerfamilie Pappenheimer in der Riedenburger Gegend aufgreifen und nach München verschleppen lassen, damit die Eltern, die Kinder dort in einem gesteuerten Schauprozeß wegen Hexerei und Buhlschaft mit dem Teufel verurteilt werden konnten. Mit abgeschnittenen Brüsten war die Mutter, mit einem Spieß im After der Vater, auf der Schinderplattform unschuldig verreckt. Maximilian selbst jedoch hatte sein bestialisches Werk für gottesgefällig gehalten — und hatte dadurch den alten Wahn weitergetragen, ins neue Jahrhundert hinein[115)].

Nachdem achtundvierzig Jahre später der Krieg zu einem Ende gekommen war, hatte die alte Kirche immer wieder nach neuen Blutopfern verlangt. 1649 brannten vermeintliche Hexen in Viechtach, Straubing und Wasserburg, 1650 wiederum in Straubing, Aibling, Auerburg, Dachau, Marktschwaben, Weilheim, Traunstein, Augsburg und München, 1652 in Neuötting, Neumarkt und Landshut, 1655 in Dingolfing und Wetterfeld, 1656 in Memmingen, Kelheim und Wasserburg, 1657 in Bärnstein, Wasserburg, Hengersberg und Monhaim — dies alles im ersten Jahrzehnt nach Beendigung des Krieges. Während der folgenden Jahrzehnte bis zum Ende des Jahrhunderts wurden die unschuldigen Opfer der alten Kirche nicht weniger. Das Brennen steigerte sich eher noch; in manchen Jahren fanden in Bayern ein Dutzend Prozesse gleichzeitig statt. In den Jahren von 1689 bis 1692 brach der Wahn in Geisling an der Donau, zwischen Straubing und Regensburg gelegen, auf ganz besonders abscheuliche Weise aus. Die Opfer des Geislinger Hexenprozesses waren zum Teil Kinder[116)]!

Kaspar Michel, der kurfürstliche Pfleger von Pfatter an der Donau, spielte nachdenklich mit einer kleinen Goldmünze, die er aus einer verschrammten bronzenen Schatulle genommen hatte. Die Münze war uralt und zeigte auf der einen Seite einen eingeprägten Adlerkopf. Das Regenbogenschüsselchen befand sich seit Jahrhunderten im Besitz der Familie des Pflegers, war durch viele Generationen von Hand zu Hand weitergegeben worden. Jetzt wandte sich Kaspar Michel seinem Weib Anne zu. "Im Jahr 1630 hat mein Großvater diese Schatulle hinter der Mauer unseres Pflegschlößchens vergraben", sagte er. "Samt dem Regenbogenschüsselchen und ein paar anderen Kleinodien. Er wollte den Schatz vor der marodierenden Soldateska bewahren, und das ist ihm auch glücklich gelungen. Als der Ahn achtzehn Jahre später die Schatulle wieder hob, war der Inhalt unversehrt. Nur das eiserne Kettchen, an dem das Regenbogenschüsselchen einst befestigt war, hatte den Aufenthalt in der feuchten Grube nicht überstanden und war verrottet. Die Münze selbst jedoch tauchte unversehrt wieder auf und hätte uns mit ihrem Goldglanz in eine bessere Zukunft hineinleuchten können. — Doch das soll uns offenbar nicht vergönnt sein, Anne. Wir leben in einer Zeit, die vielleicht noch Furchtbareres bringt als selbst der große Krieg!"

Der Pfleger legte das Regenbogenschüsselchen hart auf den Bohlentisch. Das Goldplättchen gab einen feinen, singenden Klang von sich. "Du meinst die Hexenjäger, die jetzt überall ihr Unwesen treiben", sagte bedrückt die noch junge Pflegerin.

"Sie schleichen um die Dörfer wie Wölfe", bestätigte Kaspar Michel[117]. "Landauf, landab — überall in Bayern ist jetzt ihr Heulen zu hören. Und drüben in Geisling scheinen sie jetzt ebenfalls Beute gerochen zu haben. Kürzlich hat's der hiesige Pfaffe schon angedeutet. Daß es mit den Grueberischen von Geisling nicht geheuer sei, hat er von seiner Kanzel herunter geknurrt. Und vor allen Dingen auf die jüngste Tochter, auf die Katharina, müsse man ein wachsames Auge haben..."

"Ja, es ist entsetzlich", stimmte die Pflegerin zu. "Das Böse scheint sich am großen Krieg noch immer nicht sattgefressen zu haben! Warum muß es so sein, daß es sich immer wieder neue Opfer sucht?"

"Es?" lachte Kaspar Michel bitter. "Es gibt kein Es — es sind die Menschen, denen der Wahn vielleicht noch ärger als vor fünfzig Jahren in den Gehirnen sitzt. Die Pfaffen, die überall den Teufel und seine Dämonen wittern. Die Prediger, die von ihren Kanzeln herunter auf andere zeigen und sie verleumden. Die Neidhammel, die einer Witwe nicht zugestehen wollen, daß sie ihren Hof nicht schlechter, sondern eher besser bewirtschaften kann als vordem ihr Gatte, der doch nur ein Säufer und Kartenspieler war. Die einer solchen Witwe dann einen Bund mit dem Teufel unterstellen, nur weil sie durch Fleiß ihren Weizen zum Blühen gebracht hat. Und es sind die hochgelehrten Prälaten und Doktores in den Bischofspalästen und in Rom selbst, die uralte Schwarten wälzen, zwischen deren Buchdeckeln die Würmer schon jeden zweiten Buchstaben zu Kot verarbeitet haben, um dann mit Hilfe solch wurmstichiger Abhandlungen die Existenz des Leibhaftigen zu beweisen. Wo immer es mal unverhofft donnert oder blitzt, sehen sie dann den Teufel grunzen; wo ein Rindvieh umsteht, weil es sich am frischen Klee überfressen hat, hockt ihm ein Dämon im Wanst, und wo außer der üblichen Zeit auf einem Hof gebuttert wird, tanzen gewiß ein paar Geschwänzte im Faß mit, nur weil die Arschlöcher der Kirche, diese geweihten Hanswursten, sich solches in ihren kranken Hirnen einbilden. — Und jetzt geht es auch in Geisling los, nur ein Dorf weiter von hier! Weil dort ein zwölfjähriges Mädchen gesagt hat, es könnte die arme Seele einer verstorbenen Bäuerin durch Gebete aus dem Fegefeuer erlösen. Hätte ein Pfaffe so gesprochen, wäre alles gut und christkatholisch gewesen. Doch weil's das Kind eines Häuslers war, soll es jetzt plötzlich mit dem Leibhaftigen im Bunde sein. Himmel auch, das Gör plappert doch bloß nach, was ihm die Geschorenen seiner Lebtag lang vorgebetet haben!"

"Manche sagen aber, daß die Katharina Grueber nicht nur betet, sondern in der elterlichen Kate nächtens tatsächlich den Teufel beschwört", wandte die Pflegerin ein. Als sie das wütende Blitzen in den Augen ihres Gatten sah, lenkte sie schnell ein: "Ich glaube das auch nicht, aber die Leute, der Pfarrer meinen es."

"Hirngespinste!" versetzte der Pfleger scharf. Gleich darauf schien er es jedoch zu bereuen, seine junge Gattin so angefahren zu haben. Er nahm ihre Hand und zog Anne auf seinen Schoß. "Entschuldige", murmelte er. "Ich weiß ja, daß du nicht anders denkst als ich. Wir beide sind sicher, daß alles, was über die angeblichen Hexen und ihre angeblichen Teufelsbuhlen geredet wird, nur Dummheit und Unbildung ist. Wir haben ja nicht umsonst das Werk des Friedrich Spee gelesen, in dem dieser gute Mann schon vor mehr als fünfzig Jahren mit dem ganzen Aberglauben aufgeräumt hat[118)]. — Aber es macht einen halt wütend, wenn man erleben muß, wie der Wahn trotz allem weiterlebt und giftig weiterblüht. Sogar in der eigenen Pflegschaft, hier in Pfatter und drüben in Geisling. — Weißt du, Anne, ich kenne die Katharina Grueber. Es ist erst ein paar Monate her, daß mir an einem Waldrand bei Geisling der Steigbügelriemen riß. Ich tat einen üblen Sturz und verletzte mir das Bein. Da kam dieses Mädchen zu mir und half mir wieder in den Sattel. Das tat sie jedoch nicht, weil sie vom Teufel besessen ist, sondern weil sie ein gutes Herz hat. Nachher war sie so verschüchtert, daß sie kaum meinen Dank annehmen wollte. Ja, verschüchtert ist sie und sieht auch ein wenig seltsam aus mit ihren großen, gehetzten Augen und dem dürren, halbverhungerten Körperchen. Aber das liegt doch nur daran, daß alle diese Menschen in den Tagelöhnerkaten darben müssen und oft noch nicht einmal Brot, sondern bloß Rindenkuchen zu beißen haben."

"Und jetzt hetzt man auch noch gegen diese Ärmsten der Armen und verleumdet sie", sagte Anne. "Du hast ja recht, wenn du dich dagegen auflehnst, Kaspar! Ich frage mich, was wir tun können, um dem Unheil wenigstens in unserer Pflegschaft entgegen zu steuern..."

"Wahrscheinlich ist's das beste, einen kühlen Kopf zu bewahren", erwiderte Kaspar Michel, jetzt wieder ruhiger. Er tastete nach dem Regenbogenschüsselchen und setzte hinzu: "So klar wie das Gold dieser Münze müßte das Denken der Menschen werden, Anne. Dafür müssen wir uns einsetzen, du, ich und die paar anderen in der Gegend, die sich von den Irrwitzigkeiten der Pfaffen noch nicht haben anstecken lassen."

"Gebe Gott, daß es uns gelingt", murmelte die Pflegerin. Ihre Hand traf sich mit der ihres Gatten über dem Regenbogenschüsselchen.

Es schien jedoch im feuchten Märzwind dieses Jahres 1689 der Wahnsinn noch stärker als sonst in jener Zeit über den Donaumarschen zwischen Geisling und Pfatter zu brüten. Weil die zwölfjährige Katharina Grueber einmal geäußert hatte, ihr würde immer dann, wenn sie sich ins Gebet fallen lasse, die Seele einer gewissen Auer-Bäuerin erscheinen, begannen in diesen Märznächten die Menschen aus dem Donautal in der Grueberschen Kate zusammenzuströmen. Angstvoll und mysteriengeil zugleich drückten sie sich hautnah zusammen unterm verräucherten Gebälk. Anfangs glotzten sie nur auf das magere Mädchen, das sich in seltsamen Gebetszuckungen wand, doch schon nach wenigen Nächten wurden sie gieriger und forderten von Katharina noch andere Seelen als nur die der Auer-Bäuerin allein. Damit der Zwölfjährigen die Beschwörungen leichter fallen sollten, legten die abergläubischen Dörper Brotlaibe und Rauchfleischrenken auf den Tisch. Die Eltern der Katharina Grueber, der gichtige Johann und sein vom Leben arg geschundenes Weib Gertrud, taten ein Übriges. Sie beknieten ihre jüngste Tochter, wobei sie gierig nach dem Brot, dem Fleisch schielten, und drängten sie, doch noch weitere Seelen scheinbar aus dem Fegefeuer auffahren zu lassen. Das Mädchen, nicht weniger ausgehungert als der Rest seiner Familie, gehorchte zuletzt. Begann noch stärker zu zucken, sich zu wiegen, zu kreischen und zu salbadern und machte den glotzenden Dörpern vor, daß die Schreie und Satzfetzen, die sie ausstieß, von den Verstorbenen des Dorfes kämen, daß es sich dabei um Peinschreie aus der Vorhölle, der Unterwelt handle.

Die Dörper nahmen das Spektakel begierig auf und erachteten es für ebenso wahr wie das, was ihnen die Pfaffen jahraus, jahrein in die armen, verblödeten Schädel gehämmert hatten. Die Teufelsbeschwörungen der Kleriker und die Seelenbeschwörung des geistig verwirrten Mädchens wurden den ungebildeten Menschen zwischen Geisling und Pfatter eins. Irrsinniges Geplärr ging zwischen ihnen und den vermeintlichen Seelen ihrer Angehörigen im Fegefeuer hin und her. Während draußen immer noch der Märzwind feucht flüsterte, häuften sich in der Kate die Opfergaben, die man dem zwölfjährigen Mädchen und ihren verhungerten Eltern und Geschwistern darbrachte. Ein Irrsinn hatte den Gäu erfaßt, der von Nacht zu Nacht weiter ausuferte; ein Irrsinn jedoch, der nicht den Kätnern und den Dörpern zuzuschreiben war, sondern denen, die ihn seit Jahrhunderten von ihren Kanzeln herunter in die Welt gespeichelt hatten. Als dann der März sich seinem Ende zuneigte, brachen die Schuldigen, die Pfaffen, in die ärmliche Kate der Gruebers ein.

Es handelte sich um den Dorfpfarrer Felß sowie zwei Kapuziner aus Regensburg. Und mit ihnen drangen eine Schar Büttel und der Pfleger von Pfatter ein, den der Klerus zu diesem abscheulichen Amt gezwungen hatte. Insgeheim war Kaspar Michel freilich nur deswegen mitgekommen, weil er sich gesagt hatte, er könne dadurch vielleicht Schlimmeres verhüten. Die vermeintlichen Beauftragten Gottes ließen ihm dazu jedoch keine Gelegenheit. Sie stürzten sich auf Katharina Grueber, die sich an diesem Tag mit ihrer Familie allein in der Kate befand, und führten einen Exorzismus an dem zwölfjährigen Mädchen durch.

Der alte Johann versuchte zu helfen, wurde jedoch von den Bütteln zurückgerissen, während einer der Regensburger Franziskaner mit verbissenen Lippen notierte, daß der Häusler Widerstand gegen die Heilige Mutter Kirche geleistet habe. Gleichzeitig peitschte sein Amtsbruder, lateinisch quäkend, mit einer geweihten Geißel auf das zwölfjährige Mädchen los, schlug, beschrie und bebellte sie, um den vermeintlichen Dämon aus ihr herauszulocken. Erst als Katharina Grueber blutend zusammenbrach und sich der Pfleger von Pfatter in seiner ohnmächtigen Wut die Lippen blutig gebissen hatte, ließ der Kapuziner von dem Kind ab.

Zwischen dem Pfarrer Felß von Geisling und ihm entspann sich ein hitziger theologischer Disput. Es ging darum, ob die Besessene nun als geheilt gelten könne oder nicht. Zuletzt setzte sich der Dorfpfarrer, in dessen Hirn zumindest noch ein Funke Verstand brannte, gegen den Regensburger Gekutteten durch. Die Kleriker einigten sich darauf, daß man es vorerst bei der exorzistischen Auspeitschung bewenden lassen könne. Allerdings müsse die Gruebersche hoch und heilig versprechen, in Zukunft wieder christlich zu leben und die Seelen im Fegefeuer schmoren zu lassen.

Das zwölfjährige Mädchen schwor dies wimmernd. Triumphierend zog sich der Dorfpfarrer zurück, mit leiser Enttäuschung in den glühenden Augen die Kapuziner. Der Pfleger von Pfatter floh erleichtert; die Büttel gingen so teilnahmslos, wie sie gekommen waren. In der Kate heulte noch lange das blutende Mädchen.

Wie sich jedoch bald herausstellen sollte, hatte der Exorzismus nichts genützt. Stärker war immer noch der nagende Hunger der Grueberischen. Schon wenige Wochen später begann das Treiben in der Kate erneut. Begann ärger als zuvor, ganz so, als hätten die Umtriebe der Regensburger Kapuziner den Wahnsinn erst richtig zum Leben erweckt. Und als das Treiben auf dem Höhepunkt angelangt war, platzte erneut der Dorfpfarrer Felß herein. Der alte Grueber selbst hatte ihm zuvor in seinem Wahn gesteckt, daß er sich doch persönlich von dem Erscheinen der armen Seele überzeugen möge. Dann würde er schon sehen, daß die Kapuziner seiner Katharina bitteres Unrecht zugefügt hätten, daß die Zwölfjährige in der Tat mehr könne als selbst ein Geweihter.

Der Pfaffe jedoch wollte seinesgleichen nicht mit einer Häuslersdirne in einen Topf werfen lassen. Während Katharina verzückt schrillte, begann er zu toben. Entlarvte gleichzeitig den Alten, der die vorgeblichen Seelenbeschwörungen seiner Tochter im Schutz der Dunkelheit mit krachenden Hammerschlägen gegen die Katenwand untermalt hatte. Mit Hilfe einer rasch aufflammenden Funzel brachte der Dorfpfarrer die Umtriebe der Grueberschen ans qualmende Licht. Es war jedoch nicht das Licht der Vernunft und der Aufklärung, das der Felß seinen Opfern jetzt aufsteckte.

Er sprach nicht zu ihnen wie einer mit klarem Verstand, sondern sprach zu ihnen und den Dörpern als ein Abergläubischer: Daß es jetzt endgültig erwiesen sei, daß die Katharina verhext sei, daß man nun ein ernsthaftes Exempel an ihr statuieren müsse. Wenig später drangen wiederum Büttel in die ärmliche Kate ein und verschleppten die Zwölfjährige samt ihren Eltern und der alten, buckligen Eckhin, einer Irren, die sich bei den vorgeblichen Seelenbeschwörungen mehr als andere hervorgetan hatte.

Die vier Gefangenen wurden nach Pfatter gebracht, wo Kaspar Michel und sein Weib sie und den Dorfpfarrer entsetzt empfingen. "Jetzt geht es um Leben oder Tod!" flüsterte hellsichtig der Pfleger, als er die Grueberschen, die Eckhin und die glühenden Augen des Geislinger Pfarrers sah. "Rette sie — um Gotteswillen!" raunte Anne.

Dies gelang dem Pfleger von Pfatter tatsächlich. Auf dem Weg von Geisling her hatte sich der Irrsinn des Felß doch stärker abgekühlt, als es zunächst den Anschein gehabt hatte. Als er und der Pfleger unter vier Augen sprachen, wurde dem Kleriker klar, daß er später vier Menschenleben auf dem Gewissen haben würde, wenn er sich jetzt allzu verbohrt zeigte. Zuletzt einigten sich er und Kaspar Michel darauf, daß man es diesmal noch bei einer Rutenstrafe belassen könne. Der Pfleger tat ein Üriges, als er versprach, die zwölfjährige Katharina Grueber nach der Auspeitschung bei sich im Schlößchen zu behalten und in Zukunft ein Auge auf sie zu haben. Der Geislinger Pfarrer wirkte danach sogar erleichtert; so verbohrt wie die Kapuziner oder die Dominikaner, welche zu dieser Zeit anderswo in Bayern die Scheiterhaufen schürten, war der Felß denn doch nicht. Er unterschied sich darin von den meisten seiner Amtsbrüder.

Am nächsten Morgen wurden die Zwölfjährige, ihre Eltern sowie die bucklige Eckhin gestäupt. Als sie vor Schmerzen in die Pfähle und Balken der Prangerstöcke bissen, war der trotz allem wahre Schuldige, der Pfarrer von Geisling, nicht mehr anwesend. Er hatte es vorgezogen, zurück in seine Pfründe zu reiten und seinen Verstand mit stark gewürztem Wein zu betäuben. Trotzdem mußte der Pfleger von Pfatter die Abstrafung durchziehen; hätte er die Delinquenten jetzt laufen lassen, hätte man ihn selbst des Pakts mit dem Leibhaftigen bezichtigen können. Später jedoch, als alles überstanden war, besoff auch er sich. Zuvor hatte er lange auf das

Regenbogenschüsselchen gestarrt und immer wieder gemurmelt, daß doch endlich einmal eine hellere und lichtere Zeit kommen müsse.

Die Zeit wurde jedoch nicht heller und auch nicht lichter. Höchstens für ein paar Wochen, in denen Katharina Grueber sich still und keineswegs mehr von irgendwelchen Wahnvorstellungen gequält in ihre neues Leben fand. Für ein paar Wochen, in denen Katharina zur Ruhe gekommen sein schien, weil sie nun genug zu essen bekam, ohne daß sie dafür wie blöd mit im Fegefeuer brennenden Seelen zucken mußte. Ein paar Wochen, in denen der Pfleger und sein Weib glaubten, es sei nun in der Tat alles ausgestanden. Doch dann brach der Wahn plötzlich auch in Pfatter los. Diesmal trug ihn jedoch kein Pfaffe in die Welt, sondern der Eisenamtmann Simon Hanndloß, dessen Aufgabe es eigentlich gewesen wäre, die mit Amberger Eisen beladenen Plätten zu besteuern, die auf der Donau vorbeitrieben. Statt dessen sorgte dieser Hanndloß dafür, daß Katharina Grueber und dann immer mehr Unschuldige in Eisen gelegt wurden.

Möglicherweise hatte alles mit einer unschuldigen, wenn auch fehlgeleiteten Brunft des Amtmannes auf das zwölfjährige Fleisch der Grueberdirn begonnen. Möglicherweise hatte er sich ihr geil nähern wollen, und sie hatte ihn abgewiesen. Möglicherweise hatte das Mädchen keinen anderen Ausweg gesehen, als den alten Lüstling mit ihren angeblichen Hexenkünsten zu verprellen. Eingeredet hatte man ihr den Wahn schließlich lange genug. Tatsache war jedenfalls, daß Simon Hanndloß im Mai, im Marienmonat, jenes Jahres 1689 schwer schnaufend beim Pfleger von Pfatter auftauchte und dessen zwölfjährige Küchendirn des Bundes mit dem Teufel anklagte.

Widerwillig hörte sich Kaspar Michel den Sermon an, den der Eisenamtmann speichelnd von sich gab: Daß die Katharina Grueber ihm selbst eingestanden habe, sie sei eine Hexe und stamme aus einer Hexenfamilie. Daß sie im vergangenen Jahr als Kindsmagd bei einem Bauern in Burgweinting gedient habe und ihr dort der Leibhaftige persönlich erschienen sei. Daß der Teufel wie eine Katze ausgesehen und sie zwanzigmal gemaulschellt habe. Daß ein anderes Mal der Leibhaftige sie nach Hause begleitet habe, diesmal in Gestalt eines Menschen. Daß er einen roten Rock, ein rotes Leibchen und gelbe Strümpfe getragen habe.

Während der Pfleger hilflos starrte und seinen Ohren nicht traute, salbaderte der Hanndloß, der bei der angeblichen Hexe nicht Bock hatte sein dürfen, weiter: Daß die Katharina ihm gestanden habe, daß auch ihre Mutter und deren Nachbarin, eine gewisse Weinzierlin, mit dem Gottesfeind im Bunde seien. Daß die Vetteln jeweils in den Montag-, Freitag- und Samstagnächten auf Heugabeln ausgefahren seien und dabei die anderen im Dorf um Butter, Schmalz und Milch gebracht hätten. Daß die beiden sich auch mit der Hexensalbe eingeschmiert hätten und deswegen Meisterinnen im Besenreiten gewesen seien[119)].

Nachdem der Eisenamtmann dies alles haßerfüllt hervorgesprudelt hatte, weigerte sich Kaspar Michel lange, die abscheulichen Aussagen zu Protokoll zu nehmen. Die verleumderischen Phantastereien des anderen wollten ihm ums Verrecken nicht in den Kopf. Zuletzt jedoch drohte Simon Hanndloß damit, auch gegen den Pfleger selbst vorzugehen, wenn dieser ihm in dieser Sache nicht willfährig sei. Auch Kaspar Michel müsse dann damit rechnen, vor einem Hexentribunal peinlich befragt zu werden, weil er ganz offensichtlich dem verruchten Treiben der Teufelsbuhlinnen habe Vorschub leisten wollen. So blieb dem Pfleger von Pfatter, der als Aufgeklärter in einer immer noch dunklen Zeit leben mußte, nichts anderes übrig, als dem Hanndloß den mörderischen Gefallen zu tun. Eine Feder kratzte über rauhes Pergament und legte schwarz auf weiß nieder, was der Eisenamtmann so gerne in die Krallen der Inquisition geben wollte. Zuletzt verabschiedete sich der zurückgewiesene Bock grinsend und mehrfach das Kreuzzeichen schlagend. Dem Pfleger von Pfatter blieb nichts anderes übrig, als das abscheuliche Protokoll an den kurfürstlichen Hof in München weiterzuleiten, sollte es ihm nicht ebenso ergehen wie denen, die er damit gegen sein besseres Wissen und auf das Geifern des Hanndloß hin denunziert hatte.

In Geisling konnte damit der Wahnsinn vollends losbrechen.

Schon wenig später setzte sich das Räderwerk der katholischen Inquisition in Bewegung. Die zwölfjährige Katharina Grueber, ihre Eltern, ihr Bruder Balthasar, dazu die bucklige Eckhin, wurden festgesetzt und in die Kerker des Straubinger Schlosses verschleppt, wo ein Vierteljahrtausend zuvor schon eine andere gequält worden war: die ebenfalls unschuldige Agnes Bernauer. Ebenso kam die erst fünfzehnjährige Bauerntochter Christine

Weinzierl ins Verlies; als der Prozeß dann erst einmal angelaufen war, auch deren Vater, dazu noch Benedikt Eckher, der Gatte der Buckligen.

Ihnen gegnüber stand eine furchtbare Corona von kirchlichen und weltlichen Anklägern. Die Leitung des Inquisitionstribunals lag in den Händen des Straubinger Jesuiten Georg Straßmair. Ihm zur Unterstützung ritt mit harten Augen aus Regensburg der Kapuziner Konrad von Monhaim an. Den Kurfürsten vertrat Wolf Hainrich Notthafft, Graf und Herr von Wernberg, dazu Vizedom. Dem zur Seite standen wiederum die edlen Herren von Scherer und Edlmar. Ins Tribunal gezwungen hatten die Mönche und die Edelleute auch Kaspar Michel, den Pfleger von Pfatter, dem sein Amt einmal mehr keinen Ausweg aus der verfluchten Situation gelassen hatte. Noch im Sommer dieses Jahres 1689 begannen in Straubing die Verhöre, die abscheulichen Folterungen.

Wenn ihre Knochen nicht auf der Streckbank krachten, wenn ihnen die Reckgalgen nicht die Schultergelenke ausrenkten, wenn ihnen der Spanische Esel nicht die Genitalien zerquetschte, wenn ihnen unter den Eisenschrauben das Blut nicht aus den Daumenkuppen spritzte, faulten, froren und eiterten die bedauernswerten Opfer des christlichen Wahns in den tiefen und rattenverseuchten Kerkern der Straubinger Fronfeste. Unter der teuflischen Anleitung des Jesuiten Straßmair zerbrach man die Kinder, die Erwachsenen körperlich und seelisch. Ebenso wie ihre Mitgefangenen vertierte auch Katharina Grueber. Trotzdem bestätigte das Mädchen lange nicht, was das von Simon Hanndloß veranlaßte Protokoll ihr vorwarf. Erst als man sie schärfer folterte und ihr dabei vorhielt, was der Pfleger von Pfatter widerwillig gekritzelt hatte, begann Katharina zu gestehen. Gestand alles, was die wölfischen Diener der Kirche und des Kurfürsten von ihr zu hören begehrten, gestand zuletzt mehr, als selbst in dem verfluchten Protokoll stand.

Der Straßmair, der Monhaim pflügten den stets griffbereit liegenden "Hexenhammer"[120] geil von vorne bis hinten durch. Alle Abscheulichkeiten, die pfäffische Gehirne sich in Jahrhunderten auszudenken vermocht hatten, wurden der Zwölfjährigen unter die Nase gerieben. Und Katharina, kreischend vor Schmerz, vor Angst, sich windend im Wahnsinn, der ihr durch die Folterungen aufgezwungen worden war, gestand, gestand, gestand...

Wie fast alle vor ihr, die in die mörderischen Klauen der Inquisition geraten waren, gab sie selbst die abstrusesten Verbrechen zu. Kreischte, wimmerte, heulte sich dabei nicht nur selbst dem Todesurteil, dem Brandpfahl entgegen, sondern riß auch die anderen mit, den Bruder, die Eltern, die beiden Eckher, die beiden Weinzierl. Belastete sie in ihrer unsagbaren Pein aufs schwerste zwischen den Ohnmachten, in welche die Folter sie schleuderte. Und die Inquisitoren, der geifernde Jesuit von Tag zu Tag blutgieriger, spannen ihr Kreuzspinnennetz weiter. Es genügte ihnen nicht, daß ein zwölfjähriges Mädchen die anderen belastete. Sie folterten wie irrsinnig weiter, um die abstrusen Bestätigungen der abstrusen Anklagen auch aus den Mündern von Katharinas Verwandten, ihren Nachbarn zu hören. Auf diese Weise brachten sie es fertig, daß sich ihre Opfer gegenseitig immer tiefer in den Abgrund rissen. Nicht nur das Jahr 1689, sondern auch noch das folgende gingen darüber hin. Dann, im Sommer 1690, hatten sich Katharina und die anderen dermaßen im Spinnennetz der Inquisition verheddert, daß die Urteile gegen sie, die von Anfang an feststanden, zu Papier gebracht werden konnten. Jetzt hing ein fürchterlicher Tod über den Köpfen der acht Menschen aus Geisling, auch über denen der Mädchen.

Trotzdem quälte die Kreuzspinne die acht Opfer, die ihr ins Netz gegangen waren, weiter. Die Jesuiten, die Kapuziner fielen jetzt scharenweise in die Kerker des Straubinger Schlosses ein. Es galt den Sieg der Kirche über das vermeintlich Böse bis zur Neige auszukosten. Daß die acht Gebrochenen ihr Leben verlieren sollten, genügte den Klerikern nicht. Katharina und die anderen sollten es noch dazu freudig hingeben und den Mördern dafür auch noch dankbar sein.

Die Jesuiten, die Kapuziner betrieben ihre ungeheuerliche Gehirnwäsche bis in den Januar des Jahres 1692 hinein. Als sie dann endlich von ihren Opfern abließen, blieben leere Schalen in den Kerkern zurück. Katharina Gruber und die anderen, denen die religiösen Fanatiker nun auch den letzten Funken Verstand geraubt hatten, hatten ihre Mörder zuletzt sogar noch um den eigenen Tod gebeten. Sie hatten, weil man ihren Geist vollständig gebrochen hatte, scheinbar eingesehen, daß ihre Seelenrettung allein in den Flammen der Scheiterhaufen liegen könne. Nachdem sie sich zweieinhalb Jahre lang in den Klauen der Inquisition befunden hatten, waren sie dermaßen katholisch geworden, daß sie sich nach dem eigenen Untergang sehnten. Die Jesuiten, die Kapuziner hatten ihr Werk vollbracht und konnten sich frohen Herzens aus den Verliesen zurückziehen. Die Todgeweihten glaubten jetzt an ihre Erlösung durch das Feuer und sehnten sich brünstig danach[121)].

Im Januar des Jahres 1692 karrte man sie auf den Richtplatz von Haidau zwischen Straubing und Regensburg. Da sie ihre niemals begangenen Untaten zuvor so inbrünstig gebeichtet hatten, zeigte sich ihnen gegenüber nun auch die Kirche gnädig. Man köpfte oder erwürgte sie, ehe die Henker ihre Fackeln in die Scheiterhaufen stießen.

Konrad von Monhaim konnte am 27. Januar des Jahres 1692 einen vor Genugtuung triefenden Brief an seine Ordensoberen absenden, in dem unter anderem die folgenden Sätze standen: "Es verdient auch gesagt zu werden, daß der junge Balthasar (Grueber) an seinem Hinrichtungstag keineswegs dazu gebracht werden konnte, auch nur ein wenig Speise oder Trank zu sich zu nehmen. Er sagte, er wolle, um einen glücklichen Tod zu erleiden, nüchtern bleiben und das heilige Mahl im Himmel abwarten. Daraufhin wurden er und seine Schwester Katharina bei der Ortschaft Haidau geköpft, was aber nicht sehr glücklich vonstatten ging. Denn es brauchte drei Schläge, um das Haupt des Mädchens, zwei, um das Haupt des Jünglings vom Körper zu trennen. Umso mehr darf man hoffen, daß ihre Seelen dafür schneller zum Himmel emporgestiegen sind."

Kaspar Michel, der Pfleger von Pfatter, war gezwungen gewesen, an der Hinrichtung der Unschuldigen teilzunehmen. Nachdem die Delinquenten zu stinkenden, schwarzen Klumpen verkohlt waren, ritt er verstört zurück in seine Pflegschaft. Während der folgenden Jahre schrieb er mehrere Eingaben an den Kurfürsten in München, in denen er den Herrscher bat, dem Unwesen der Hexenprozesse wenigstens in Bayern ein Ende zu setzen. Der Pfleger von Pfatter erreichte jedoch nichts. Die Hexenverfolgungen in der Straubinger Gegend gingen noch zwei Generationen lang, bis zum Jahr 1750, weiter. Auch anderswo im Land konnte der Wahnsinn der Kirche noch lange nicht gebrochen werden.

So ist es verständlich, daß Kaspar Michel, der schon gegen Ende des siebzehnten Jahrhunderts ein Aufgeklärter hatte sein wollen,

der jedoch sein besseres Wissen nicht hatte verbreiten können, zuletzt als Säufer verkam.
In den ersten Jahren des neuen Jahrhunderts hockte er, in seiner Ehe längst unglücklich geworden, einmal in einem Wirtshaus irgendwo im Gäu. Wie üblich hatte er schwer geladen, versuchte sich trotzdem im Tarock. Ein Bauer aus der Kötztinger Gegend, der hier unten an der Donau ein paar Stück Vieh verhandelt hatte, leerte dem Pfleger von Pfatter das Säckel restlos. Zuletzt warf Kaspar Michel eine kleine, seltsame Münze auf den Wirtshaustisch, eine Münze aus Gold, die auf der einen Seite einen Adlerkopf zeigte. Lallend forderte er den Kötztinger zu einem neuen Spiel heraus und verlor dabei auch noch das Rgenbogenschüsselchen. Während der Pfleger von Pfatter danach seinen Rausch irgendwo am Wegrain ausschlief, wanderte das uralte Kleinod im Sack des Bauern nach Norden, in den Bayerischen Wald hinein.

Der Räuber vom Kaitersberg
(Napoleonische Zeit bis Sommer 1854)

Mit dem Jahr 1789 war die Aufklärung in Frankreich auch zu politischem Triumph gekommen und strahlte während der folgenden Jahrzehnte auch nach Bayern hinein aus. Das Schwert, das vor der Bastille geschliffen worden war, erwies sich freilich alsbald als ein zweischneidiges. Zwar hatte man eine verkommene Adelskaste glücklich schafottiert und auch einen bis dahin allmächtigen Klerus gehörig zu stutzen gewußt, doch aus der Revolution heraus kristallisierte sich zuletzt nicht die reine Volksherrschaft, sondern einer namens Napoleon, der großartig begonnen hatte und kläglich endete, weil er die Macht, die ihm das Volk gegeben hatte, nicht besser zu nutzen gewußt hatte, als sie unter einer Kaiserkrone verkommen zu lassen.

Immerhin pflügte dieser Kaiser Europa bis in seine Grundfesten um. Die alten Throne in Wien, Petersburg, Potsdam begannen zu wanken. In Bayern kam ein Graf Montgelas ins Amt, der die Kirche als solche und besonders die Klöster kräftig rupfte oder sie sogar ganz auflöste.

Das neugeschaffene Königreich befreite sich dadurch von einem immensen Klotz am Bein, sowohl im volkswirtschaftlichen als auch im geistigen Sinn. Endlich war die Allmacht der Kirche, die Bayern seit einem vollen Jahrtausend gequält hatte, gebrochen. Die Aufklärung konnte auch an Isar und Donau Einzug halten. Die Menschenachtung kam ungleich stärker zum Zug als unter dem tausendjährigen, vorangegangenen Diktat der Kleriker: Anselm Feuerbach war der Vater eines neuen Strafgesetzbuches, das die Anzahl der todeswürdigen Verbrechen wenigstens auf elf reduzierte. Verstümmelungen und Folterungen, durch die das Recht tausend Jahre verhunzt worden war, wurden vom neuen Recht nicht mehr geduldet. Auch der kirchlichen Inquisition war damit endlich der Stachel gezogen worden.

Wenn auch noch rudimentär, begannen sich auch in Bayern allmählich die Menschenrechte durchzusetzen. Doch noch ehe das neue Strafrecht in Kraft trat, blitzte bereis die andere, die verderbliche Klingenseite des napoleonischen Schwertes auch über Bayern hin. Kaum hatte der Wittelsbacher Maximilian Joseph I. dank der Unterstützung des Korsen die Königskrone errungen, riß der

Kaiser den König mit sich in den unheilvollen Krieg gegen Rußland.

Mehr als dreißigtausend bayerische Soldaten, von den Generälen Wrede und Deroy angeführt, überschritten im Sommer des Jahres 1812 den Njemen und führten dabei mehr als siebentausend Pferde sowie sechsundsechzig Kanonen mit sich. Insgesamt kommandierte der Korse beinahe eine halbe Million Mann. Diese Große Armee stieß bis Moskau vor, konnte jedoch die Truppen des Zaren dort nicht stellen. Vielmehr fand Napoleon nichts als eine riesige brennende Stadt vor, als er mit dem Wintereinbruch in Moskau einrücken wollte. Der Zar hatte der Großen Armee die Quartiere über den Köpfen weglodern lassen, ehe er sich mit seinen eigenen Truppen in die unauslotbaren Weiten seines Reiches zurückgezogen hatte. Und mit diesem Brand Moskaus wurde der Anfang vom Ende der Napoleonischen Ära eingeläutet.

Der Korse floh, in dicke Pelze gemummt, über die Beresina zurück. Seiner Armee, auch den Bayern, die in Moskau kein Winterquartier gefunden hatte, und die deshalb ebenfalls den Rückzug hatte antreten müssen, saßen jetzt die Kosaken im Genick. Aus dem Schneetreiben, aus den frostverkrusteten Wäldern heraus schlugen sie jetzt unerbittlich zu. In den kälteklirrenden Steppen verging die Große Armee. Auch die Bayern verreckten reihenweise. Von den ursprünglich mehr als dreißigtausend Soldaten kehrten zuletzt kaum dreitausend Mann in ihre Heimat zurück.

Einer von ihnen schleppte sich im späten April des Jahres 1813, von Läusen zerfressen und an einer schlecht ausgeheilten Schulterwunde laborierend, ein Stück hinter Kötzting den letzten Hang hinauf, der ihn nach der langen Flucht aus Rußland jetzt noch von seinem Elternhaus trennte. Auf dem Hofplatz brach der kaum Zwanzigjährige zusammen. Es war bereits Abend, deswegen dauerte es lange, bis ein Knecht den völlig erschöpften Heimkehrer fand. Der Knecht rief den Bauern, der entsetzt und erfreut zugleich seinen einzigen Sohn erkannte. Gemeinsam trugen sie ihn in die Stube. Die Mutter warf sich heulend über den abgerissenen Sohn, dann begann sie ihn zu waschen wie ein Kind. Nachdem er später auch gegessen hatte, wirkte der Heimkehrer allmählich wieder wie ein Mensch.

Er tappte durch die Stube und begann in den läusezerfressenen Uniformteilen zu suchen, die seine Mutter ihm vom ausgemergelten Leib gezogen hatte, ehe sie ihm seine alten Bauernkleider gegeben hatte. Der Heimkehrer fand seinen Tabaksbeutel und legte ihn vorsichtig auf den Tisch.

"Leer", sagte der Vater verständnisvoll. "Warte..."

Doch der Heimkehrer schüttelte den Kopf. Er wollte nicht rauchen. Trotzdem gruben seine Finger im faltigen Leder — und zuletzt förderte er zittrig das Regenbogenschüsselchen zutage, das einer seiner Vorfahren vor rund einem Jahrhundert dem versoffenen Pfleger von Pfatter beim Kartenspiel abgewonnen hatte, draußen im Gäu. Seitdem hatte sich die uralte Münze in der Familie der Kötztinger Bauern von Generation zu Generation vererbt, und im Jahr 1812 hatte sie der Junge als Talisman im Tabaksbeutel mit auf den Feldzug nach Rußland genommen. Jetzt rollte er das Regenbogenschüsselchen mit unbeholfenen Fingern auf der rauhen Tischplatte und flüsterte nach einer Weile: "Ich hab' mir immer wieder gesagt, daß ich sie heimbringen muß, die kleine Goldmünze. Daß ich sie heimbringen muß für meinen Sohn. Damit das Leben auf dem Hof weitergehen kann. Deswegen bin ich wohl durchgekommen, wo die anderen zu Tausenden verreckt sind. Weil ich die Münze hatte..."

Der Vater, die Mutter nickten, mit Tränen in den Augen. Im flackernden Licht der Kienfackeln, welche die Stube des Hofes erleuchteten, des Hinterbühler Hofes bei Kötzting, glänzte geheimnisvoll das Regenbogenschüsselchen.

Der Hof und seine Menschen erlebten während der folgenden vierzig Jahre mit, wie das Land verarmte. Wie es herunterkam, weil die Großen vom Krieg immer noch nicht lassen wollten und dann, als die Kriege endlich doch zu einem Ende gekommen waren, das Bauernland und seine Menschen mit neuen Steuern und Abgaben quälten. Zudem verdarben im Sommer des Jahres 1816 schier endlose Regenfälle die Ernte, so daß es im folgenden Winter auf 1817 zu einer Hungersnot kam, welche den Menschen in Bayern die Bäuche qualvoll blähte. Auch noch während der nächsten Jahre blieben die Getreidepreise hoch, während sich das Königreich Bayern um die neuen fränkischen Gebiete erweiterte. Der Wiener Kongreß und später Metternich trugen dem König in München nicht nach, daß er es bis zum Oktober 1813 mit den Franzosen gehalten hatte. Der Wittelsbacher hatte die Fronten immerhin noch rechtzeitig gewechselt. Als der Korse im Jahr 1821 kläglich vereinsamt auf der Insel St. Helena starb, stieg München, anstelle des alten Freising, zur Bischofsstadt auf. Der mutige Montgelas war bereits im Februar 1817 gestürzt worden. In Landshut wetterte nun der Theologe Johann Michael Sailer im vermufften Talar gegen alles, was Aufklärung geheißen hatte. Mit dem Korsen waren scheinbar in Bayern auch die großen Ideen des achtzehnten Jahrhunderts untergegangen. Der Klerus machte sich wiederum breit, während das Bürgertum in biedermeierliche Behäbigkeit verfiel. Auf dem flachen Land jedoch, hinten im Wald, weitab vom Münchner und Landshuter wiederentstandenen Wohlleben, ging es weder biedermeierlich noch behäbig zu.

Während von München aus eine erste Industriealisierung Bayerns betrieben wurde, hungerten im Waldgebirge die Bauern, mehr als diese noch die Häusler. In einer dieser armseligen Katen, in Beckendorf in der Nähe von Kötzting, war im Jahr 1816 ein Bub geboren worden; der Dorfpfarrer hatte ihn — mürrisch, weil von solcher Brut kein großer Lohn zu erwarten war — auf den Namen Michael getauft. Michael Heigl. Der vor Hunger krähende Säugling aus der Beckendorfer Hütte sollte im Verlauf der kommenden Generation eine wilde und rebellische Spur durch den Bayerischen Wald und den Gäuboden ziehen[122)].

Zusammen mit fünf Geschwistern wuchs Michael Heigl in der armen Beckendorfer Kate auf. Das Elternhaus konnte der wuselnden Schar nicht mehr bieten als eine Stube, eine Kammer und unter dem gleichen Dach einen stinkenden Geißenstall, in dem zwei oder drei Tiere mehr schlecht als recht Milch gaben.

Noch halbwüchsig, kam Michael Heigl als Hüterbub zu einem Bauern in Ramsried, nördlich von Kötzting. Auf dem dortigen Hof ging es kaum weniger ärmlich zu als in der Kate von Beckendorf. Dank der Münchner Politik hatten auch die Bauersleute wenig zu beißen. Der Ramsrieder behalf sich, indem er sich zuzeiten das Gesicht einschwärzte, seinen vorsintflutlichen Vorderlader aus der Truhe holte und in den umliegenden Wäldern wilderte. In seinen Fußstapfen schlich bald auch Michael Heigl dahin. Der Bauer und sein Hüterbub scherten sich einen Dreck um die Verbote der Gewappelten, der jagdberechtigten Adligen und Kirchenmänner, sondern knallten ab, was ihnen vor die Flinte geriet. Wenigstens ab und zu konnten sich die Ramsrieder auf diese Weise den Bauch vollschlagen. Dann jedoch flog die Wilddieberei auf, und der Ramsrieder wurde, weil er die Seinen nicht hatte hungern lassen wollen, für volle zwei Jahre ins Amberger Zuchthaus verschleppt. Der Hüterbub selbst kam noch einmal ungeschoren davon. Doch er mußte den Ramsrieder Hof verlassen und geriet im folgenden Jahr als Lehrjunge zu einem Schlosser nach Furth im Wald.

Dort zwiebelten ihn der Meister und die Meisterin. Ließen ihn schuften, hungern und den Werkstattboden bürsten. Als Lohn hatte Michael Heigl nichts als das dürftige Recht auf seine Wassersuppe und seinen buckligen Strohsack. Als er einen Truhenschlüssel für den Further Pfarrhof nachfeilen mußte, kam er in Versuchung. Der Halbwüchsige feilte den Truhenschlüssel so gut, daß er wie Butter ins Schloß fuhr. Freilich geschah dies nicht unter den Augen des Pfarrers, sondern klammheimlich in der Nacht — und danach verschwand der junge Heigl mit einem Sack voller Münzen im Wald. Man schrieb jetzt das Jahr 1833, und nun begannen sich die Legenden um den Bayerwaldräuber zu bilden.

Michael Heigl, dem das Leben keine andere Chance hatte lassen wollen, als demütig und mit klammem Wanst zu hungern, half sich, seit er den Further Pfarrer gerupft hatte, selbst. Auf den verschwiegenen Waldwegen säckelte er die Viehhändler und solche Bauern aus, denen es besser ging als seinem einstigen Lehrmeister und Freund auf Ramsried. Nachdem er in den Waldschluchten erst einmal Blut gerochen hatte, begann er in den Donaugäu hinauszuwittern.

Aus dem Lößland heraus wuchs ihm alsbald noch fettere Beute zu als aus der steinigen Walderde. Doch alsbald standen auch die Gendarmen, die Büttel der Großen, gegen ihn auf. Schon vor Jahren hatte Michael Heigl hoch oben am Kaitersberg bei Kötzting eine verschwiegene Höhle entdeckt. Dort hinein flüchtete er sich jetzt immer wieder wie ein Fuchs, wenn die Uniformen ihm zu hart auf den Fersen waren. Den Steilhang hinauf, in die Wildnis aus Granitblöcken und Urwald, wagte sich keiner seiner Verfolger. Aber die kleinen Bauern aus der Umgebung, auch die Häusler, brachten ihm Brot, denn sie hegten gegen den Räuber Heigl keinen Groll. Er tat nichts anderes als das, was sie sich insgeheim selbst wünschten: Er zeigte den Fetten, daß es immer noch eine ausgleichende Gerechtigkeit gab, auch wenn sie im zerlumpten Gewand einherschleichen mußte.

Als der Druck der Gendarmen trotzdem zu stark wurde, setzte sich der Räuber Heigl kurzerhand nach Ungarn ab. Nachdem zuhause scheinbar Gras über seine Taten gewachsen war, kehrte er friedlicher zurück als er gegangen war. Im ungarischen Tiefland hatte er sich einiges ersparen können. Jetzt zog er mit einem Waglhund durchs Waldgebirge und verhökerte vom zweirädrigen Karren herunter Geschirr; billige Ware für die Bauern, denen es jetzt ein wenig besser ging, die aber trotzdem noch immer aus roh gebrannten Tonschüsseln löffeln mußten.

Möglicherweise hätte Michael Heigl sein Leben als friedlicher Kleinhändler beendet, wenn die Obrigkeit nicht erneut nach ihm gebissen hätte. Von seinen früheren Taten war ihm, nach so langer Zeit, nichts mehr nachzuweisen. Doch nachweisen konnte ein mißgünstiger Gendarm dem Michael Heigl, daß er seine Häfen ohne behördlichen Gewerbeschein an den Mann gebracht hatte. Man nahm ihm den Karren, den Waglhund und seine armseligen Vorräte weg und sperrte ihn in Kötzting in eine Gefängniszelle.

Ein paar Wochen später kam es zur Gerichtsverhandlung. Michael Heigl wartete jedoch nicht ab, was die Juristen über ihn beschließen würden. Während sie heftig über seinen Fall debattierten, sich immer mehr ereiferten und zuletzt deswegen kein Auge mehr auf ihn hatten, verdrückte sich der Heigl klammheimlich unter Zurücklassung seines Hutes und seiner Gefängnispantoffeln, die ihm im wilden Wald sowieso eher hinderlich gewesen wären. Barfluß floh er hinauf auf den Kaitersberg, verkroch sich dort in der altbekannten Höhle und scherte sich den Winter über einen Dreck um die Obrigkeit im Tal. Die erste Zeit brachten ihn die Bauern heimlich durch, die seit seiner Kötztinger Gerichtsverhandlung noch größere Stücke auf ihn hielten. Später dann ernährte sich Michael Heigl wieder selbst. Wieder säckelte er die Protzigen aus; damit er's dabei leichter hatte, besorgte er sich aus einem Gendarmerieposten ein paar großkalibrige Büchsen. Die Staatsgewalt legte daraufhin Militär in die Kötztinger Gegend hinein. Jetzt ging's für den Räuber Heigl um Leben und Tod.

Wenn er sich in seiner Höhle auf dem Kaitersberg nicht mehr sicher fühlen konnte, weil die Uniformierten zu nahe heranstreiften, verdrückte er sich quer durch ihre Linien und suchte Unterschlupf bei dem einen oder anderen Bauern. Im Herbst des Jahres 1852 tauchte er nächtens auf dem Hinterbühler Hof auf, auf den neununddreißig Jahre zuvor der Rußlandheimkehrer getaumelt war. Die Eltern des ehemaligen Soldaten der Großen Armee waren längst verstorben; ihr Sohn, der niemals geheiratet hatte und früh gealtert war, bewirtschaftete den Hinterbühl seit vielen Jahren mit Hilfe eines Knechts und einer Magd allein. Als Michael Heigl sich in die Stube drückte und um Brot sowie eine Strohschütte bat, zeigte sich der alte Hinterbühler nicht sonderlich überrascht. "Hab's schon gehört, daß du wieder in der Gegend bist, Michl", murmelte er. "Die Bauern wissen immer, wo du dich herumtreibst, bloß die Gendarmen nicht, und das ist auch gut so." Er holte Brot und eine Flasche Selbstgebrannten aus dem Wandschrank. Stellte beides vor den mager gewordenen Räuber hin und nickte, als Michael Heigl dankbar sagte: "Vergelt's Gott!", um danach hastig zuzugreifen.

Als der nächtliche Gast gesättigt war, schenkte sich auch der Hinterbühler einen Stamper Schnaps ein und stieß ruppig mit dem Heigl an. "Es liegen jetzt Dutzende von Soldaten in der Gegend", sagte er. "Dutzende von Jägern sind's die jetzt auf einen Hasen wie dich kommen!"

"Und trotzdem werden sie mich nicht vor die Flinte kriegen", erwiderte Michael Heigl, den der Schnaps schon wieder übermütig gemacht hatte. "Den Stadtfräcken schlage ich noch allemal ein Schnippchen!"

"Ja, solange die Bauern und die Häusselleut' dichthalten und keiner dich verrät", versetzte der Hinterbühler. "Aber was ist's, wenn einen die Belohnung lockt, die sie jetzt auf deinen Kopf ausgesetzt haben?"

Der Heigl senkte den struppigen Schädel. Er wußte um die Armut der Menschen im Wald, wußte, wie verlockend für einen Hungrigen ein paar Goldmünzen waren. "Du hast schon recht, Bauer", murmelte er.

Der Alte stand auf, tappte zum Wandschrank, suchte lange darin herum. Mit einem zerschlissenen Lederbeutel in der Hand kehrte er schließlich zum Tisch zurück, wo Michael Heigl sich inzwischen wieder eingeschenkt hatte. Erstaunt sah der Räuber vom Kaitersberg, wie der Alte einen seltsamen kleinen Gegenstand aus den Falten des Tabakbeutels nestelte und ihn vorsichtig auf den Bohlentisch legte. Das Regenbogenschüsselchen schimmerte im

Licht der Petroleumlampe, die der Bauer vor einigen Jahren auf den Hof gebracht hatte.

"Das da hat mich in Rußland davor bewahrt, daß ich in Eis und Schnee verreckt bin wie ein Hund", flüsterte der Hinterbühler und rieb mit horniger Fingerkuppe über die uralte Münze. "Auf dem Vormarsch bis Moskau hab' ich das Regenbogenschüsselchen im Tabaksbeutel mitgetragen — und bis Moskau hatten wir noch Tabak. Und dann hat's mich auf dem Rückzug begleitet, als uns die Kosaken im Genick saßen und uns abschossen wie die Hasen. Ich selbst hab' bloß eine abgeirrte Kugel in die Schulter bekommen, die mir ein Kamerad herausschnitt, ehe wir über die Beresina setzten, auf dem letzten morschen Kahn, der noch am diesseitigen Ufer lag. Und dann bin ich heim, schon längst ohne Tabak im Beutel, aber das Regenbogenschüsselchen hab' ich noch immer gehabt. — Ich schwör' dir, ich hätt's nicht geschafft, wenn ich nicht immer wieder daran gedacht hätte, daß ich die alte Münze zurück auf den Hinterbühl tragen müsse. Denn ich hab' sie ja einmal meinem Sohn vererben wollen..."

"Hast aber nie einen Sohn gehabt", unterbrach ihn der Heigl und musterte den Alten mitleidig.

"Weil ich kein ganzer Mann mehr gewesen bin, nach dem Kriegszug nach Rußland", versetzte der Hinterbühler bitter. "Weil ich keine Freude mehr am Leben haben konnte. Weil ich immer die vielen Kameraden vor mir gesehen habe, die auf den Schneesteppen verreckt sind. Deswegen hab' ich später auch kein Weib finden können. Weil die Großen, die verfluchten Generäle und Könige und Kaiser, aus mit einen Krüppel gemacht haben. Weil ich ein Sinnierer geworden bin und einer mit einem bitteren Herzen, vor dem die Weiber dann ein Leben lang erschrocken ausgerissen sind..."

Er trank, dann griff er wie in einem jähen Entschluß nach dem Regenbogenschüsselchen und reichte es dem Räuber vom Kaitersberg. "Nimm es", sagte der Alte. "Wenn ich es schon keinem Sohn geben kann, dann soll es wenigstens einer wie du bekommen! Einer, der den Großen und der Obrigkeit was scheißt. Einer, der endlich einmal den Schädel und die Büchse gegen sie erhoben hat. — Nimm das Regenbogenschüsselchen! Vielleicht kann es auch dein Leben retten, so wie es mir einmal das meinige bewahrt hat, auch wenn es dann nicht mehr sehr viel wert gewesen ist. —

Man sagt, daß ein Zauber an diesem alten Gold hängt. Vielleicht hilft er jetzt dir gegen die Gendarmen und die Soldaten, die dich hetzen. — Ich brauch's nicht mehr. Ich werd' keinen Sohn mehr haben, aber vielleicht du..."
"Vielleicht", erwiderte Michael Heigl und dachte dabei an das Hütstempendirndl[123)], mit dem er ein paarmal in einer verlassenen Köhlerhütte oder auf einem Heuboden Unterschlupf gesucht hatte. An die arme Magd, die aus einem Innsthäusl stammte, genau wie er. Deren Leib so warm war und weich und gut. "Vielleicht", wiederholte er und rieb mit der Daumenkuppe über den keltischen Adlerkopf. Dann steckte er das Regenbogenschüsselchen ein und setzte hinzu: "Vergelt's Gott für den Talismann, Hinterbühler! Kann ihn wahrhaft brauchen..."
Der Alte nickte, dann zeigte er dem Heigl die Strohschütte im Stall, auf der er schlafen sollte. Im Haus wagte der Hinterbühler seinen nächtlichen Gast nicht zu beherbergen. Eine mögliche Flucht von dort wäre schwieriger gewesen als vom Stall aus.

Am sechzehnten Juni des folgenden Jahres 1853 wanderte Michael Heigl in der Nähe von Hohenwarth aus dem Wald zum Regen hinunter, der sich hier krumm durch die Wiesen schlängelte. Der Räuber vom Kaitersberg hielt die Hand des Hütstempendirndls und scherzte leise mit ihr. Obwohl in der letzten Zeit noch mehr Militär in der Kötztinger Gegend zusammengezogen worden war, schien die Jagd auf den Heigl in der Sommerhitze so gut wie eingeschlafen zu sein. Das Regenbogenschüsselchen, das er seit dem Herbst des Vorjahres bei sich trug, schien ihn tatsächlich zu beschützen. Während der letzten Wochen hatte sich Michael Heigl öfter als sonst mit seiner Geliebten treffen können; jetzt waren sie unterwegs, um sich irgendwo auf den Regenwiesen einen Heuschober zu suchen und sich darin zu verkriechen.
Die beiden hatten nicht bemerkt, daß sich auf dem gegenüberliegenden Flußufer ein anderes Paar aufhielt. Doch jetzt flüsterte der junge Auhofbauer, Jagd- und Geldgier im Blick, seiner erschrokkenen Begleiterin zu: "Bleib du hier! Duck dich ins Gras! — Ich renn' hinüber nach Hohenwarth. Jetzt können die Soldaten den Heigl und seine Hur' fangen!"
Das Mädchen, das ein anständigeres Herz besaß, wollte ihn noch zurückhalten. Vergeblich. Durch die hereinbrechende Nacht wieselte der Auhoferbe davon. Ängstlich und entschlußlos glotzte

seine Begleiterin über den Regen hinüber, wo der Räuber vom Kaitersberg und das Hütstempendirndl inzwischen irgendwo im Heu verschwunden waren.

Es dauerte bis gegen vier Uhr morgens in dieser Nacht, bis das Militär, etwa vierhundert Mann stark, das gesamte Massiv des Kaitersberges umstellt hatte. Zusammen mit den Uniformierten waren mehrere Bauern angerückt; solche, denen die ausgesetzte Belohnung mehr wert war als ihr Anstand. Auch der junge Auhofer schlich mit ihnen, während sich seine Begleiterin längst verdrückt hatte.

Michael Heigl und das Hütstempendirndl, die im letzten Augenblick Lunte gerochen hatten, versuchten auf den Kaitersberg hinauf zu entkommen. Plötzlich schlug rauh ein Hund an; der Heigl und die Magd warfen sich hinter einen Schlehenbusch. Vor dem Gestrüpp standen, wie aus dem Nichts herausgewachsen, der Mühlbauer aus dem Weiler Haselstauden und der Voglbauer von Gotzendorf. In den klobigen Pratzen hielt der Mühlbauer eine Schrotflinte; als sich im Schlehenbusch etwas rührte, auch weil der Wolfshund wie verrückt dorthin drängte, drückte er ab. Der Schrotschuß fetzte Blätter und Zweige aus dem Schlehenbusch; den Heigl und seine Begleiterin jedoch hatten die Kugeln nicht getroffen, die flohen jetzt Hals über Kopf den Berghang hinauf. Ihnen nach hetzten der Mühlbauer, der Voglbauer und der Wolfshund. Von weiter unten her näherte sich ein ganzer Trupp Soldaten.

Dann sprang der Hund und riß den Heigl zu Boden. Der Räuber trat nach dem Vieh, feuerte gleichzeitig aus seiner Doppelbüchse, verfehlte den Hund jedoch. Der zweite Schuß indessen streifte den Mühlbauern an der Stirn. Gleichzeitig bekam der Voglbauer den Heigl zu fassen, schleuderte ihn zur Erde, warf sich über ihn. Einen Augenblick später waren auch die ersten Soldaten da; ein Kolbenschlag machte den Räuber vom Kaitersberg endgültig wehrlos. Andere Uniformierte überwältigten das Hütstempendirndl; der Kötztinger Bader verband bereits den nur leicht verwundeten Mühlbauern. Um die Gelenke des Michael Heigl schnappten die Handschellen zu. Ein Offizier leerte dem allmählich wieder zu sich Kommenden die Taschen. Michael Heigl trug dreizehn Gulden und vierzig Kreuzer bei sich, dazu das Regenbogenschüsselchen, das ihm im Herbst des Vorjahres der alte

Hinterbühler geschenkt hatte. Das uralte Kleinod hatte zuletzt den Räuber vom Kaitersberg nicht mehr beschützen können.
Michael Heigl und seine arme Geliebte wurden nach Hohenwarth geschleppt und dann weiter nach Kötzting gekarrt. Im folgenden Jahr standen die beiden vor Gericht in Straubing. Im Juni des Jahres 1854 wurde das Urteil gegen Michael Heigl gesprochen: Todesstrafe durch das Schwert.
König Maximilian II. begnadigte den Räuber vom Kaitersberg zu lebenslänglicher Kettenstrafe. In der Strafanstalt Au bei München vegetierte Michael Heigl wie ein Vieh dahin. Dann erwachte noch einmal der Rebell in ihm. Er prügelte sich mit einem Mitgefangenen, der ein noch krummerer Hund war als die Wärter. Der andere schlug ihm den Schädel ein. Danach wurde der Leichnam des Räubers vom Kaitersberg in die Münchner Anatomie gekarrt und dort ausgeschunden. Das Skelett des Michael Heigl stand dort, bis es im Jahr 1944, zusammen mit einem großen Teil der Anatomie, von amerikanischen Fliegerbomben zerpudert wurde.
Das Regenbogenschüsselchen, für das sich bei der Gerichtsverhandlung kein rechtmäßiger Eigentümer gefunden hatte und das auch von dem Hinterbühler Bauern nicht mehr zurückgefordert worden war, denn der Alte war inzwischen verstorben, geriet in königlichen Besitz. Es verschwand im Magazin eines Münchner Museums, in einem Tabakkistchen, in dem auch einige andere Fundstücke aus keltischer Zeit aufbewahrt wurden. Bald vergaß man das Kleinod und vergaß auch, daß es sich für kurze Zeit im Besitz des Bayerwaldräubers Michael Heigl befunden hatte.

Der übertölpelte König
(November 1870 bis Januar 1871)

Schräg einstreichender Regen prasselte gegen die bleigefaßten Fensterscheiben des Schlosses Hohenschwangau bei Füssen. König Luwig II. von Bayern, in seinem sechsundzwanzigsten Lebensjahr stehend, riß seinen schwermütigen Blick von den Wasserschlieren los, die die Landschaft draußen scheinbar weggewaschen und ertränkt hatten, und wandte seine Aufmerksamkeit mühsam wieder der kleinen keltischen Münze zu, die neben einigen anderen antiken Kleinodien vor ihm auf dem Mahagonitisch glänzte. Mit leicht zitternden Fingern griff der König nach dem Regenbogenschüsselchen, wendete es leicht, so daß das Licht auf dem eingeprägten Adlerkopf spielen konnte. Der Anblick ließ ihn seine fürchterlichen Zahnschmerzen für einen Augenblick vergessen. Ludwig vermochte sich wieder in die gelehrten Theorien über die Zusammenhänge zwischen der bayerischen und der griechischen Geschichte während der letzten vorchristlichen Jahrhunderte zu versenken.

Die Professoren behaupteten, daß es in jener Zeit in der Tat lebhafte Handelsverbindungen zwischen Mitteleuropa und dem östlichen Mittelmeerraum gegeben hatte. Kelten und Arkadier[124)]seien möglicherweise sogar miteinander verwandt und verbündet gewesen. Eine gemeinsame Zivilisation habe einstmals alles Land zwischen dem Peloponnes und den Alpen überspannt. Weinkrüge, Waffen, Schmuckstücke und Münzen seien zwischen den arkadischen und den keltischen Fürstenhöfen hin und her gewandert. Ludwig beäugte das Regenbogenschüsselchen schärfer. Der Adlerkopf, der nach Aussagen der Professoren wahrscheinlich an der bayerischen Donau geprägt worden war, erinnerte tatsächlich ein wenig an altgriechische Kunstwerke. Es ist eine gute Idee gewesen, die Museen in München nach derartigen Exponaten durchforsten zu lassen, dachte der König. Er erinnerte sich daran, daß die keltische Münze, die er in der Hand hielt, jahrelang in irgendeinem Magazin verschollen gewesen war, ehe sie auf seine Initiative hin wieder ans Tageslicht und nach Hohenschwangau gekommen war.

Wieder verfiel der König ins Träumen. Vielleicht sollte man einen eigenen Archäologenstab ins Leben rufen, der direkt unter meiner

Obhut weiterforscht, dachte er. Und dann, etwas zusammenhanglos: Die Münze jedenfalls ist wirklich schön! Schöner und reiner als die Realität, als der verfluchte Krieg, die verfluchten Preußen, der verfluchte Bismarck, der verfluchte Wilhelm in Potsdam, das verfluchte Sedan — auch wenn die Franzosen dort kapituliert haben...

Das Regenbogenschüsselchen fiel aus der Hand Ludwigs II. und blieb mit einem feinen Singen auf der Mahagoniplatte liegen. Der König beachtete die Münze nicht weiter. Schlagartig hatten seine Zahnschmerzen wieder eingesetzt, noch heftiger als zuvor. Es hatte den Anschein, als hätte die Erinnerung an den Krieg gegen Frankreich und die schändlichen Umtriebe in Preußen den Nerv des bayerischen Königs bis zur Weißglut gereizt. Ludwig griff nach einem Pokal mit schwerem Wein, stürzte den Inhalt mit einem beinahe süchtigen Zug hinunter und brüllte dann, während der Schmerz ein wenig abmattete, nach einem Lakaien.

Der Diener hetzte ins Tassozimmer[125)]. "Ist der pflichtvergessene Zahnarzt noch immer nicht eingetroffen?!" herrschte Ludwig ihn an. "Er müßte schon längst auf dem Schloß sein! Es ist nur ein Katzensprung von Füssen nach Hohenschwangau! Man hat die Kutsche doch schon vor Stunden losgeschickt!"

Der Lakai verneigte sich. "Der Medicus muß jeden Augenblick kommen", murmelte er. "Aber die Majestät sollten bis dahin vielleicht nicht so viel Wein..."

"Das ist meine Sache!" brüllte der König. "Wie sonst sollte ich diesen höllischen Zahnschmerz aushalten?!" Mit gedunsenem Gesicht tappte er zu einem der hohen Fenster. Starrte hinaus in den Regen. Verlangte, als sich im Park zehn Minuten lang nichts tat, nach mehr Wein. Der Lakai füllte schweigend den Pokal. Kaum hatte Ludwig II. auch diesen Becher geleert, drang Wagenrollen durch das Rauschen des Novemberregens. "Endlich!" fauchte der König. Sein ganzer Schädel war trotz des Weins durch die Schmerzen wie gerädert. Der Lakai rannte nach draußen, um den Arzt so schnell wie möglich nach oben zu begleiten.

Wenig später an diesem Novembertag des Jahres 1870 stülpte der Füssener Zahnarzt dem König von Bayern eine Mullmaske über Nase und Mund und tränkte das Tuch mit Chloroform. Er tat dies nicht ohne Bedenken, denn Ludwig von Bayern war keineswegs mehr nüchtern. Der Monarch hatte jedoch auf der Narkose be-

standen, und der Arzt hatte sich — wider besserer Einsicht — fügen müssen.
Süßlicher Geruch breitete sich im Raum aus, dann schlief Ludwig II., leicht grunzend und schnarchend, ein. Während die Lakaien ihm den Kopf hielten, extrahierte der Arzt ihm den vereiterten Molar. Danach ließ er den König zu Bett bringen und trug den Dienern auf, ihn nicht aus den Augen zu lassen, während er seinen Wein- und Chloroformrausch ausschlafe. Dies könne möglicherweise dreißig Stunden oder mehr dauern, setzte der Arzt noch hinzu, ehe er wieder die Kutsche bestieg, die ihn zurück nach Füssen bringen sollte. Dann rollte das Gefährt durch den nach wie vor rauschenden Regen davon.
Während der König schwer und betäubt schlief, näherte sich eine andere Kutsche von Osten, von München her dem Allgäu. Die vier Rösser neben der versilberten Deichsel jagten mit voller Kraft dahin. Der Aufbau der Equipage war dick mit Kot bespritzt. Das Wappen am Schlag war dadurch unkenntlich geworden. Doch dies war dem Oberststallmeister des bayerischen Königs, dem Grafen Holnstein, zumindest im Augenblick völlig gleichgültig. Für ihn zählte einzig und allein, daß er die Botschaft Bismarcks so schnell wie möglich von Versailles nach Hohenschwangau bringen konnte.
Während die Kutsche durch das Allgäu rumpelte, erinnerte sich der Oberststallmeister genüßlich der Ereignisse der letzten Monate. Als im Juli dieses Jahres 1870 der deutsch-französische Krieg ausgebrochen war, waren die süddeutschen und die norddeutschen Armeen Schulter an Schulter nach Westen marschiert, ganz anders als noch im Jahr 1866, als sie sich als Feinde gegenübergestanden hatten. Doch mit dem Sieg von 1866 hatte Preußen die Vorherrschaft im Deutschen Bund errungen und hatte nun, vier Jahre später, die gesamte deutsche Bundesmacht faktisch unter seinem Kommando aufbieten können. Napoleon III. war der Feind und das hatte die alten Gegensätze zwischen Norddeutschen und Süddeutschen verwischt — glücklicherweise, wie der Oberststallmeister von Bayern sich während der letzten Monate, immer deutschnationaler denkend, gesagt hatte.
Die vereinigten Armeen hatten die Truppen Napoleons III., der nicht ein Drittel des Feldherrngenies seines großen Vorgängers besaß, rasch in die Defensive gedrängt. Am zweiten September

hatte die französische Hauptarmee unter dem Kommando MacMahons bei Sedan kapitulieren müssen. Während auf dem Schlachtfeld die französischen und deutschen Verwundeten mit Kugeln und Splittern in den Bäuchen, den Lungen, den Gliedmaßen, den Schädeln wie die Tiere brüllten und oft genug um die erlösende Kugel flehten, hatte sich Napoleon III. unverletzt in Gefangenschaft verfügt. Zwei Tage später war in Paris die Dritte Republik ausgerufen worden. Militärische Aushebungen an der Loire und an der Saône hatten zwar noch einmal Entsatzheere für die Hauptstadt auf die Beine stellen können, doch auch dies hatte nichts mehr genützt, denn wenig später war auch die französische Hauptstadt in die Hände der Deutschen gefallen. Im Schloß von Versailles hatten die deutschen Fürsten damit beginnen können, um eine neu zu schaffende deutsche Kaiserkrone zu kungeln. Wie ein Marionettenspieler hielt Bismarck seither die Fäden in den Händen und ließ die gekrönten Häupter, allen voran den eher unwilligen Wilhelm von Preußen, tanzen. Allein Ludwig von Bayern zappelte bislang noch nicht im Griff des späteren Reichskanzlers. Der Wittelsbacher hatte sich strikt geweigert, nach Versailles zu reisen und an dem allgemeinen Kuhhandel teilzunehmen.

Doch gerade ohne ihn, den Träumer, geht es nicht, dachte Graf Holnstein, während seine Equipage sich schmutzverkrustet Hohenschwangau näherte. Er ist der mächtigste Fürst nach Wilhelm von Preußen und muß ihm deswegen die Kaiserkrone antragen. Und wenn Ludwig II. es nicht freiwillig tut, wird man ihn eben dazu zwingen müssen.

Genau dies hatte Holnstein, ehe er, zunächst per Bahn, von Versailles aufgebrochen war, auch mit Bismarck besprochen, wenngleich in gewandteren diplomatischen Formulierungen. Jedenfalls aber waren sich der Preuße und der bayerische Oberststallmeister darin einig gewesen, daß Ludwig jetzt so oder so zum vermeintlichen deutschen Glück gezwungen werden müsse. Während Bismarck einen Brief aufgesetzt hatte, in dem der bayerische König seinem Potsdamer Vetter die Kaiserwürde antragen sollte, während Bismarck und Holnstein dabei gleichzeitig noch rätselten, wie der Wittelsbacher zur nötigen Einsicht gebracht werden konnte, und dabei einiges an Drohungen und Intrigen formulierten, war die Nachricht nach Versailles gelangt, daß Ludwig an einer schlimmen Zahnvereiterung erkrankt sei. Ein dem Grafen Holnstein ergebener Lakai hatte die Botschaft heimlich über den Telegraphen weitergegeben. Daraufhin hatte der Oberststallmeister, der Roßober, wie ihn manche in Bayern verächtlich nannten, keine Zeit mehr verloren. Nach einem weiteren verschwörerischen Getuschel mit Bismarck war er, dessen Briefentwurf in einer Diplomatenmappe, auf der Stelle nach München abgereist.

Jetzt, an diesem dreißigsten November des Jahres 1870, rollte die Equipage Holnsteins nach mörderischer Fahrt in den Hohenschwangauer Park. Es regnete immer noch. Holnstein nahm die Freitreppe beinahe im Sturm. Er drang bis zu den Gemächern des Königs vor; als ein Lakai ihn darauf aufmerksam machte, daß der Monarch die Folgen der Zahnextraktion noch keinesfalls überwunden habe, schob ihn der Oberststallmeister rüde beiseite und polterte in Ludwigs Schlafzimmer. Der Wittelsbacher hockte mit verwüstetem Gesicht und verquollenen Augen im Bett und stierte dem Grafen wie ein Betrunkener entgegen. Beinahe dreißig Stunden lang hatte er im Chloroformrausch gelegen, ehe er vor einer oder zwei Stunden zu sich gekommen war. Der Roßober hätte den Zeitpunkt seines Eindringens nicht besser wählen können.

Holnstein legte dem zwischen Wachsein und Betäubung Schwankenden schonungslos noch einmal dar, was Bismarck und er in Versailles ausgekungelt hatten: Daß der König von Bayern als der einzige, der dazu privilegiert sei, dem König von Preußen die neue Kaiserkrone anzutragen habe. Daß das neu zu bildende Reich, daß ganz Deutschland also, dies dringend von ihm, dem Wittelsbacher, erwarte. Daß es zu Rebellionen und neuem Krieg kommen könne, wenn Ludwig sich jetzt nicht einsichtig zeige und für das Reich tue, was das Reich mit Fug und Recht von ihm erwarten könne. Daß der König von Bayern möglicherweise sogar um Exil in der Schweiz nachsuchen müsse, wenn er sich jetzt gegen den Hohenzollern und den vorgeblichen Willen des deutschen Volkes stelle. Daß der Wittelsbacher keinen Augenblick mehr zaudern dürfe, das entsprechende Dokument, das Bismarck bereits vorbereitet habe, auszufertigen und dem Preußen zukommen zu lassen.

Ludwig II. nahm den Redeschwall des Grafen eher benommen auf. Was er dem Roßober entgegenzusetzen versuchte, klang verwaschen und gequält. Die Mundwunde bereitete dem Wittelsbacher immer noch höllische Schmerzen; auch dröhnte sein Schädel unter den üblen Nachwirkungen des Chloroforms. So hatte der Oberststallmeister leichtes Spiel. Zuletzt wankte Ludwig, nur leicht bekleidet, hinüber ins Tassozimmer. Er setzte sich an den Mahagonitisch, auf dem immer noch — neben einigen anderen antiken Kleinodien — das Regenbogenschüsselchen lag. In diesem Moment jedoch war dem König der Goldglanz gleichgültig. Er wischte die keltische Münze und was sonst dalag achtlos beiseite. Aus seiner Diplomatenmappe förderte der Oberststallmeister den Briefentwurf Bismarcks zutage. Legte dem König dann beflissen Papier und Schreibzeug vor. Ludwig II. von Bayern schrieb, mit dumpfem Schädel, den bismarckschen Sermon unverändert ab. In mehr oder weniger unzurechnungsfähigem Zustand trug er Wilhelm von Preußen die deutsche Kaiserkrone an, unterzeichnete und siegelte fahrig. Noch ehe der Wittelsbacher die Feder weggelegt hatte, raffte Holnstein das schicksalsträchtige Dokument an sich. Sein Abschied von Ludwig II. war hastig. Kaum hatte der König mit schmerzendem Maul und schmerzendem Schädel zurück in sein Prunkbett gefunden, war der Roßober schon wieder unterwegs. Mit frischen Gäulen vor seiner Equipage jagte er zurück nach München, dann per Bahn wiederum nach Versailles, wo ihn Bismarck ungeduldig erwartete. Nun konnte der Hamsterbart aus Potsdam Kaiser werden — mit allen sich daraus ergebenden und noch unabsehbaren Folgen.

Am achtzehnten Januar des Jahres 1871 erging in Versailles die entsprechende Proklamation. Ludwig II. von Bayern fehlte bei dem feierlichen Akt. Er hatte seinen Bruder Otto, dem der Wahnsinn sowieso ständig in den Augen stand, nach Frankreich entsandt. Der König selbst hielt sich scheu in Hohenschwangau verborgen und wurde von jener Zeit an immer schwieriger, launischer und menschenfeindlicher. Die eigene Bedeutungslosigkeit, in die ihn Holnstein, als er so gut wie wehrlos gewesen war, gestoßen hatte, sollte an Ludwig von Bayern sein Leben lang nagen und fressen, ehe er sechzehn Jahre später, im Sommer 1886, unter bis heute nicht restlos geklärten Umständen im Starnberger See ertrank.

Das Regenbogenschüsselchen nahm der König von Bayern während dieser sechzehn Jahre nie wieder in die Hand. Es hätte ihn sonst an die größte Dummheit seines Lebens erinnert. Lakaien ließen das Kleinod kurz nach der Kaiserproklamation in Versailles in irgendeinem Schrank auf Hohenschwangau verschwinden. Dort staubte es ein, während die Herrschaft der letzten Wittelsbacher in Bayern sich unabwendbar ihrem Ende zuneigte.

Fünftes Buch

Die Gegenwart

Von Verdun zur Revolution

(1914-1920)

Der Moloch, der im Januar des Jahres 1871 geboren worden war, wuchs sich im Verlauf einer einzigen Generation furchtbar aus. Nach kurzen Gründerjahren, in denen der Moloch innenpolitisch gegen das eigene Volk wütete, nach außen hin jedoch zunächst noch friedlich blieb, begann er um die Jahrhundertwende seine Drachenzähne auch gegen die anderen zu fletschen. Im Leib Europas blähte sich der Moloch auf und begann immer heftiger um sich zu beißen. Er biß in einem Leib um sich, in dem ohnehin der Krebs wucherte. Nicht nur der jetzige zweite Wilhelm, dessen Bärtchen bereits ein wenig an den Rattenschnauz eines noch Bösartigeren erinnerte, der wiederum eine Generation später kommen sollte, war vom Größenwahn befallen. Auch die anderen Herrscher Europas, allen voran der Zar und Eduard VII., von England, litten unter dieser Krankheit.

Während das neue Jahrhundert sein erstes Jahrzehnt durchlief, begannen die Nationalstaaten immer heftiger gegeneinander zu schnappen. Da keiner dem anderen einen Bissen vergönnen wollte, versuchten sie sich gegenseitig die Bissen vom Maul wegzureißen. Sie intrigierten um Kolonien in Afrika, um Flotten im Atlantik, um Weltmärkte und um Einfluß. Während sie kungelten, schnappten und rücksichtslos von ihren Ellenbogen Gebrauch machten, spielte ein Despot in Wien sein eigenes Spiel. Kaiser Franz Josef hatte zwar keine Kolonien im ultramontan[126)] gewebten Fischernetz fangen können, hielt sich jedoch ein Rudel anderssprachiger Völker wie Hündchen an der habsburgischen Leine, die allesamt zur höheren Ehre seines Thrones kläffen mußten. Frankreich wiederum litt böse unter der sogenannten Schmach von Versailles, hielt sich dafür an seinen eigenen Vasallenstaaten in Afrika und Ostasien schadlos und trachtete danach, den Deutschen die Rechnung von 1870/71 heimzuzahlen, wenn möglich wiederum in Versailles. Beinahe das einzige Land, das in diesem Europa friedlich und ohne irrwitzige Machtgelüste lebte, war

Bayern unter seinem Prinzregenten Luitpold. Ansonsten jedoch brodelte und zuckte Europa unter einem Netzwerk von sich verstrickendem Größenwahn und gleichzeitig raffiniert verflochtenen Bündnissen, zuckte und brodelte immer heftiger — und zuletzt brachen diese mürbe gewordenen Netze einer vermeintlichen Zivilisation, brachen die Dämme, brach Europa hinunter in den Abgrund. Und die Schüsse von Sarajewo waren dazu lediglich der unmittelbare Auslöser, nicht der wahre Anlaß. Der wahre Anlaß für die Katastrophe lag darin, daß einige wenige Popanze molochartig über die Menschen Europas und dazu die vielen in den Kolonien hatten gebieten wollen.

Fritz Faltermeyer war keiner von denen, die nach Macht trachteten. Im Jahr 1898 war er in der Nähe von Füssen geboren worden, als Sohn eines Lehrers, der damals noch kärglich genug von den Bauern, deren Kinder er reihum auf den Höfen unterrichtete, ausgehalten worden war. Der Vater hatte seinem einzigen Sohn bis zu dessen vierzehntem Lebensjahr beigebracht, was er selbst wußte, dann war er im Jahr 1912 nicht unerwartet an der Schwindsucht gestorben. Noch im gleichen Jahr hatte der Vierzehnjährige auch seiner Mutter ins Grab blicken müssen, die ihrem Gatten, an der gleichen Krankheit leidend, jäh nachgefolgt war. Fritz Faltermeyer selbst war von der Lungenkrankheit verschont geblieben. Trotz der ärmlichen Verhältnisse, in denen er aufgewachsen war, wirkte er robust und stämmig. Außerdem hatte sein Vater ihm ein wenig mehr Bildung als sonst üblich mitgeben können. Deswegen gelangte Fritz Faltermeyer im Jahr 1912, in jenem Jahr, in dem zu München der Prinzregent starb und König Ludwig III. nachfolgte, durch die Vermittlung eines entfernten Verwandten, der ebenfalls in den Diensten der Wittelsbacher stand, als Lerndiener auf das Schloß Hohenschwangau.

Der Vierzehnjährige zeigte sich anstellig und gewann bald das Wohlwollen seiner Vorgesetzten. Zu Beginn des Jahres 1914 wurde Fritz Faltermeyer vollwertiger Lakai. Freilich hatte er bis dahin noch niemals einen König bedient, denn Ludwig III. mied das alte Gemäuer. Die wenigen Angestellten auf Hohenschwangau waren hauptsächlich damit beschäftigt, die zahlreichen Räume zu lüften, die Flure auszufegen, den Park in Ordnung zu halten und den Inhalt der vielen Schränke abzustauben. Als der nun sechzehnjährige Fritz Faltermeyer zum Lakaien befördert wurde, vertraute man ihm auch die Sauberhaltung jenes Raumes an, in dem vor dreiundvierzig Jahren, zur Regierungszeit des noch jungen Ludwigs II., das Regenbogenschüsselchen zusammen mit einigen anderen Kleinodien achtlos in einen Schrank gelegt worden war. Als Fritz Faltermeyer dort zum ersten Mal Staub wischte, geriet ihm die uralte keltische Münze in die Finger.

Er betrachtete sie erstaunt und nicht ganz ohne Fachwissen. Sein Vater hatte ihm einmal ein ähnliches Stück gezeigt, das als Denkwürdigkeit in der Kassette eines Füssener Bauern aufbewahrt worden war. So wußte Fritz Faltermeyer, daß auch die Adlerkopfmünze von Hohenschwangau wenigstens zweitausend Jahre alt sein mußte . Er rieb sie vom Staub, den sie seit dreiundvierzig Jahren angesetzt hatte, blank, genoß lange ihren fremdartigen und beinahe magischen Anblick und brachte sie zuletzt zu seinem Vorgesetzten, um diesen zu fragen: "Warum verstaubt ein solch wertvolles Stück hier in einem Wandschrank? Wäre es nicht besser in einem Museum oder vielleicht auch in einer Schule zum Anschauungsunterricht aufgehoben?"

Der Vorgesetzte des Sechzehnjährigen reagierte jedoch eher rüde. "Was Schule? Was Museum?" schnauzte er. "Das Dingsbums ist Eigentum der königlichen Familie und gehört nach Hohenschwangau und sonst nirgends hin! Trag' es wieder an seinen Platz und schlag' dir die Flausen aus dem Kopf! Direkt umstürzlerisch ist das, was du da eben gesagt hast, du Lümmel!"

Der Sechzehnjährige hatte, zumindest in diesem Jahr noch, keinesfalls umstürzlerisch denken wollen. Immerhin hatten ihm so etwas wie Menschenliebe und auch der Wunsch, Wissen weiterzugeben, zu seiner Frage bewogen. Jetzt jedoch duckte er sich und brachte das Regenbogenschüsselchen in den Wandschrank zurück. Während der folgenden Monate jedoch, bis in den Sommer des Jahres 1914 hinein, reinigte er die kleine Münze häufiger, als er dies pflichtgemäß hätte tun müssen, und wenn er sie in der Hand hielt, geriet er bei dem Anblick des geprägten Adlerkopfes immer wieder ins Träumen.

Als der Sommer des Jahres 1914 im Füssener Land, in Bayern und in ganz Europa heiß und verheißungsvoll aufblühte, gerieten — lange vorbereitet und dennoch überraschend — auch die giftigen Gewächse der seit einer Generation betriebenen Machtpolitik zur grellen Blüte. In Serbien, in Sarajewo, knallten Revolverschüsse gegen einen Prunkwagen, in welchem der österreichische Thronfolger mit seiner Gattin saß. Blutüberströmt sackten die beiden auf den Polstern zusammen; als die Kunde von dem Attentat, das wegen der permanenten Unterdrückung der Serben durch die Habsburger Monarchie eigentlich zu erwarten gewesen war, nach Wien gelangte, stand innerhalb weniger Tage das Schicksal Europas auf Spitz und Knopf. Noch zögerte Franz Josef mit der Kriegserklärung an Serbien, machte sich durchaus klar, daß dies eine Katastrophe für den ganzen Kontinent bedeuten könnte. Doch einer, von dem zumindest die Naiven dies am allerwenigsten erwartet hätten, hetzte wie ein Bullbeißer für den Krieg. Wo Franz Josef von Österreich bis zuletzt einlenken wollte, kannte Papst Pius X., mit einem Fuß bereits im Grab stehend, keine Gnade. Über seine diplomatischen Kanäle predigte er nach Wien, auch nach München, dermaßen unerbittlich für den Krieg[127)], daß der Habsburger, der damit zum vorletzten seiner Dynastie wurde, den Serben am 28. Juli 1914 den Frieden aufkündigte.

Von da an entwickelte sich die Katastrophe, innerhalb weniger weiterer Tage, zu einer Lawine, die nicht mehr aufzuhalten war. Die europäischen Völker wurden in einen wahnwitzigen Taumel gerissen, der für sie alle zusammen in einem bis dahin unerhörten Desaster enden sollte. Selbst diejenigen, die bis dahin vernünftig und bescheiden gelebt hatten, wuden in den Sog gezerrt und brüllten in der jäh ausgebrochenen Geisteskrankheit nach dem Blut ihrer vermeintlichen Feinde. Einer dieser urplötzlich wahnsinnig gewordenen Menschen war auch Fritz Faltermeyer.

Der nun Sechzehneinhalbjährige meldete sich schon im September des Jahres 1914 als Kriegsfreiwilliger. Da er stämmig gebaut war, eine gewisse Bildung besaß und bis dahin im Dienst des bayerischen Königshauses gestanden hatte, wurde er bevorzugt angenommen. Fritz Faltermeyer durchlief eine verkürzte Pionierausbildung in Ingolstadt und kam bereits im Frühjahr des Jahres 1915 an die französische Front. Nachdem er dort zum ersten Mal den Leichengeruch des Grabenkrieges gewittert hatte, wurde er schon wenig später zusammen mit seiner Einheit in den Osten verlegt, wo ihn beim Sturm auf die Festung Przemysl in Galizien ein Granatsplitter an der Hüfte verwundete.

Als Fritz Faltermeyer, inzwischen zum Gefreiten befördert, wieder aus dem Lazarett entlassen werden konnte, kämpften die bayerischen Truppen an der Seite der Österreicher bereits in den Karpaten. Sie fraßen sich dort rettungslos an den bewaldeten Berghängen fest, und im Frost des kommenden Winters von 1915 auf 1916 begann sich die ursprüngliche Kriegsbegeisterung des Freiwilligen aus Hohenschwangau in eine immer stärker werdende Unlust zu verwandeln. Trotzdem kehrte Fritz Faltermeyer im Februar 1916, nun Korporal, auf den französischen Kriegsschauplatz zurück, wo sich jetzt allmählich die Schlacht um Verdun entfaltete. Im März dieses Jahres wurde der Korporal, genau an seinem achtzehnten Geburtstag, durch einen schweren Granateinschlag in seinem Unterstand verschüttet. Unter einer zentnerschweren Erdlast, die nur durch zusammengebrochenes Gebälk vor dem endgültigen Einsturz bewahrt wurde, lag Fritz Faltermayer keuchend im eigenen Dreck. Links und rechts von ihm, auch oberhalb und unterhalb, verreckten die Kameraden. Blut rieselte ihm mehr als eine Stunde lang über Gesicht und Hals, ehe der verschüttete Unterstand ausgegraben wurde. Als einziger Überlebender seiner Gruppe kroch der Korporal ins Freie, zurück unter einen schwefeldampfenden und vom Pulverqualm verschatteten Himmel. Über die Front hinweg brüllten nach wie vor die Kanonen.

Die Materialschlacht, die bei Verdun begonnen hatte, sollte sich noch weit mehr als zwei Jahre hinziehen, sollte weitertoben, bis die Rohre der bayerischen Artillerie rettungslos ausgeleiert waren und es für die Wunden der Infanteristen nicht einmal mehr Papierverbände gab.

Fritz Faltermeyer erlebte diese Materialschlacht bis zum bitteren Ende mit. Doch aus dem zusammengeschossenen Unterstand des Frühjahres 1916 war er als einer gekrochen, dem der Dreck und die Leichen, zwischen denen er gelegen hatte, die Augen geöffnet hatten. Zwar kämpfte der Korporal weiter, doch er tat es jetzt nur noch, weil die Vorgesetzten ihn an die Wand hätten stellen lassen, wenn er seinem eigentlichen Empfinden nachgegeben und sich geweigert hätte. Insgeheim jedoch suchte und fand Fritz Faltermeyer Kontakt zu anderen Grabenschweinen, die wie er die Nase restlos voll hatten und sich nun nach einer anderen, besseren Welt sehnten. Es waren dies hauptsächlich Arbeiter, Sozialdemokraten, Studierte, auch Marxisten. Der Korporal, dem ein Granatsplitter in der Hüfte, ein zusammengebrochener Unterstand sowie einige weitere Verwundungen, vor allem jedoch das millionenfache sinnlose Sterben um ihn herum, die noch vor wenigen Jahren monarchistischen Illusionen gründlich genommen hatten, wurde einer von ihnen. Nicht gerade einer von den Radikalsten, aber auch nicht einer von den Zaghaften: Fritz Faltermeyer bekannte sich, inmitten des Pulverqualms, der Verreckenden und der immer verbissener geheulten Durchhalteparolen der Offiziere, zur Sozialdemokratie.

Zwischen durcheinanderwuselnden Ratten in den Unterständen, im immer mehr verflachenden und ausblutenden Grabennetz, unter einem Firmament, das nun schon seit vier Jahren nichts weiter mehr als heulende Eisensplitter, lungenzerfetzendes Giftgas und stinkenden Schwefel ausdunstete (und dies alles, weil Gott angeblich gleichermaßen mit diesen und jenen war), krallten der Korporal und seine Genossen sich in eine unendlich geschändete und beschmutzte Erde und versuchten, trotz allem, die Menschlichkeit zu bewahren, indem sie den Aufstand der Geknechteten, der Geschundenen, der Mißbrauchten, der in den Irrsinn Getriebenen, der Grabenschweine eben, die das eigentliche Volk darstellten, vorbereiteten.

Als dann am zwölften März des Jahres 1917 in Petersburg die Revolution ausbrach, als die ersten verworrenen Nachrichten davon auch an die Westfront drangen, als diese erlösende Kunde von den Offizieren und Feldpfaffen geifernd dementiert, von den Grabenschweinen jedoch mit Freudentränen in den Augen aufgenommen wurde, begann die Hoffnung auch für Fritz Faltermeyer und seine Kameraden greifbar zu werden. Noch war diese Hoffnung nichts weiter als ein winziges Fünklein im kochenden Feuermeer der Front, doch dann, während das Jahr 1918 allmählich in seinen Sommer kam, wuchs sich das Fünklein zur Flamme der Revolution aus.

Im Juli wurde die deutsche Front bis zur Maas zurückgenommen, im August zersplitterte sie trotzdem bei Amiens, im September brach sie auch bei Cambrai ein. Im Oktober begannen diejenigen, die Deutschland und Europa in den Abgrund getrieben hatten, um Gnade zu winseln. Die blitzschnell gebildete Regierung des Prinzen Max von Baden ersuchte den amerikanischen Präsidenten Wilson um einen Waffenstillstand. Es war ein letzter, verzweifelter Versuch des unheiligen Bündnisses von Thron und Altar, die eigene Haut zu retten, doch glücklicherweise mißlang er. Denn während der Prinz von Baden noch großmäulig im Namen des deutschen und auch bayerischen Volkes sprach, erhoben sich am achtundzwanzigsten Oktober die Matrosen der Hochseeflotte und trieben die endlich ausgebrochene Revolution im November bis Berlin.

Gleichzeitig zog sich, was von den Truppen der Westfront noch am Leben geblieben war, nach Deutschland zurück. Unter denen, die dem Spinnennetz der Schützengräben entkommen waren, marschierte auch Fritz Faltermeyer. Er marschierte nun mit einer roten Binde um den Oberarm, und sein Haufen wurde nicht länger von einem Offizier geführt. Die Soldatenräte, zu denen auch der Korporal gehörte, hatten den Befehl übernommen, und sie kommandierten besser als früher die Offiziere, die man mit zerfetzten Achselklappen und Maulschellen davongejagt hatte. Denn während die Soldatenräte eher leise ihre Befehle gaben, hatten sie nur noch zwei Ziele vor Augen: Die Heimkehr und den Frieden unter einer neuen, humanen und vom Volk gewählten Regierung.

Kurz nachdem in der Novembermitte dieses Jahres 1918 der unselige Kaiser abgedankt hatte und der Waffenstillstand im Wald von Compiègne geschlossen worden war, erreichte Fritz Faltermeyer, zusammen mit ein paar Gleichgesinnten, Füssen. Sie marschierten noch ein Stück weiter, nach Hohenschwangau, und besetzten das dortige Schloß, in dem der Korporal noch vor wenigen Jahren Lakai gewesen war. Jetzt jedoch gab es keine Lakaien mehr, und von den Zinnen wehte die rote Fahne der Revolution. Ansonsten verhielten sich Fritz Faltermeyer und die paar Genossen, die bei ihm waren, zunächst einmal ruhig. Es genügte ihnen, daß sie das Schloß besetzt hatten, das für sie zu einem Symbol der Unterdrückung geworden war. Novembernebel lastete auf dem Allgäu, und die Dinge selbst schienen auf eine seltsame und bislang unerhörte Weise in der Schwebe zu sein. Da der sozialdemokratisch gewordene Korporal und Soldatenrat, ebenso wie seine Kameraden, nicht gerade zu denen gehörte, die stets an der Spitze marschieren müssen, genügte ihnen vorerst das, was sie bereits erreicht hatten. Sie warteten einfach ab. Neugierig durchstöberte Fritz Faltermeyer immer wieder das Schloß, in dem er als Lakai nicht viel mehr als ein Nichts gewesen war,

und bei einem dieser Streifzüge geriet ihm das Regenbogenschüsselchen in die Hand.
Fritz Faltermeyer betrachtete das goldene Kleinod sehr lange und sehr nachdenklich, rieb es dabei einmal mehr sehr sorgfältig blank. Über die Zeiten hinweg schien der heidnische Adlerkopf ihn verheißungsvoll anzulächeln, schien den von allen falschen Illusionen Befreiten zu locken, schien ihm etwas mitteilen zu wollen: Eine Vision davon, wie eine neue Welt aussehen könnte, wenn die Menschen sich nicht länger vom Wahn der gekrönten oder geweihten Machthungrigen verführen ließen, sondern ihr Schicksal endlich in die eigenen Hände nehmen würden. Es war eine Vision von Volksherrschaft, Aufklärung und Humanismus, etwas sehr Großes und Schönes, doch für Fritz Faltermeyer, der schmerzhaft gelernt hatte, wie mühsam die Fundamente solcher Träume zunächst auf der Erde erstellt werden müssen, verdichtete sich die Vision zuletzt zu einer kleinen, wenn auch sehr wertvollen Idee. Er barg das Regenbogenschüsselchen in seiner schwieligen Hand, unter deren Nägeln immer noch der Grabendreck nistete, trug es nach unten zu seinen Kameraden und erklärte ihnen, was er vorhatte.
"Das da gehört allen, dem Volk!" sagte er, während er ihnen die winzige keltische Münze zeigte. "Denn einer aus dem Volk hat das Regenbogenschüsselchen vor Urzeiten gemacht. Ein Schmied — kein König, kein Kaiser und auch kein Pfaffe! Sondern einer wie du und du und du und ich. Und deswegen muß es jetzt dem Volk zurückgegeben werden."
"Willst du etwa ein Museum gründen?" fragte lachend einer der Kameraden. "Für die Professoren in ihren muffigen Talaren, die so gut von Vaterland und Ehre zu schwafeln wußten, fast so schön wie die Bischöfe, die uns vormachen wollten, daß es nichts Süßeres gäbe, als draußen im Feld im Trommelfeuer zu verrecken? — Dann kannst du darauf warten, Fritz, daß das Volk wiederum betrogen wird und daß es nichts, gar nichts, von deiner großherzigen Tat haben wird. Mit dem Ofenrohr wird das Volk dann einmal mehr ins Gebirge gucken können, nichts weiter!" Er hustete und setzte verächtlich hinzu: "Oder glaubst du, daß der kleine Mann sich in ein protziges Museum traut?"
"Es wird einmal Museen und auch Professoren geben, die anders sind", erwiderte der Korporal, und in seiner Stimme schwang ein

letzter Nachhall seiner Vision mit. "Professoren, die aus dem Volk kommen und für das Volk da sind. — Aber das Regenbogenschüsselchen soll weder in ein Museum noch in eine Hochschule. Es soll vielmehr den Kindern zugute kommen, damit sie nach dem verfluchten Krieg und dem verfluchten Hunger endlich wieder mal etwas Schönes haben. In eine Volksschule muß es, und der Lehrer dort muß den Kindern erzählen, daß ein Handwerker das Kleinod geschaffen hat — jedoch kein König, kein Kaiser und kein Pfaffe. Dann werden sie begreifen, daß die kleinen Leute alles sind, aber diejenigen, welche die kleinen Leute schinden und betrügen und von den Kanzeln herunter belügen, nichts!"

"Das gäbe einen Sinn", stimmte ein anderer zu. Er holte eine Zigarre aus der Brusttasche seines Waffenrocks, teilte sie und bot dem Korporal die Hälfte an. Ein anderer gab ihm Feuer. Kaum hatte Fritz Faltermeyer jedoch das stinkende Buchenlaub angeraucht, stürzte ein weiterer Frontkämpfer herein, der am Morgen nach Füssen geradelt war, um Lebensmitttel zu organisieren. Jetzt meldete er atemlos: "Wir sind doch die größten Hornochsen hier! Während wir seit Tagen in diesem verdammten Schloß auf der faulen Haut liegen und Däumchendrehen, ist draußen in der Welt der Teufel los!" Er verschluckte sich beinahe vor Begeisterung, fuhr dann fort: "Vor einer Woche schon haben sie in München den König abgesetzt. Und haben den freien Volsksstaat Bayern ausgerufen!" Er schwenkte eine zerknitterte Zeitung. "Da steht's drin! Kurt Eisner heißt der Mann, der die Revolution gemacht hat!"

"Und wir haben nichts davon gewußt", sagte Fritz Faltermeyer fassungslos.

"Hatten die Schnauze von allem so voll, daß wir uns einfach hier verkrochen haben..."

"Haben wir auch verdient, nach all dem Dreck, in dem wir gelegen haben", warf ein anderer ein.

"Aber jetzt brauchen sie uns in München!" rief der mit der Zeitung. "Auf geht's, in die Hauptstadt!"

Noch am gleichen Tag setzten sich die Revolutionäre um Fritz Faltermeyer, die auf Hohenschwangau den Beginn der Revolution verschlafen hatten, nach München in Marsch. In der Tasche trug der Korporal das Regenbogenschüsselchen mit sich.

Kurt Eisner war von etwa fünfzigtausend Menschen zum Sieg getragen worden. Am siebten November 1918 hatten sie sich auf der Münchner Theresienwiese versammelt. Eisner selbst als Vertreter der USPD[128)] sowie Erhard Auer von der SPD hatten zur Massenkundgebung aufgerufen. Gleichzeitig mit diesen Matadoren sprachen an anderen Stellen des riesigen Platzes zehn weitere sozialdemokratische Redner zum Volk.

Um Eisner selbst begann die Stimmung bald zu brodeln. Zuletzt waren die Münchner nicht mehr zu halten. Mit roten Fahnen und Transparenten zogen sie hinaus zu den Kasernen, forderten die Truppen auf, nicht zu schießen, sondern zu ihnen überzulaufen. Die Soldaten begrüßten begeistert, auch im Namen ihrer toten Kameraden, die Revolution, liefen bewaffnet zu Eisner über. Bürger und Militärs vereinigten sich, zogen weiter, zogen vor die Residenz. "Nieder mit dem König!", "Millibauer[129)] raus!", "Nieder mit den Massenmördern!" lauteten die Parolen. Während die Revolutionäre das Schloß von der Frontseite her umzingelten, suchte Ludwig III. durch die Hintertür das Weite.

Der abgehalfterte Monarch floh zunächst nach Wildenwart im Chiemgau, dann weiter ins Salzburger Land, nach Schloß Anif. Verfolgt wurde er nicht. Denn Kurt Eisner hatte dem Tatendrang der Revolutionäre schnell ein neues Ziel gesetzt: Im Mathäserbräu bildete sich per Akklamation ein Revolutionsrat. Kurz vor Mitternacht trat diese vorläufige Regierung zum ersten Mal im Landtagsgebäude zusammen. Kurt Eisner verlangte und bekam den Titel des provisorischen Ministerpräsidenten. Die erste und einzige Revolution, die jemals auf bayerischem Boden stattgefunden hatte, war zu ihrem ersten Ziel gelangt.

Als Fritz Faltermeyer und seine Kameraden die Hauptstadt erreichten, hatte München bereits neue Sensationen. In einem Aufruf an die Regierungen und Völker Amerikas, Frankreichs, Englands und Italiens hatte der Ministerpräsident eine Milderung der unmenschlich harten Waffenstillstandsbedingungen gefordert. Hellsichtig hatte Eisner schon während der ersten Tage der Revolution den Sprengstoff erkannt, der im Versailler Diktat lag. Daß man auf der Siegerseite dennoch nicht auf ihn hörte, weil das Proletariat, an das Eisner zusätzlich appelliert hatte, die Regierungen in Frankreich, England und Italien nicht stellte, sollte wenige

Jahre später entsetzliche Folgen haben. In diesen Novembertagen des Jahres 1918 jedoch hoffte das bayerische Volk noch.

Zur nächsten Sensation kam es am dreizehnten November. Ludwig IIII. entband vom Salzburgischen aus die bayerischen Soldaten, Beamten und Offiziere vom Treueeid gegenüber dem Thron. Listig und schlau ließ er sich jedoch nicht auf eine Abdankung ein. Dem Volk war dies jedoch im Moment gleichgültig. Unter der Regierung des Pazifisten Eisner begann Bayern an seiner neuen Gesellschaftsordnung zu bauen. Die einfachen Menschen, die Eisner gefolgt waren, taten dies, wie immer, guten Willens. Daß sich gleichzeitig andere zusammenfanden, etwa in der Thulegesellschaft [130)], die bereits jetzt maßlos gegen die Juden zu hetzen begann, ging im Taumel der allgemeinen Begeisterung, auch der allgemeinen Verwirrung andernorts, unter. Auch bemerkten die zumeist arglosen bayerischen Revolutionäre nicht, daß sich auf dem flachen Land bereis ihre späteren Schlächter zu formieren begannen, dort, wo die Schlösser und Latifundien des Adels unangetastet geblieben waren und die Prediger auf den Kanzeln den Leibhaftigen beschwören konnten, weil in München die Sozialdemokratie an die Regierung gekommen war, weil Kurt Eisner dem Blutdurst der Großen und der Kirche seinen idealistischen Pazifismus entgegengesetzt hatte.

Der Ministerpräsident war in gewisser Weise naiv und in politischen Intrigen unerfahren. Dasselbe galt auch für Fritz Faltermeyer, der sich nun, in der zweiten Novemberhälfte, zum Landtagsgebäude durchfragte und dort zuletzt einen Soldatenrat ausfindig machte, dem ebenso wie dem ehemaligen Korporal die Volksbildung am Herzen lag. Die beiden schlossen sich zusammen und taten noch im Dezember des Revolutionsjahres einen Lehrer auf, der wie sie dachte und Bildung möglichst nachdrücklich an die jüngsten und untersten Schichten des bayerischen Volkes bringen wollte. In der Münchner Au wurde unter Förderung der Revolutionsregierung eine Volksschule neuen Stils eingerichtet, eine Schule, in der die Arbeiterkinder nicht länger verdummt, sondern gefördert werden sollten. Fritz Faltermeyer stellte dem Fundus dieser Schule das Regenbogenschüsselchen zur Verfügung, das er von Hohenschwangau mit nach München gebracht hatte. Als er die leuchtenden Augen der halbverhungerten Kinder sah, welche die uralte Goldmünze vorsichtig von Hand zu Hand gehen ließen, wußte Fritz Faltermeyer so deutlich wie nie zuvor, warum er — wenn auch spät — zu einem Revolutionär geworden war. So fiel es ihm auch nicht schwer, das Kleinod in der Obhut der neuen Schule zu lassen, während er sich selbst wiederum in die Wirren und Fährnisse der grandiosen sozialen Umwälzung stürzte. Fritz Faltermeyer ahnte zu diesem Zeitpunkt noch nicht, daß der freie Volksstaat Bayern nur wenige Monate bestehen sollte.

Der Untergang dessen, was Kurt Eisner in einer Vision geschaffen hatte, begann bereits in den ersten Januartagen des neuen Jahres 1919. Die Wahlkämpfe zum ersten Landtag der jungen bayerischen Republik mußten unter schärfsten Sicherheitsvorkehrungen durchgeführt werden. Die Fronten waren polarisiert; gewiß nicht unschuldig daran waren die Monarchisten, die Konservativen, die Klerikalen und Ultramontanen, welche — obwohl gerade sie Bayern in den Krieg gehetzt hatten — jetzt furioser gegen die Sozialdemokraten hetzten denn je. Die eigentlichen und einzigen Revolutionäre wurden auf den Plakaten mit Brandstiftern gleichgesetzt, die Bayern angeblich in Flammen und Chaos aufgehen lassen wollten[131)]. Auf den Straßen Münchens kam es daraufhin zu Schlägereien, auch zu hinterhältigen Meuchelmorden an denen, die es mit Kurt Eisner hielten. Auf dem flachen Land faßte die Revolution — entgegen dem Anschein der ersten begeisterten Tage — überhaupt nicht Fuß. Die Konservativen und die Klerikalen, die für einen kurzen, freien Atemzug scheinbar entmachtet gewesen waren, hatten das ungebildete Volk bereits wieder im Griff und an der Kandare. Als am zwölften Januar des Jahres 1919 die Landtagswahl durchgeführt wurde, war die Niederlage derer, die Bayern befreit hatten, bereits bei Öffnung der Wahllokale abzusehen.

Eisner ging unter, mit ihm die USPD. In München erreichte die Partei gerade noch fünf Prozent aller abgegebenen Stimmen, auf dem flachen Land zweieinhalb. Immerhin konnte die gemäßigtere SPD ein Drittel aller bayerischen Stimmen auf sich vereinigen, während es die Bayerische Volkspartei dank ihrer Bolschewistenhetze auf fünfunddreißig Prozent brachte. Bedeutend stärker als die USPD waren auch der Bauernbund, die Rechtsliberalen sowie die Deutschnationalen, so daß der erste Landtag der bayerischen Republik in Zukunft von den Bürgerlichen und damit wiederum von den Klerikalen beherrscht werden konnte.

Eisner immerhin, dem man vorgeworfen hatte, ein politischer Terrorist zu sein, nahm das demokratisch herbeigeführte Ergebnis wie ein Demokrat hin. Am einundzwanzigsten Februar des Jahres 1919 begab er sich von seinem Amtssitz im Palais Montgelas zum Landtag in die Prannerstraße. Er wollte dort als Ministerpräsident zurücktreten. Fritz Faltermeyer beobachtete, aus der Tornische eines Wirtshauses heraus, den kleinen Sozialdemokraten mit dem struppigen Vollbart. Der ehemalige Korporal hatte Eisner auf dem Gipfel der Revolution erlebt und dann im Absturz. Innerhalb weniger Wochen nur war eine Hoffnung zum Leben erwacht und dann wieder verkümmert. Der kleine Mann mit dem struppigen Vollbart hatte das eine wie das andere auf seinen schmalen Schultern getragen. Jetzt schlurfte er tapfer in die Prannerstraße, um sich dem Spott und Hochmut der Sieger auszusetzen. Fritz Faltermeyer, mit geballten Fäusten in seiner Tornische stehend, zog rauh das Nasse, die Februarkälte in seiner Nase hoch. Etwas biß salzig in seinen Augenwinkeln, doch er wollte nicht losheulen. Ein alter Soldat wie ich darf nicht rotzen, dachte er, während sich Eisner mit gebeugten Schultern entfernte.

Die sich heranschleichende Gestalt, die aus einer Seitenstraße gekommen war, sah Fritz Faltermeyer viel zu spät. Als er auf den Kerl aufmerksam wurde, hatte der bereits den Arm hochgerissen. Mattschwarz glänzte etwas in der klammernden, weißen Faust. Dann knallten, eher dünn, die Revolverschüsse. Für Sekundenbruchteile sah der ehemalige Korporal die Feuerstrahlen zwischen der weißen Faust und dem Rücken Eisners stehen, dann schien der Gehrock des Ministerpräsidenten aufzuplatzen, seltsame wässrig-rote und tödliche Blüten zu treiben. Noch während der Pulverqualm über ihm und seinem Mörder hing, brach Kurt Eisner zusammen, lag jetzt wie ein Haufen alter Lumpen auf dem Trottoir, schrie nicht, zuckte nicht, lag nur da. Lag da.

Sein Mörder ließ die Waffe verschwinden, rannte weg. Rannte so, wie Fritz Faltermeyer früher im Feld die Offiziere hatte rennen sehen: Irgendwie hölzern, irgendwie immer im Stechschritt. "Du Adelssau!" schrie es aus der Tornische des Wirtshauses heraus. Dann hetzte auch Fritz Faltermeyer los, hetzte dem hinterhältigen Mörder nach, hatte nur einen Gedanken im dröhnenden Schädel: Den feigen Hund umzubringen, wenn es sein muß, mit bloßen Fäusten.

Fritz Faltermeyer brachte den Grafen Arco, einen abgehalfterten Offizier, nicht um. Es gelang ihm nicht einmal, den Meuchelmörder zu stellen. Als er festgenommen wurde, besorgten dies andere. Solche, die den Grafen Anton von Arco auf Valley trotz seiner abscheulichen Tat nicht allzusehr verabscheuten. Solche, in denen bereits der Ungeist lebte, der nach dem Tod von Kurt Eisner aufstehen sollte. Zwar setzte man den niederbayerischen Grafen zunächst fest und verurteilte ihn pro forma zum Tode. Da die Konservativen und auch die Nationalen, die bereits die Drachenschädel reckten, ihn jedoch wie einen Volkshelden feierten, wandelte eine korrupte Justiz das Todesurteil in eine lebenslängliche Haftstrafe um. Wenige Jahre später wurde auch die Haft Arcos ausgesetzt; bald darauf begnadigte man ihn vollständig. Unter den Fittichen der Bayerischen Volkspartei bekam der Meuchelmörder schnell wieder Oberwasser. Als Schützling und Redner dieser Partei brillierte Graf Anton von Arco auf Valley bis in die Dreißiger Jahre hinein...

Hätte Fritz Faltermeyer ihn erwischt und erschlagen, so wäre möglicherweise manches anders gekommen. Doch der einfache Revolutionär und Sozialdemokrat blieb in dieser Sache glücklos; als er zuletzt verwirrt zum Schauplatz des Mordes zurückkehrte, hatte man den Toten bereits weggebracht. Weitere Schüsse waren in der Zwischenzeit gefallen, diesmal im Landtag selbst. Dort hatte, als er vom Mord an Eisner erfahren hatte, auch der Linksradikale August Lindner gefeuert. Ironie des Schicksals: Unter seinen Kugeln blieben der sozialdemokratische Innenminister Erhard Auer sowie zwei weitere unschuldige Abgeordnete liegen. Sie allerdings kamen wieder auf, während wenige Tage später mit dem ermordeten Ministerpräsidenten Kurt Eisner eine demokratische Hoffnung und eine unwiederbringliche Chance für Bayern zu Grabe getragen wurde.

Im Leichenzug marschierte auch Fritz Faltermeyer mit, marschierte mit verhärtetem Herzen und trug nun ebenfalls eine Waffe in der Manteltasche.

Erst während der folgenden Monate, erst nach dem Meuchelmord an Kurt Eisner, brach die Revolution in Bayern blutig aus. Im April des Jahres 1919 kam es zu einem erneuten Umsturz. Arbeiter und Soldaten, unter ihnen auch Fritz Faltermeyer, riefen nun die Räterepublik aus. Bereits eine Woche später wurde deren Zentralrat schon wieder gestürzt, und jetzt kamen in der Tat die Bolschewiken an die Macht. Weil Konservative, Nationale und Ultramontane erfolgreich genug gegen die demokratischen Sozialisten gehetzt hatten, brach der freie Volksstaat Bayern zusammen. Noch im April bildete sich eine Rote Armee. Unter anderem besetzten deren Verbände Dachau.

Hinter einer Dachauer Barrikade lag nun auch Fritz Faltermeyer. Der Meuchelmord, den er hatte mitansehen müssen, hatte ihn radikalisiert. Als am sechzehnten April das rasch aufgestellte Freicorps Epp zusammen mit weißen Garden die Stadt zu stürmen versuchte, schossen die Roten, schoß auch Fritz Faltermeyer scharf. Vier Offiziere des Freicorps und acht Angehörige der Roten Armee blieben auf der Strecke. Der vorläufige Sieg gehörte trotzdem den Männern um Fritz Faltermeyer. Ernst Toller, ein Schriftsteller, hatte die roten Einheiten befehligt. Er heimste auch noch während der folgenden Wochen den einen oder anderen Sieg über die Weißen ein.

Gegen Aprilende wendete sich jedoch das Blatt. Überall in Bayern formierten sich jetzt die Bürgerlichen. Die alten Scheinideale, der alte Kadavergehorsam, das alte Obrigkeitsdenken waren plötzlich wieder lebendig geworden. Verdun, die Somme, der Dreck und Hunger des Krieges, die zahllosen Toten waren vergessen. Nicht mehr denen, die seit 1914 Schuld trugen, galt der Haß, sondern denen, die verzweifelt und zuletzt mit untauglichen Mitteln einen Ausweg aus dem sich schon seit Jahren vollziehenden Untergang Deutschlands gesucht hatten: Den Roten, den angeblichen Teufeln, den angeblichen Verbrechern, den angeblichen Kindermördern, den angeblichen Frauenschändern. Denen, die man nun für all das verantwortlich zu machen versuchte, wofür man letztlich selbst die Schuld trug.

Die Weißen, die Freicorps rückten gegen Aprilende auf München vor. Das flache Land befand sich längst wieder fest in ihren Händen. Da und dort war es bereits zu Pogromen gegen vereinzelte Grüppchen von Roten gekommen. In München jedoch hielt sich die Rote Armee immer noch verschanzt. Am dreißigsten April dieses Jahres 1919, als die Weißen bereits kurz vor der Stadt standen, brach der Wahnsinn im Hauptquartier der Roten aus. In Panik geraten, erschossen Mitglieder der Roten Armee im Hof des Luitpold-Gymnasiums mehrere Geiseln. Doch längst nicht alle

Mitglieder des Revolutionsrates standen hinter der ungeheuerlichen Tat. Als die Scharfmacher weitere Angehörige der Münchner Bourgeoisie auf der Theresienwiese zusammentreiben und liquidieren wollten, wurden sie von ihren eigenen Genossen gestoppt. Unter denen, die auf diese Weise Menschlichkeit zeigten, befand sich auch Fritz Faltermeyer. Einen Tag später kauerte der ehemalige königliche Lakai auf Hohenschwangau, der ehemalige Grabenkämpfer an der Westfront, der ehemalige friedliche Sozialrevolutionär und jetzige Gruppenführer der Roten Armee erneut hinter einer Barrikade. Als die Weißen stürmten, schoß Fritz Faltermeyer, bis sich das Schloß seines Karabiners verklemmte. Während er noch verzweifelt mit dem Ladehebel hantierte, traf ihn ein Bajonettstich in den Hals. So verreckte er kurz nach seinem einundzwanzigsten Geburtstag, und sein letzter verschwommener Gedanke galt seltsamerweise dem Regenbogenschüsselchen, das er wenige Monate zuvor von Hohenschwangau nach München gebracht hatte. Als er das Regenbogenschüsselchen in der kleinen Volksschule in der Au abgegeben hatte, da hatte Fritz Faltermeyer nichts weiter gewollt, als ein wenig Licht in das Leben der bisher so stiefmütterlich Behandelten zu tragen, und dafür bezahlte er jetzt aufgrund eines unbegreiflichen Schicksals mit seinem Leben. Noch einmal meinte er das Regenbogenschüsselchen glänzen zu sehen, dann trampelten die Stürmenden über seinen Leichnam hinweg und beherrschten bereits am Tag darauf die ganze Stadt. Der Sieg der Weißen kostete die andere Seite mehr als tausend Tote, auch liquidierten die triumphierenden Kommandeure ungleich mehr Gefangene, als es andererseits im Luitpold-Gymnasium der Fall gewesen war.
Die sogenannte Befreiung Bayerns wurde lautstark bejubelt. Auch von einem gewissen Adolf Hitler, der bereits im Oktober desselben Jahres die Bahn für sich frei fand. Am Sechzehnten dieses Monats hielt er in München seine erste Rede. Im folgenden Jahr gründete Hitler in derselben Stadt die NSDAP. Ihre Mitglieder rekrutierten sich hauptsächlich aus dem gleichen verbohrten Kleinbürgertum, gegen das Fritz Faltermeyer bis zuletzt mit allen Mitteln gekämpft hatte.

Der Lehrer von Mitterfirmiansreut
(1911-1945)

Die Siebmacherei lag am nördlichen Ende der Landauer Ludwigstraße, unweit jener Stelle, wo im Mittelalter, zur Regierungszeit Ludwigs des Kelheimers, der Torwächter Wulf zusammen mit seinem Weib Änne bald nach der Stadtgründung sein Haus errichtet hatte. Inzwischen waren beinahe siebenhundert Jahre über die Bergstadt an der Isar hingegangen; der Ort hatte sich über die ursprüngliche Bergkuppe hinaus ausgebreitet, die alten Familien waren ausgestorben oder abgewandert, neue zugezogen. Die Siebmacherfamilie lebte erst in der zweiten Generation in Landau. Zur Regierungszeit Ludwigs II. war August Böckl von der Donau an die Isar gezogen, hatte das alte, eher schmalbrüstige Haus am nördlichen Ende der Hügelkuppe erworben, hatte im Erdgeschoß die Siebmacherei eröffnet und war jäh verstorben, als sein ältester Sohn Josef gerade in seinem sechzehnten Lebensjahr gestanden hatte.

Der Junge war Geselle bei seinem Vater gewesen und hatte den kleinen Handwerksbetrieb mühsam und mit tatkräftiger Unterstützung seiner Mutter am Leben erhalten können. Er hatte dazu allerdings sehr früh Meister werden, hatte seine Jugend, hatte viel Unbeschwertes dafür hingeben müssen. Jetzt jedoch, im Jahr 1911, stand die Werkstatt unter dem nun Vierunddreißigjährigen wieder auf gesunden Füßen. Im Mai wurde dem Siebmachermeister, der relativ spät geheiratet hatte, als zweites Kind ein Sohn geboren. Wenig später ließen Josef und Maria Böckl ihn auf den Namen August taufen, in Erinnerung an seinen so früh verstorbenen Großvater.

Als der Sechsjährige im Herbst des Jahres 1917 eingeschult wurde, lebte er zusammen mit drei Geschwistern in der Siebmacherei. Sein ältester Bruder Josef war ihm in der Landauer Volksschule bereits um einige Klassen voraus, seine nachgeborene Schwester Maria spielte als Kleinkind mit den braun gewordenen Holzlokken, die noch unter der verwaisten Hobelbank des zum Militär eingezogenen Vaters lagen; sein jüngerer Bruder Ludwig hatte, eineinhalbjährig, gerade erst das Laufen gelernt. Der sechsjährige August Böckl tappte in diesem Herbst 1917 armselig zur Schule, die nur einen Straßenzug weiter über der Höllgasse[132], aufragte.

Der Erste Weltkrieg stand in seinem vorletzten Jahr; der Hunger und der Mangel waren längst auch bis Niederbayern vorgedrungen, die leere Siebmacherwerkstatt warf nichts mehr ab, hinzu kam die Angst um den Gatten und Vater, der in Frankreich als Infanterist im Schützengraben lag. Die Armut und die Angst gingen auch an den kleineren Kindern nicht vorbei, noch begriffen sie dies alles nicht wirklich, doch manchmal hörten sie die Mutter, wenn sie sich unbeobachtet glaubte, weinen.

Immerhin kehrte Josef Böckl, kaum daß sein zweitältester Sohn die harte Schulbank der zweiten Klasse drückte, unverletzt, wenn auch kläglich ausgehungert, von der zusammengebrochenen Front nach Landau heim. Er hängte seinen verdreckten Uniformrock an den Nagel, band sich wiederum das Schurzfell um und ging nachdenklich zurück an seine Hobelbank. Von der Revolution, die Fritz Faltermeyer bis zum eigenen bitteren Ende in München auskostete und durchlitt, bekam der Landauer Siebmacher wenig mit. Seine Familie, für die er nun endlich wieder sorgen konnte, wenn auch kläglich, war ihm wichtiger. Die Jahre 1919 und 1920 gingen ärmlich vorbei; in der Landauer Volksschule stieg August Böckl von Klasse zu Klasse auf. Er unterschied sich von den meisten anderen insofern, als er ein wenig zarter als sie, jedoch auch ein wenig wacher und lerneifriger war. Ehe der zweite Sohn des Siebmachermeisters die siebenklassige Volksschule durchlaufen hatte, stand bereits fest, daß er zu Überdurchschnittlichem berufen war, wenn auch im bescheidenen Rahmen jener Zeit. Der Stadtpfarrer brachte ihm ein paar erste Brocken Kirchenlatein bei und hoffte, der Siebmachersohn würde sich später zu einem Geweihten biegen und formen lassen. August Böckl selbst jedoch wollte von der Kirche nicht mehr als andere wissen; als er die vorletzte Klasse der Volksschule erreicht hatte, bat er seinen Vater, daß er Lehrer werden dürfe.

Die Eltern überlegten lange hin und her. Im Jahr 1923 mußte in der Siebmacherei jeder Pfennig umgedreht werden. Dann besann sich Josef Böckl jedoch auf seinen Bruder Ludwig, dem er mühsam ein Studium finanziert hatte. Inzwischen lebte der Ältere als leidlich wohlhabender Rechtsanwalt in Eggenfelden, und als er sich gegen Ende des Jahres 1923 am Grab der Eltern wieder einmal mit seinem einfach gebliebenen Bruder traf, sprach der Siebmacher ihn wegen der weiteren Ausbildung seines zweiten Sohnes an. Der Rechtsanwalt erklärte sich bereit, seinem Neffen den Besuch der Präparandenschule sowie der Lehrerbildungsanstalt in Straubing zu finanzieren. Später dankte der nunmehr zwölfjährige August Böckl dem Onkel mit Tränen in den Augen dafür. Sein siebenjähriger Bruder Ludwig stand daneben, wünschte sich, so klein er auch noch war, ebenfalls das unerhörte Glück einer späteren akademischen Ausbildung — und ahnte möglicherweise bereits, daß ihm diese Bevorzugung nie zuteil werden würde, denn ein Student in der Familie war für die damalige Zeit ohnehin schon sehr viel.

Doch auch August Böckl wurde kein Student im strengen Sinn des Wortes. Etwas mehr als ein Jahr, nachdem Adolf Hitler im Münchner Bürgerbräukeller zunächst noch vergeblich geputscht hatte, bezog der zweite Sohn des Landauer Siebmachermeisters die Präparandenschule in Straubing. Sechzehnjährig beendete er sie im Jahr 1927. Der dreijährige Unterricht hatte sich weniger durch pädagogisches Einfühlungsvermögen der Lehrkräfte ausgezeichnet, sondern eher durch strengen katholischen Drill: Seit dem März 1924 galt das Konkordat zwischen bayerischem Staat und katholischer Kirche; die dozierenden und auch die angehenden Lehrer hatten streng und kompromißlos im vermeintlich alleinseligmachenden Glauben zu sein. Der halbwüchsige August Böckl litt darunter nicht weniger als seine Mitschüler.

Das Jahr 1927, das ihm den Schulabschluß brachte, war wirtschaftlich und politisch eher noch turbulenter als die vorangegangenen. Im Mai verzeichnete die Börse im Reich ihren Schwarzen Freitag. Daß es ausgerechnet ein Dreizehnter war, stachelte möglicherweise die Irrationalität dieses Jahres noch weiter an. Der einundzwanzigste August bewies dies überdeutlich: In Nürnberg versammelte Hitler, inzwischen zum Führer und Trommler aufgestiegen, seine Bluthunde zum dritten Reichsparteitag der NSDAP. Die Landsberger Festungshaft nach seinem mißglückten Putsch im Jahr 1923 hatte dem Geiferer das Maul nicht zu stopfen vermocht. Die Nationalen, die es überall in Bayern zum Säuefüttern gab, hatten ihm — heimlich und offen — die Gefängniszelle leicht werden lassen. In Landsberg, wo er eigentlich hätte einsichtig werden sollen, hatte Hitler sein Machtwerk, sein Buch hingerotzt. Hatte den ersten Teil seiner Schwarte "Mein Kampf" in der eher luxuriös ausgestatteten Prominentenzelle teils selbst aufs

Schmierpapier gebracht, teils seinem Gesinnungsgenossen und Mitverbrecher Rudolf Heß diktiert. Die beiden Überdeutschen hatten jedoch die deutsche Sprache anscheinend nicht zufriedenstellend zu meistern vermocht; ehe das menschen- und judenfeindliche Schundwerk in Druck gehen konnte, hatte auch noch ein Dritter mit Hand anlegen müssen: ein katholischer Pater aus Miesbach, der die Hetzschrift, sicherlich guten Glaubens, zuletzt noch redigiert hatte[133)].

Jetzt, im August des Jahres 1927, konnte Adolf Hitler seine Haßtiraden ungeschoren unters Volk bringen. Der Trommler, der nach Recht und Gesetz fünf Jahre — bis 1928 also — in Landsberg hätte schmoren sollen, war dank einer rechtsäugig blinden bayerischen Scheinjustiz bereits nach neun Monaten wieder in Freiheit gesetzt worden. In Nürnberg konnte er nunmehr säen, was in den Jahren von 1933 bis 1945 zur Ernte gelangen sollte. Unter denen, die ihm auf dem Reichsparteitag zujubelten, befanden sich jetzt längst auch solche, die noch vier Jahre vorher gegen ihn die Justiz bemüht hatten, wenn auch halbherzig und lediglich aus dem Interesse des eigenen Machterhalts heraus.

Der sechzehnjährige August Böckl bekam von dem braunen Gebrüll, das in diesem Sommer in Nürnberg erschallte, im niederbayerischen Landau wenig mit. Er verbrachte die Ferienwochen zuhause, legte in der väterlichen Siebmacherei mit Hand an, informierte sich über das Zeitgeschehen, wenn überhaupt, höchstens aus dem konservativen Blatt der Bayerischen Volkspartei, für welche sein Vater inzwischen im Stadtrat saß. Das Handwerk, die Bauern, die Bürger in Niederbayern begingen in jener Zeit einmal mehr ihren uralten Fehler. Dumpf, katholisch und obrigkeitshörig lebten sie vor sich hin, waren durchaus gutmütig und guten Willens, waren jedoch nicht kritisch, nicht rebellisch, waren nicht solche, die bissig hinterfragten — und konnten deswegen wie die Schafe zur Schlachtbank getrieben werden, in den Krieg von 1870/71 hinein, in das Kaiserreich, in den Ersten Weltkrieg, in die klerikale Diktatur, in die Hitlerdiktatur, immer und immer wieder. Der Siebmacher, sein Weib, auch die älteren Söhne schon, dachten nicht anders, als daß ein nebulöser Herrgott schon alles richten werde, wenn man nur gut katholisch und traditionell bayerisch bliebe; als sie spätestens 1933 begriffen, daß kein Herrgott richtete, war es zu spät.

Im Jahr 1927 jedoch waren die Menschen in der Ludwigstraße, auch die meisten anderen in der Stadt, noch ahnungslos. In der Siebmacherei sprach man nicht über Nürnberg, sondern über die Präparandenschule, die August Böckl nun glücklich hinter sich gebracht hatte. Wenn man sich nicht bescheidenen Träumen von einer besseren Zukunft des zweitgeborenen Sohnes hingab, zählte die soeben fertiggestellte Passauer Domorgel mehr als jeder noch so lautstarke Parteitag in Nürnberg. Von mehr als sechzehntausend Pfeifen wurde in der Landauer Siebmacherei ehrfurchtsvoll geflüstert. Die größte Kirchenorgel der Welt stehe nunmehr auf dem Passauer Domberg, hatte es im Bistumsblatt geheißen. Der Lärm, den dieses Jahr 1927 in Bayern hervorbrachte, war wahrhaft ohrenbetäubend, so oder so.

Als der Sommer in den Herbst überging, bezog August Böckl die Straubinger Lehrerbildungsanstalt. Zäh verstrichen die Jahre 1928, 1929, 1930. Der Siebzehn, Achtzehn-, Neunzehnjährige ertrug den Drill, so gut er eben konnte. Zum Ausgleich träumte er von einer Lehrerstelle irgendwo im Bayerischen Wald und ließ silberbeschlagene Bierzipfel von seiner Uhrkette baumeln[134)]. Stolz trug August Böckl diese Bierzipfel dem Examen entgegen, in das er im Jahr 1930 steigen sollte. Dann jedoch warfen ihn zwei aus heutiger Sicht unbedeutende Ereignisse aus der Bahn: Der angehende Hilfslehrer kämmte sich zur Unzeit die Haare und versagte wenig später bei der Prüfung in Mathematik.

Die Fidel im Musikzimmer erklang eher unmelodisch. Kolophoniumstaub hing in der Luft, Tonleitern schwangen sich auf, brachen ab, wurden mühsam weitergetrieben. Der angehende Hilfslehrer übte verbissen, um später den von ihm geforderten Kirchendienst einigermaßen versehen zu können. Als das aufgewirbelte Kolophonium ihm Niesreiz verursachte, setzte der nun neunzehnjährige August Böckl den Fidelbogen ab. Die Tonleitern, das Kratzen der Saiten, die angespielten und jäh wieder abgebrochenen langweiligen Kirchenlieder nervten ihn. Er legte das Instrument weg und trat an eines der hohen Fenster, das ihm den Blick nach draußen freigab. Im Glas spiegelte sich sein Gesicht leicht verschwommen. Strähnig und aus der Fasson geraten, hing ihm das Haar in die Stirn.

August Böckl begann sich gedankenverloren zu kämmen. Daß er von einem Fenster auf der gegenüberliegenden Straßenseite aus beobachtet wurde, bemerkte er nicht. Als das dunkelblonde Haar wieder voll um seinen Schädel lag, steckte er den Kamm weg und griff seufzend wieder nach seinem Musikinstrument. Das Kirchenlied, das er der Fiedel abzwang, klang immer noch gequält. Der Neunzehnjährige hoffte sehnsüchtig, daß die tödliche Übungsstunde endlich zu einem Ende kommen würde.

Ihr Ende kam schneller, als er gedacht hatte. Der Pedell der Lehrerbildungsanstalt schoß in den Raum und befahl den Schüler der letzten Klasse zum Rektor. Erstaunt verließ August Böckl den Übungssaal und das Gebäude, überquerte die Straße und betrat das gegenüberliegende Haus, wo der Direktor im Hochparterre wohnte. Als der Pauker zu schnauzen begann, begriff er, welches Verbrechen er begangen hatte. Der Rektor schnauzte von eitlem Benehmen, von Hoffart und Sünde. Anstatt Kirchenlieder zu üben, hatte August Böckl es gewagt, sich die Haare zu kämmen. Der Pauker hatte ihn dabei vom Fenster seiner eigenen Wohnung aus beobachtet. Belferte jetzt: "Sie begeben sich zum Friseur und lassen sich eine Glatze scheren! Das wird Ihnen die Eitelkeit austreiben! In einer Stunde melden Sie sich wieder bei mir!"

Der Neunzehnjährige wollte aufbegehren und wußte gleichzeitig, daß es sinnlos war. Der Rektor, dieser klerikal-obrigkeitsstaatliche Wüterich, regierte die Lehrerbildungsanstalt nicht anders als ein Kasernenschleifer. August Böckl schlug, in einem verzweifelten Anfall von Ironie, die Hacken zusammen. Als die Tür hinter ihm ins Schloß fiel, heulte er beinahe. Wie betrunken taumelte er in einen Friseurladen, ein paar Gassen weiter. Der Barbier begriff zunächst nicht, was der Student der Lehrerbildungsanstalt von ihm verlangte. Fragte ungläubig nach. "Eine Glatze!" preßte August Böckl zum zweiten Mal heraus. Dann rasselte die schwarze Maschine über seinen Schädel. Das Haar wölkte zu Boden, lockig, dunkelblond. Die Kopfhaut begann,dünne blutige Striemen zu zeigen. Mit dem Rasiermesser arbeitete der Friseur nach. Geschoren wie ein Zuchthäusler verließ August Böckl zuletzt den Laden. Draußen auf der Gasse gafften sie ihm nach. Der Neunzehnjährige hatte noch nicht einmal einen Hut bei sich, der seine Schande, seine hilflose Nacktheit hätte verbergen können.

Er meldete sich bei dem Schleifer und wälzte Mordgedanken unter seiner kahlgeschorenen Schädeldecke. In den Augen des Rektors blitzte etwas geil. Später, auf seiner armseligen Dachkammer, verhängte August Böckl den Spiegel. Er konnte seine eigene Visage nicht mehr ertragen. Während ihm das Haar im Lauf der folgenden Wochen kratzig und wie einem Igel nachwuchs, bereitete er sich auf das anstehende Examen vor.

Er schrieb die vermeintlich letzten Arbeiten seiner Ausbildungszeit passabel. Im deutschen Aufsatz leistete er Überdurchschnittliches. Ganz zuletzt, in Mathematik, versagte er. Das Kratzen, das Igeln auf seinem Schädel hatte ihm die Konzentration geraubt. August Böckl schrieb in Mathematik eine Vier. Wenig später eröffnete ihm der Rektor erfreut, daß er zu denen gehörte, welche die letzte Klasse der Lehrerbildungsanstalt wiederholen müßten. Die Prüfung war gerade von so vielen Kandidaten bestanden worden, wie in diesem Jahr als Hilfslehrer angestellt werden konnten[135)]. August Böckl gehörte nicht zu ihnen. Als er auf die Straße und zum Bahnhof schlich, dachte er an den Onkel in Eggenfelden, an den Rechtsanwalt, der nun ein weiteres Jahr blechen mußte. Er dachte auch an seine Eltern, die so große Hoffnungen in ihn gesetzt hatten. Jetzt mußte er ohne Examen und noch dazu stachlig wie ein Igel nach Landau heimkehren.

Der Rechtsanwalt bezahlte, die Eltern schluckten ihre Enttäuschung hinunter, der ältere Bruder Josef, der jetzt bereits Siebmachergeselle war, blickte spöttisch, die beiden jüngeren Geschwister begriffen noch wenig. August Böckl nahm dies alles hin, wie es kam; im Jahr darauf absolvierte er dann doch die Straubinger Lehrerbildungsanstalt, nun wieder mit langem Haar. Im Herbst 1931 wurde er in Landau als Schulamtsbewerber eingesetzt; der Volksmund bezeichnete ihn als Hilfslehrer. Pro Monat bezahlte ihm der jetzt immer mehr abtrudelnde Staat knapp achtzehn Mark als Unterhaltszuschuß.

Hatte der Hilfslehrer das Glück, einen erkrankten hauptberuflichen Lehrer vertreten zu dürfen, bekam er dafür täglich vier Mark. Immerhin zeigten sich manche Schulleiter gegenüber den Junglehrern großmütig: Sie ließen solche wie August Böckl gelegentlich die Früchte ihrer eigenen Räusche, die sie sich am Stammtisch zusammen mit dem Bürgermeister und dem Pfarrer zugezogen hatten, ernten.

August Böckl aß das harte Brot des Hilfslehrers fünf Jahre lang. In Landau, Vilsbibirg, Mallersdorf und Freyung erledigte er die pädagogische Kärrnerarbeit. Kämpfte sich Jahr um Jahr hungrig durch ein verfurztes Klassenzimmer nach dem anderen, ertrug die Launen der in der Pfründe hockenden Vorgesetzten, bei denen es sich oft genug um abgehalfterte Weltkriegsoffiziere handelte, war den Pfarrern zu Diensten, denen er unentgeltlich das Ave Maria und sonstigen Schwulst von der Kirchenempore herunter fideln mußte. Hatte auch christkatholisch zu sein, noch mehr als andere, sonst hätte ihn der Klerus blitzschnell wieder aus dem Tempel gejagt. Derartig heimgesucht, schlug sich der Hilfslehrer bis zum Jahr 1936 durch.

Ab 1933 machte ihn die Tatsache, daß sein Vater, damals zweiter Bürgermeister der Stadt Landau, von den Nazis kurzfristig in sogenannte Schutzhaft genommen worden war, besonders bei denjenigen unter seinen Vorgesetzten verdächtig, die selbst schon längst das braune Parteiabzeichen trugen. Diverse Aufforderungen, doch der Partei beizutreten, lehnte August Böckl indessen stur ab. Wie auch die anderen seiner Familie hielt er sich aus dem immer mehr ausbrechenden Wahnsinn heraus, so gut er konnte. Dabei wäre die Versuchung, mit Hilfe der Partei aufzusteigen und sich besser zu stellen, groß gewesen.

Während der Ferien von 1931 bis 1936 war der Hilfslehrer regelmäßig arbeitslos. Der Staat besoldete ihn während der unterrichtsfreien Wochen nicht. Doch auch dann, wenn er in Arbeit und Brot stand, lebte August Böckl kärglich. Wenn er es sich einmal im Monat leisten konnte, auszugehen, dann trug er nicht mehr als eine Mark in der Tasche. Die Maß Bier und die sechs Zigaretten, die er sich davon bestellen konnte, konsumierte er sozusagen nach der Uhr. Jede halbe Stunde ein Schluck, jede Stunde eine Zigarette — nur so konnte der Hilfslehrer von achtzehn Uhr bis Mitternacht einen Abend im Tanzcafé bestreiten.

Im Jahr 1936 dann schien sich sein Schicksal, wenn auch immer noch in sehr bescheidenem Rahmen, zum Besseren zu wenden. August Böckl, der zuletzt als Schulamtsbewerber in Freyung im Bayerischen Wald tätig gewesen war, erhielt eine Schulleiterstelle im nahegelegenen Mitterfirmiansreut.

Der Wald, schier endlos, bepelzte damals noch die Berge. Lediglich Forstschneisen und bäuerliche Wirtschaftswege schnitten sich krumm durch die Halbwildnis. Die Kleinbahn zuckelte von der Donau herauf bis Freyung, nicht weiter. Das Schulhaus in Mitterfirmiansreut lag geduckt zwischen Waldbauernhöfen. Viel

Vieh im Stall hatte keiner, noch nicht einmal der Pfarrer. Die böhmische Grenze lag nahe; während des ersten Winters von 1936 auf 1937 trieb der beißende böhmische Wind den Schulleiter beinahe zur Verzweiflung. Als er in den Weihnachtsferien desillusioniert auf Besuch zu seinen Eltern und Geschwistern fuhr, wobei er sich auf Skiern zunächst stundenweit bis Freyung durchkämpfen mußte, heulte sich der nunmehr Fünfundzwanzigjährige bei der Mutter aus. "Ihr wißt nicht, wie einsam, wie tödlich einsam es dort hinten im Wald sein kann!" schluchzte er. Die alte Maria Böckl tröstete ihn, so gut sie konnte.

Dann jedoch, im neuen Jahr, begann August Böckl sich im Wald einzurichten. Im Schulhaus, das in zwei Räumen acht Klassen beherbergte, unterrichtete er die Dorfkinder allmählich freudiger. In den beiden Räumen der Lehrerwohnung unter demselben Dach hauste bis zum Sommer 1937 noch der Vorgänger von August Böckl, jetzt pensioniert. Der junge Lehrer war in der Zwischenzeit in der Försterei, weiter oben am Berg und außerhalb des Dorfes, untergekommen. Im Morgengrauen vor Schulbeginn, manchmal auch nachts, begleitet Augst Böckl den Forstbeamten gelegentlich auf seinen Pirschgängen. Der Wald, der ihm zuerst wie eine ungeheuerliche Bedrückung erschienen war, wurde ihm nun allmählich vertrauter. Der Körper des Lehrers wurde sehniger, sein Gang weicher. Unter den Bäumen begannen die Gedanken des ehemaligen Städters tiefer und ruhiger zu kommen und zu gehen. August Böckl ließ sich zurückfallen in die Natur und lebte sich ein in Mitterfirmiansreut. Trotzdem blieb das Leben für ihn, wie für alle anderen im Dorf auch, hart. Das runde Dutzend Kinder in den beiden Schulzimmern, in denen der Lehrer tagsüber abwechselnd unterrichtete, war von anderem Schlag als die Kinder draußen an Donau, Isar oder Vils. Nicht dümmer, doch schroffer und damit schwerer zu formen. Die Pflichten dieser Kinder auf den elterlichen Höfen gingen stets vor. Ihre Schulwege konnten sich stundenlang durchs rauhborstige Waldgebirge ziehen. Wenn sie sich in die starren, hohen Bänke eines der beiden Klassenzimmer drückten, hatten sie im Regelfall bereits ein halbes Tagewerk hinter sich. Ihre Antworten auf die Fragen des Lehrers kamen dann spröde oder gar nicht. Trotzdem — oder gerade deswegen — begann August Böckl, nachdem er den Wald erst einmal als Heimat zu akzeptieren begonnen hatte, sie zu lieben.

Als im Somer der alte Schulleiter hinunter ins Donautal zog, verließ sein Nachfolger die Försterei und bezog die beiden Stuben unter dem Schuldach. Der Karren, der das Gepäck zunächst nach Freyung bringen sollte, war bereits beladen, als der einschichtige Alte seinen Nachfolger zögernd beiseite nahm. Er suchte lange in seiner Tasche, brachte dann ein kleines Bündel aus Wachspapier zum Vorschein. Als er das Papier auseinanderschlug, fiel das herbe Sonnenlicht des Waldsommers auf eine uralte keltische Münze.

"Ein Regenbogenschüsselchen?" fragte der junge Lehrer erstaunt.

"Ein Soldat brachte es im Dezember 1918, im Revolutionsjahr, in die neue Volksschule, in der ich damals unterrichtete", erwiderte der alte Lehrer von Mitterfirmiansreut versonnen. "In München, in der Au, war das. Später nahm ich es mit herein in den Wald. Ich dachte, auch die hiesigen Kinder könnten etwas davon haben. Ich habe es ihnen immer dann gezeigt, wenn wir über unsere Vorfahren sprachen." Der Alte lächelte seinen Nachfolger fast verstohlen an. "Nicht über die Germanen, wie's der Hitler jetzt verlangt", setzte er sehr leise hinzu. "Sondern über die Kelten. Die scheinen friedlicher gewesen zu sein, denn zu einem mächtigen Staat haben sie es nie gebracht. Aber sie konnten schöne Dinge herstellen, wie das da..."

August Böckl begriff, wie sehr ihm sein Vorgänger an der kleinen Volksschule von Mitterfirmiansreut vertraute. Wegen solcher Äußerungen, wie der Alte sie soeben getan hatte, waren bereits Menschen verschleppt worden. Man flüsterte, daß es in Dachau bei München ein Lager für die Mißliebigen gäbe. Ein riesiges Zuchthaus, in dem man Menschen zerbrach, folterte, möglicherweise sogar ermordete. Der jungen Lehrer schluckte, dann griff er nach der Hand des anderen. Die Blicke der beiden Pädagogen trafen sich. Eine Brücke entstand, eine Brücke des gegenseitigen Verstehens. "Ich glaube, ich kann das Regenbogenschüsselchen bei Ihnen in Mitterfirmiansreut lassen", sagte der Alte, "Sie werden es manchmal den Kindern zeigen, nicht?"

"Das werde ich", versprach August Böckl. "Und ich werde ihnen dann von den kleinen Dingen des Lebens erzählen. Vom Zarten und Schönen. Nicht vom Reich, nicht vom deutschen Wahn, der jetzt alles unter sich zertrampeln will. Das kleine Kunstwerk wird ihnen vielleicht die Augen für das Eigentliche öffnen. Für das Friedliche, das ja trotz allem in uns allen lebt."

"Dann nimm!" sagte der Alte. August Böckl spürte, wie die uralte keltische Münze in seine Hand glitt. Gleich darauf tappte sein Vorgänger schwer zum Karren, auf dem sein spärlicher Hausrat verzurrt war. Die Ochsen zogen an, das Gefährt entfernte sich rumpelnd auf Freyung zu. August Böckl blickte ihm nach, bis es hinter den Bäumen verschwunden war. Dann trug er das Regenbogenschüsselchen ins Schulhaus und nahm sich vor, gleich am nächsten Tag mit seinen Kindern über das Kleinod zu sprechen. Er wollte das humane Vermächtnis des Alten weitergeben, so gut er konnte.

Der Humanismus jedoch hatte schon seit 1933 auf entsetzliche Weise zu zerbrechen begonnen. Als in diesem Jahr die Nationalsozialisten sich zunächst zur Macht gedrängt und die Macht anschließend mit brutalen Fäusten ergriffen hatten, da hatte der Untergang Deutschlands im Prinzip bereits eingesetzt, auch wenn dem Land und damit Bayern vorerst noch ein sechsjähriger Scheinfriede bleiben sollte. Doch bereits seit 1933 rüsteten die braunen Horden vehement auf, spätestens seit 1933 liefen ihnen die Kleinbürger und das Großkapital, liefen ihnen die Taugenichtse, die Feigen, die Engstirnigen, die Obrigkeitshörigen, die zu kurz Gekommenen und die Gierigen, die Sadisten, die Nationalen, die Deutschtümelnden, die verkappten Monarchisten millionenfach zu.

Auch die Kirchlichen strudelten mit, von der Basis und von der Spitze her, strudelten mit trotz des von den Nazis angefachten Kirchenkampfes, schoben lediglich einige konsequent Jesuanische vor, wahrten dadurch das Gesicht für spätere Zeiten, liebäugelten jedoch ansonsten, gerade von Rom her, heftigst mit dem Faschismus. Deutsch wurden die Kirchen und die Kardinäle; nachdem der Kirchenkampf erst einmal ausgestanden war, nachdem man Konkordate geschlossen hatte, erklangen auch von den Kanzeln herunter Egebenheitsbotschaften an Hitler. Ganz außerordentlich deutschfreundlich zeigte sich der Pacelli-Papst in Rom, wo er — hätte er Charakter und Menschenliebe besessen — deutschfeindlich hätte sein müssen.

Auf diese Weise, durch das makabre Zusammenspiel all der genannten Kräfte, konnte sich die nationalsozialistische Bewegung in Deutschland von 1933 an zu einem Moloch auswachsen, der die Zivilisation Europas und letztlich des ganzen Planeten in den Abgrund zu reißen drohte. Was Widerstand leistete, wurde von 1933 an schonungslos kaltgestellt, vertrieben, liquidiert: Die Sozialdemokraten, die Liberalen, die Gewerkschafter, die Künstler, die Schriftsteller, die Philosophen, auch diejenigen unter den Theologen, die nicht ihren Kirchen folgten, sondern ihrem Gewissen. Und es wurde, noch ehe der Krieg selbst ausgebrochen war, mit einem der entsetzlichsten Völkermorde der Menschheitsgeschichte begonnen, dem am jüdischen Volk, das Deutschland so sehr bereichert hatte und jetzt in Deutschland liquidiert werden sollte.

In der Nacht vom neunten auf den zehnten November des Jahres 1938 kam es zum ersten reichsweiten Pogrom gegen die Juden. Synagogen, Geschäftshäuser, Wohnhäuser gingen in Flammen auf, barsten. Aus den zerstörten Gebäuden heraus trieb man Menschen wie Vieh, prügelte sie auf die Plattformen von Lastwagen und in Viehwaggons hinein, verschleppte sie, schlug sie, ermordete sie. Von München aus organisierte der klumpfüßige Reichspropagandaminister Joseph Goebbels den angeblich spontan ausbrechenden Zorn des deutschen Volkes. In Bayern schwappte die Woge des zynischen Wahnsinns schnell auf Nürnberg, Augsburg, Regensburg, Würzburg über. Raste noch in derselben Nacht weiter aufs flache Land, raste durch Dutzende, Hunderte von Kleinstädten und verlief sich erst dort, wo Juden nicht lebten. Danach wucherte das Pogrom unter anderem Namen weiter, bis in das Jahr 1939 hinein, in dem der Krieg, der Völkermord, der Menschenhaß, der ideologische Wahn, die vom Christentum gezüchtete Mordlust auf alles Jüdische, das mörderische Geifern gegen alles Andersdenkende und Andersartige, offiziell ausbrachen.

Nachdem es bereits Österreich und das Sudetenland brutal an sich gerissen hatte, freilich nicht ohne tatkräftige Mithilfe brauner Gesinnungsgenossen dort, fiel Deutschland über Polen her, überrannte und zerschlug es innerhalb weniger Wochen. Schon im Frühjahr darauf riß der Moloch Dänemark und Norwegen in seinen Rachen, im Mai 1940 sprangen Wehrmacht und Luftwaffe Frankreich an und krallten sich die Hälfte des Landes. Im Herbst desselben Jahres schlossen sich Deutschland, Italien und Japan zur menschheitsbedrohenden Achse zusammen; der Krieg wuchs sich daraufhin zum Weltkrieg aus. Am zweiundzwanzigsten Juni 1941 fiel Deutschland ohne Kriegserklärung auf einer ungeheuerlichen Front von der Ostsee bis zum Schwarzen Meer über die Sowjetunion her.

Der Lehrer August Böckl in Mitterfirmiansreut war von der unmittelbaren Teilnahme am Krieg vorerst noch verschont geblieben. Kurz nachdem er das Regenbogenschüsselchen aus der welken Hand seines Vorgängers entgegengenommen hatte, hatte er bei einem Besuch in Freyung die einzige Tochter des Malermeisters, Kunstmalers und Zitherspielers Xaver Stumvoll kennengelernt. Der Lehrer hatte sich in Ida Stumvoll verliebt, heftig, denn für das Jahr 1938 war bereits die Hochzeit geplant. Sie mußte jedoch kurzfristig verschoben werden, weil Deutschland genau in diesen Tagen das Sudentenland an sich riß. Als die Eheschließung nachgeholt wurde, stand der Weltkrieg unmittelbar vor der Tür. Als im Oktober 1939 die Tochter Gitti geboren wurde, war Polen bereits gefallen. Bis Anfang 1940 unterrichtete August Böckl weiter in Mitterfirmiansreut. Zaghaftes Familienleben machte sich in den beiden Stuben der Lehrerwohnung breit. Einmal im Monat hütete eine Nachbarin das Kind; der Lehrer und seine junge Frau liefen dann, im Winter auf Skiern, stundenweit bis Freyung, um dort die Lebensmittel zu besorgen, die es im Dorf nicht gab. Das letzte Mal kämpften sich der Lehrer und seine Frau im Januar 1940 durch den verschneiten Wald. Wenige Tage danach wurde August Böckl zum Militär eingezogen. Im Sommer darauf war er widerwillig dabei behilflich, Frankreich zu zerbrechen. Als der Feldzug beendet war, belohnte man den Lehrer von Mitterfirmiansreut dafür mit zwei Fetzen Stoff: den Gefreitenwinkeln. Man bot ihm, da er eine gewisse Bildung besaß, auch den Besuch der Offiziersschule an. August Böckl lehnte, nicht ohne Gründe, ab und blieb Gefreiter. Er blieb es bis in den Sommer 1941 hinein, als man ihn, zusammen mit Millionen anderen, an die russische Front warf. Die Infanterieeinheit, welcher der Lehrer von Mitterfirmiansreut zugeteilt war, überschritt unter dem Oberbefehl der Heeresgruppe Nord die sowjetische Grenze nahe der Ostsee.

Der Angriff der deutschen Truppen kam bis zum Winter von 1941 auf 1942 zügig voran. Leningrad wurde erreicht und eingekesselt.

Die Kommandeure verteilten großzügig Gefrierfleischorden[136)] an ihre Truppen. Zuletzt fraß sich der Angriff auf der Linie Leningrad-Nowgorod-Kalinin fest. Am sechsten Dezember 1941 hatten die Sowjets eine Gegenoffensive gestartet. Knapp östlich des Ilmensees, in der Nähe der Stadt Nowgorod, verbunkerte sich das Infanterieregiment, dem auch der Lehrer von Mitterfirmiansreut angehörte. Der Winterfrost wurde jetzt von Tag zu Tag schärfer.

In seiner in diesem Klima viel zu dünnen Uniform kauerte der Funker August Böckl in einem schneeverkrusteten Schützenloch. Etwas mehr als zwei Monate waren vergangen, seit die Russen zum Gegenangriff angetreten waren. Es waren zwei Monate des Schlachtens, des mörderischen Frierens, des Sich-Gegenseitig-Abknallens, gelegentlicher Panzerduelle, aus eisigem Himmel stürzender Flugzeuge und vor allen Dingen des sinnlosen Sterbens gewesen. Die Kompanie des Lehrers aus Mitterfirmiansreut war bis in diesen Februar des Jahres 1942 hinein beinahe auf die Hälfte ihres Bestandes zusammengeschmolzen. Doch beileibe nicht alle waren den Kugeln, den Granatsplittern zum Opfer gefallen. Vielen hatte der ewige Frost den Tod gebracht. August Böckl hatte Dutzende von Kameraden gesehen, die schwarz und brüchig wie rissiges Holz im Schnee gelegen hatten.

An diesem Februartag krallte der Frost erbarmungslos auch nach dem Gefreiten. Seit Stunden kauerte August Böckl in seinem Schneeloch; er kauerte dort, bis die Nacht einbrach. Seit Stunden hätte er abgelöst werden sollen, doch niemand war nach vorne gekommen. Ein Artillerieüberfall der Sowjets am späten Nachmittag mochte schuld daran sein, daß es mit dem Wachwechsel an diesem Februartag nicht geklappt hatte. Gemäß seinen Befehlen hatte der Gefreite nun auszuharren, bis die nächste Ablösung an die Reihe kam. August Böckl wußte: Dies konnte erst am folgenden Morgen der Fall sein.

Das Funkgerät, ein immer mehr vereisender Klumpen Blech, blieb in dieser Nacht stumm. Niemand verlangte eine Meldung von dem Gefreiten; auch er selbst hatte keine abzugeben. Was hätte er auch melden können? Höchstens, daß der Frost jetzt auch in ihn selbst immer tiefer kroch. Die Lippen des Lehrers wurden taub, die Nase, die Ohren unter dem Stahlhelm. Auch in den Händen hatte er bald kein Gefühl mehr. Am schlimmsten war es mit den Füßen. Die Lippen, die Nase, die Ohren, die Hände ließen sich reiben. Doch die Füße staken in den starren Knobelbechern, standen auf der gefrorenen Erdkruste, und dort biß der Frost am heftigsten. Zuerst waren die Füße des Gefreiten nur taub, dann jedoch schienen sie körperlos zu werden, schienen sich zuletzt in den starren Stiefeln irgendwie aufgelöst zu haben. Ehe endlich der Morgen kam, war diese Auflösung die Beine des Funkers entlang nach oben geklettert und verursachte jetzt bis in die Herzgrube des Lehrers hinein ein unwirkliches, flackerndes, zeitweise völlig leeres Gefühl.

Als die Ablösung endlich auftauchte, mußte sich August Böckl von seinem Kameraden aus dem Schützenloch zerren lassen. Taumelnd, immer wieder einknickend, versuchte der Gefreite weiter nach hinten, zum Kompaniegefechtsstand zu gelangen. Doch schon nach wenigen Metern blieb er hilflos liegen. Sein Kamerad funkte daraufhin den nächsten Sanitätsposten an. Unter im Morgengrauen zögernd wieder einsetzendem feindlichem Beschuß schoben sich zuletzt zwei Mann mit einer Bahre heran. Sie rollten den Körper des Lehrers von Mitterfirmiansreut hinauf und schleppten ihn zurück. Als sie ihm in einem Bunker des Kompaniegefechtsstandes die Stiefel von den Füßen schnitten, sahen sie, daß das Fleisch des Gefreiten sich schwarz verfärbt hatte. August Böckl, der inzwischen bewußtlos geworden war, wurde daraufhin hinter die Front transportiert und kam, Tage später, im Reservelazarett von Elbing, südlich der Danziger Bucht, an. Seine Füße waren jetzt zu unförmigen schwarzen Klumpen aufgeschwollen; er selbst delirierte bereits zeitweise.

Sie hoben ihn auf den Operationstisch. Der Lehrer von Mitterfirmiansreut hörte einen Arzt fluchen, dann fiel das Wort "Amputation". Gleich darauf schwemmte das Delirium in sein Gehirn zurück, und er sah etwas glänzen: Eine kleine Münze, die auf der zittrigen Hand dessen lag, der vor ihm die Schule im Bayerischen Wald geleitet hatte. Doch sofort verflüchtigte sich dieses Bild wieder; die Narkose, die man August Böckl gegeben hatte, begann zu wirken. Er wirbelte hinunter in einen lichtlosen Abgrund und wußte von nichts mehr.

Der Lehrer August Böckl von Mitterfirmiansreut erwachte nicht mehr aus der Narkose. Der Wundstarrkrampf, der von seinen schwarzen Fußstümpfen ausgegangen war, tötete ihn noch während der Operation.

Seine Frau Ida holte den Leichnam heim in den Bayerischen Wald. In Freyung, wohin sie mit ihrer Mutter zurückgekehrt war, zählte die Tochter des Lehrers noch keine drei Jahre. Vom Vater blieb ihr noch nicht einmal eine Erinnerung. Kaum mehr blieb der Witwe: Ein dürres Kreuz auf dem Friedhof von Freyung.

Das Regenbogenschüsselchen lag lange unbeachtet und vergessen in der Zwergschule im Bayerischen Wald, ehe das Gebäude, lange nach dem Krieg, abgerissen wurde. Die Schubraupen arbeiteten in unmittelbarer Nähe des Eisernen Vorhanges, der nunmehr Europa durchschnitt. Ein Trödler aus der Passauer Gegend erwarb die alten Schulmöbel und was ihm sonst noch brauchbar erschien, und in einer wurmstichigen Lade wanderte auch das Regenbogenschüsselchen hinunter an die Donau.

Die Überwindung der Grenzen
(Herbst 1989 bis Frühjahr 1990)

Der bonbongelbe Kleinwagen wimmerte auf der Autobahn Wien-Passau unverdrossen westwärts. Hinter ihm fächerte seit Stunden eine blaue Qualmwolke über das Donautal und später den österreichischen Innkreis hin. Der Fahrer, ein dreißigjähriger Elektriker aus Leipzig, war übermüdet. Sein Vollbart wirkte ungepflegt und war verstrubbelt. Seine Augenlider waren gerötet; schlaflose Nächte, Anspannung, Hoffnung und Furcht hatten sie zu schmalen, gequälten Schlitzen geformt. Auch die vierundzwanzigjährige Frau auf dem Beifahrersitz war am Ende ihrer Kraft. Trotzdem brachte sie es immer wieder fertig, sich nach dem dreijährigen Kind umzudrehen, das auf der Rückbank unter einer Jeansjacke schlief. Im unruhigen Traum schluckste und hüstelte das Mädchen ab und zu. Im Flüchtlingslager in Ungarn, wo die junge Familie beinahe zwei Wochen zugebracht hatte, hatte es sich erkältet.

Während die westlichen PKWs den bonbongelben Trabbi reihenweise überholten, glitt am Straßenrand ein blaues Schild vorbei.

"Wie weit noch nach Passau?" fragte Dieter, der Fahrer.

"Ich glaube, so um die fünfzig Kilometer", erwiderte Helga. "Hoffentlich hält Astrid noch durch! Sie braucht eine warme Mahlzeit, ein Bett und einen Arzt."

"Wir werden es schaffen", sagte der Mann. "Fünfzig Kilometer noch, dann sind wir in Deutschland."

"Dann sind wir wieder in Deutschland", murmelte Helga nachdenklich. "In einem anderen Deutschland als dem, das wir drüben kannten."

"In einem freien Deutschland", sagte Dieter. "Ich kann es noch immer nicht wirklich begreifen, daß es plötzlich doch möglich wurde."

"Es ist wie ein Traum", bestätigte Helga, während der bonbonfarbene Kleinwagen unverdrossen weiter nach Westen knatterte. "Gestern noch im Lager in Ungarn — und jetzt kurz vor der Grenze zur Freiheit..."

Die Ereignisse im Ostblock, hinter dem Eisernen Vorhang, der Europa seit mehr als vierzig Jahren knebelte, hatten sich im Übergang vom Spätsommer zum Frühherbst dieses Jahres 1989 ganz unvermutet überstürzt. Weil in Moskau ein Reformer, ein Humanist — ein wahrer Sozialist also — aufgestanden war, hatten die Menschen von der Ostsee bis Budapest mit einem Mal das wieder verspüren dürfen, was ihnen von einer Clique verbissener Diktatoren mehr als vier Jahrzehnte lang verbiestert vorenthalten worden war: den Geruch der Freiheit. Glasnost und Perestroika hatten Europa, hatten die Welt aufatmen lassen. Kontinent- und blockübergreifende Dialoge waren, zuerst noch zögernd, dann immer unverkrampfter, möglich geworden. Der Kniefall eines Bundeskanzlers in Warschau hatte, zwei Jahrzehnte später, Früchte zu tragen begonnen. Der Planet, der jahrzehntelang am Rand eines Abgrunds gestanden hatte, hatte begonnen, sich aus seinem tödlichen Taumel zu befreien. Der Schrei nach Menschenrechten, nach Freiheit, nach Selbstbestimmung, nach Gerechtigkeit wurde im östlichen Europa immer deutlicher hörbar. Freilich fand der Schrei in den einzelnen Ländern hinter dem Eisernen Vorhang unterschiedlichen Widerhall.

Während sich Moskau und Warschau, dann auch Budapest, dann auch Prag, dann auch Sofia allmählich aus der ideologischen Erstarrung lösten, standen in anderen Ländern die verfluchten Mauern scheinbar noch immer unerschütterlich fest. In Rumänien hetzte die Securitate noch immer das Volk, in Berlin ließ ein gallenkranker Diktator hirnrissig noch immer das zementieren, was wie ein Stachel im Fleisch der Stadt und der beiden Deutschland saß. Die Mauer, so tönte der gallige Alte, werde auch nach hundert Jahren noch stehen. Trotzdem konnte er durch derartige Beschwörungen nicht verhindern, daß das Volk, über das er sich zum Alleinherrscher aufgeworfen hatte, die Mauer durchbrach.

Die Menschen aus Berlin, aus Dresden, aus Leipzig, aus Magdeburg, die Menschen aus dem ganzen, seit mehr als vierzig Jahren geknebelten Land, umgingen in diesem Spätsommer und Frühherbst des Jahres 1989 die Mauer. Weil sie nach Westen nicht ausreisen durften, wanderten sie nach Osten und Süden ab. Die heimlichen Flüchtlingstrecks bewegten sich in die CSSR und nach Ungarn. Andere schlugen den Umweg über Polen ein, doch zuletzt landeten sie alle dort, wo die Freiheit allmählich immer greifbarer wurde: In Prag und vor allen Dingen in Budapest. Von dort aus wollten sie den Sprung in das andere Deutschland wagen, das ihnen so lange verboten gewesen war.

Botschaften wurden besetzt, Rückreisen aus der CSSR und Ungarn auch dann nicht angetreten, als der vom Staat genehmigte Urlaub der Menschen längst verbraucht war. Immer mehr Freiheitsdurstige ballten sich in den Botschaften, in den Lagern zusammen, blickten nach Westen, drängten immer ungestümer zur Freiheit. Zu einem ersten Durchsickern der ungarisch-österreichischen Grenze kam es, als dort ein europäisches Friedensfest veranstaltet wurde, als — eigentlich zunächst nur symbolisch gedacht — an dieser Stelle des Eisernen Vorhanges ein einziges Tor kurzfristig aufschwang. Unvermutet strudelten Hunderte hindurch, erreichten Österreich, erreichten Bayern. In der Folge zersplitterte der Grenzzaun mehr und mehr. Die ungarischen Posten drückten beide Augen zu, wenn Frauen, Kinder junge Männer durch die Maisfelder den Weg von Deutschland nach Deutschland suchten. Manche Soldaten zeigten sogar die richtigen Pfade auf. Deswegen entstand Brüderlichkeit dort, wo es bisher nichts als Haß und Mißverständnisse gegeben hatte.

Doch nicht alle Deutschen, die sich in den ungarischen Lagern zusammendrängten, wagten den immer noch ungewissen Sprung über die völkerrechtlich immer noch abgeschottete Grenze. Sie ballten sich zusammen, knäuelten durcheinander in provisorischen Zeltstädten, die bald aus allen Fugen platzten. Der Rückweg in ihr eigenes Land war ihnen versperrt, der Ausweg noch immer nicht offen für die, welche weniger abenteuerlustig waren als diejenigen, die den illegalen Sprung über die Grenze bereits gewagt hatten. Doch dann veränderten sich auch die Dinge in Budapest jäh. Am elften September des Jahres 1989 gab die ungarische Regierung die Ausreise der DDR-Flüchtlinge nach Österreich offiziell frei. Als der Freudentag gerade drei Minuten alt war, passierte der erste Trabbi den Schlagbaum. Sieben Minuten später herrschte am Grenzübergang von Nickelsdorf im Burgenland das absolute Chaos. Die Vorhut von sechzigtausend Menschen befand sich jetzt auf der letzten Etappe ihres langen Weges von Deutschland nach Deutschland.

Dieter, Helga und die dreijährige Astrid aus Leipzig gehörten nicht zu diesen ersten Flüchtlingen. Erst am Morgen jenes Septembertages waren sie in Budapest aufgebrochen; Helga und Dieter hatten ihr erkranktes Kind vorher noch ausschlafen lassen wollen. Am späten Vormittag hatten sie dann den Grenzübergang

bei Nickelsdorf passiert. Und jetzt, kurz vor Abend, lag Bayern greifbar nahe.
"Suben!" rief der Elektriker aus Leipzig. Der bonbongelbe Kleinwagen reihte sich in die lange Schlange vor der Zollstation ein. Blaue Auspuffwolken hingen über den vielen Fahrzeugen des Trecks, der sich hier kurzfristig staute. Auf der Rückbank des bonbongelben Trabbis erwachte die dreijährige Astrid. "Was ist das — Suben?" murmelte sie, noch halb im Schlaf.
"Ein neues Leben, mein Kind", erwiderte Helga und hatte dabei Mühe, ihr Schluchzen zu unterdrücken. Sie griff nach hinten, hob das Kind hoch, setzte es auf ihren Schoß. Neugierig blickte Astrid nach vorne. Der Inn floß milchig nur ein kleines Stück entfernt.
"Nun ist es auch nicht mehr weit bis Passau", erklärte Dieter nach einem Blick auf die Karte, die man ihm am späten Vormittag in Nickelsdorf gegeben hatte. "Dreißig, fünfunddreißig Kilometer noch."
"Wie lange ist das?" wollte Astrid wissen.
"Eine halbe Stunde, wenn die Abfertigung schnell geht", sagte ihre Mutter hoffnungsvoll.
Schon wenige Minuten später rollte der Trabbi auf bayerischen Boden. Die Grenzschutzbeamten bemühten sich, die Flüchtlinge so schnell wie möglich einzuweisen. Die Formalitäten waren im Handumdrehen erledigt. Eine Mitarbeiterin des Roten Kreuzes reichte Bananen, Saft und Brötchen in den bonbongelben Wagen. "Fahren Sie weiter nach Passau oder nach Pocking?" wollte sie dann wissen.
"Passau", erwiderte Dieter. "Wir haben von dieser Stadt schon gehört. Sie soll sehr schön sein."
Die Rotkreuzhelferin nickte. "Dann müssen sie auf der Autobahn bleiben. Und bei der Abfahrt Passau-Süd..." Sie erklärte kurz den Weg. Der Trabbi ratterte wieder los. Astrid hatte inzwischen ehrfurchtsvoll in eine Banane gebissen. Es war die erste ihres Lebens.
Eine halbe Stunde später rollte der Trabbi über die Neuburger Straße in die Dreiflüssestadt hinein. Dieter kämpfte mit seiner Müdigkeit und dem ungewohnten Verkehr. Tankstellen, Kaufhäuser glitten vorbei, ein wenig später linker Hand ein Verlagsgebäude. Gleich darauf krümmte sich die Straße nach links und lief auf die Nibelungenhalle zu. Eine jubelnde Menschentraube blockierte den Eingang. Dieter parkte den bonbongelben Klein-

wagen auf dem weiten Platz daneben. Mit steifen Gliedern kletterte das Leipziger Paar mit seinem Kind aus dem Trabbi. Verschüchtert und gleichzeitig unendlich glücklich gingen sie auf das Gebäude zu. Helga trug das Kind, Dieter das bescheidene Gepäck. Als sie das Klatschen hörten, das sie empfing, wußten sie, daß sie willkommen waren. Später erfuhren sie, daß die Passauer seit dem Morgen auf sie und die vielen anderen gewartet hatten.

Die junge Familie aus Leipzig blieb einige Tage in der Dreiflüssestadt, während der Strom der Flüchtlinge über Ungarn nicht abriß. Zuerst hatte man mit zehn-, zwanzigtausend Menschen gerechnet, zuletzt waren es mehr als hunderttausend, die in Bayern eine neue Heimat suchten oder über Bayern weiter in die anderen Bundesländer reisten. Bayern verkraftete den Ansturm, so wie es knapp ein halbes Jahrhundert zuvor einen anderen Flüchtlingsstrom aufgenommen hatte.

Am dritten Tag nach ihrer Ankunft bummelten Helga und Dieter durch die Passauer Altstadt. Astrid, inzwischen wieder gesund, hüpfte und tanzte übermütig zwischen ihnen. Unter der Septembersonne leuchteten die barocken Fassaden der alten Häuser. Auf der Donau trieben die Ausflugsschiffe. In der Fußgängerzone saßen die Menschen vor Kaffeetassen und Biergläsern. Ein Passant sah den drei Flüchtlingen ihre Herkunft an. Er schenkte der Dreijährigen ein Eis. Schleckend rannte Astrid weiter, ihre Eltern folgten ihr lächelnd. Vor der Auslage eines Antiquitätengeschäftes blieb das Mädchen stehen. Ihre Augen weiteten sich erstaunt. Zwischen anderen Kleinigkeiten lag dort eine winzige goldene Münze. Ein Sonnenstrahl fingerte über das Regenbogenschüsselchen hin und brachte es zum Leuchten.

"Was ist das?" fragte Astrid und deutete auf das Kleinod, das seit mehr als zweitausend Jahren durch Bayern gewandert war und sich zuletzt in einer Zwergschule in Mitterfirmiansreut befunden hatte, ehe es auf verschiedenen Umwegen in das Schaufenster des Antiquitätengeschäfts geraten war.

"Irgendeine alte Münze", erwiderte Dieter. Er warf einen Blick auf das Preisschild und setzte hinzu: "Sehr alt offenbar, denn sie ist nicht billig."

"Es ist ein Regenbogenschüsselchen", sagte der Passant, der Astrid das Eis geschenkt hatte und nun in der Gasse zufällig wieder auf die Leipziger getroffen war. "Die Kelten haben es geprägt, ein Volk, das vor sehr langer Zeit in Bayern lebte." Dann erzählte er dem Kind und seinen Eltern die alte Sage: Daß solche Münzen am Ende eines Regenbogens zu finden seien, und daß der, der ein Regenbogenschüsselchen besitze, im Leben Glück habe.

"Ich will auch Glück haben! Ich will das Regenbogenschüsselchen haben!" bettelte Astrid.

"Vielleicht wird es dir einmal gehören", sagte der alte Passauer und verabschiedete sich lächelnd.

"Wir können uns so etwas nicht leisten", murmelte Dieter und versuchte seine Tochter von der Auslage wegzuziehen. "Wir brauchen eine Wohnung und Möbel, und ich brauche Arbeit — an etwas Unnützes dürfen wir jetzt nicht denken, auch wenn es noch so schön glänzt."

"Gerade deswegen wäre es wunderbar, es zu besitzen, sagte Helga. "Weil es unnütz ist. Wir haben immer nur materialistisch denken müssen. Etwas, das ganz einfach schön ist, hat uns bis jetzt niemand gegönnt."

"Kommt jetzt endlich weiter!" forderte Dieter. Aber es fiel auch ihm schwer, sich von dem Augenblick des Regenbogenschüsselchens loszureißen. Helga und das Kind haben ja recht, dachte er insgeheim.

Die junge Familie aus Leipzig verließ Passau einen Tag später. Der bonbongelbe Kleinwagen knatterte nach München, wo Dieter einen Freund ausfindig gemacht hatte, der schon einige Jahre zuvor aus der DDR ausgebürgert worden war. Ehe ihn die Bundesrepublik freigekauft hatte, hatte er drüben wegen versuchter Republikflucht geraume Zeit im Zuchthaus gesessen. Doch das hatte den Freiheitswilligen nicht brechen können. Inzwischen war es ihm gelungen, in München eine Reparaturwerkstätte für elektrische Geräte zu eröffnen. Dieter kam bei ihm unter; der Freund besorgte ihm und seiner Familie auch eine kleine Wohnung. Der Elektriker aus Leipzig faßte schnell Fuß. Während sich im Laufe des Herbstes und des anbrechenden Winters die Grenzen weiter öffneten, während sich auch aus Prag der Flüchtlingsstrom in den Westen ergoß, während um Weihnachten die Berliner Mauer fiel und das Brandenburger Tor durchlässig wurde, die alten Tyrannen reihenweise gestürzt wurden, während sich in Leipzig und anderswo in der DDR eine unerhört friedliche Revolution vollzog, begannen Dieter, Helga und Astrid sich immer mehr als Bayern zu fühlen. Zwar hätten sie nunmehr die Möglichkeit gehabt, als freie Menschen nach Leipzig zurückzukehren, doch sie hatten sich dafür entschieden, in München zu bleiben.Im Frühjahr 1990 hatten die junge Familie das Darlehen, das ihnen der Freund gegeben hatte, zurückgezahlt. Sie besaßen jetzt sogar schon ein kleines Bankkonto. Kurz vor Astrids viertem Geburtstag nahm Dieter sich einen Tag Urlaub. Ohne seiner Frau und seiner Tochter zu sagen, was er vorhatte, setzte er sich in den bonbongelben Trabbi, der längst ein Münchner Nummernschild trug, und fuhr auf der neuen Autobahn nach Passau. Als er die kleine Stadt Landau passierte, die nur einige Kilometer seitlich der Schnellstraße wie eh und je auf ihrem Hügel lag, ahnte er nicht, daß ganz in der Nähe der Bergstadt einst ein jungsteinzeitlicher Fischer und Jäger auf einer Sandbank der Isar ein Goldkorn gefunden hatte. Er ahnte auch nicht, daß Jahrtausende später ein keltischer Händler das Goldkorn wiederentdeckt und nach Artobriga gebracht hatte, wo dann das Regenbogenschüsselchen geprägt worden war. Dieter fuhr einfach vorbei und parkte eine Stunde später sein Auto noch einmal in der Nähe der Passauer Nibelungenhalle.

Er fand das Antiquitätengechäft wieder, in dessen Auslage Astrid im September des vergangenen Jahres die uralte Münze entdeckt hatte. Erleichtert stellte Dieter fest, daß das Regenbogenschüsselchen immer noch zum Verkauf stand. Und diesmal hatte der Elektriker genügend Geld, um es zu bezahlen.

Am nächsten Tag schenkte Dieter seiner Tochter Astrid das Kleinod zum Geburtstag. "Damit du in deiner neuen Heimat Bayern das Glück findest", sagte er leise. "So wie du es dir damals gewünscht hast, als wir von Ungarn kamen."

Die Augen des Mädchens strahlten. Das Regenbogenschüsselchen glänzte geheimnisvoll auf der kleinen Patschhand.

"Du sollst auch noch ein Kettchen dazu bekommen", sagte Astrid lächelnd, "dann kannst du es deinem eigenen Kind weitergeben."

Astrid nickt ernsthaft und hielt das Regenbogenschüsselchen in einen Sonnenstrahl, der durch den Raum flirrte. Und der reine Schimmer der uralten Münze verzauberte die drei Menschen ebenso wie all die anderen, denen das Regenbogenschüsselchen vor ihnen gehört hatte.

Anmerkungen

1) Die Beschreibung dieser neolithischen Stadt folgt den neuesten archäologischen Erkenntnissen über die frühesten geschlossenen Siedlungsformen in Bayern. Sie lagen hauptsächlich im heutigen Regierungsbezirk Niederbayern und bildeten in etwa den Mittelpunkt der bis 1973 bestehenden Altlandkreise. In der vorliegenden Geschichte ist die Anlage der jungsteinzeitlichen Stadt Kothingeichendorf bei Landau/Isar geschildert. Durch die moderne Luftbildarchäologie konnten in den letzten Jahren sowohl der Verlauf der doppelten Wallgräben als auch Lage und Bauform des Tempels zwischen den beiden heute noch sichtbaren Bachtälern bestimmt werden.

2) Wie die modernen Archäologen herausgefunden haben, waren die Bewohner der neolithischen Städte Bayerns tatsächlich fähig, mit Hilfe ihrer klug konstruierten Tempelanlagen astronomische Berechnungen anzustellen. Da die Tore in den Tempelwällen haargenau die geographischen Ost-West- und Nord-Süd-Achsen zwischen sich markierten, waren die beiden jährlichen Tagundnachtgleichen exakt zu bestimmen, ebenso Sommer- und Wintersonnenwende. Fiel der erste Strahl der Morgensonne, wie im geschilderten Fall, direkt auf die gedachte Linie zwischen Ost- und Westtor, dann war die Frühjahrs-Tagundnachtgleiche eingetreten. Damit war auch der günstigste Zeitpunkt zur Aussaat auf den Feldern gekommen. Die Erntezeit begann mit dem Zeitpunkt der Herbst-Tagundnachtgleiche. Der letzte Strahl der untergehenden Sonne an diesem Tag bildete wiederum eine Lichtbahn zwischen West- und Osttor des Tempels.

3) Iser = keltische Bezeichnung für die Isar.

4) Diese ungewöhnliche Haartracht der Kelten ist durch verschiedene antike Autoren überliefert. Der Zweck ist nicht genau geklärt, doch hatte der Gipsschopf möglicherweise tatsächlich den Sinn, als eine Art Helm zu wirken. Ebenso wäre es möglich, daß die Kelten durch diese Haartracht größer und damit ihren Feinden gegenüber furchteinflößender erscheinen wollten.

5) Teutates = oberster Gott der Kelten.

6) Samhain = Totengott der Kelten, auch Herrscher über Herbst und Winter.

7) Gemeint ist das heutige Böhmen. Von dort aus begannen sich die Kelten etwa 500 v. d. Z. allmählich auszubreiten, um dann quer durch ganz Europa, von Irland bis Kleinasien, ihre Fürstentümer zu errichten. Diese Kleinkönigreiche bildeten einen lockeren kulturellen Verband und trieben untereinander Handel. Sie schlossen sich jedoch niemals zu einem einheitlichen Staatsverband zusammen, wie dies zur gleichen Zeit etwa die römischen Stämme taten. Deswegen sollten die keltischen Kleinkönigreiche auch bald wieder aus der Geschichte verschwinden. Keltische Bräuche (Aufstellen von Maibäumen, Austreiben des Winters) leben jedoch bis heute fort, und auch ihre Sprache hat sich in Westeuropa im Bretonischen, Kornischen, Walisischen oder Gälischen erhalten.

8) Artobriga, möglicherweise auch Arteobrig, war der Name einer der bedeutendsten keltischen Städte in Bayern. Sie lag in der Nähe des heutigen Manching, südlich von Ingolstadt. Ihre Ringwälle umschlos-

sen 380 Hektar Siedlungsfläche und waren sieben Kilometer lang. Artobriga war damit ebenso groß wie Rom zur Zeit des Kaisers Augustus. Etwa 10 000 Menschen dürften ständig innerhalb der Mauern gelebt haben; in kriegerischen Zeiten boten die zyklopischen Wälle außerdem noch Schutz für die Umwohnenden.
Der Name Artobriga setzt sich aus drei Wortwurzeln zusammen: Ar = Adler; T(e)o = Gott, stark; Brig(a) = Brücke. Artobriga bedeutet also Adlergottbrücke oder Starke Adlerbrücke. Ein Adler, wie er sich auf vielen in Manching geschlagenen Münzen findet, könnte eine Schutzgottheit der Stadt gewesen sein. Die Brücke steht sicherlich für einen Donauübergang, über den wohl ein wichtiger Handelsweg lief.

9) Die Vorstellung der Kelten, daß plötzlich der Himmel einstürzen und die Welt damit ein jähes Ende nehmen könnte, ist durch Ptolemaios, einen Freund Alexander des Großen, überliefert. Ptolemaios berichtet von einem Kriegszug Alexanders im Jahr 335 v. d. Z. auf dem Balkan. Bei dieser Gelegenheit traf der Makedone auf einen keltischen Fürsten, dem er die Frage vorlegte, wovor sein Volk sich wohl auf Erden am meisten ängstige. Zur Verblüffung des Königs antwortete der Kelte: "Wir fürchten nichts so sehr als die Vorstellung, daß uns der Himmel auf den Kopf fallen könnte."
Diese Furcht hat möglicherweise einen realen Hintergrund. Atavistische Erinnerungen an eine Sintflut mit verheerenden Wolkenbrüchen könnten die Ursache sein. Möglich wäre auch, daß die Kelten die Erinnerung an einen mörderischen Meteoritenabsturz bewahrt hatten und sich nun vor einer neuen Naturkatastrophe dieser Art ängstigten.

10) Anderwelt = Jenseits. Die Kelten verbanden damit ganz eigene Vorstellungen. Die Anderwelt war weder ein freudloser Schattenort wie bei den Griechen noch ein Aufenthaltsort für die Seelen der Verstorbenen wie später bei den Christen, sondern eher eine Alternative zum vorangegangenen Erdenleben. Die Kelten glaubten an eine körperliche Existenz auch in der Anderwelt. Man lebte also in der diesseitigen und dann in der jenseitigen Welt. Der Tod verlor dadurch seinen Schrecken und wurde lediglich als eine Art Pforte zwischen den verschiedenen Lebensabschnitten angesehen. Er war für die Kelten nichts weiter als ein kurzer, sanfter Übergang durch eine Art Nebelschleier. Deswegen fürchteten die Kelten den Tod auch nicht, sondern suchten ihn oft sogar in der Schlacht, was uns durch verschiedene antike Autoren überliefert ist.

11) Don = keltische Bezeichnung für die Donau.

12) Druiden = Priester der Kelten. Es gab unter ihnen verschiedene Rangabstufungen. Die niedrigeren Druiden waren pflanzenkundig und wirkten wahrscheinlich als Ärzte. Andere waren Opferpriester, wobei auch Menschenopfer nicht auszuschließen sind, während sich die höchsten Druiden vermutlich auch mit abstrakter Philosophie beschäftigten. Diese "Hohenpriester" hatten innerhalb der keltischen Gesellschaft eine mächtige Stellung inne; der oberste Druide dürfte dem Fürsten an Macht kaum nachgestanden haben. — Die Druiden lebten in heiligen Hainen, entweder innerhalb der Städte oder auch an einsamen, von der Natur besonders gestalteten Orten.

13) Barden zählten ebenfalls zur Adelskaste der Kelten. Sie waren die Dichter dieses Volkes und hatten vor allen Dingen die Aufgabe, die

Geschichte der Kelten in ihren Gesängen lebendig zu erhalten. Schriftliche Überlieferungen kannten die Zeitgenossen Getorics nämlich nicht.

14) Aenus = keltische Bezeichnung für den Inn.

15) Getoric spielt hier auf die Schlacht von Vercellae zwischen Kimbern und Römern an. Sie fand im Jahr 101 v. d. Z. statt. Die römischen Heerführer Marius und Quintus Lutatius Catullus schlugen damals die keltischen Kimbern sowie die mit ihnen verbündeten Tiguriner unter deren gemeinsamem König Bojorix vernichtend. Nur klägliche Reste der Unterlegenen konnten sich in die Alpen flüchten. — Mit der Schlacht von Vercellae wurde der Untergang der keltischen Kultur in ganz Europa eingeleitet. Ein Jahrhundert später waren die Kelten völlig im Römischen Weltreich aufgegangen.

16) Alkimoenis = keltische Stadtsiedlung bei Kelheim. Sie lag auf dem Michelsberg zwischen Donau und Altmühl, an jener Stelle, an der heute die Befreiungshalle steht.

17) Radasbona, auch Ratisbona = Regensburg. Radas ist die keltische Bezeichnung für den Fluß Regen.

18) Gemeint ist das erste Regensburger Römerkastell im heutigen Stadtteil Kumpfmühl. Es wurde um das Jahr 90 erbaut, bestand noch aus Holz und Erde und wurde dann im Jahr 179 durch das ungleich bedeutendere Legionslager Castra Regina ersetzt.

19) Die Dritte Italische Legion stellte seit der Gründung im Jahr 179 die Stammgarnison von Castra Regina.

20) Die Manipel = Einheit des römischen Heeres, etwa 200 Mann.

21) Vom Autor ist ein Buch zur Regensburger Stadtgeschichte von den Kelten bis zur Neuzeit erschienen: "Der Stromkiesel — Geschichten aus der Regensburger Geschichte", 1988, Regensburg.

22) Wisigoten = Westgoten

23) Riotamus Artwr lautete der eigentliche Titel und Name des später von der Sage verklärten Königs Artus. Riotamus bedeutet Heerführer oder Heerkönig, im römischen Sinne wohl auch General. Artwr ist die keltische Schreibweise für die lateinische Form Artur(us). — Wie man heute weiß, kämpfte Artwr an der Spitze seiner britischen (keltischen) Reitertruppen im fünften Jahrhundert auf Seiten der Römer in Gallien, also im heutigen Frankreich, gegen die Westgoten. Doch auch er konnte das Zusammenbrechen des Römischen Reiches dort nicht mehr aufhalten.

24) Austrogoten = Ostgoten.

25) Die Provinz Raetien umfaßte das heutige Altbayern.

26) Künzing bei Deggendorf.

27) Passau-Altstadt.

28) Passau-Innstadt.

29) Den Beweis für diese bestialischen Menschenopfer fand man vor einigen Jahren bei den Ausschachtungsarbeiten für das neue BMW-Werk Regensburg-Harting. Die Archäologen legten dort einen römischen Gutshof des fünften Jahrhunderts frei. Im verschütteten Brunnen des Anwesens kamen römische Skelette zum Vorschein, welche die beschriebenen Schädelverletzungen aufwiesen. Stürmende Alamannen hatten die rö-

mischen Bewohner gefangengenommen und dann Ritualmorde an ihnen begangen. Der Brunnen war danach als Opfergrube benutzt worden. — Die Skelette sowie eine Anzahl von eisernen Werkzeugen, die man offenbar ebenfalls den Göttern zugedacht hatte, sind heute im BMW-Museum Regensburg-Harting zu besichtigen.

30) Jeschu = der eigentliche (jüdische) Name des Jesus.

31) Die Presbyter (Priester) des frühen Christentums waren nach einem Gebot des Paulus verheiratet. Der Zölibat wurde erst viel später von der katholischen Kirche eingeführt, damit das Vermögen eines Priesters nach dessen Tod nicht an die Witwe oder die Kinder des Klerikers fiel, sondern von der Kirche vereinnahmt werden konnte.

32) Seit dem Jahr 313 war die Macht der katholischen Kirche im Römischen Reich ständig gewachsen. Eine ungeheure Vermehrung ihres Reichtums ging damit Hand in Hand. Schon im fünften Jahrhundert war die Kirche so reich, daß u.a. ehemalige römische Senatoren sich darum rissen, katholische Bischofssitze zu erhalten, weil sie auf diese Weise zu größerem Vermögen als durch politische Betätigung kommen konnten.

33) Favinis, der Sterbeort Severins, liegt in der Nähe von Krems.

34) Dieser germanische Mythos, auf den der Unteroffizier anspielt, ist in der Edda überliefert. Durch einen Speer schwer verwundet, soll der germanische Hauptgott Odin neun Tage und Nächte an einem Baum gehangen haben. Nachdem er sich zuletzt habe befreien können, sei er mächtiger gewesen als jemals zuvor. — Auch in der germanischen Religion fand also eine Art Auferstehung statt, was dem Christentum die Einmaligkeit seiner Gründungslegende beschneidet. In dieser Duplizität liegen wohl auch die Ursachen dafür, daß Severin die Germanen mit der Geschichte vom Tod und der Auferstehung des Jesus so stark beeindrucken konnte. Jesus mag ihnen im Vergleich zu Odin wie eine Art Übergott vorgekommen sein.

35) Serviodurum = Straubing.

36) Gemeint ist der noch heute bestehende Herzogshof in Regensburg. Wahrscheinlich diente dieses Gebäude bereits in römischer Zeit als Hauptquartier des Provinzstatthalters. Als dann das bayerische Stammesherzogtum entstand, wurde es zur Residenz der ersten Agilolfinger, die sich kurzerhand hinter den römischen Mauern einnisteten.

37) Das Christentum hatte sich damals in Bayern noch nicht durchgesetzt. Ein Teil der Bajuwaren, hauptsächlich die Oberschicht, gehörte zwar dem arianischen Glauben an, doch auch das Heidentum war damals noch mächtig. Erst unter Karl dem Großen wurde die Christianisierung Bayerns entschlossen in die Wege geleitet, doch ist anzunehmen, daß sich das Heidentum da und dort noch bis herauf ins zehnte Jahrhundert hielt. Zur Zeit unserer Geschichte war der Kampf zwischen den Religionen also noch längst nicht entschieden. Germanische Schamanen und christliche Priester waren noch gleichberechtigt.

38) Gemeint ist ein germanischer Hochzeitsbrauch jener Zeit. Die Braut trat in den Schuh des Bräutigams und erkannte damit seine Vormundschaft an. Alle weiteren Schritte ihres gemeinsamen Lebens sollten nunmehr von ihm bestimmt werden.

39) Die fünf genannten Geschlechter bildeten, zusammen mit dem der Agilolfinger, den Uradel der Bajuwaren. Die Agilolfinger selbst scheinen jedoch weltläufiger als die anderen gewesen zu sein, denn sie knüpften schon bald familiäre und damit diplomatische Beziehungen zu den Königshäusern der Franken und Langobarden an. Dies trug dem Geschlecht eine führende Stellung in Bayern ein, so daß es später in der "Lex Baiuvariorum", dem Bayerischen Stammesrecht, ausdrücklich heißt: "Der Herzog sei immerdar aus dem Geschlecht der Agilolfinger."

40) Kaddisch = Totengebet des jüdischen Volkes.

41) Die Bajuwaren übten den Brauch, ihre Gutshöfe und Dörfer sowie sich selbst nach dem Namen des Gründers zu benennen. Da in unserem Fall ein Sinzo als erster auf dem Landstück südwestlich von Regensburg gesiedelt hatte, wurde dieses Gut Sinzing genannt; die Menschen, die dort lebten, waren die Sinzinga. Auf diese Weise entstanden alle bajuwarischen Ortsnamen, von denen sich viele bis heute erhalten haben. Dies gilt auch für das einmalige Dorf Sinzing, das heute eine Stadtrandgemeinde von Regensburg bildet. — Das Schicksal des Sinzo und der Sinzinga in diesem Buch ist selbstverständlich frei erfunden.

42) Eine Hube stellte im Mittelater ein landwirtschaftliches Flächenmaß dar. Sie genügte im Regelfall einer bäuerlichen Familie zum Lebensunterhalt. Gebot jemand über acht Huben, gehörte er bereits zu den Großbauern oder den Kleinadligen. Bäuerlicher und adliger Stand waren im frühen Mittelalter noch nicht genau abgegrenzt. Spätere Adelsfamilien entwickelten sich oft aus bäuerlichen Sippen, wenn nämlich diese Großbauern aufgrund ihres Reichtums eigene kleine Heeresverbände stellen konnten. Auf diese Weise entstand später auch der ritterliche Adel.

43) Martell bedeutet Hammer. Diesen Beinamen trug der eigentliche Begründer der karolingischen Dynastie wegen seiner ungewöhnlichen Kampfkraft.

44) Perchte = eine Zauberin; eine, die nach christlicher Auffassung mit dem Bösen im Bund war, eine Hexe. — Nach germanischem Glauben allerdings waren Perchten heilige Frauen, welche durch ihre Weisheit Krankheiten heilen und das Leben ihrer Mitmenschen positiv beeinflussen konnten. Zur Zeit Pippins hatte jedoch das Christentum solche Frauen in seinem Missionseifer und seiner Unduldsamkeit bereits verteufelt; später sollten sich aus diesem christlichen Aberglauben die Hexenverfolgungen entwickeln.

45) Das Herzogtum Tassilos reichte viel weiter nach Osten und Süden als der heutige Freistaat Bayern.

46) Die slawischen und gemanischen Stämme führten im frühen Mittelalter beinahe ununterbrochen Krieg gegeneinander. Unter der Herrschaft Tassilos III. kam es jedoch zu einer vorübergehenden Beruhigung der Lage, denn der letzte Bayernherzog aus dem Haus der Agilolfinger setzte — vor allem gegenüber den Awaren — auf Ausgleich und nicht auf militärische Auseinandersetzung. Da die Slawen jedoch Heiden waren, wurde Tassilos friedliche Politik ihnen gegenüber vom Papst bekämpft.

47) Tassilo III. gründete die ersten bayerischen Schulen. 771 erließ er in Neuching ein entsprechendes Bildungsgesetz.

48) Auch die Frauenemanzipation betrieb Tassilo entschieden. Entgegen der christlichen Lehre konnten sich in seinem Herzogtum unterdrückte Ehegattinnen unter bestimmten Umständen scheiden lassen. Auch dies trug Tassilo den Haß des Papstes ein.

49) Karl war 1,92 m groß.

50) Die sogenannte Konstantinische Fälschung zählt zu den abgefeimtesten Intrigen der Katholischen Kirche. Das Papsttum strebte die Alleinherrschaft über ganz Europa an und bediente sich dazu ab der zweiten Hälfte des achten Jahrhunderts der genannten Urkundenfälschung. In dem nach 750 entstandenen Dokument heißt es, daß Kaiser Konstantin der Große (verstorben im Jahr 337), als er Rom aufgegeben und sich in seine neue Residenz Byzanz zurückgezogen habe, das ehemalige Weströmische Reich in den Besitz der Kirche übertragen habe. Der Papst sollte mit allen Privilegien und Rechten der früheren Weströmischen Kaiser ausgestattet sein; er sollte selbst als Kaiser über Europa herrschen.
Die Fälscher der Katholischen Kirche übersahen dabei, daß Konstantin noch nicht einmal Katholik, sondern Arianer gewesen war. Im Verlauf der folgenden Jahrhunderte versuchten dann die Päpste immer wieder, ihren falschen Herrschaftsanspruch über Europa gegenüber den Kaisern durchzusetzen. Sie stürzten — besonders während des Hochmittelalters — das Reich dadurch immer wieder in die Anarchie. Das deutsche Kaiserreich konnte deswegen niemals zu einer wirklichen Einheit und innerem Frieden finden.
Im 15. Jahrhundert wurde die Konstantinische Fälschung von humanistischen Gelehrten aufgedeckt. Ulrich von Hutten brachte dieses Wissen nach Deutschland, doch im Verlauf der folgenden Jahrhunderte ging es im Bewußtsein der meisten Menschen unter, und auch heute noch ist die Konstantinische Fälschung weiten Bevölkerungskreisen unbekannt.

51) Bischof Arbeo von Freising war auch Verfasser religiöser Schriften. Unter anderem stammt die "Vita des heiligen Emmeram" aus seiner Feder. Daß Arbeo darin dem Agilolfinger Lantpert, dem Sohn Herzog Theodos, unterstellt, den Regensburger Bischof Emmeram um das Jahr 700 ermordet zu haben, ist möglicherweise nichts weiter als kirchliche Propaganda gegen das bayerische Herzoghaus. Nach Arbeo kam Emmeram nämlich völlig unschuldig durch die Hand Lantperts ums Leben, während einige moderne Forscher vermuten, daß der Bischof in Wahrheit ein fränkischer Spion war und außerdem Lantperts Schwester Uta geschwängert hatte.

52) Als die Erinnerung an den tatsächlichen Ursprung der kleinen keltischen Münzen im Volk verlorengegangen war, bildete sich die Sage von den Regenbogenschüsselchen heraus. Noch heute tragen die winzigen goldenen Näpfchen im Volksmund den Namen Regenbogenschüsselchen.

53) Die Awaren saßen im Gebiet des heutigen Ungarn und hatten sich im neunten und zehnten Jahrhundert mit den Bayern arrangiert, was nicht zuletzt durch die Friedenspolitik Tassilos III. möglich geworden war. — Die Steppenreiter, welche die Awaren dann im Jahr 895 unterjochten und deren Siedlungsgebiete einnahmen, dürfen nicht mit den heutigen Ungarn verwechselt werden. Es handelt sich bei ihnen vielmehr um ursprünglich zentralasiatische Stämme, die sich wohl schon seit Jahrhunderten auf Westwanderung befunden hatten. Am ehesten lassen sie sich

wahrscheinlich mit den Mongolen vergleichen, die dann im frühen 13. Jahrhundert unter ihrem Herrscher Dschinghis Khan erneut bis Mittel- und Westeuropa vordrangen.

54) Gemeint sind die "Schratzllöcher" oder "Erdställe", die noch heute unter manchen bayerischen Bauernhöfen, vor allen Dingen im Bayerischen Wald, erhalten und teilweise noch zugänglich sind. Das Modell einer solchen Anlage ist im Museum von Walderbach (bei Nittenau in der Oberpfalz) zu besichtigen. — Wissenschaftlich ist die Bedeutung dieser künstlichen Gänge und Höhlen nicht restlos geklärt. Manche Forscher vermuten, es handle sich um Kultstätten, in denen noch vor tausend Jahren heimlich heidnische Riten vollzogen wurden. Andere Wissenschaftler sehen in den "Schratzllöchern" Verstecke aus der Zeit der Ungarnüberfälle. Der Autor hält die zweite Deutung für wahrscheinlicher, da die künstlichen Erdhöhlen tatsächlich genau zu der Zeit entstanden sind, als die Reiterhorden aus dem Osten Bayern heimsuchten.

55) Beiname Heinrichs I.;

56) Im Jahr 955 regierte bereits König Otto, der Sohn Heinrichs des Voglers. Otto, der später den Beinamen der Große erhalten sollte, stand damals in seinem 43. Lebensjahr. Als er die Schlacht auf dem Lechfeld schlug, war er noch nicht Kaiser. Otto erwarb diese Würde erst im Jahr 961.

57) Die späteren Wittelsbacher nannten sich seit dem Jahr 1045 Grafen von Scheyern, nach ihrem gleichnamigen Stammsitz. Im Jahr 1113 gaben sie jedoch Scheyern auf und wandelten es 1119 zum Sitz eines noch heute bestehenden Benediktinerklosters um. Die Grafen selbst zogen auf die kleine Burg Wittelsbach östlich von Aichach und führten von da an den Namen Wittelsbacher.

58) Percheron = ein Pferd aus der französischen Grafschaft Perche. Die enorm schweren Kaltblüter, die dort gezüchtet wurden, waren die bevorzugten Streitrösser der mittelalterlichen Ritterschaft ganz Europas, denn sie waren imstande, selbst Schwerstgepanzerte in vollem Galopp zu tragen.

59) Die Stadt Rom erinnerte das gesamte Mittelalter hindurch und noch weit in die Neuzeit hinein an einen riesigen Steinbruch. Die Päpste und Patriziergeschlechter trieben Raubbau an den antiken Gebäuden. Römische Tempel und Paläste wurden eingerissen, die Steine verkauft oder zum Bau neuer — schlechterer — Gebäude verwendet. Den Herren Roms, den Päpsten, gelang es niemals, die Stadt wieder zu einem blühenden Gemeinwesen zu machen. Ganze Viertel lagen brach und dienten als Viehweiden. Dazwischen lagen die Stadtburgen der senatorischen Familien und des Klerus. Da in Rom beinahe ständig Bürgerkrieg herrschte, bildeten sie sozusagen martialische Inseln im sonstigen Chaos. Die eigentliche Bevölkerung Roms vegetierte über Jahrhunderte hinweg bloß noch dahin. Im Gegensatz zum antiken Rom stellte das christliche einen enormen zivilisatorischen Rückschritt dar.

60) Dieses Angebot des römischen Senats an Friedrich I. ist wörtlich überliefert.

61) Das Papsttum erhob den Anspruch, über dem Kaisertum zu stehen. Deswegen konnte ein Kaiser nur dann als solcher gelten, wenn der Bischof von Rom ihn gekrönt hatte. Der Kaiser hatte die Vorherrschaft

des Papstes durch diesen Akt anzuerkennen. — Erst Napoleon I. gelang das, was sich vor ihm wohl alle deutschen Kaiser erträumt hatten: als der Korse gekrönt werden sollte, nahm er dem Papst die Krone aus den Händen und setzte sie sich selbst auf. Er wollte damit kundtun, daß er durch eigene Kraft und nicht durch den Papst Kaiser war.

62) Wie Otto von Wittelsbach zum Papsttum stand, zeigte sich deutlich bei einer anderen Gelegenheit, nämlich auf dem Reichstag zu Besançon, zu dem der Pfalzgraf einige Jahre später Kaiser Barbarossa begleitete. Während eines Streitgesprächs äußerte dort ein Kardinal: "Von wem hat denn der Kaiser das Reich, wenn nicht vom Heiligen Vater?" — Otto von Wittelsbach zog daraufhin sofort blank und hätte den Kardinal einen Kopf kürzer gemacht, wenn ihm Friedrich nicht in den Arm gefallen wäre.

63) Friedrich Barbarossa lehnte das Angebot der römischen Senatoren mit folgenden Worten ab: "Wollt ihr wissen, wo der alte Ruhm eures Rom geblieben ist, der würdevolle Ernst des Senats, die tapfere Zucht der Ritterschaft und der unbezwingliche Schlachtenmut? Bei uns Deutschen sind sie geblieben. Auf uns gingen jene Tugenden mit der Krone der Cäsaren über: Hier sind eure Konsuln, hier euer Senat, hier eure Legionen! Unserer Weisheit und unserem Schwert seid ihr euer Dasein schuldig."

64) Die römische Kurie leistete in dieser Hinsicht noch bis in die Neuzeit Erstaunliches. Manche Kardinäle betrieben, mit Billigung des Papstes, in Rom riesige Bordelle, teils zum allgemeinen Nutzen, teils zum ausschließlichen Privatgebrauch. Noch auf dem Konzil von Konstanz zu Beginn des 15. Jahrhunderts ging es dermaßen unzüchtig zu, daß dieses Kirchentreffen von Zeitzeugen als der größte Hurenauftrieb der Geschichte bezeichnet wurde.

65) Auch dieser Ausspruch Friedrichs I. ist wörtlich überliefert.

66) Ceraino und Volargne hießen die beiden Städtchen, welche der Veroneser Klause benachbart lagen. Der Wegelagerer Alberich war in der Tat ein Kleinadliger aus dieser Gegend. In welchem Auftrag er handelte, ist ungewiß. Möglicherweise wollte er auf eigene Faust Beute machen, was jedoch für einen wie ihn wegen der späteren Folgen wohl ein allzu gefährliches Unterfangen gewesen wäre. Deswegen ist es wahrscheinlicher, daß er von Mächtigeren angestiftet worden war. Alberich könnte von den Mailändern, dem römischen Senat oder auch vom Papst als Werkzeug benutzt worden sein.

67) Ein ritterliches Streitroß und ein Panzerhemd stellten enorme Werte dar. Der Erwerb eines Kettenpanzers kostete den Jahresertrag eines ganzen Bauernhofes, dasselbe galt für einen Streithengst. Wenn Alberich 1800 Rüstungen und ebensoviele Pferde in seinen Besitz gebracht hätte, wäre er schlagartig einer der reichsten Männer Europas gewesen. Die 1800 Ritter, die Barbarossa befehligte, führten — modern ausgedrückt — den Gegenwert des Militäretats des ganzen Reiches über mehrere Jahre hinweg mit sich. 3600 Bauern mit ihren Familien und ihrem Gesinde, also zwischen 30 000 und 40 000 Menschen, hätten ein Jahr lang arbeiten müssen, um den Gegenwert dessen zu erwirtschaften, was Alberich forderte.

68) Die Hammerwerke der Oberpfalz lieferten im Mittelalter Eisenbarren nach ganz Europa. Noch heute wird deswegen der Regierungsbezirk als das Ruhrgebiet des Mittelalters bezeichnet. Die Eisenwaren wurden über die Flüsse Donau, Naab, Vils und Pegnitz verschifft. — Vom Autor ist ein historischer Roman erschienen, der die längst vergangene industrielle Blüte der Oberpfalz noch einmal lebendig werden läßt: "Der Meister von Amberg", 1984, Regensburg.

69) Feringa = alte Bezeichnung für Unterföhrung bei München.

70) Ministerialen waren zunächst Dienstleute eines Adligen; im modernen Sprachgebrauch würde man sie als Gutsverwalter oder auch Steuerbeamte bezeichnen. Vielen dieser Familien gelang jedoch später der Aufstieg in den niederen Adel. Sie saßen dann auf kleineren Burgen als Lehensleute etwa eines Grafen, leisteten diesem Gefolgschaftsdienste, zum Beispiel im Krieg, regierten aber ansonsten ihre kleinen Gebiete in eigener Regie. Als die so erworbenen Rechte erblich wurden, begannen die Ministerfamilien allmählich das Gros des niedrigeren bayerischen Adels zu stellen.. Wenn man im Bayersichen Wald oder in anderen noch burgenreichen Gegenden Bayerns heute auf kleinere Burgruinen stößt, kann man ziemlich sicher sein, daß dort im Mittelalter Ministerialen lebten.

71) Das Schicksal der Leibeigenen während der Rodungsperiode im Bayerischen Wald war entsetzlich. Obwohl es hauptsächlich diese Menschen waren, die das Waldgebirge für die Besiedelung erschlossen, waren sie völlig rechtlos und der Willkür ihrer adligen oder kirchlichen Herren ausgeliefert. — Vom Autor ist ein Roman zur Rodungsgeschichte des Bayerischen Waldes erschienen: "Die Leibeigenen", 1986, Passau.

72) Die Burg Ahausen stand auf dem heute als Kalvarienberg bezeichneten Hügel in Landau/Isar. Im Dreißigjährigen Krieg wurde sie zerstört und verfiel später ganz. Heute sind nur noch ganz geringe Bodenreste der einst mächtigen Anlage vorhanden.

73) Die Ritter Hadamar und Rappoto von Ahausen sind historische Gestalten. Das Brüderpaar stellte den letzten Trieb eines einstmals bedeutenden Geschlechts dar. In der Mitte des 13. Jahrhunderts starben Hadamar und Rappoto kinderlos, so daß ihre Burg und ihr Besitz an den Herzog und damit letztlich an die spätere herzogliche Stadt Landau/Isar fielen.

74) Hübschlerin = Dirne

75) Die adligen Witwen des Mittelalters trugen — entweder bis zu ihrem Tod oder bis zu ihrer Wiederverheiratung — bodenlange weiße Gewänder. Schwarz als Ausdruck der Trauer kam erst in späteren Jahrhunderten auf. — Wahrscheinlich gehen die Sagen von gespensternden weißen Frauen, die noch heute mit zahlreichen Burgen und Ruinen verknüpft sind, auf jene weißgekleideten Witwen zurück, die nächtens oft schlaflos und unerfüllt durch die düsteren Gänge wanderten und dabei so manchem Abergläubischen einen gehörigen Schrecken einjagen.

76) Ludmilla von Bogen war also noch nicht alt, obwohl sie bereits drei mündige Söhne besaß. Man muß jedoch bedenken, daß die Frauen jener Zeit bereits mit Eintreten der ersten Menstruation als mannbar galten und deswegen oft schon im Alter von vierzehn oder fünfzehn Jahren heirateten. Die Söhne wiederum wurden im Regelfall bereits mit vierzehn Jahren zum Ritter geschlagen oder — wie im Fall Luitpolds von

Bogen — zum Kleriker geweiht. Das Heiraten und das frühe Erwachsensein im rechtlichen Sinn erklärt sich auch aus dem oft jungen Sterbealter der Menschen jener Epoche. Mit fünfzig Jahren galt ein Mann bereits als Greis und eine Frau als Vettel. Erhaltene mittelalterliche Rüstungen fallen uns oft dadurch auf, daß sie für auffallend kleinwüchsige Menschen gemacht zu sein scheinen. In Wahrheit jedoch wurden diese Rüstungen von Halbwüchsigen getragen.

77) Auf dieses Phänomen weist, neben anderen Autoren, der Landshuter Historiker Dr. Hans Bleibrunner hin. Er erkennt unter der Herrschaft der ersten Wittelsbacher Otto und Ludwig eine auffallende Häufung des Adelssterbens in Bayern.
In der Tat ist es seltsam, daß gerade zu dem Zeitpunkt, als die ersten Wittelsbacherherzöge darauf angewiesen waren, ihre bis dahin eher schwache Hausmacht um jeden Preis zu stärken, damit sie sich als Herzöge behaupten konnten, zahlreiche andere Adelsfamilien erloschen — und dies durchaus nicht immer auf natürliche Weise. Den Nutzen davon hatten allein die Wittelsbacher, denen die Lehen zufielen. Das Herzogshaus kam dadurch in den Besitz zahlreicher neuer Ländereien und Burgen und wurde erst so zur stärksten Adelssippe in Bayern. — Der größte Coup gelang dann mit der Heirat Ludwigs des Kelheimers und Ludmillas von Bogen im Jahr 1204. Daß vierzehn Jahre später dann auch Ludmillas Sohn Berthold aus erster Ehe, der als einziger den Mannesstamm der Bogener hätte weiterführen können, auf ziemlich ungewöhnliche Weise in Damietta (Ägypten) ums Leben kam, stärkt eigentlich noch die These, daß die ersten Wittelsbacher beim Aufbau ihrer Herzogsmacht nicht immer ganz gerade Wege gingen. — Freilich gibt es dafür keine Beweise, sondern höchstens Indizien. Die plötzliche Unfruchtbarkeit manch adliger Frau dieser Zeit könnte auf Giftmischerei zurückzuführen sein, ebenso der ungeklärte Tod manchen Ritters. Das Hochmittelalter war nämlich in der Tat eine Epoche, in der häufig mit Gift Politik gemacht wurde. Durch die Kreuzzüge war manches tödliche Gebräu nach Europa und damit auch nach Bayern gelangt.

78) Dörperin = Dorfmädchen.

79) Kebsverhältnis = wilde Liebschaft.

80) Die Geschichte mit diesen drei Rittern der Gräfin von Bogen ist nicht erfunden. Die zugrundeliegende Sage, die sicherlich einen historischen Hintergrund hat, ist seit beinahe 800 Jahren zumindest an der Donau in der Erinnerung der Bevölkerung lebendig geblieben.

81) Stammbäume der Wittelsbacher zeigen die genannte Kombination der Wappenembleme: Die weiß-blauen Rauten von Bogen, die durch die Heirat Ludwigs I. mit Ludmilla an das Herzogshaus kamen, dazu den Wittelsbacher Löwen, der sich noch heute im bayerischen Staatswappen befindet, sowie die rot-weißen Balken. Da die Balken heraldisch viel älter sind als der Löwe, haben sie sicher das ursprüngliche Adelswappen der Wittelsbacher dargestellt. Der Löwe symbolisierte zur Zeit Ludwigs wohl schon die Herzogsmacht der Familie. Später verschwanden diese rot-weißen Balken; es blieb das bekannte Wappen, das den Löwen und das weiß-blaue Rautenmuster zeigt.

82) Die Geschiche des ersten Kreuzzuges und des entsetzlichen Massakers der Christen an der Bevölkerung von Jerusalem ist in einem Kapitel des

Roman "Das Lied von Haduloha" des Autors geschildert. — "Das Lied von Haduloha", 1986, Otterndorf.

83) Die Schlacht bei den Hörnern von Hattin fand im Jahr 1187 statt. In der Nähe des Sees von Tiberias kämpften etwa 35 000 Kreuzfahrer gegen die Truppen des Sultans Saladin. Die Christen verloren die Schlacht, weil sie vor Durst beinahe verrückt wurden, obwohl sie die ganze Zeit den See Tiberias unmittelbar vor Augen hatten. Sie konnten jedoch nicht bis zum Ufer vordringen, wo sie Wasser gefunden hätten. So gingen sie beinahe bis zum letzten Mann unter. — Palästina hatte den verhaßten Eroberern unter dem Zeichen des Kreuzes zuletzt sogar das Wasser nicht mehr vergönnt, wie islamische Zeitzeugen den Ausgang der Schlacht bei den Hörnern von Hattin interpretierten.

84) Gemeint ist die ehemalige Burganlage auf dem heutigen Zanklberg bei Landau/Isar. Wahrscheinlich gehörte sie in den Jahrhunderten vor der Landauer Stadtgründung den Herren von Zulling, die etwas weiter isaraufwärts saßen. Die Burg scheint jedoch schon sehr früh wieder eingestürzt gewesen zu sein; zur Zeit der Gründung Landaus im frühen 13. Jahrhundert spielte sie bereits keine Rolle mehr. Heute sind auf dem Zanklberg nur noch die immer noch gewaltigen Burggräben zu sehen; ansonsten erinnert bloß noch die abgeflachte Hügelkuppe an den einstigen Standort dieser Festung. — Die Sage jedoch hat die Burg nicht vergessen und ist noch heute im Landauer Raum lebendig: Durch den Hochmut und die Hartherzigkeit der Ritter soll der Teufel dazu herausgefordert worden sein, die Burg im Zanklberg versinken zu lassen. Damit umschreibt der Volksmund poetisch den Untergang der Anlage. Zu Beginn der Erzählung über die Gründung Landaus hat der Autor die überlieferte Mär etwas anders wiedergegeben: Die Burg wird hier vom Teufel lediglich zum Einsturz gebracht. Denn Sagen einer total versunkenen Burg dürfte es im 13. Jahrhundert noch nicht gegeben haben, da ja damals auf dem Zanklberg mit ziemlicher Sicherheit noch Ruinen standen. Erst später, als es nur noch den Burgstall selbst gab, könnte sich die vom Autor als Hypothese angebotene Urfassung der Sage zur heutigen Form gewandelt haben.

85) Ludwig der Kelheimer gründete während seiner Herrschaft mehrere Städte. So entstand von 1210 bis 1220 Landshut mit der Burg Trausnitz neben einer bereits existierenden älteren Siedlung, 1218 wurde mit dem Bau der neuen wittelsbachischen Stadt Straubing begonnen, worüber übrigens das Augsburger Domkapitel sehr verärgert war, denn die herzogliche Stadt trat sofort in Konkurrenz zu der bereits bestehenden Siedlung, aus der die Kirche Gewinn zog. — Weitere Stadtgründungen dieser Zeit waren u.a. Kelheim, Neustadt an der Donau und Pfarrkirchen. 1250 erhielt Ingolstadt (allerdings schon unter Herzog Ludwig dem Strengen) die Stadtrechte. Auch München selbst ist, was seinen Status als Stadt betrifft, eine Gründung Ludwigs des Kelheimers. Die spätere bayerische Metropole wurde 1214 zur Stadt erhoben, nachdem sie seit den Tagen Heinrichs des Löwen bereits Zollstätte gewesen war.

86) Zünftig werden = Mitglied einer Handwerkerzunft werden.

87) Der Landauer Herzogshof oder Kastenhof hat die Jahrhunderte seit der Stadtgründung überdauert, wenn er auch bis vor kurzem unter einem Konglomerat späterer Zubauten begraben war. In den vergangenen Jahren wurde jedoch der hochmittelalterliche Kern der Anlage wieder

freigelegt und restauriert, so daß die rechteckige, aus Ziegeln erbaute Burg der frühen wittelsbachischen Herzöge wieder zu einem Wahrzeichen der Stadt geworden ist. — Ab Sommer 1990 wird der Kastenhof auch wieder genutzt. Die mittelalterliche Burg beherbergt das "Niederbayerische Vorgeschichtsmuseum der Stadt Landau/Isar".

88) Im Mittelalter lagen die Friedhöfe — ausgenommen diejenigen der Pestopfer — nicht außerhalb der Stadtzentren, sondern stets direkt neben den Kirchen. Die Toten blieben also sozusagen nahe bei den Lebenden, was jedoch oftmals üble Auswirkungen hatte, denn durch die verfaulenden Leichen wurden immer wieder die nahegelegenen Hausbrunnen verseucht, so daß praktisch in regelmäßigen Abständen Epidemien auftraten. Die Christen der damaligen Zeit nahmen dies fatalistisch und als gottgewollte Heimsuchung hin. Erst die Aufklärung verbannte dann die Friedhöfe an die Stadtränder.

89) Die Spießbürger einer mittelalterlichen Stadt bildeten eine Art Miliz, die neben den regulären Truppen, beispielsweise des Herzogs, existierte. Diese Bürgerwehr wurde von den Handwerkern gestellt und war in sogenannte Wachten gegliedert, das heißt, jeweils ein kleiner Verband hatte im Ernstfall einen bestimmten Abschnitt der Stadtmauer, eine Wacht, zu verteidigen. — Erst in der Neuzeit erfuhr der Begriff Spießbürger eine Abwertung. Er wurde mit Rückständigkeit gleichgesetzt, während die Spießbürger des Mittelalters hochangesehen und teilweise auch sehr wichtig für die Wahrung der Bürgerrechte waren.

90) Die Ermordung des böhmischen Reformators Jan Hus geschah in einer Zeit der abgrundtiefen Verdorbenheit des Papsttums. Die katholische Kirche war damals gespalten; drei Päpste beanspruchten gleichzeitig die Macht. Johannes XXIII., dessen Name von einem Papst des 20. Jahrhunderts noch einmal angenommen wurde, war ein ehemaliger Pirat, der sich die Tiara mit dem Blutgeld aus seinen Raubzügen im Mittelmeer erkauft hatte. Nicht weniger geldgierig war Gregor VII., der den Papsttitel später für eine fürstliche Pfründe verschacherte. Benedikt XIII. schließlich war ein mordlustiges Ungeheuer, das um seines eigenen Machterhalts willen über Leichen ging und auf seiner Burg Peñiscola in Spanien als ein gefürchteter Tyrann herrschte. Nicht weniger verbrecherisch benahm sich der gesamte höhere und oft auch der niedrige Klerus der katholischen Kirche. Kardinäle betrieben Hurenhäuser in Rom und anderswo, andere Kleriker gaben sich der Sodomie hin oder beschliefen ihre eigenen Schwestern und Töchter. In den Nonnenklöstern herrschten gelegentlich mannstolle Äbtissinen. Säuglingsmorde waren in vielen Klöstern an der Tagesordnung. Die Kindsleichen wurden vorzugsweise in die überall vorhandenen Fischteiche geworfen. Die Kirche herrschte absolut und kannte keine Moral und kein Gesetz mehr. — Menschen wie der böhmische Priester Jan Hus, welche all diese Verbrechen tadelten und eine Reformation der katholischen Kirche anstrebten, wurden als Ketzer (Glaubensfeinde) verfolgt und ermordet. Das Konzil von Konstanz sollte eigentlich ebenfalls eine Reform der Kirche betreiben. Doch die zahlreich angereisten Kirchenfürsten bewirkten gerade das Gegenteil: Nicht die wahren Schuldigen wurden verurteilt, sondern der, welcher ihre Verbrechen angeprangert hatte: Jan Hus.

91) Das Aussehen des Priesters und seine Worte sind von einem Zeugen überliefert. Offenbar sollte eine letzte, öffentliche Beichte des Jan Hus

um jeden Preis verhindert werden, denn sie hätte unweigerlich zu einer fürchterlichen Anklage gegen die Kirche geraten müssen.

92) Die Geschichte von dem vergrabenen Maultier ist vom Konstanzer Stadtschreiber überliefert. Sie ist ein ausgezeichnetes Beispiel dafür, mit welch infamen Mitteln die katholische Kirche ihre Gegner zu diskreditieren versuchte.

93) Bayern war in dieser Zeit in vier Teilherzogtümer geteilt. Sie waren 1392 aufgrund der wittelsbachischen Erbfolgesetze entstanden. Erst Herzog Albrecht IV. konnte Altbayern in der Mitte des 15. Jahrhunderts wieder unter einer Herrschaft vereinigen. Die Verbindung von Straubing und Holland war ebenfalls durch die verworrene Erbfolgeregelung jener Zeit zustande gekommen. Diese Linie starb im Jahr 1425 aus.

94) Die katholische Kirche erlaubte damals die Kommunion nur ihren eigenen Priestern. Der Klerus beharrte auf dem Standpunkt, der "Leib Christi" würde durch die Lippen von Laien entweiht und entehrt. — Freie Predigt bedeutete freie Wiedergabe der Evangelien. Deren Texte wurden von der Kirche bis zur Reformation weitgehend unterdrückt und verfälscht. Den Laien durften die Evangelien überhaupt nicht zugänglich gemacht werden. Predigte ein Priester in der Volkssprache, konnte er bereits als Ketzer verfolgt werden. — Die Kleriker herrschten oft wie Fürsten auf ihren Kirchengütern. Sie hielten Leibeigene und beuteten die ihnen durch Zwang Hörigen nach Strich und Faden — oft bis zum Verhungern — aus, um ihren eigenen verschwenderischen Lebensstil zu finanzieren. — Kleriker waren der allgemeinen Gerichtsbarkeit nicht unterworfen. Selbst wenn sie Kapitalverbrechen begingen, durfte gegen sie nur von einem kirchlichen Gericht verhandelt werden. Nach dem Motto "Eine Krähe hackt der anderen kein Auge aus" wurden dann selbst priesterliche Erzverbrecher schamlos freigesprochen.

95) Hafnitzen = Haubitzen. Die Hussiten setzten diese leichten Feldkanonen zum ersten Mal in der Militärgeschichte gezielt und wirkungsvoll ein.

96) Die Sehnensicheln der Hussiten waren eine sehr wirksame Waffe gegen die Rösser angreifender Ritter. Mit an langen Lanzenschäften befestigten sichelförmigen Messern durchschnitten die hussitischen Kämpfer aus der Deckung ihrer Wagenburgen heraus die hinteren Sprunggelenke und Sehnen der Pferde. Die Tiere stürzten daraufhin unweigerlich und mit ihnen die schwerfälligen Ritter, die nur im Sattel kampftauglich waren. Lag ein Ritter dann unter seinem verletzten Pferd auf der Erde, war er so gut wie hilflos und konnte problemlos getötet werden.

97) Taus = der heutige Ort Domažlice in der CSFR. Hier ereignete sich im Jahr 1431 die größte Niederlage eines katholischen Kreuzritterheeres gegen die Hussiten.

98) Daß Kardinal Cesarini auf dem fünften Kreuzzug nach Taus gegen katholische Siedlungen vorging, ist dokumentiert. So einmalig war jedoch das Abschlachten der eigenen Glaubensgenossen während der Kreuzzüge der katholischen Kirche nicht. Auch während der Angriffskriege der Kirchen gegen Palästina wurden immer wieder christliche Ortschaften und Städte gestürmt und ihre Bewohner ermordet. Es genügte bereits, daß die dortigen Christen Bärte oder orientalische Gewänder trugen. Hinzu kam, daß die meisten Kreuzfahrerheere dort plünder-

ten, wo es Beute zu holen gab, wobei sie wenig darauf achteten, ob es nun gegen "Heiden" oder Glaubensbrüder ging.

99) Saufeder = Jagdspieß, der bei der Hatz auf Wildschweine verwendet wurde.

100) Morganatische Ehefrauen waren einem Fürsten zwar kirchlich angetraut, hatten jedoch eingeschränkte Rechte, da sie selbst nicht von Adel waren. Die Kinder, die aus einer solchen morganatischen Ehe hervorgingen, waren nicht erbberechtigt. Die morganatischen Ehen selbst wurden oft heimlich geschlossen, so wie es auch im Fall von Agnes Bernauer und Herzog Albrecht geschehen war.

101) Reiberinnen waren Prostituierte, die in den Badestuben ihrem Gewerbe nachgingen. — Die mittelalterlichen Badestuben selbst stellten ein sehr wichtiges, wenn auch verrufenes, soziales Element dar. Während die Kirche jegliche Sexualität verteufelte, fanden die Bürger der mittelalterlichen Städte dort den nötigen Ausgleich. Die Badestuben wurden von allen Schichten frequentiert; hier wurde getafelt, getrunken, geliebt, getanzt und gesungen. Daß man schon nackt zum Bader kam, war durchaus nicht ungewöhnlich. — Daneben wirkten die Bader als die einzigen Ärzte und Heilkundigen des Mittelalters. Sie führten, oft im Trubel einer Orgie, sogar Operationen aus, diese freilich mit recht drastischen Mitteln und oft mit tödlichem Ausgang. Die mittelalterlichen Bader waren bei der Bevölkerung beliebt und verachtet zugleich. Die ganze Schizophrenie dieses von der Religion geprägten Zeitalters kommt in der Existenz der Badestuben und ihrer gesellschaftlichen Stellung zum Ausdruck. Man brauchte sie, um unter dem Druck der sexualfeindlichen Kirchenmoral nicht verrückt zu werden, gleichzeitig lehnte man sie, war der sexuelle Drang wieder gestillt, als Teufelswerk ab. Deswegen konnten Bader und ihre Familien einerseits sehr beliebte Mitbürger sein, während sie andererseits wie die Gaukler, Schauspieler, Henker und Bänkelsänger (Dichter) zur untersten sozialen Schicht gehörten und "ehrlos" waren.

102) Incubi und Succubi waren nach dem Aberglauben der damaligen Zeit Dämonen, die im Auftrag des Teufels Menschen zu gotteslästerlichen Taten verführten. — Die moderne Psychologie sieht in ihnen allerdings Ausgeburten der verklemmten sexuellen Phantasie der Hexenjäger selbst.

103) Daß die Hexenprozesse der Kirche eine juristische Farce waren, ist heute allgemein bekannt. Die klerikalen Ankläger und Richter setzten niemals auf Beweise, die sie ohnehin nicht hätten erbringen können, sondern unterstellten ihren Opfern völlig willkürlich die abstrusesten Verbrechen. Widerspruch gegen solche Vorwürfe galt in den Augen der Kirche bereits als "Schuldbeweis". Denn nach Auffassung der Theologen konnte die Kirche nicht irren; wer ihr dennoch so etwas unterstellte, mußte in den Augen der Inquisitoren eben vom Teufel besessen sein. — Wenn die bedauernswerten Opfer nicht gestanden, was die Kirchen ihnen in ihrem geisteskranken Wahn unterstellte, wurden sie im Regelfall so lange gefoltert, bis sie scheinbar alles zugaben, was man von ihnen hören wollte. Die Kirche selbst brauchte ihre abstrusen Anklagen niemals zu beweisen. Man verlangte vielmehr von den Opfern den Beweis ihrer Unschuld. Dies wurde den Delinquenten jedoch spätestens auf der Folter unmöglich gemacht. Die kirchlichen Inquisitionsprozesse stellten

also eklatante Rechtsbeugungen dar. — Im Fall der Agnes Bernauer ging man — wenn überhaupt möglich — noch infamer vor. Der Tod der Ehegattin Herzog Albrechts war von Anfang an fest eingeplant. Da man jedoch nicht die Zeit hatte, um auf der Folter ein "Geständnis" ihres "Bundes mit dem Teufel" zu erzwingen, war der Prozeß gegen sie von Anfang an nichts als Augenwischerei. Man griff sich einige Anklagepunkte aus der Luft und "bewies" sie sich selbst gleichzeitig im Schnellverfahren, ganz in der hirnrissigen und verbrecherischen Art, wie dies in der Erzählung geschildert ist. Denn Agnes Bernauer mußte innerhalb von wenigen Stunden angeklagt, verurteilt und ermordet werden, damit ihrem Gatten ein Eingreifen unmöglich gemacht wurde. - Die Bitte um einen barmherzigen Tod war eine Floskel, welche die Kirchen stets gebrauchte, wenn sie einen Unschuldigen zum Tod verurteilt hatte. Auf diese Weise befreite sich die Kirche — theologisch gesehen — von jeglicher Mitschuld am Sterben der Delinquenten. Dem Gebot der Nächsten- und Feindesliebe war damit — wenigstens im kirchlichen Sinn — Genüge getan. Die Kirche vollstreckte die von ihr verschuldeten Todesurteile auch niemals selbst. "Die Kirche vergießt kein Blut", lautete die Begründung dafür. Deswegen wurden die unschuldigen Delinquenten nach ihrer Verurteilung der staatlichen Justiz überlassen und von staatlichen Henkern hingerichtet, während der Klerus selbst auf der Richtstätte göttliche Liebe und Gerechtigkeit predigte.

104) Die Sühnekapelle im Straubinger Friedhof St. Peter steht noch. Eine Grabplatte aus rotem Marmor zeigt das Bildnis der Agnes Bernauer.

105) Die Stammburg der Degenberger stand im Schwarzachtal bei Bogen, wo noch heute der Ortsname an sie erinnert.

106) Besiegte ein Ritter den andern im Turnier, so war er berechtigt, dessen Streithengst und Rüstung an sich zu nehmen. Da Pferd und Harnisch einen immensen Wert darstellten, konnte ein Ritter durch einige Turniersiege durchaus seine reale Macht vergrößern. Für den Gegenwert seiner Turnierbeute konnte er Bauernhöfe oder sogar den Anteil an einer Burg erwerben. Dies war vor allen Dingen für unbetuchte Ritter ein großer Anreiz, auf einem Turnier aufzutauchen. Es wurde auf den Stechbahnen also nicht nur um die Ehre gekämpft, sondern oft auch um ganz handfeste materielle Vorteile. Wohlhabende Ritter sahen jedoch ihre Ehre manchmal auch darin, ihrem besiegten Gegner Roß und Rüstung zu lassen und sich den andernen dadurch moralisch zu verpflichten. Auf diese Weise ließen sich Freunde und Gefolgsleute gewinnen.

107) Der Ritterbund der Böckler führte als Bundeszeichen das Einhorn. Die Reichsfreiherren und Ritter trugen dieses mythologische Tier in Gold an ihren Brustketten, die Edelknechte (kleinadlige Gefolgsleute) in Silber. Ursprünglich nannten sich die Angehörigen des Bundes "Ritterliche Gesellschaft vom Eingehürn". Der Volksmund gab ihnen jedoch schnell den Namen "Böckler", da das Einhorn an einen Bock erinnerte. Diese Bezeichnung wurde dann schon kurz nach der Gründung auch von den Bundesmitgliedern selbst übernommen. — Die Böckler hatten ihre Burgen hauptsächlich im Donautal um Regensburg und Kelheim herum, ebenso im Straubinger Land, im ganzen Bayerischen Wald und außerdem im damaligen "Nordgau", der heutigen mittleren und nördlichen Oberpfalz.

108) Diese historischen Geschlechter stellten die führenden Mitglieder des Böcklerbundes.

109) Der Pfahl von Weißenstein ist ein langgezogener Felsrücken aus quarzhaltigem Gestein, auf dessen höchstem Punkt sich noch heute die grandiose Ruine Weißenstein erhebt.

110) Dürnitz = Gesindebau einer Burg.

111) An die Gründung des Löwlerbundes erinnert noch heute eine Gedenktafel am Rathaus von Cham.

112) Der Gedanke an ein Ende der eigenen Institution war in der offiziellen katholischen Kirche bis in die zweite Hälfte des zwanzigsten Jahrhunderts hinein tabu. Erst Papst Paul VI. gab gegen Ende seines Lebens öffentlich zu bedenken, ob nicht auch eine Religion sterben müsse.

113) Dieses makabre Dokument wird noch heute in Altötting aufbewahrt. Herzog Maximilian von Bayern hatte mit seinem eigenen Blut einen Brief an die Madonna geschrieben und ihr sein Leben geweiht.

114) Dieses Ereignis feiern die Rothenburger noch heute mit einem jährlichen Festspiel.

115) Zum Hexenprozeß gegen die Pappenheimer sind zwei ausgezeichnete und höchst empfehlenswerte Bücher erschienen: Michael Kunze: "Der Prozeß Pappenheimer", (Diss.), 1981, Edelsbach am Main. Vom selben Autor: "Die Straße ins Feuer", 1982, München.

116) Vom Autor ist ein Tatsachenroman erschienen, der den Verlauf des Geislinger Hexenprozesses schildert: "Die Hexe soll brennen", 1989, Hamburg-München.

117) Kaspar Michel, der Pfleger von Pfatter, ist eine historische Person. Dies gilt, mit Ausnahme seines Weibes Anne, auch für alle anderen Handlungsträger in der Erzählung über den Geislinger Hexenprozeß.

118) Friedrich Spee von Langenfeld (1591 bis 1635) war der Verfasser der "Cautio Criminalis", eines aufklärerischen Werks, in dem er vehement gegen den Hexenwahn seiner Zeit ankämpfte. Unter anderem dank dieses Buches fanden die Hexenprozesse in Deutschland schließlich ein Ende, freilich erst lange nach Spees Tod. — Friedrich Spee von Langenfeld war ursprünglich Jesuit gewesen und hatte als solcher selbst an Hexenprozessen teilgenommen, unter anderem gegen die Postmeisterin Katharina Hennoth in Köln. Als er jedoch die Greueltaten seiner eigenen Kirche miterleben mußte, begann Spee umzudenken. Aus Protest schrieb er seine "Cautio Criminalis" und ließ sie zunächst anonym erscheinen. Daraufhin setzte eine Hetzjagd des Klerus gegen den unbekannten Verfasser ein. Mitglieder seines eigenen Ordens eruierten, daß es sich bei dem Autor um Spee handeln könnte, und stellten ihn zur Rede. Spee bekannte sich zu seinem Werk, was ihm den Ausschluß aus dem Jesuitenorden und die Vogelfreiheit eintrug. Das bedeutete, daß jeder den Schriftsteller ermorden konnte, ohne deswegen von der Justiz belangt zu werden. Spee flüchtete in ein Pesthospital nach Trier. Dort verbrachte er die letzten Monate seines Lebens mit der Pflege der Kranken, ehe er sich selbst infizierte und starb. — In späteren Jahrhunderten hat die Kirche versucht (und versucht es immer noch), Spee und seine humane Tat für sich zu vereinnahmen. Die Wahrheit ist jedoch, daß Friedrich Spee von Langenfeld von der Kirche verfolgt wurde, weil

er sich gegen ihre mörderischen Praktiken gestellt hatte. Er handelte nicht aus dem Geist der Kirche heraus, sondern mußte sich, um human werden zu können, gegen sie stellen.

119) Die hier wiedergegebenen Aussagen sind in den Protokollen des Geislinger Hexenprozesses, die heute im Bayerischen Staatsarchiv in München aufbewahrt werden, niedergelegt.

120) Der "Hexenhammer" wurde im Jahr 1489 von den päpstlichen Inquisitoren Jakob Sprenger und Heinrich Institoris in Köln veröffentlicht. Das Buch beschreibt "die Mittel zur Überführung der Hexen und die Bekämpfung derselben". Es ist eines der abscheulichsten Werke der Welt-"Literatur", das in Europa und später auch in Übersee entsetzliches Unheil anrichtete. Von den verschiedenen christlichen Kirchen wurden im Verlauf der Jahrhunderte Millionen unschuldiger Menschen, meist Frauen, als Hexen verbrannt. Der "Hexenhammer" gab den Inquisitoren dazu die theologische und kirchenjuristische Rechtfertigung in die Hand. — Daß alles, aber auch wirklich alles, was im "Hexenhammer" niedergelegt ist, geisteskrankem und verbrecherischem Denken entspricht, braucht eigentlich nicht extra betont zu werden.

121) So unglaublich es sich anhört, daß die Opfer ihren Mördern auch noch dankbar sein sollten, ist das Geschilderte dennoch Tatsache. Nicht nur im Fall der Geislinger Prozesse, sondern auch bei zahlreichen anderen ist dokumentiert, daß die Kirche die von ihr in den Tod Gehetzten vor der Hinrichtung dazu brachte, dieses Schicksal freudig hinzunehmen. Dies beweist einmal mehr, daß die Delinquenten bei den Hexenprozessen von den Klerikern konsequent in den Wahnsinn getrieben wurden.

122) Das Leben des Bayerwaldräubers Michael Heigl hat der Autor in einem Roman ausführlich dargestellt: "Michael Heigl — Das abenteuerliche Leben des Räubers vom Kaitersberg", Passau, Herbst 1990.

123) Eine Magd mit dem Beinamen "Hütstempendirndl" war zu jener Zeit die Geliebte von Michael Heigl.

124) Arkadier = Bewohner von Arkadien, einer zentralgriechischen Landschaft.

125) Das Tassozimmer ist einer der historischen Räume von Hohenschwangau und kann noch heute besichtigt werden.

126) Ultramontan = auf das Papsttum ausgerichtet. Als Ultramontanismus wird eine Politik bezeichnet, die von weltlichen Politikern getragen, gleichwohl aber entscheidend vom Papsttum bestimmt wird.

127) Der österreichische Gesandte am Vatikan, Graf Moritz Pálffy, meldete wenige Tage vor Kriegsausbruch seiner Regierung: "Seine Heiligkeit" habe "mehrmals ihr Bedauern" bekundet, "daß Österreich-Ungarn es versäumt hat, seinen gefährlichen Donau-Nachbarn zu bestrafen." Weiter berichtete der österreichische Gesandte am 27. Juli 1914, daß der vatikanische Staatssekretär Merry de Val hoffe, die Monarchie werde "bis zum Äußersten gehen".
Am 26. Juli 1914 telegrafierte der bayerische Gesandte am "Heiligen Stuhl", Baron Ritter, an seine Regierung nach München: "Der Papst billigt ein scharfes Vorgehen Österreichs gegen Serbien. Der Kardinalstaatssekretär (Politisches Sprachrohr des Vatikans, Anm. d. V.) hofft, daß dieses Mal Österreich standhalten wird. Er fragt sich, wann es denn

sollte Krieg führen können, wenn es nicht einmal entschlossen wäre, mit den Waffen eine ausländische Regierung zurückzuweisen, die die Ermordung des Erzherzogs herbeigeführt hat."

Nach dem Ersten Weltkrieg sagte der katholische Bischof Hudal aus: "In vatikanischen Kreisen wurde, wie die Botschaftsberichte zeigen, der Krieg gegen Serbien vom Religiösen her als eine Abrechnung mit dem Schisma betrachtet, das von der russischen Kirche kulturell und wirtschaftlich gefördert unter allen Balkanvölkern eine feste Stellung einnahm, gegen die der Katholizismus trotz beträchtlichen Kräfteaufwandes nicht mehr aufkommen konnte."

Diese Dokumente beweisen, daß der Papst die Kriegserklärung des österreichischen Kaisers um jeden Preis wollte und sie zuletzt auch durchsetzte. Als Pius X. am 20. August 1914 starb, ließ der Vatikan verlautbaren, er sei an gebrochenem Herzen wegen des Kriegsausbruches verschieden. Wie oben nachzulesen ist, war dies eine völlige Umdrehung der Wahrheit. Papst Pius X. wünschte nichts sehnlicher als den Krieg!

128) USPD = Unabhängige Sozialdemokratische Partei Deutschlands. Die USPD bildete im Gegensatz zur SPD den radikaleren Flügel der sozialdemokratischen Volksbewegung.

129) König Ludwig III. von Bayern wurde im Volksmund als Millibauer bezeichnet, weil er ein großes landwirtschaftliches Versuchsgut besaß, auf dem er sehr erfolgreich Milchkühe züchtete.

130) Thulegesellschaft = Vorläuferin der nationalsozialistischen Verschwörung.

131) Ein Wahlplakat der Bayerischen Volkspartei zeigte zum Beispiel einen Anarchisten in roter Bolschewikenuniform, der auf einer Deutschlandkarte bereits Berlin in Brand gesteckt hatte und sich nun anschickte, auch München in Rauch und Flammen aufgehen zu lassen. Der Text des Wahlplakates lautete: "Bayern, der Bolschewismus geht um! Hinaus mit ihm am Wahltag!" — Daß die Bolschewiken an der bayerischen Revolution von 1918 gar nicht beteiligt waren, wurde dabei von der Bayerischen Volkspartei großzügig übersehen.

132) Höllgasse lautete die alte Bezeichnung der Landauer Hauptstraße, die sich im Lauf der Jahrhunderte (höllen-)tief in den Berg eingegraben hatte.

133) Die Tatsache, daß ein katholischer Pater aus Miesbach das Buch "Mein Kampf" von Adolf Hitler redigierte und damit erst druckfertig machte, hat der Autor von einem Kollegen übernommen, dem kirchenkritische Einstellung gewiß nicht vorgeworfen werden kann, der also, zumindest in dieser Hinsicht, völlig unverdächtig ist: nämlich Georg Lohmeier. Der Schriftsteller erwähnt diesen immer noch weitgehend unbekannten Fakt in seinem Werk "Auf den Spuren der Väter", 1987, München, auf Seite 303.

134) Bierzipfel wurden in jener Zeit von Studenten und höheren Schülern getragen. Es handelte sich um schmale Bänder in den Farben der Fakultät oder der weiterführenden Schule, die mit schmalen silbernen Kanten verziert waren. Bei den gemeinsamen Bierabenden wurden sie verliehen und getragen.

135) Der damalige bayerische Staat löste das Problem eines eventuellen Lehrerüberschusses auf seine Weise: Wenn man in einem Jahr eine bestimmte Anzahl an Schulamtsbewerbern benötigte, dann bestanden ebensoviele das Examen. Was an "Lehrermaterial" überschüssig war, fiel durch, so daß man also von einer objektiven Bewertung der Examensleistungen nicht sprechen kann. Überzählige Absolventen der Lehrerbildungsanstalten wurden auf diese Weise einfach auf eine indirekte Warteliste geschoben, wobei man sich wenig um die sozialen Härten scherte, die sich daraus ergaben. Das stark vom Klerus geprägte bayerische Schulwesen sprang mit Menschen wie mit Möbelstücken um.

136) Die Teilnehmer am Winterfeldzug 1941/42 wurden massenweise mit einem Orden ausgezeichnet. Die Landser bezeichneten das wertlose Stück Blech verächtlich als Gefrierfleischorden.